KB094438

선배, 그 립스틱 바르지 마요

선배, 그 립스틱 바르지 마요

◆ ◆ ◆

엘리즈 장편소설

결
BESIDE

차례

1. 못 접겠다, 이 짝사랑 · 007

2. 입술이 너무 예쁘잖아요 · 080

3. 나한테 맡겨요 · 154

4. 싫으면 말해요 · 206

5. 약속 못 지키겠어요 · 266

6. 집에 안 갈 거예요 · 361

7. 평생 예쁜 사랑 하게 해 줄게 · 422

작가 후기 · 444

1
못 접겠다, 이 짝사랑

◇
◇
◇

현승은 맥주잔을 입으로 가져가며, 은근슬쩍 대각선의 송아를 살폈다. 그녀는 미소 띤 얼굴로 사람들과의 대화에 푹 빠져 있었다.

'오케이. 기분은 좋아 보이고. 술은……'

지금 그녀의 앞에 놓인 게 두 번째 500cc 생맥주.

송아가 술이 약하지 않은 걸 고려하면 그녀는 지금 거의 맨 정신에 가까웠다.

'그럼…… 오늘 해도 되려나?'

현승은 오늘 송아에게 마음을 고백할 생각이다.

국내 굴지의 패션회사의 광고홍보팀 입사 7개월 차. 현승은 그중의 반을 송아를 향한 마음을 키우는 시간으로 썼다.

처음부터 그녀가 이성으로 느껴진 건 아니었다.

한 살 많은 송아는 오밀조밀하게 예쁘장한 얼굴만 보면 그보다 한참이나 어리게 생겼다. 그런 그녀가 선배 티를 내며 아이를 가르치듯 자신을 대하는 게 '귀엽다' 싶은 정도였다.

결정적인 계기 같은 건 없었다. 시나브로 그녀가 현승에게로 흘러들어왔다.

"우와! 대단한데!"

현승이 신입답지 않게 시킨 일을 단번에 끝낼 때면 송아는 꼭 눈을 동그랗게 뜨고는 놀라는데, 그럴 때마다 현승은 저도 모르게 미소가 지어졌다.

"정말 잘했어, 현승 씨! 현승 씨, 진짜 최고다!"

엄지를 치켜세우면서 가지런한 하얀 이를 드러내고 환하게 웃는 모습엔 언젠가부터 가슴이 뛰기 시작했다.

작은 몸 어디에서 그런 열정이 나오는지 에너지 넘치는 모습도 멋있었다. 송아의 선이 가는 여성스러운 외모는 멋있다는 말과는 거리가 멀어 보이나, 그녀는 온몸에서 넘쳐흐르는 사랑스러움만큼이나 멋짐도 함께 갖춘 여자였다.

"잠깐 화장실 좀 다녀올게요."

휴대폰을 보던 송아가 자리에서 일어서자 현승도 조용히 의자를 뒤로 물렀다.

　화장실 앞에서 기다렸다 그녀를 데리고 밖으로 나갈 생각이었
는데…….

　'뭐지?'

　그녀가 술집 문을 열고 밖으로 나갔다.

　'바람 쐬러 가나? 화장실은 안에 있는데.'

　현승은 일단 송아의 뒤를 쫓았다.

　문을 열고 나가니 길거리로 나가 주변을 두리번거리는 송아의
모습이 바로 보였다.

　'뭘 찾는 거지?'

　"선……!"

　현승이 도와주기 위해 입을 떼는데, 송아가 갑자기 환하게 웃더
니 어딘가로 달려가기 시작했다.

　현승은 그녀가 단번에 허리를 끌어안으며 품으로 안겨든 사람에
어안이 벙벙해졌다.

　'……팀장님?'

　틀림없이 재신이었다.

　다시 보고 또 봐도 회의 때문에 회식에 늦는다고 했던 팀장이 맞
았다. 재신은 다정한 미소와 함께 송아를 코트 안에 숨겼고, 송아는
그를 향해 더 활짝 웃었다. 현승만이 이 상황이 납득이 안 되는 듯
했다.

'뭐야. 둘이 설마……'

재신은 아니었지만, 그동안 송아는 애인이 없다고 말했다. 그런데 이제 보니…….

"선배는 거짓말이었고, 팀장님 애인은 선배였던 거야? 비밀 연애?"

재신이 주변을 살피듯 두리번거리자, 현승은 재빨리 몸을 숨겼다.

둘은 곧 어딘가로 걸음을 뗐다. 잠시 망설이던 현승도 조용히 그들의 뒤를 따랐다. 조금 전 그것만으로도 충분해 보였지만, 뭔가 더 확실한 걸 확인하고 싶었다. 하지만, 골목으로 들어가 키스를 나누는 두 사람의 모습을 보자마자 현승은 제 생각을 바로 후회했다.

"하아……."

벽에 머리를 기대 까만 허공을 올려다보는 현승은 그저 허탈하기만 했다. 그가 생각했던 오늘 고백의 결과에서 이런 상황은 없었다.

청담동의 웨딩드레스 숍 '하라'. 발렛 기사에게 차를 맡긴 현승은 곧장 숍 안으로 들어갔다.

3층짜리 건물을 통으로 쓰는 '하라'는 오직 맞춤 제작 드레스만 판매하는 곳으로 신부들의 로망이었다.

디자인부터 시작하기에 제작 기간이 두 달이나 걸리고, 제작을 맡기기 위한 웨이팅만 해도 최대 6개월이 걸렸지만, 늘 대기 손님이 꽉 차 있었다. 특급 연예인이나 명망 높은 정·재계 집안 사람들, 그리고 유명 인사들이 주요 고객이었다.

"오셨어요?"

숍 매니저의 인사에 현승도 가볍게 인사를 건넸다.

"안녕하셨어요?"

전체적으로 화이트 톤으로 이루어진 숍은 천장이 2층까지 뚫려 있어 웅장한 느낌을 줬다. 가운데에 웨딩드레스가 진열된 1층은 주변을 빙 둘러 상담실이 있었고, 2층엔 대표실과 피팅룸이 있었다. 3층에서는 드레스 제작이 이루어졌다.

"대표님은 위에 계세요."

"네. 감사합니다."

현승은 2층과 아치형으로 연결된 계단을 올라 대표실로 향했다. 이곳의 대표 지승이 그와 열 살 터울이 지는 큰누나였다. 여덟 살 터울인 작은누나는 성악가였다.

똑똑, 노크와 함께 현승이 안으로 들어가자 책상 앞에 앉아 있던 지승이 새침한 미소로 그를 맞이했다. 남매끼리 사이가 매우 좋은 집안이었다.

"왔어?"

"황금 같은 주말에 꼭 숍으로 불러들이지?"

"황금 같은 주말인데 잘난 내 동생이 집에만 있으니까 그렇지."

책상에서 벗어난 지승이 현승의 앞으로 다가섰다. 살짝 눈을 가늘게 뜬 그녀가 이리저리 시선을 옮겨가며 그를 유심히 살폈다.

"왜?"

"대체 뭐가 문제여서, 내 동생은 이렇게 날 좋은 날 누나 심부름이나 하러 오는 건가 싶어서."

"누나가 시켰잖아."

팔짱을 끼고 선 지승은 현승의 말을 무시한 채 계속 그의 이곳저곳을 살폈다.

"얼굴이야 뭐 스치듯 봐도 잘생겼으니까 흠잡을 데 없고. 키도 180cm 넘지?"

"내 프로필 작성해?"

"소위 말하는 어깨 깡패에 몸 밸런스도 끝내주고. 너 이 안에 잔근육 꽉꽉 박혀 있는 거 맞지?"

"금방이라도 벗길 태센데? 모델로 쓰려고?"

"외모는 진짜 흠을 잡으려야 잡을 곳이 없는데……."

지승은 계속 중얼거리며 현승의 얼굴을 빤히 쳐다봤다.

"성격이 문젠가?"

"허."

현승이 가벼이 코웃음을 치는데도 지승은 심각하기만 했다.

"좀 차가운 구석이 있긴 해도, 우리한테 하는 거 보면 제 여자한텐 더 달달할 텐데. 사교성 좋은 네가 숫기가 없어서 여자 앞에서 말을 못 꺼낼 것도 아니고. 아무리 봐도 성격도 그만하면 네 또래 여자들한테 충분히 매력적일 것 같은데."

한참을 골똘히 고민하던 지승이 손가락을 탁, 튕겼다.

"너 혹시, 무성욕자야?"

"뭐?"

지승이 이윽고 내린 결론에 현승은 마냥 황당하기만 했다. 그러나 지승은 지금 몹시도 진지했다. 스물일곱 살의 혈기 왕성해야 할 동생이 걱정될 정도로 여자를 곁에 두지 않았다. 동생이 연애한다는 소리를 들어본 게 언제였는지 기억도 안 났다.

"그게 아님 왜 연애할 생각을 안 해? 남자든, 여자든 아무도 안 만나잖아."

"남자 애인도 돼?"

"솔직히 아니었으면 싶지만, 어쩌겠어? 네가 그렇다는데."

누나의 쿨한 대답에 현승은 황당하게 웃기만 했다. 정작 그는 안 될 일이었다.

"참 멋있네."

현승이 소파에 앉자, 지승은 건너편 소파 등받이에 손을 짚고 서서 다시 말을 건넸다.

"진짜 왜 안 만나는 거야? 아님, 있는데 안 보여주는 거야?"

"요즘 같은 시대에 누나가 둘씩이나 있다고 공개하는 게 참 힘든 일이긴 하지."

"진짜야? 진짜 누가 있는데 안 보여주는 거야?"

지승이 눈을 반짝이자 현승은 바로 말을 이었다. 기대감이 풍선 부풀 듯 부풀기 전에 어서 꺼줘야 했다.

"없어. 나 좋다는 여자는 많은데 내가 좋은 여자는 나한테 티끌만큼의 관심도 없어서 그래. 다른 남자한테 푹 빠져서."

"어머. 짝사랑이야?"

제겐 어울리지 않을 거라고 생각했던 단어에 현승은 피식, 짧은 웃음을 터트렸다. 어울리지 않아도 그게 맞았다.

"어. 짝사랑이야. 정확히는 짝사랑이었지."

어제 송아와 재신의 뜻밖의 모습을 봤던 현승은 바로 마음을 접기로 결심했다. 아쉽긴 하지만, 빼앗아 올 것까지는 아니었다. 송아가 지금 충분히 행복해 보이기도 했고 말이다.

"짝사랑이었다니? 과거형이네. 아무것도 안 해보고 그냥 포기하는 거야?"

"얘기했잖아. 이미 다른 남자가 있다고. 그런 줄 몰랐었는데, 그렇더라고."

입안이 쓰게 느껴지는 현승은 불쑥 생각 하나가 들었다.

'만약 선배한테 처음부터 애인이 있다는 걸 알았다면 그녀를 안 좋아했으려나?'

오래 생각할 것도 없이 바로 결론이 나왔다.

'노력은 해보겠지만, 어쩔 수 없었겠지.'

송아는 그만큼 현승에게 매력적인 존재였다. 특히 그녀의 하얀 피부에 매우 잘 어울리는 핑크빛 립스틱을 바르고 환하게 웃을 때는 두근대는 심장 소리가 밖으로까지 들릴까 걱정될 정도였다.

"작은누나 갖다 주라는 거나 줘."

송아에 대한 생각을 밀어내며 현승은 자리에서 일어섰다. 집에 있으면 계속 그녀 생각을 할 것 같아 일부러 나온 건데 나와서도 별반 다를 게 없었다. 어서 장소를 바꿔 다시 머리를 환기시켜야 했다.

"소개팅 시켜줄까?"

"작은누나한테 '소개팅 시켜줄까?'라고 전해? 매형이 좋아하겠네."

"진짜 가서 그 얘기 전하진 말고."

지승은 가벼운 미소로 종이 가방을 내밀다 뒤로 물렀다.

"근데 어떤 여자야? 내 동생 짝사랑 시킨 여자. 사진은 없어?"

"이미 마음 접은 여자 사진은 봐서 뭐하게? 어차피 사진도 없고."

더 말을 시킬세라, 현승은 누나에게서 종이 가방을 받아들고는 대표실을 나섰다. 지승도 그의 뒤를 따랐다.

"그러고 보니 차 한 잔도 못했네."

"손님들 상대하면서 주야장천 마시는 게 차일 텐데 뭐 하러 나까지 거들어? 조만간 작은누나랑 같이 밥이나 먹어. 내가 시간 조정해볼 테니까."

따라올 것 없다는 말을 전한 현승이 계단으로 내려서던 때였다. 무심결에 돌린 시선에 누군가가 들어왔다.

"왜 그래?"

갑자기 멈춰 선 그가 의아하다는 듯 뒤에 선 지승이 물었다.

"잠깐만."

현승은 걸음을 뒤로 물러 아래에서 보이지 않게 몸을 숨겼다. 그 사이 1층에서는 상담을 끝낸 것 같은 커플이 매니저의 배웅을 받으며 밖으로 나가고 있었다. 현승은 통유리로 된 벽을 통해 그들의 모습을 계속 눈으로 좇았다.

특히 남자의 모습을.

현승은 그들이 발렛 기사에게 인도 받은 차를 타고 떠나는 모습까지 보고 나서야 서둘러 아래층의 매니저에게 갔다.

"조금 전 그 사람들 뭐예요? 방금 나간 사람들."

"네?"

매니저는 순간 어리둥절했지만, 금세 현승의 말에 대답했다.

"상담 받고 가신 분들이에요."

"진짜 웨딩드레스를 맞추러 왔다고요? 신랑 이름은 이재신이고요?"

"왜? 네가 아는 사람이야?"

그를 뒤따라 내려온 지승이 끼어들었으나 현승은 매니저만 쳐다봤다. 그사이 매니저는 조금 전 커플을 담당했던 상담 직원으로부터 자료를 받아들었다.

"네. 신랑님 성함이 이재신 씨네요. 신부님 성함은 고효주 씨고요. 내년 밸런타인데이에 크리스털 호텔에서 결혼할 예정이에요."

"허."

현승은 너무 기가 막혀 헛웃음이 다 나왔다. 무슨 소리를 들었는지 모르겠다.

'신랑은 알겠는데, 신부 이름이 뭐? 그럼 송아 선배는 뭐인 거지?'

현승은 다시 밖을 쳐다봤다. 단번에 어떤 상황인지 파악됐다. 이미 사라져버린 재신을 좇는 그의 얼굴이 무섭게 굳었다.

"왜 그래? 무슨 일인데 그러는 거야?"

답답하다는 듯 지승이 다시 물었다.

현승은 그 후로도 조금 시간이 지난 후에야 굳은 결심을 밖으로 내놓았다.

"누나. 나 못 접겠다, 이 짝사랑."

옆자리에서 달그락거리는 소리가 나자 현승이 살며시 시선을 돌렸다. 책상 위 파우치를 집어 지퍼를 여는 송아를 현승은 말없이 지켜봤다. 애인이 어떤 놈인지도 모른 채, 송아는 오늘도 현승을 설레게 할 핑크빛 립스틱을 꺼내들었다.

선이 예쁜, 살짝 도톰한 입술이 핑크빛을 머금자 어김없이 당장 베어 물고 싶을 만큼 탐스러워졌다.

'젠장.'

마우스를 움켜 쥔 현승의 손에 불끈 힘이 들어갔다. 저 입술로 쓰레기 같은 놈 앞에서 사랑을 속삭일 걸 생각하자 참기 힘들 만큼 화가 났다.

송아가 저 립스틱을 바른다는 건, 얼마 후 재신과 몰래 만난다는 뜻이었다. 그게 지난 2주간 현승이 유심히 그녀와 재신의 모습을 지켜본 후 알게 된 사실이었다.

현승의 눈에 더는 저 립스틱을 바른 송아의 모습이 예뻐 보이지 않았다. 그리고 더는, 그 모습을 보고만 있을 수 없었다.

"선배."

그의 부름에 립스틱 뚜껑을 닫던 송아가 그를 돌아봤다.

"응?"

현승은 말간 얼굴로 순진하게 되묻는 그녀의 입술에 손을 뻗으며 계속 말을 이었다.

"그 립스틱 바르지 마요."

살짝 턱을 그러쥔 채 입술을 스치는 그의 손에 의해 그를 어지럽히던 핑크빛이 부드럽게 뭉개졌다.

졸지에 테러를 당한 송아의 눈이 휘둥그레졌다.

잠시 후 그녀의 뭉개진 입술이 달싹거렸다.

"뭐 하는 거야?"

여전히 그녀의 턱을 가볍게 움켜쥐고 있는 현승은 말없이 그녀의 입술에 닿아 있던 시선을 들어 올렸다.

송아의 어이없음이 섞인 나무라는 듯한 눈을 보자 현승은 더 심술이 일었다.

'바보같이 애인이 어떤 놈인지도 모르면서……'

그제야 손을 거둔 현승이 퉁명스럽게 대꾸했다.

"그거 별로예요."

"뭐?"

그의 대답에 송아는 마냥 황당한 얼굴이었다. 하지만 그녀가 더 기가 막혀 해야 할 건 따로 있었으니 현승은 당당하게 그녀를 마주 봤다.

'말해? ……말하지 마?'

현승은 오늘도 갈등이 일었다. 송아가 재신의 입을 통해 듣게 하는 게 나을지, 아니면 제가 직접 그 말을 할지 아직 결정하지 못했다.

마음 같아선 하루라도 빨리 알려주고 싶었다. 그러나 그녀의 비극을 제가 알고 있다는 걸 송아가 알면 그녀가 더 괴로워질까 봐 선뜻 입을 열지 못하고 있었다. 송아가 만일 그 사실을 알게 된다면 그녀는 조용히 묻히길 바랄 것 같았다.

'대체 이재신은 무슨 생각이야? 왜 아직까지 말을 안 하고 있어?'

현승이 보기엔 송아가 백퍼센트 버림받는 쪽이었고, 그녀가 그 통보를 받아야 할 시기도 훨씬 전에 지나 있었다.

아직 재신이 아무 말도 하지 않았다고 확신하는 증거는, 현승의 손에 뭉개진 송아의 핑크빛 립스틱이었다.

'설마 청첩장 돌릴 때까지 계속 선배를 데리고 놀겠다는 거야? 결혼까지 숨길 생각인 건 아니겠지?'

계속 황당하게 현승을 보던 송아가 뒤늦게 괘씸하다는 듯 따지고 들었다.

"별로라니? 뭐가 별로야? 립스틱이 별로라는 거야, 그걸 바른 내가 별로라는 거야?"

생각을 멈춘 현승은 고개를 돌리며 퉁명스럽게 대꾸했다.

"둘 다요."

"둘 다?"

"그걸 바른 선배가 더 별로긴 해요."

"뭐? 얘가 진짜!"

결국 송아는 발끈하고 말았다. 어른스럽던 현승이 왜 갑자기 심술쟁이 아이처럼 구는지 이해할 수 없었다.

송아가 현승의 의자를 잡아 돌리려는데, 재신이 그들의 뒤를 지나갔다.

"회의 때문에 위층 다녀옵니다."

재신을 보던 송아는 재깍 물티슈 한 장을 뽑아 입술 주변부터 닦아냈다. 그리고 자리에서 일어서며 현승을 향해 작게 으르렁댔다.

"너 좀 있다 봐!"

엘리베이터가 아닌 비상계단으로 향하는 재신의 뒤를 송아도 조심스레 뒤쫓았다. 그리고 그런 그녀의 모습을 현승의 못마땅한 눈길이 계속해서 뒤따랐다.

'그래요. 조금 있다 보죠.'

"팀장님."

송아의 부름에 반 층 정도 올라간 재신이 걸음을 멈췄다. 송아는 먼저 주변에 아무도 없는 걸 확인한 후 재빨리 위로 가 그의 앞에 섰다.

"왜? 무슨 할 말 있어?"

"그냥. 우리 자기랑 이렇게 붙어 있고 싶어서요."

재신의 허리를 두 손으로 끌어안은 송아가 그의 입술에 가볍게 입을 맞췄다. 그녀의 애교에 재신은 작게 미소만 보였다.

"오늘 금요일인데 저녁에 뭐할 거예요?"

"아. 내가 말 안 했던가? 오늘 저녁에 대학 동문 모임 있어."

"대학 동문? 지난주에도 하지 않았어요?"

순간 당황한 듯 재신의 눈썹이 살짝 움찔거렸다. 워낙 찰나였기에 송아가 뭔가 이상함을 느낄 새는 없었다.

"지난주에는 전체 동문이었고, 오늘은 동기 모임. 연말 다가와서 그런지 여기저기 모임이 많네."

"진짜 요즘에 왜 이렇게 바빠요? 평일이고 주말이고 얼굴 볼 새도 없어."

비죽 입술을 내민 송아가 울상을 짓자 재신이 그녀의 어깨를 부드럽게 다독였다.

"미안. 연말이니까 네가 이해 좀 해줘."

"서운하지만 당연히 그래야죠. 우리 팀장님 인맥관리도 중요하니까."

"그래. 고마워."

재신의 입술이 송아의 뺨에 닿았다 떨어지자 송아의 입가엔 금세 웃음꽃이 환하게 피어났다.

"근데 동기들 모임에 나도 같이 가면 안 돼요? 우리 엄청 오래 사귀었는데 나 아직 팀장님 친구들 한 번도 본 적 없잖아요."

"이제 슬슬 보여줄게. 오늘은 중요한 얘기들이 오고 갈 분위기라서 어렵거든. 다음에 한 번 편하게 자리 마련해서 보자. 이제 내 친구들도 한국에 많이 들어와 있으니까."

"정말?"

"어."

3년 만에 받아보는 허락이 좋아 송아는 함박웃음을 지은 채 그의 허리를 더 꽉 끌어안았다. 마음 같아선 진한 키스라도 하고 싶었지만, 그러면 쉽게 끝내지 못할 것 같아 그 욕심은 접었다.

"주말엔 어때요? 주말도 시간 안 돼요?"

"상황 봐서 연락할게. 아무래도 오늘 진탕 마실 것 같으니까."

"알았어요. 내가 팀장님 집 근처로 가도 되니까 연락만 해요. 아님 자기가 술 마시고 우리 집으로 와도 되고. 내가 해장국 끓여줄게요."

"봐서. 기다리진 말고."

"응."

재신의 이제 그만 가봐야 한다는 말에 송아는 아쉬운 걸음을 뒤로 물렀다. 그러곤 단정히 매어져 있는 그의 넥타이를 한 번 더 고쳐 매줬다.

"사랑하는 거 알죠?"

"그래. 나도."

재신은 한 번 더 그녀의 뺨에 입을 맞춰준 후 계단을 올랐다.

송아는 그가 완전히 시야에서 벗어난 후에야 시선을 거뒀다. 그리고 막 한 계단을 내려서던 순간, 그대로 얼어버렸다.

'……쟤가 어떻게!'

팔짱을 낀 채 문 옆에 기대어 선 현승이 굳은 얼굴로 빤히 그녀를 올려다보고 있었다.

'봐, 봤나? 들킨 거야?'

대체 어디서부터 듣고 본 것인지. 머리까지 얼어버린 송아는 그저 멍하기만 했다.

'몰라. 일단은 무조건 모르쇠야. 모른 척하면 숨기고 싶다는 거 알고 자기도 입 다물겠지.'

상사들의 일인데, 게다가 팀장과도 관련 있는 일인데 겨우 입사 1년차가 쉽게 떠들고 다닐 수는 없을 것이다.

더욱이 현승은 상사에 대한 예의를 깍듯이 지켰다. 아까 그녀의 입술을 이상한 이유를 대며 뭉개버린 걸 보면 안심하긴 이른 것 같기는 하지만 말이다.

송아는 정신이 좀 수습되자 속으로 크게 심호흡부터 한 후 계단을 내려갔다.

그녀가 떨리는 걸음으로 겨우 비상계단 문 앞에 도착할 때까지도 현승은 그 자세 그대로 그녀만 뚫어져라 쳐다봤다.

'무섭게 왜 저러는 거야?'

송아는 현승에게 의도적으로 시선을 주지 않은 채 문을 향해 손을 뻗었다. 그러나 현승이 옆으로 쓰윽 몸을 움직이자 화들짝 놀라서는 재깍 손을 거둬들였다.

'미치겠네. 왜 저래, 진짜?'

도무지 그의 속내를 헤아릴 수 없어, 고개 숙인 송아는 입술만 잘근잘근 깨물었다.

불쑥 현승의 목소리가 들려왔다.

"저녁에 시간 돼요?"

"저, 저녁?"

저도 모르게 고개를 들었던 송아는 현승과 눈이 마주치자 냉큼 시선을 틀었다. 찔리는 게 있어서인지 그가 몹시도 불편했다. 잠깐

봤지만 현승이 화가 나 있는 것도 같았다.

'대체 왜?'

송아는 일단 긴장부터 다독인 후 그의 시선을 피한 그대로 되물었다.

"오늘 말하는 거야?"

"네. 오늘 저녁에 시간 되세요?"

"글쎄……."

왠지 예감이 불길해 송아는 저녁에 시간이 된다고 하면 안 될 것 같았다.

"무슨 일인지는 모르겠지만, 아무래도 그건 어려울 것 같은데? 내가 선약이 있어서."

"저 다 들었어요. 선배가 애인으로 추정되는 팀장님한테 까인 거."

'뭐?'

화들짝 놀란 송아의 얼굴이 현승을 향했다. 그가 아주 중요한 핵심만 골라서 보고 들은 모양이었다.

'어우. 어떡해, 정말!'

송아는 계속 모르쇠 작전을 고수했다.

"애, 애인이라니? 그리고 까이긴 누가 까였다고 그래?"

송아는 전과 달리 현승을 향해 한껏 고개를 치켜들고는 그를 마주 봤다. 아랑곳없는 현승이 더 무섭게 그녀를 쏘아봤다.

"분명히 까였어요, 선배. 앞으로 까일 거에 비하면 좀 전에 그건 아무것도 아니지만."

"뭐?"

어딘가 뼈가 있는 말이었다.

찝찝한 송아는 설명을 바라듯 현승의 두 눈을 뚫어져라 쳐다봤다. 그러나 현승에겐 그런 친절을 베풀 생각이 없어 보였다.

"어쨌든 시간 되시죠?"

"안 돼. 너한테 줄 시간은 없어."

왠지 현승에게 휘둘리는 것 같아 단호히 거절한 송아는 옆으로 팩 얼굴을 돌려버렸다.

뭘 바라는지 모르겠지만, 현승이 이걸 약점 삼아 뭔가를 요구하기 위해 시간을 달라고 하는 것 같았다. 몇 달 겪지 않았어도 그가 그런 치사하고 치졸한 남자 같지는 않지만 말이다.

"안 돼도 되게 해요. 퇴근하고 회사 앞 횡단보도 앞에서 봐요. 분명히 말하는데 오는 게 좋을 거예요."

"뭐? 야!"

송아가 반박할 틈도 주지 않고 명령조로 말한 현승은 그대로 뒤돌아 문을 열고 안으로 들어가 버렸다.

닫힌 문을 허망하게 보고 있는 송아는 그저 어이가 없을 뿐이었다.

"쟤 뭐야? 짬밥도, 나이도 안 되는 게 어디서 명령에 협박이야?"

평소에 깍듯이 선배 대우 해주며 고분고분하게 말을 잘 듣던 현승이었기에 더 기가 막혔다. 심지어 아까 그녀에게 마지막 명령을 하던 눈빛은 한심하다는 듯했다.

"나이만 한 살 차이지, 너랑 나 사회생활 경력으로는 햇수로 3년이거든?"

송아는 뒤늦게 닫힌 문에 대고 목소리를 키웠다.

"됐어! 내가 거길 왜 가? 내가 저를 왜 만나?"

송아는 가볍게 무시해주겠다고 생각하며 문손잡이를 잡는데, 그가 남기고 간 말이 다시 그녀의 정신을 어지럽혔다.

"분명히 까였어요, 선배. 앞으로 까일 거에 비하면 좀 전에 그건 아무것도 아니지만."

"진짜 무슨 말이지? 그냥 한 소리 같지는 않은데……."

송아는 좀처럼 찝찝함이 가시지 않았다. 생각할수록 그 말이 준 의미심장함만 더 크게 느껴졌다. 그러나 얼마 후 그녀는 크게 고개를 내저었다.

'그냥 쓸데없는 불안함이야. 나한테 불행한 일이 생길 이유가 없잖아?'

송아는 한 번 더 굳게 마음을 다잡았다.

"그래. 됐어. 그냥 무시하면 돼. 절대 안 가."

송아는 스스로에게 주입시키듯 중얼거리며 힘껏 문손잡이를 돌렸다. 쓸데없는 불안함은 분명히 시간이 지나면 잊힐 것이었다.

"먼저 들어가겠습니다. 주말 잘 보내세요."

퇴근 시간이 되자 송아는 서둘러 자리에서 일어섰다. 옆자리 현승의 시선이 와 닿는 게 느껴졌지만, 그건 철저히 무시한 채 사무실을 빠져 나갔다.

재신과 사내에서 비밀 연애를 한 지는 정확히 2년 10개월쯤 됐다. 당시 차장이었던 재신이 신입사원이었던 그녀에게 먼저 대시했고, 어리바리하던 시절 그의 자상함과 다정함에 송아는 밀당 한 번 하지 않고 그대로 넘어갔다.

송아 자체가 애초에 밀당이나 계산과 거리가 멀었다. 그런 걸 하려다 도리어 제가 더 안달이 나 스트레스로 폭식만 했다.

"넌 그러면 안 된다니까? 누가 좋으면 숨길 줄도 알아야지. 냉큼 속부터 다 뒤집어 까서 보여주면 어쩌자는 거야? 그러다 흥미 떨어진다."

마음이 움직이면 드러내지 못해 어쩌지 못하는 송아를 친구들은 답답해했다. 하지만 송아는 괜찮았다. 좋으니까 좋다고 하는 거였고, 기술도 없고 계산도 못하는 그녀를 사랑해주는 거라면 그게 진짜 사랑이라고 생각하기 때문이었다.

그런 의미에서 재신은 송아에게 정말 좋은 사람이었다. 꼬신다고 해서 바로 넘어간 그녀를 그는 이제껏 단 한 번도 우습게 여기지 않았다. 3년에 가까운 시간이 흘렀지만, 여전히 달콤했고 다정했다.

비밀 연애라 사람들 앞에 그와의 관계를 당당히 밝힐 수 없는 게 속상하긴 하지만, 그걸 다 덮어줄 정도로 그는 정말 그녀를 몹시도 아껴줬다. 송아가 그의 곁에 있으면서 외롭다는 생각이 단 한 번도 들지 않았다는 게 그 증거였다.

회사 로비로 내려온 송아는 빠르게 정문을 향해 걸음을 옮겼다. 그러다 문득 느껴진 코트 속 진동에 걸음을 멈췄다.

예상대로 현승에게서 온 전화였다.

"내가 미쳤니? 이 전화를 받게. 흥. 완전 웃겨."

전화를 차단한 송아는 다시 걸음을 뗐다. 금요일 저녁에 이대로 집에 들어가는 게 아쉽기는 했지만, 오랜만에 집 청소를 하면 될 듯했다. 확실하지 않아도 재신이 올 것을 대비해서 말이다.

'마트에 들러서 해장국 재료나 사서 가야겠다.'

송아는 그 생각과 함께 회전문 안으로 들어가는데, 코트 속 휴대폰이 다시 짧게 진동했다. 회전문을 빠져나와 확인해보니 이번엔 현승에게서 문자 메시지가 도착해 있었다.

후회할 거예요.

　구구절절 설명 없는 담백한 말에 송아의 미간이 살금살금 구겨졌다.

　이제 보니 현승이 사람 심리를 몹시 잘 아는 듯했다. 애써 잠재워 둔 불안함을 교묘하게 파고들어오는 소리에 송아의 얼굴은 노골적으로 일그러지고 말았다.

　"진짜 뭐야? 뭔데 이러는 거야?"

　현승이 그녀의 약점을 잡아 괴롭히려는 거려면 차라리 나았다. 그런데 처음 예상과 달리 단순히 그러려는 게 아닌 것 같아 송아는 자꾸 불안했다.

　그를 따라가면 불행한, 아니 그녀의 인생에서 가장 끔찍한 순간을 맞이할 것만 같았다.

　"몰라. 그냥 후회할래. 채현승 따라가서 후회하나 안 따라가서 후회하나 똑같을 것 같으니까."

　송아는 아예 현승의 전화번호를 수신 차단해버렸다. 그리고 고개를 절레절레 내저어 현승에 대한 생각을 지워버린 후 다시 걸음을 뗐다.

　'해장국 재료는 뭐로 하지? 팀장님 좋아하는 황태로 할까?'

　송아는 복잡한 머릿속을 애써 다른 생각으로 가득 채웠다.

빵!

클랙슨 소리에 횡단보도 앞에 서 있던 송아가 옆을 돌아봤다. 짙은 네이비 컬러의 세단이 눈에 들어왔다.

그녀와 눈이 맞자 운전석의 현승은 와서 타라는 듯한 고갯짓을 해 보였다. 코트 안에 두 손을 찔러 넣고 서 있는 송아는 움직이지 않고 그를 쳐다보기만 했다.

가도 후회 안 가도 후회라면 안 가는 쪽을 택했었지만, 결국 그녀의 발은 여기에 와있었다. 무서울 정도로 예감이 불길한데, 불구덩이 속으로 뛰어드는 불나방도 아니면서 발이 도망칠 생각을 못 했다.

"안전벨트 매요."

이윽고 현승의 차 조수석에 올라 탄 송아는 그가 시키는 대로 차분히 안전벨트를 맸다.

"별것도 아닌 일로 나한테 그런 협박한 거였으면 가만 안 둘 줄 알아."

정작 속으로는 차라리 그런 것이기를 바란다는 생각을 하며 송아는 현승을 흘겨봤다. 그녀의 성이 난 눈빛을 고스란히 받아들이고 있는 현승은 덤덤하기만 했다.

"같은 강남이라 안 막히면 10분인데, 막히면 30분 정도 걸릴 거예요."

"어디로 가는 건데?"

"가보면 알아요. 가는 동안 행복한 생각이나 해줘요. 당분간은 그런 거랑은 아주 거리가 멀어질 것 같으니까."

다시 한번 더 나온 의미심장한 말에 송아의 눈썹이 살짝 구겨졌다.

그 모습 또한 덤덤하게 보고 있던 현승은 곧 앞을 쳐다봤다. 그리고 바뀐 신호를 따라 차를 출발시켰다.

어떻게 하는 게 좋을지 몰라 계속 갈등하던 현승은 재신에게 홀딱 빠져 있는 송아의 모습에 마음을 굳혔다. 주말마다 바쁜 티를 내는 남자의 진짜 속뜻은 알지 못한 채 해장국이나 끓여주겠다는 속없는 그녀를 도저히 가만히 보고 있을 수 없었다.

'아무리 몰라서 그렇다고 쳐도 그렇게까지 눈치가 없냐고. 바보같이.'

게다가 조만간 친구들을 보여주겠다고 하는 재신을 보니 끝까지 송아와도 즐길 생각인 것 같은데 순순히 그렇게 내버려둘 수가 없었다. 하는 작태를 보니 괘씸하게도 재신은 일말의 양심의 가책도 없이 송아를 데리고 놀고 있는 듯했다.

'쓰레기 같은 놈. 어떻게 사람이 돼서는……'

12월에다가 금요일이라 그런지 도로가 거의 주차장이었다. 차가 나가지 못하고 있자 현승은 말문을 열었다.

"이재신 팀장이랑 만난 지는 얼마나 됐어요?"

행복한 생각 대신 잔뜩 인상만 쓰고 있던 송아의 얼굴이 그를 향했다.

"그런 거 아니라고 했지?"

"저도 그런 게 아니었으면 좋았겠네요. 그건 저보다 선배가 더더욱 그럴 걸요?"

현승도 송아를 보자, 그녀는 못마땅한 티를 고스란히 드러내며 바로 따지고 들었다.

"너 솔직히 말해봐. 나한테 무슨 악감정 있어? 도저히 못 참겠어서 지금 갚아주려고 이러는 거야?"

"아뇨. 그런 거 없어요."

"근데 왜 이래?"

현승은 일말의 망설임도 없이 대답했다.

"좋아해서요."

"뭐?"

그리고 그녀가 못 알아들은 것 같아 한 번 더 똑똑히 얘기해주는 수고를 아끼지 않았다.

"내가 선배 좋아해요."

못 들을 거라도 들은 듯 그대로 굳어버린 송아의 턱이 아래로 털썩 내려앉았다.

"……허."

뒤늦게 헛웃음을 뱉는 송아를 덤덤히 보던 현승은 다시 앞을 바라봤다. 차는 조금씩 서행을 시작했다.

"이거 지금 고백인 거지?"

"이렇게까지 말했는데도 모르면 바보죠."

"야!"

발끈하는 송아는 무시한 채 현승은 주변을 살피며 옆 차선으로 끼어들었다. 생각보다 오래 걸릴 것 같아 서둘러야 했다. 먼저 가서 기다리고 있어야 했다.

오늘 저녁에 재신이 왜 시간이 안 되는지 현승은 그 이유를 몹시도 잘 알고 있었다. 오늘 재신은 효주라는 여자와 함께 누나의 숍에서 디자인 확인을 할 것이다.

현승은 그 모습을 송아에게 보여줄 예정이었다. 잔인한 방법이지만, 그게 아니면 재신에 대한 신뢰감이 몹시 강해 보이는 송아는 쉽게 믿으려고 하지 않을 것이었다.

"그래서, 이재신이랑 만난 지 얼마나 됐냐고요. 6개월은 더 됐겠죠?"

알아보니 재신은 누나의 숍에서 웨딩드레스를 맞추기 위해 4개월 전에 예약을 했다. 그러니 결혼식 날까지 계산해 보면 그 여자와 결혼 얘기가 오고 간 게 최소 6개월 전. 그 말은 먼저 사귄 것 같은 송아를 최소 6개월은 농락하고 있었다는 뜻이기도 했다.

사귀자마자 결혼 얘기를 하지도 않았을 거니 당연히 그 기간은 훨씬 더 긴 게 당연했다.

"둘이 결혼 얘기 한 적 있어요?"

"그걸 네가 왜 궁금해 하는데?"

"얼마나 쓰레기인지 궁금해서요. 양쪽 다 결혼 얘기 했으면 그건 완전히 양아치니까."

"양쪽?"

그의 힌트를 알아먹은 듯 송아의 목소리가 살짝 높아졌다. 여기에서 더 말을 하면 송아가 안 가겠다고 할 것 같아 현승은 그것에 대해선 그 이상의 말을 아꼈다.

"혹시 난 남자로 본 적 없어요? 단 한 번도?"

"내가 널 왜 남자로 봐? 그리고 무슨 얘기가 이렇게 맥락 없어?"

"내가 보기엔 충분히 맥락 있어요. 기승전, 선배가 좋다고 말하고 있잖아요."

현승의 시선이 흘깃 송아를 향했다 다시 앞으로 향했다.

"허."

다시금 어이가 없는 송아는 또 한 번 기가 찬 웃음만 보이고 말았다.

"됐고. 그래서 지금 어딜 가는 건데? 어딜 가는 건지나 알려주고 데려가."

"거의 다 왔어요. 생각보다는 괜찮네요."

막힌 구간이 지나고 나니 교통 상황이 한결 수월해졌다. 마지막으로 유턴만 해서 길가에 있는 건물 앞 주차장으로 곧장 들어가면 됐다.

유턴 신호에 걸려 차가 멈춰 서자 현승은 다시 송아를 쳐다봤다.

"미리 해명해요."

"나한테 해명할 짓을 왜 하려는 건데?"

"버려지는 것보다 버리는 게 나아 보여서요. 나한테 쪽팔리는 게 비참해지는 것보다 나아 보였고요."

"너 자꾸 그렇게 맥락 없는 소리 할 거야?"

"좋아해요. 이건 맥락 있죠?"

"야!"

기가 막혀하는 송아의 말은 무시한 채 현승은 신호를 따라 차를 돌렸다. '하라' 앞에 차가 멈춰 서자 그의 말이 다시 나왔다.

"내려요."

"여기가 어딘데?"

송아는 직접 창밖으로 고개 돌려 앞에 보이는 건물을 살폈다. 뜻밖의 장소에 곧장 눈이 동그래졌다.

"하라?"

송아도 잘 아는 곳이었다. 결혼 생각이 있는 여자들이라면 모를 리가 없는 곳이었다.

재신이 한 번도 결혼 얘기를 꺼내지는 않았지만, 송아는 그와 만나는 기간이 길어질수록 차곡차곡 결혼에 대한 로망을 쌓아 왔었다. 그리고 이곳 '하라'의 웨딩드레스를 입는 것도 그 안에 들어 있었다.

"그만 내리죠?"

어느덧 다가온 현승이 조수석 문을 열고 서 있었다. 여기에 왜 온 것인지는 모르겠으나 송아는 일단 차에서 내렸다.

"여긴 왜? 너 설마 나 좋다 그러고 바로 웨딩드레스라도 입히려는 거야?"

"온 김에 디자인 정하고 가는 것도 나쁘지 않죠."

왠지 현승이 진짜 그러고도 남을 것 같아 살짝 인상을 찌푸린 송아는 바로 돌아서 버렸다. 현승이 곧장 그녀의 팔목을 붙잡아 돌려 세웠다.

"내 거예요."

"뭐?"

"매력 어필 중인데. 남자 재력에는 별로 관심 없나 봐요?"

도무지 맥락이라고는 눈곱만큼도 없는 소리로 송아의 정신을 쏙 빼놓은 현승은 그대로 그녀를 데리고 '하라' 안으로 들어갔다.

내키지 않는 발걸음이긴 했지만, 막상 안으로 들어가니 송아는 눈앞에 놓인 드레스들에 정신을 쏙 빼앗겨 버렸다. 이 와중에도 너무너무 입고 싶을 정도로 그저 예쁘다는 생각밖에 들지 않았다.

"오셨어요?"

불쑥 들려 온 친절한 음성에 송아가 옆을 돌아봤다. 매니저는 송아를 향해 미소 띤 얼굴로 가볍게 인사를 건네고는 현승에게로 시선을 돌렸다.

곧장 현승이 물었다.

"왔어요?"

"아직이요. 약속 시간도 아직 10분쯤 남아 있고요."

"대표실로 간단한 먹을 것 좀 넣어주세요. 샌드위치 같은 거요."

"네. 그럴게요."

매니저와의 대화를 마친 현승은 송아의 팔목을 잡은 그대로 계단을 올랐다.

"야. 뭐하는 거야? 여긴 왜 올라가?"

그저 어이가 없는 송아의 물음 같은 건 왠지 화가 나 있는 것 같은 그의 걸음을 막을 수 없었다.

'대체 왜 저래, 정말?'

거침없이 2층으로 올라 간 현승은 당당히 대표실 문을 열었다.

얼떨결에 끌려 들어온 송아는 위화감이 느껴져 구경도 못했던 숍의 대표실 안까지 떡하니 들어와 있자 마냥 어리둥절하기만 했다.

"진짜 여기가 네 거야? 너 투잡이야?"

텅 비어 있는 대표실 안을 두리번거리던 송아는 책상 위 명패를 확인했다.

"뭐야? 여기 대표 이름은 채지승이잖아."

그러고 보니 '하라'의 대표가 여자라는 것도 뒤늦게 생각났다. 송아는 광고홍보팀에서 근무하는 탓에 패션 업계에 대한 정보가 꽤 되는 편이었다.

"근데 가만……. 채지승. 채현승?"

명패와 현승의 얼굴을 번갈아 보던 송아의 눈이 커졌다.

"무슨 사이야? 설마 가족이라 돼?"

"아무리 봐도 센스가 없는 건 아닌 것 같은데 다른 쪽으로는 어쩜 그렇게 맹해요?"

"뭐? 맹해?"

현승이 다시 한심하다는 듯 보자 송아는 이제 기분이 나빠졌다. 지금 한가로이 이곳의 주인이 누구인지 따지고 있을 때도 아니었다.

송아는 우선 그녀를 잡고 있는 현승의 손부터 뿌리쳤다.

"뭐야? 갑자기 이상해진 그 말본새는 뭐고, 날 여기로 데려온 건 더 뭔데?"

"보여줄 게 있어서요."

"그러니까 그게 뭐냐고. 일처리는 사람 안 답답하게 잘하면서 왜 이렇게 대화는 사람 속 터지게 해?"

"상처 주고 싶지 않아서요. 선배한테 상처 주려고 이러는 거 아니니까요."

지체 없이 대답하던 현승의 한심했던 눈빛이 애틋하게 바뀌어갔다. 다시 불길함을 느끼는 송아의 머릿속에선 오늘 그가 했던 말들이 차례대로 스쳐갔다.

"분명히 까였어요, 선배. 앞으로 까일 거에 비하면 좀 전에 그건 아무것도 아니지만."

"가는 동안 행복한 생각이나 해둬요. 당분간은 그런 거랑은 아주 거리가 멀 것 같으니까."

"얼마나 쓰레기인지 궁금해서요. 양쪽 다 결혼 얘기 했으면 그건 완전히 양아치니까."

'설마……'

직감적으로 든 생각에 송아는 저도 모르게 핸드백을 꽉 움켜쥐었다.

'피하고 싶어!'

송아는 바로 문을 향해 돌아섰다.

"안 돼요."

하지만 현승이 곧장 그녀의 앞을 막아섰다.

동시에 똑똑, 소리와 함께 샌드위치와 주스를 챙겨 온 매니저가 안으로 들어섰다.

"테이블 위에 놓아주세요."

매니저가 나가자 현승은 송아의 팔목을 잡아 그녀를 테이블 앞으로 데려갔다.

"먹어둬요. 당분간은 먹을 것도 잘 못 먹을 것 같으니까."

하지만 송아는 앉으려고도 테이블 위에 놓인 걸 집으려고도 하지 않았다.

잠시 그것들을 내려다보고 있던 송아가 시선을 들어 그를 쳐다봤다.

"보기 싫어. 보고 싶지 않아."

송아는 완전히 감을 잡은 듯했다. 하지만 현승은 아직 물러설 수 없었다.

"알아요, 힘든 거. 그리고 잔인하다는 것도. 그런데 봐요. 선배라면 보고도 어떻게든 안 믿으려 할 것 같지만, 그래도 꼭 봐야 해요. 눈이 기억한다면 끝까지 부정하지만은 못할 테니까."

마치 신경전을 하듯 둘은 서로를 바라보기만 했다. 벌써부터 감당하기 힘든 듯 송아의 눈동자는 걷잡을 수 없이 흔들렸다. 그럴수록 현승은 더 단호한 눈빛으로 그녀를 똑바로 응시했다.

똑똑.

바깥이 조금 소란스러워진다 싶더니 다시금 대표실 안에 노크 소리가 울렸다.

"네."

현승의 대답에 안으로 들어선 매니저는 그를 향해 눈짓만 보냈다. 현승 역시 작게 고개를 끄덕이는 것으로 대답을 대신했다.

매니저가 나가자 현승은 송아의 팔목을 가볍게 잡아당겨 블라인드가 처진 유리벽 앞으로 갔다.

열려 있는 블라인드 틈 사이로는 치수를 재고 피팅이 이루어지는 바깥 모습을 모두 볼 수 있었다.

'……팀장님!'

효주와 함께 있는 재신을 보자 송아는 바로 뒤돌아섰다. 어서 이곳을 떠나고 싶었다. 그러나 앞을 막아선 현승으로 인해 꼼짝도 할 수 없었다.

송아는 그를 보지 않은 채 차갑게 말을 뱉었다.

"비켜."

"봐야 해요. 피하지 말아요."

결국 송아의 눈초리가 날카롭게 일어섰다. 하지만 아무리 매섭게 쏘아봐도 현승은 꿋꿋하기만 했다.

"나 좋아한다고 그랬지? 그래서 지금 나랑 팀장님 사이 깨려고 이러는 거야? 그럼 내가 너한테 갈 것 같아서?"

"나 좋자고 다른 사람 불행하게 만들 정도로 못된 놈도 못난 놈도 아니에요, 저."

"분명히 말해. 내가 설사 팀장님하고 잘못 돼도 너한테는 절대 안 가. 너는 네가 못된 놈은 아니라고 생각해도 나한테 너는 잔인하고 나쁜 놈이야."

현승을 옆으로 밀어낸 송아는 원하는 대로 걸음을 뗐다. 그러나 순간 다리에 힘이 풀려 그대로 옆으로 쓰러질 뻔했다.

"선배!"

재빨리 손을 뻗은 현승이 그녀를 붙잡아 안았다. 그리고 송아가 뿌리칠 새도 없이 바로 그녀를 안은 채 뒤돌아섰다.

유리벽을 등지고 있는 현승의 어깨 너머로 다른 여자와 함께인 재신의 모습이 고스란히 보였다. 둘이 손을 잡은 채 소파에 앉아 무언가를 보고 있는 모습에 송아는 질끈 두 눈을 감아버렸다. 끔찍할 정도로 다정했다.

마치 그런 그녀를 안다는 듯, 곧 현승의 잔인할 정도로 친절한 목소리가 그녀의 귓속으로 파고들어왔다.

"지금부터 잘 봐요."

'싫어.'

"선배가 그 입술로 사랑을 속삭였던 남자가 어떤 놈인지."

'아니야, 절대.'

더 힘주어 눈을 감은 송아는 아예 현승의 목덜미 쪽으로 얼굴을 틀어버렸다.

현승의 잔인한 말은 계속 이어졌다.

"다행스럽게도 저 남자는 선배 것이 아니었어요."

'그만해, 제발!'

"2월 14일. 그날 결혼식을 올리는 이재신 옆에 설 신부의 이름은 윤송아가 아니라 고효주더군요."

'2월 14일?'

송아의 눈이 번쩍 뜨였다. 뒤로 고개를 젖힌 채 현승을 올려다보는 눈동자가 거친 파도 위에 표류하는 종이배처럼 사정없이 흔들렸다.

"왜 그래요?"

"2월…… 14일이라고? 진짜…… 그때 결혼한다고?"

떨리는 음성으로 겨우겨우 묻는 송아의 눈동자에 차츰 분노의 불길이 일었다. 잠자코 그 모습을 보고 있던 현승은 느리게 고개를 끄덕였다.

"선배한테도 의미 있는 날이었어요?"

송아는 대답 대신 현승의 어깨 너머로 보이는 재신에게 시선을 돌렸다. 밀어내기 위해 잡았던 현승의 어깨를 잡은 손에 꽉 힘이 들어갔다.

'진짜 2월 14일에 저 여자랑 결혼을 하겠다고? 어떻게? 어떻게 그래?'

그날은 바로 송아와 재신이 사귀기로 한 날이었다. 그보다 앞선 일주일 전 그녀에게 고백했던 재신에게 송아가 밸런타인데이 선물을 주며 그의 마음을 수락했다. 그런데 어떻게 그날에 다른 여자와 결혼을 할 수가 있을까?

충격과 배신감에 정신이 아득해지려고 하자 송아는 눈을 감은 채 현승의 어깨에 기댔다.

"힘들면 그만 봐요. 충분한 것 같으니까."

"아냐. 아직 하나도 안 충분해."

그의 어깨에 대고 중얼거린 송아는 다시 눈을 떠 유리벽 너머의 재신을 봤다. 그리고 이내 그 시선은 일어서서 치수를 재고 있는 여자에게로 향했다.

애석하게도 송아는 그녀가 누구인지 알고 있었다.

"이름이 고효주라고 했지?"

"네."

효주라는 여자의 직업은 전문 모델이었다. 작년 겨울, 송아네 회사의 가방 전문 브랜드 S/S 신상품 잡지 광고 서브 모델이 바로 그녀였다. 송아가 브랜드팀과 함께 직접 고르고, 촬영도 진행했기에 더 잘 알고 있었다.

즉, 송아는 제 손으로 직접 재신에게 새 여자를 갖다 바친 꼴이었다.

"둘이 사귄 지 얼마나 됐다고?"

"거기까진 모르죠. 하지만 최소 6개월 이상은 됐을 거예요. 사귀자마자 결혼 얘기를 꺼내지는 않았을 테니까 못해도 1년 정도는 되지 않았을까요?"

재신은 모든 촬영장에 가는 건 아니지만, 송아의 촬영장에는 꼭 방문했다. 아무래도 1년 전 첫 촬영장에서 둘이 무슨 교감이 있었던 것 같다.

'가만. 그럼 저번 여름 촬영장엔 내가 아니라 저 여자를 보러 왔던 거야?'

지난여름에 찍은 F/W 시즌 광고에도 효주를 썼고, 그때에도 재신은 촬영장에 왔다. 그런데 그때 촬영이 끝나자 재신은 갑자기 친구가 보자고 했다며 자리를 떴는데, 이제 보니 그 친구가 효주인 모양이었다. 그때면 시기상 백퍼센트 사귀고 있었을 것이다.

미국 국적인 재신은 대학을 포함한 모든 교육 과정을 그곳에서 마쳤다. 친구들의 대부분은 유학생이라고 했고, 직장도 대부분 한국이 아니라고 했다.

그렇기에 송아는 그가 갑작스러운 친구의 연락 핑계를 댈 때마다 아무런 의심도 하지 않고 믿었다. 친구들이 다들 일 때문에 한국에 들어왔다 즉흥적으로 연락을 하는 스타일이라고 했기 때문이다.

친구들을 한 번도 소개시켜주지 않는 걸 크게 이상하게 생각하지 않은 것도 같은 이유였다. 스케줄을 맞추기 힘드니 구체적인 결혼 얘기가 오고 가면 그때 제대로 된 자리를 만들어 보게 될 거라 생각하고 있었다.

'그러면 설마 2주년이었던 올해 밸런타인데이 때도?'

그때도 재신은 친구 핑계를 대며 저녁 식사만 한 후 일찍 헤어지자고 했다. 정황상 그때면 재신이 효주와 썸을 타거나 사귀고 있을 때였던 것 같은데, 아무래도 그때에도 그 여자에게 간 듯했다.

현승의 말대로 송아는 오랜 시간 재신에게 철저히 농락당해왔던 것이다.

"허."

대체 재신이 했던 말의 어디까지가 진짜고 어디까지가 거짓인 걸까.

재신과 있었던 일들이 하나둘씩 떠오르자 허망한 숨만 터져 나오는 송아는 갑자기 혼란스러워졌다. 3년 전 자신에게 처음 좋다고 했던 말부터 모두 다 거짓인 것만 같았다.

"나쁜 놈. 이럴 거면 헤어지자고나 할 것이지."

그가 양다리를 걸쳤을 1년에 가까운 시간 동안 재신이 이별에 대한 어떤 기미도 보이지 않았기에 송아는 더 어이가 없었다. 심지어 다른 여자와 할 결혼식을 겨우 두 달 남짓 남겨두고 있으면서도 아직까지 아무 얘기도 하지 않았다.

송아는 그동안 그에게 몹시 아낌을 받고 있다고 생각했는데 이제 보니 그게 아니었다. 최소한의 배려도 못 받을 정도로 취급받고 있던 게 틀림없었다.

그에게 자신이라는 여자는 그냥 실컷 데리고 놀다 버리고 싶을 때 버리기만 하면 되는 존재였던 게 분명했다.

"어떻게 나한테!"

이럴 게 아니라 지금 당장 재신의 앞에 나타나야 했다. 바로 몇 시간 전까지만 해도 사랑한다고 했던 저 입으로 어떤 말을 떠들어댈지, 어떤 얼굴로 두 여자를 쳐다볼지 당장 두 눈으로 확인하고 싶었다. 하지만 현승을 밀어내고 가려고 하는 그녀를 그가 더 바짝 끌어안아 막았다.

"뭐 이렇게 막무가내로 가려고 해요? 가서 어떻게 하려고요?"

나무라는 그에게 송아도 지지 않았다.

"막무가내가 아니면? 저 꼴을 보고도 차분히 이성적으로 시나리오 짜고, 리허설까지 끝마치고 나타나?"

"그건 아니지만 뭔가 제대로 갚아 줄 계획은 짜고 가야죠. 그렇게 당했는데 단순히 머리채 잡고 맘껏 성질부린다고 해서 이재신한테 티끌만큼의 피해라도 줄 것 같아요? 저 뻔뻔한 남자라면 차라리 잘됐다고 홀가분해할지도 몰라요."

현승의 말이 하나 틀린 것 같지 않아 송아의 기세는 한 풀 꺾였다. 차라리 잘됐다고 말하거나, 효주에게만 이 상황을 설명하려고 드는 재신을 상상하자 그것만으로도 끔찍해 치가 떨렸다.

입술을 잘근 깨물며 눈을 감은 송아는 잠시 호흡을 가다듬었다. 그러곤 다시 눈을 떠 어깨 너머 재신을 쳐다봤다.

뭐가 그리도 행복한지 그의 얼굴에서 미소가 떠날 줄을 몰랐다. 송아는 왈칵 눈물이 쏟아질 것만 같았다.

눈물이 나오려는 걸 간신히 참은 송아가 재신을 보는 그대로 현승에게 물었다.

"그럼 어떻게 하라고? 내가 뭘 어떻게 해야 하는데?"

"시키는 대로 할 거예요?"

"말부터 해."

"그럼⋯⋯."

일부러 만들어낸 것 같은 간격에 송아가 현승을 올려다봤다. 그녀와 잠시 눈을 맞춘 현승이 다시 말을 이었다.

"날, 이용해 봐요."

그의 말뜻을 모르겠다는 듯, 설핏 미간을 구긴 채 현승을 보던 송아가 마침내 입을 열었다.

"너를 이용하라니?"

"아직 안 버려졌으니까 먼저 버려요. 나한텐 이미 쪽팔렸으니까 비참해지지는 말고요."

"본론만 말해."

"나랑 양다리였다고 해요. 그리고 양다리 피곤하다면서 먼저 헤어지자고 해요. 이재신이 양다리인 건 모른 척하고요."

"그건 왜 모른 척하는데?"

"이재신이 양다리인 거 알고 선배까지 양다리 걸쳤다고 하면 단지 복수심이라고 생각할 테니까요. 그런데 그게 아니라 더 매력적인 남자가 나타나서 흔들렸고, 그 남자를 선택했다고 하면 이재신은 괴로울 정도로 자존심이 상하게 되겠죠. 이재신, 자존심에 죽고 사는 거 알잖아요."

현승의 말대로 재신은 자존심이 매우 강한 남자였다.

자신들의 회사 미국 지사장의 아들로 미국에서 태어나 자란 재신은 인종 차별 속에서 지지 않기 위해 늘 이를 악물고 살아왔단 얘기를 입에 달고 다녔다.

"그거면 그 어떤 방법보다도 이재신 자존심 제대로 짓밟아 줄 수

있어요. 아마 본인이 양다리 중 한 다리였다는 거 알면 돌아버리려
고 할 걸요? 제 잘못은 하나도 생각 안 하고."

만일 재신에게 이걸 갚아주려고 한다면 송아가 보기에도 그 방
법이 나쁘지 않았다. 그러나 송아의 머릿속에는 계속 '하지만'이라
는 단서가 남아 있다는 게 문제였다.

솔직히 저 모습을 보고도 믿고 싶지 않은 게 사실이었다. 도저히
마지막 희망과 기대가 버려지지 않았다.

이런 마음이 부끄럽게 느껴진 송아는 다시 시선을 내려 현승의
눈을 피했다.

"싫어. 똑같은 사람 되는 거."

"엄연히 다른 사람이죠. 선배는 자기 방어를 위한 거짓말을 하는
것뿐이니까."

"거짓말하고 싶지 않아."

"그럼 뭐라고 하면서 헤어지자고 할 건데요? 사실대로 다 알았다
고 말하려고요? 설마 그렇게 말하면 이재신이 저 여자 버리고 선배
를 택해줄 거라고 생각하는 건 아니죠?"

정곡을 찔린 탓에 송아는 다시 말문을 닫아버렸다.

그걸 눈치챈 현승의 목소리는 까칠해졌다.

"진짜 그걸 봤는데도 못 믿겠어요? 지금 이재신이 저랑 결혼 할
애인이 아니라 여동생 웨딩드레스 골라주러 여기에 온 것 같아요?
나가서 한번 확인해 볼까요?"

미련한 송아 때문에 화가 난 현승이 당장 나갈 태세로 송아의 팔목을 붙들었다. 처음과 달리 재신을 마주하는 게 무서워진 송아는 힘을 주며 그의 손을 뿌리치려 했다.

"이거 놔! 네가 뭔데 그래? 무슨 자격으로?"

자격이란 말에 그녀를 데리고 나가려던 현승의 움직임이 멈췄다. 당연히 들을 소리였지만, 심장이 저릿하게 아픈 건 어쩔 수 없었다. 하지만 지금은 자신의 상처를 드러낼 때가 아니었다.

현승은 저도 모르게 힘을 줬던 손에서 서서히 힘을 풀며 최대한 덤덤히 송아와 시선을 맞췄다.

"알아요, 나도. 단지 선배를 좋아하는 것만으로는 이런 자격 없는 거. 미안해요. 주제넘어서."

"그럼 다신 끼어들지 마. 고맙지 않으니까."

현승에게서 차갑게 시선을 떼어내며 송아는 문을 향해 돌아섰다. 하지만 문손잡이를 붙잡고도 돌리지 못했다.

어느덧 눈물을 그렁그렁 매단 송아의 시선이 다시 블라인드 틈으로 보이는 재신에게로 향했다.

효주의 이마 위에 입을 맞추는 재신의 모습을 보는 순간, 송아의 눈에서 가득 차오른 눈물이 그대로 뺨을 타고 흘러 내렸다. 곧, 그녀의 정신이 아득히 멀어져 버렸다.

"선배!"

현승은 송아의 멘탈이 아주 강한 줄 알고 잔인한 방법을 택한 것이었다. 일을 하면서 어떤 위기 상황이 닥쳐와도 쉽게 흔들리지 않았기 때문이다. 하지만 지금은 그 판단을 몹시도 후회했다. 기절까지 할 줄이야. 송아가 믿든 믿지 않든 그냥 말로 풀었어야 했다.

"미안해요, 내가."

대표실 소파에 누워 있는 송아를 지켜보던 현승은 잠시 마음을 추스르기 위해 밖으로 나갔다.

그를 보자 전화 통화를 끝낸 지승이 그에게로 다가왔다.

"깨어났어?"

"아직."

벌써 한 시간 가까이 송아는 깨어나지 못하고 있었다.

"병원으로 데려갔어야 하는 거 아냐?"

"아깐 그럴 상황이 아니었으니까."

밖에 재신이 있었기에 송아를 데리고 나갈 수가 없었다. 호흡은 정상이었기에 그 정도로 위급한 상황도 아니었다.

"충격이 꽤나 컸을 거야. 그러게 이 방법은 너무 심하다니까?"

누나의 도움을 받기 위해선 상황을 알려야 했기에 현승은 그녀에게 모든 걸 다 말했다. 지승은 오늘과 같은 방법을 말렸지만, 현승은 끝까지 뜻을 굽히지 않았다.

"그러게. 누나 말을 들을 걸 그랬어."

후회를 내보이는 현승의 미소 끝이 쓸쓸했다.

입가에 옅게 미소를 띤 지승이 그 모습을 가만히 지켜봤다.

"꽤 많이 좋아하나 보다?"

"나도 내심 놀라고 있는 중이야."

현승은 다시 송아가 있는 대표실을 쳐다봤다. 송아가 쓰러진 후 완전히 블라인드를 쳐놓은 상태라 안이 어떤지는 보이지 않았다.

"그런데 제대로 시작도 해보기 전에 미움만 산 것 같아. 끔찍한 기억 속에 늘 내가 있을 테니까 나까지 싫겠지."

그냥 끝까지 모른 척하는 게 나았을까. 그리고 그녀가 아파하는 틈을 아무것도 모른 척 비집고 들어가서 그녀의 옆자리를 차지하는 게 맞는 방법이었을까.

아마 현승은 다시 시간을 되돌려도 이 선택을 했을 듯했다. 상처 받을 게 뻔한 송아의 모습을 묵묵히 지켜보기만 할 수는 없었을 테니 말이다.

"물론 당장은 그러겠지. 하지만 분명히 저 여자분도 네 진심을 알아줄 날이 올 거야."

'그래. 그 시간이 얼마가 걸려도 좋으니까 나도 꼭 그런 날이 와주기만 했으면 좋겠어, 누나.'

현승은 속으로 간절히 그 바람을 빌며 대표실에서 시선을 떼어 냈다.

"그러니까 힘내. 왜 이렇게 약한 모습이야? 그렇게 약해서야 앞으로 험한 길을 제대로 걸어갈 수 있겠어? 아님, 이대로 포기할 거야?"

"아니. 절대. 바보같이 굴기엔 너무 사랑스러운 여자거든."

현승의 미소에서 송아에 대한 마음이 고스란히 드러나 보이자, 지승이 응원하듯 그의 어깨를 가볍게 다독였다.

"근데 누나. 나 한 가지 부탁이 있는데."

"부탁? 뭔데?"

"아까 그 손님들 거절해주면 안 돼? 아무리 생각해도 누나가 만든 드레스 입히고 싶지 않아서. 적당한 이유 만들어서 누나가 거절 좀 해줘."

"클레임이 꽤 셀 거 같은데? 둘 다 자존심이 상당히 강해 보였거든."

"시달리는 건 어떻게 못해주겠지만, 누나가 낼 위약금은 내가 낼게. 부탁 좀 해."

현승이 더없이 진지한 눈으로 지승을 바라봤다. 잠시 그 모습을 보고 있던 지승의 입가에 살며시 미소가 피어올랐다.

"알았어. 그건 내가 알아서 잘 처리해줄게."

"고마워, 누나."

"위약금도 됐고. 동생이 연애 좀 하겠다는데 그 정도도 지원 못해주겠어?"

둘 사이에 응원과 고마움의 미소가 오가는 사이, 대표실 쪽에서 문이 열리는 소리가 들렸다.

그 기척에 현승과 지승이 동시에 고개를 돌리니 송아가 밖으로 나오고 있었다. 현승이 재빨리 다가가 그녀를 부축했다.

"괜찮아요?"

"어. 괜찮아."

하지만 여전히 송아의 얼굴엔 핏기가 하나도 없었다.

"이제라도 병원에 갈래요?"

"아니야. 집에 가서 쉬면 나아질 거야."

차분히 현승의 손을 거둬낸 송아는 지승의 앞으로 다가가 정중히 고개를 숙였다.

"죄송합니다. 실례가 많았습니다."

"아니에요. 우리 통성명 같은 건 다음에 하고 오늘은 이만 가 봐요. 가서 푹 쉬어요."

"네. 감사합니다."

한 번 더 지승에게 고개 숙여 인사한 송아는 바로 계단으로 걸음을 옮겼다.

현승은 눈짓으로만 누나에게 인사를 건넨 후 바로 그녀의 곁으로 다가갔다. 난간을 짚고 내려가는 그녀에게서 핸드백부터 가져왔다.

"업힐래요?"

"됐어."

"안고 가도 되고요."

"그런 건 나중에 네 애인한테나 해."

현승에게는 시선도 주지 않은 채 송아는 계속 난간에 의지한 채한 계단씩 내려갔다. 역시 그에게도 단단히 화가 난 듯했다. 미움이고스란히 느껴질 정도로.

"차는 타고 가요. 집까지 데려다 줄게요."

송아가 건물 밖으로 나오자 현승이 바로 조수석 문을 열어 보였다. 거절하면 어쩌나 했던 송아는 순순히 그의 뜻을 받아들였다. 그럴 수밖에 없을 정도로 많이 힘든 듯했다.

현승도 서둘러 운전석에 올라탔다.

"집이 어디예요?"

송아는 대답 대신 직접 내비게이션에 주소를 찍었다. 그리고 더는 아무 말도 하고 싶지 않다는 듯 의자에 기대 눈을 감은 채 창밖으로 얼굴을 돌렸다.

그 의중을 모르지 않았지만, 현승은 다시 입을 열었다.

"내가 미워요?"

"고맙진 않아. 그리고 나 좀 그냥 내버려둬 줄래?"

송아는 더 바짝 창밖을 향해 고개를 돌렸다. 현승은 하고 싶은말이 많았지만, 일단은 그녀의 뜻대로 해주는 게 나을 것 같아 조용히 차를 출발시켰다. 그녀의 오피스텔 역시 같은 강남권에 있어 그리 멀지 않았다. 차도 막히지 않아 거의 15분 만에 도착하자 송아는 바로 차에서 내리려고 했다.

다른 말은 안 하더라도 이 말만은 꼭 해야 할 것 같아 현승이 그녀의 팔을 붙잡았다.

"어떻게 할 거예요?"

"몰라. 지금은 아무 생각도 안 나."

그를 보지도 않은 채 현승의 손을 떼어낸 송아는 다시 문손잡이를 잡았다.

내려서는 송아를 따라 현승도 서둘러 차에서 내려 그녀의 앞을 막아섰다.

"아직도 모르겠어요? 이재신한테 선배는 이미 끝난 여자예요. 붙잡는다고 돌아올 가능성 같은 건 없다고요."

"입 다물어."

매섭게 현승을 쏘아 본 송아는 곧장 그를 피해 옆으로 비켜섰다. 오피스텔 입구를 향해 걸음을 떼는 그녀의 곁을 현승도 함께했다.

"울 거예요? 술 마실 거예요? 아님 둘 다?"

"입 다물라고. 내 일에 상관 마."

"싫어요."

현승의 단호한 대답에 송아의 걸음이 멈췄다.

한결 더 무섭게 쏘아보는 그녀를 현승은 다독이는 듯한 눈빛으로 애틋하게 바라봤다.

"걱정돼요. 같이 있을까요?"

"네가 왜? 네가 뭔데?"

송아는 뒤늦게 그가 자신에게 고백을 했다는 게 생각났다.

"내가 아직 대답 안 했지? 난 너한테 눈곱만큼의 관심도 없어. 남자로도 안 보여. 앞으로도 그럴 거고."

"알았어요. 그건 내가 차차 바꿔볼게요."

현승의 대답이 마음에 들지 않아 송아는 얼굴을 일그러뜨렸다. 재신에 대한 분노까지 그에게 다 쏟아버리고 싶을 정도로 현승이 미웠다.

"너, 내가 쉬워 보여서 이래? 등신같이 양다리 당한 것도 모자라 버려지는 쪽이라서?"

그녀의 대답이 마음에 들지 않은 듯 이번엔 현승의 얼굴이 구겨지며 굳었다.

"분명히 얘기했죠? 버려지는 건 선배가 아니라 이재신이어야 한다고. 잘 생각해 봐요. 나 써먹는 거. 나 연기 잘해요."

"그럴 일 없어."

차갑게 내친 송아는 곧장 돌아서 걸음을 뗐다. 현승은 이번엔 뒤따르지 않았다.

"우는 거든, 술 마시는 거든. 그게 뭐든 너무 많이 하지 말고요."

그의 말을 무시한 채 송아는 묵묵히 건물 안으로 들어갔다. 그래도 현승은 굴하지 않고 문이 닫히기 직전 한 번 더 소리 높여 외쳤다.

"도움 필요하면 꼭 전화 줘요, 선배! 기다릴 테니까!"

집으로 들어선 송아는 눈을 감은 채 현관문에 몸을 기댔다. 곧 그대로 바닥으로 무너져 내렸다.

아직도 제게 무슨 일이 일어난 것인지 알 수 없었다. 현승이 보여준 모습을 두 눈으로 똑똑히 봤고, 그 모습이 아직도 선연한데 아무것도 받아들여지지 않았다.

더 정확히 말하면 인정할 수가 없는 것이었다.

'2월 14일.'

송아는 재신의 결혼식 날짜를 떠올리자, 3년 전 그의 고백도 함께 떠올랐다. 더불어 자신의 수락에 세상을 다 얻은 듯 근사하게 미소 짓던 그의 모습도. 그런데 그랬던 사람이…….

송아는 갑자기 불같이 화가 일어 주먹에 불끈 힘이 들어갔다.

'나한테 어떻게! 그렇게 수없이 사랑한다고 해놓고서는!'

역시 재신을 만나야 했다.

버리느냐, 버려지느냐 그딴 걸 재고 따질 것 없이, 송아는 당장 재신에게 이게 어떻게 된 것이냐고 따져 물어야 속이 시원할 것 같았다.

– 지금은 전화를 받을 수 없어…….

하지만 재신에게 건 전화에서는 그 소리밖에 들려오지 않았다.

두 번, 세 번을 걸어도 마찬가지였다.

'대체 뭘 하기에?'

아마도 그 여자와 웨딩드레스에 대해 얘기하며 오붓한 시간을 보내고 있을 거라 생각하니, 휴대폰을 쥔 송아의 손에 또 한 번 강한 힘이 들어갔다.

'그 여자는 팀장님한테 내가 있는 걸 아나?'

'대체 팀장님은 언제야 나한테 헤어지자고 하려는 거였지?'

'그럼 난 대체…… 그 남자한테 뭐였는데?'

아깐 미처 못 했던 생각들에 송아의 감정이 더 격해졌다. 어느덧 뺨을 타고 눈물이 주르륵 흘러내리고 있었다.

"개자식. 쓰레기 같은 놈."

송아는 곧 씩씩하게 손으로 눈물을 닦아냈다. 이대로 주저앉아 바보처럼 눈물만 쏟아내고 싶지 않았다.

"됐어. 그런 쓰레기 같은 놈 때문에 괴로워만 하지는 않을 거야."

송아는 한 번 사랑에 빠지면 앞뒤 재지 않고 모든 걸 다 내주는 스타일이다. 허나, 사랑이 끝났다고 해서 세상이 끝난 것처럼 굴지는 않았다.

당장 풀지 않으면 터져버릴 것처럼 속이 답답하긴 하지만, 그렇다고 해서 재신을 찾아가 미친 것처럼 발광을 하거나 울며불며 매달리지도 않을 것이다.

아직 인정은 못해도 제가 처한 현실이 어떤지 정도는 확실히 인지했다. 그리고 그런 송아에게 지금 가장 급한 건 머리끝까지 쌓인 스트레스를 푸는 것이다.

침대 위에 코트를 던진 송아는 단골 족발집에 전화를 걸었다. 무조건 스트레스에는 매운 걸 폭식하는 게 최고였다.

"불족발 대자로 가장 매운 맛의 두 배는 더 맵게 해서 갖다 주세요."

– 그렇게 먹으면 큰일 날 텐데. 괜찮겠어요?

"네. 걱정 마세요. 빨리 부탁드려요. 큰일 나도 되니까 무조건 맵게 해주세요."

– 대신 나중에 뭐라고 하지 마요.

"네. 절대 안 할 테니까 부탁드려요."

배를 움켜쥔 채 화장실을 나온 송아는 침대까지 갈 힘도 없어 그대로 바닥으로 주저앉아버렸다. 몇 번째인지도 모를 설사에 완전히 탈진 직전이었다. 이 와중에도 배는 계속 아파 죽을 것 같았다.

그냥도 매워서 울면서 먹는 걸 두 배는 더 맵게 한 탓에 거의 통곡을 하며 먹었다. 그래도 스트레스는 조금 풀렸으니 다행이었다. 그런데 얼마 지나지 않아 배 속이 난리가 났다. 점심 이후 텅텅 비어 있던 속에 무작정 몰아넣은 매운 게 제대로 탈이 났는지 완전히 속을 뒤집어 놨다.

쓰리다 못해 누가 긁어내듯이 아파 급기야 식은땀까지 흘렸다. 계속 화장실을 들락날락하며 쏟아내도 좀처럼 나아질 기미가 보이지 않았다.

"앗! 아아!"

바닥에 쓰러져 배를 움켜쥔 채 끙끙대던 송아는 이대로 계속 두면 진짜 큰일이 날 듯했다. 병원에라도 가야겠다는 생각에 기듯이 침대로 가 휴대폰을 찾았다.

'팀장님……'

그래도 이 와중에 생각나는 건 재신밖에 없었다. 재신 때문에 이렇게 됐지만, 그래도 그가 와줬으면 싶었다.

밤 11시가 넘은 시각이었다. 재신은 첫 번째 전화는 받지 않았다. 필시 효주와 같이 있을 건데 둘이 뭘 하고 있어 전화를 안 받는 건가 싶은 생각에 송아는 배가 더 아파 오는 것 같았다.

"아아!"

그럼에도 꾹 참고 두 번째 전화를 걸었지만, 결과는 마찬가지였다.

송아는 이번엔 왈칵 눈물이 났다. 족발을 먹으며 다 쏟아냈다고 생각했는데 아직 남아 있었던지 계속 흘러내렸다. 아마 지금 흘리는 눈물이 피눈물인 것 같다는 생각이 잠시 스치듯 지나갔다.

'팀장님, 제발……'

송아는 재신에게 세 번째 전화를 걸었다. 차라리 119가 더 빠를 테지만, 오기였다.

어차피 버림받을 존재라고 하더라도 그래도 재미로만 만났던 존재는 아니었다는 걸 마지막으로 확인받고 싶었다. 결혼할 마음까지는 먹어지지 않았더라도 걱정되고 사랑하는 존재는 맞았다는 걸 재신이 확인시켜주길 바랐다.

─ 여보세요?

세 번째 전화의 신호음이 거의 끊겨갈 때쯤이었다. 건너편에서 드디어 재신의 목소리가 들려왔다.

기쁨도 잠시, 송아는 다시 느껴진 통증에 이를 악물고 얘기를 꺼냈다.

"……팀장님."

─ 왜 그래?

심상찮은 목소리에 재신이 언뜻 놀란 듯했다. 그 와중에도 송아는 그가 걱정은 해주는 것 같아 다행이라는 생각을 했다.

"제가 너무, 하아…… 아파서요. 저 좀…… 병원에 데려다 주세요. 하아……."

배가 더 쑤시듯이 아파오자 침대에 몸을 기대고 있던 송아는 다시 바닥으로 쓰러져버렸다. 급기야 누군가가 배 속에 손을 집어넣어 모든 내장을 움켜쥐어 비틀고 있는 것 같았다.

─ ……많이 아파?

"죽을 것…… 같아요."

많이 아프냐고 되물었던 재신의 말에 담겨 있던 망설임이 뒤늦게 느껴졌다. 분명히 걱정보다는 귀찮음이었다.

'나쁜 놈…….'

송아는 다행이라 생각했던 생각을 바로 지워버렸다. 다시 눈에서 피눈물이 흐르는 것 같았다.

- 나 지금 못 가는데. 친구들하고 중요한 얘기 중이라서. 술도 마셨고.

고통을 견디기 힘든 송아는 아예 손에서 휴대폰을 놓아버렸다. 바닥에 놓인 휴대폰에선 계속해서 재신의 괘씸한 말이 흘러나왔다.

- 다른 누구 부를 사람 없어? 아님 119라도 불러줄까?

'개자식.'

이젠 송아도 확실히 인정해야만 했다.

재신에게 자신은 소중한 존재가 아니었다는 것을.

죽을 것처럼 아프다고 해도 달려오는 대신 119에 맡기는 존재라는 것을.

- 어떻게 해줄까?

바닥의 휴대폰에서 다시 재신의 역겨운 목소리가 들려왔다. 눈물범벅이 된 채 식은땀에 젖어 있는 송아는 이를 악물고 전화를 끊어버렸다.

"아아! 앗!"

더 극심한 고통에 정신을 잃어버릴 것만 같았다.

"왜 이렇게 전화를 안 받아?"

송아가 걱정된 현승은 그녀가 계속 전화를 받지 않자 급기야 그녀의 오피스텔까지 오고 말았다.

"무슨 큰일이라도 난 거 아냐?"

물론 현승도 송아가 어리석은 선택 같은 건 하지 않을 거라고 생각했다. 하지만 생각보다 멘탈이 약하다는 게 계속 마음에 걸렸다.

"아까 어디 사는지 호수라도 알아둘 걸."

건물 밖에 서서 오피스텔을 올려다보던 현승은 우편함이라도 뒤져 볼 생각으로 건물 안으로 들어갔다.

경비원이 보이자 바로 걸음을 틀었다. 의심스럽게 우편함을 뒤지는 것보다는 경비원에게 문의를 하는 게 더 나아 보였다.

"실례합니다."

"네. 무슨 일이신가요?"

"혹시 여기 입주자 중에 윤송아 씨가 몇 호에 사는지 알 수 있을까요?"

질문이 의심스러웠던지 경비원의 얼굴에 경계심이 어렸다. 현승은 바로 넉살 좋게 웃어 보이며 설명을 보탰다.

"아는 사이인데 지금 전화 연결이 안 돼서요. 꼭 만나야 하거든요."

"전화 연결이 안 되면 만나기 싫은가 보죠. 그런 거 못 알려줘요. 꼭 만나야 하면 계속 전화해봐요."

경비원은 단호하게 손을 내저었다. 아무래도 현승을 나쁜 쪽으로 생각하는 듯했다.

"저 이상한 사람 아니에요. 정말 꼭 만나야 하는데 연락이 안 닿아서 그래요."

"경찰에 신고할까요?"

경비원이 전화기를 집어 들자 현승은 할 수 없이 뒤로 물러섰다. 뒤늦게라도 우편함을 뒤져보고 싶었지만, 경비원이 두 눈을 시퍼렇게 뜨고 있어 그럴 수도 없었다.

"어떻게 해야 되지?"

현승은 일단 건물 밖으로 빠져나왔다. 달리 방법이 없으니 전화를 받을 때까지 다시 걸어 볼 생각이었다.

"어!"

막 통화버튼을 누르려는데 화면에 송아의 이름이 떴다. 순간 놀랐던 현승은 뒤늦게 그것이 송아에게 걸려온 전화라는 걸 깨닫고는 재빨리 전화를 받았다.

"선배!"

- 하아…….

건너편에서는 거의 들릴 듯 말 듯하게 앓는 소리만이 들려왔다. 현승이 그녀에게 무슨 일이 생겼다는 걸 알아채기에는 충분했다.

"몇 호인지 그것만 말해요."

- 하아. 팔백…… 일 호.

"알았어요. 기다려요. 지금 당장 갈 테니까."

다급히 전화를 끊은 현승은 곧장 건물 안으로 뛰어 들어가 엘리베이터까지 돌진했다. 계속 그를 주시하고 있던 경비원이 눈이 휘둥그레져서는 그를 쫓아왔다.

"어디 가는 거예요, 지금?"

"801호 가요, 아저씨!"

"진짜 허락 받고 가는 거 맞아요?"

"같이 가세요, 그럼!"

직업의식이 투철한 경비원과 함께 현승은 엘리베이터에 올라탔다. 경비원은 계속 현승을 미심쩍게 쳐다봤지만, 현승은 송아 걱정에 그런 걸 느낄 새도 없었다.

엘리베이터에서 내린 현승은 또 다시 다급히 복도를 달려 801호 앞에 멈춰 섰다.

띵동. 띵동.

그의 마음만큼이나 초인종 소리도 초조했다. 그녀가 나오기를 기다릴 새도 없어 현승은 곧장 주먹으로 문도 두드렸다.

쾅쾅!

"선배! 저예요! 채현승! 문 열어봐요!"

쾅쾅쾅! 땡동, 땡동.

문을 두드리고, 초인종을 누르고. 정신없는 그의 마음만큼이나 송아의 집 앞이 소란스러워졌다. 하지만 그럼에도 좀처럼 안에서 기척이 없자 경비원이 끼어들었다.

"진짜 연락돼서 온 거 맞아요? 왜 안에서 아무 소리도 없어요?"

"혹시 비상키 같은 거 있으세요? 여기 문 열고 못 들어가요?"

"이 사람이 진짜. 안 돼요! 절대 안 되니까 이리 나와요!"

현승이 거짓말을 한다고 생각한 경비는 그를 끌어내려고 했다. 하지만 그보다 훨씬 더 키도 크고 몸도 건장한 현승을 쉽게 끌어낼 수는 없었다. 그러다 불현듯 실랑이를 벌이고 있는 그들 사이로 문이 열리는 것 같은 소리가 끼어들어왔다.

띠리리릭.

현승은 바로 경비원을 뿌리치고는 현관문을 열어젖혔다. 송아가 현관 바닥에 쓰러져 있었다.

"선배!"

식은땀에 흠뻑 젖은 송아는 거의 의식이 없는 상태였다. 현승은 지체 없이 그녀를 안아들었다.

"엘리베이터! 아저씨, 엘리베이터요!"

"어, 어. 그래!"

현승만큼이나 놀랐던 경비원이 먼저 엘리베이터를 향해 달려갔
다. 송아를 단단히 안아든 현승도 서둘러 발걸음을 옮겼다.

"조금만 기다려요, 선배. 금방 병원에 데려다 줄 테니까."

그의 말이 끝나자 송아는 완전히 의식을 잃은 듯 겨우 실눈을 떠
그를 보고 있던 눈을 감았다.

'제발, 선배.'

현승은 더 걸음을 서둘렀다. 만일 송아가 잘못된다면, 그가 견딜
수 없을 것이었다.

"스트레스성 위경련이야. 당장 죽는 병 아니니까 그런 얼굴 할 거
없다고, 처남."

큰 매형의 말에 현승은 그제야 굳은 얼굴을 조금 풀었다. 당장이
라도 큰일이 날 것 같던 송아는 응급처치를 받은 후 편한 얼굴로
잠들어 있었다.

"죄송해요. 저 때문에 이렇게 밤중에 나오시게 해서."

대학 병원의 외과 과장인 큰 매형은 현승의 전화에 자고 있던 중
달려 나왔다.

"나중에 술이나 한 잔 사. 근데 이 아가씨가 그 아가씨 맞지? 누나
한테 대충 얘기는 들었는데."

"나중에 술 한 잔 사면서 다시 말씀드릴게요."

"그래. 그렇게 하자고."

현승의 팔을 가볍게 다독인 후 큰 매형은 다시 송아의 상태를 살폈다.

"당분간 자극적인 거 못 먹게 하고. 아무래도 스트레스를 그런 걸로 푸는 것 같은데 계속 그러다가는 또 이렇게 되니까 그 버릇도 고치라고 얘기 좀 해주고."

"네. 감사합니다."

"그래. 그럼 난 이만 가볼게. 담당 선생한테 잘 얘기해뒀으니까 알아서 잘 챙겨줄 거야."

"네."

큰 매형은 따라 나올 것 없다는 말을 끝으로 응급실을 나갔다. 현승은 걱정스러운 얼굴로 잠든 송아를 지켜봤다.

얼마나 울었던 건지 눈두덩이 불거질 정도로 퉁퉁 부어 있었다. 다행히 술은 마시지 않은 듯했다. 술까지 마셨으면 더 큰일이 났을 테니 그건 천만다행이었다.

"아주 호되게 아팠으니까 그만 아파요, 이제. 그리고 되갚아줘요. 이런 데에서까지 착하게 군다고 누가 상 줄 것도 아니니까."

송아의 한 손을 꼭 잡은 채 현승은 계속 그녀의 곁을 지켰다. 두어 시간쯤 지나자 송아가 잠에서 깨어났다.

"깼어요?"

"……병원이야?"

송아가 버석한 입술을 힘겹게 달싹이자, 현승은 고개를 끄덕여 대답을 대신했다.

"스트레스성 위경련이래요. 당분간 자극적인 거 조심하라고요."

"어. 그런데 왜 그렇게 빨리 왔어?"

"그 와중에도 그게 다 기억나나 봐요?"

"그러게."

현승이 왔을 때에는 거의 의식이 없던 송아였지만, 그가 병원에 데려다준다는 말은 확실히 들었다.

아마 그의 걱정 가득하던 눈에 안심이 되자 간신히 붙들고 있던 정신을 놓아버린 것 같았다.

"계속 내 전화 안 받기에 걱정돼서 오피스텔 앞에 있었어요. 그러게 왜 그렇게 전화를 안 받아요? 엄청 오래 아팠던 것 같은데 미워도 그냥 내 전화 좀 받지."

"온지 몰랐어. 네 번호 차단해 놨거든."

"차단이요?"

현승은 그럴 거란 생각은 전혀 못했기에 황당하기만 했다.

"너무한 거 아니에요?"

"고마워. 그런데도 살려줘서."

"몰랐으니까 살렸죠."

"그럼 이제야 말하길 잘했네."

힘없는 미소와 함께 송아는 아래로 시선을 내렸다. 그녀의 손을 꽉 붙잡고 있는 현승의 손이 보였다. 그 손이 그토록 찾았던 재신의 것이 아니라는 생각이 들자 송아는 눈물이 핑 돌았다.

마지막에 현승을 본 걸 똑똑히 기억하면서도 눈을 뜨면 곁에 있는 이가 재신이기를 바라고 있었나 보다. 그런 취급을 당하고도 아직도 마음을 끊어내지 못했다.

"등신 같아."

"누가요? 내가요?"

"너 말고 나. 근데 이 손 좀 놓지?"

"꼭 놔야 해요?"

"놓기 싫으면 말고."

송아는 상체를 일으켜 앉았다. 그녀를 부축하기 위해 손을 뻗은 탓에 현승의 손은 자연스레 떨어져 나왔다.

"나, 갈래."

그녀의 말에 현승은 바로 수액을 체크했다. 거의 다 들어가서 빼도 될 것 같자 현승은 바로 퇴원 수속을 밟고 돌아왔다.

"업혀 갈래요? 안겨 갈래요?"

"내 발로 가는 선택은 없어?"

"나한테 안겨 와서 신발 없어요. 아깐 안겨왔으니까 업혀 갈래요?"

현승은 우선 제가 입고 있던 외투를 벗어 송아에게 입힌 후 그녀의 앞에 등을 보이고 앉았다. 안겨가는 것보다는 그게 나을 것 같아 송아는 잠시 고민 끝에 그의 등에 업혔다.

"뭐 이렇게 가벼워요? 나 몰래 다이어트라도 해요?"

"하면 하는 거지 그걸 왜 너 몰래 해? 창피하니까 빨리 가기나 해."

"왜요? 난 좋은데. 병원 한 바퀴 돌고 갈까요?"

"내려줘, 그냥."

송아가 정말 내릴 것처럼 몸을 움직였다. 그러지 못하게 현승은 바로 그녀의 다리를 더 단단히 붙들었다.

"알았어요. 가만 보면 은근히 성격 까칠해. 나한테만 그런 것 같기도 하고."

"너야말로 나한테 왜 이렇게 쓸데없이 다양한 면을 보여줘? 까칠했다가, 다정했다가, 터프했다가, 능글맞았다가. 난 진짜 너한테 관심 없으니까 쓸데없이 그런 거 보여주지 마."

"그런 게 어디 뜻대로 돼요? 이미 마음 가버렸는데. 게다가 고백까지 했는데."

더는 상대하기 싫다는 듯 대꾸도 않는 송아의 반응에 현승은 소리 없이 픽 웃음을 흘렸다. 그녀의 무시가 섭섭하기보다는 이렇게 아무렇지 않게 자신을 상대해주고 있다는 게 기특하고 고마웠다.

현승의 마음 같아서는 계속 이 상태로 지구 끝까지 가고 싶건만, 금세 지하 주차장에 다다랐다.

"기대하지 마요."

운전석에 올라탄 현승이 조수석에 앉힌 송아와 시선을 맞췄다.

"차차 선배 마음 돌릴 거라는 말 진심이었으니까, 내가 쉽게 포기하고 갈 거라는 거 절대 기대하지 말라고요. 선배한테 나쁜 놈 된거 아는데 그래도 포기 못해요, 나."

"너나 기대하지 마. 내가 쉬운 여자이기는 해도 연하는 남자로 안보니까."

"그럼 그 원칙 내가 깨죠, 뭐. 하나도 안 쉽네. 대체 쉽긴 누가 쉽다 그래요?"

잠시 가만히 송아를 보던 현승이 불쑥 그녀의 오른쪽 어깨 위로손을 뻗었다. 송아는 살짝 눈살만 찌푸리고 말았다.

"너무 안 놀라는 거 아니에요?"

"연하는 남자도 아니니까."

"와. 진짜 너무 어려워."

일부러 과장되게 반응하며 현승은 송아의 몸에 안전벨트를 채웠다. 이어서 자신의 안전벨트도 차면서 다시 말을 꺼냈다.

"그건 생각해 봤어요?"

"뭘?"

"나 이용해 먹는 거. 그런 놈은 매달려서 다시 가진다고 한들 똑같은 짓 또 할 거예요. 그런 바보 같은 짓은 하지 말고, 제대로 뒤통수 치고 버려요. 자존심 강한 이재신 성격상 진짜 미쳐버릴 테니까."

그렇게 하자는 듯 현승이 송아를 향해 눈짓을 보냈다. 송아는 앞으로 고개를 돌렸다.

"집에나 데려다 줘."

"우리 집 갈래요? 내가 죽도 쒀주고 간호도 해줄게요."

"그런 건 나중에……."

현승이 바로 송아의 말을 가로챘다.

"네 애인한테나 해라?"

"알면 입 아프게 그런 소리 그만하게 해."

송아는 더는 상대하기 싫다는 듯 창밖을 향해 고개를 틀며 눈을 감았다. 다시금 현승의 입가에 소리 없는 미소가 스쳐 지나갔다.

"알았어요. 나중에 내 애인되면 해줄게요. 그러니까 오늘은 내가 양보."

현승은 짜증스럽다는 듯 살짝 눈살을 찌푸리는 송아를 보며 한 번 더 미소 지은 후 차를 출발 시켰다. 병원과 그리 멀지 않았기에 금세 송아의 오피스텔에 도착했다.

이번엔 안고 싶다면서 그녀의 집까지는 현승이 제멋대로 안아서 데리고 갔다. 실랑이가 싫어 송아는 그냥 내버려뒀다. 그래도 은인인데 그 정도는 하게 내려둬도 될 것 같기도 했다.

"가봐. 보답은 나중에 할게."

"전화번호 차단한 것 좀 해지해 주죠? 그것만 보고 갈게요."

업무를 생각해도 계속 그 상태로 둘 수는 없었다. 송아는 현관에 현승을 세워둔 채 안으로 들어가 바닥에서 휴대폰을 집어 들었다.

화면을 켜자 문자 메시지 알림이 바로 시선을 잡아챘다. 재신에게서 온 것이었다.

송아는 어떤 상처받을 말이 있을지 몰라 확인하고 싶지 않았다. 그러나 혹시나 하는 기대감이 더 컸다.

119 불렀어? 괜찮은 거지? 못 가서 미안해. 빠질 수 없는 상황이라서. 내가 내일 연락할게.

속으로 화면에 적힌 글자를 하나하나 머리에 새기듯 읽은 송아는 그대로 휴대폰을 부서뜨리기라도 할 듯 꽉 움켜쥐었다.

'나쁜 놈. 무시할 거면 끝까지 무시하든지.'

그러지 않고 이런 식으로 관리를 하는 듯한 재신의 태도에 짜증이 났다. 기어이 재신은 마지막 순간까지 양 손에 떡 중 하나인 그녀도 꽉 움켜쥐고는 놓지 않을 생각인 듯했다. 모든 단물을 다 빨아먹을 때까지는. 정말 생각할수록 양아치에 쓰레기였다.

"개자식."

"네? 뭐라고요?"

그녀의 중얼거리는 소리에 반응한 현승도 집 안으로 들어섰다. 그녀가 계속 나오지 않자 왜 그러나 하던 참이었다.

"왜 그래요?"

그런데 가까이에서 본 송아의 상태가 심상치 않자 의아해졌다.

"무슨 일인데 그래요?"

"진짜 그래?"

"뭐가요?"

독기를 품은 송아의 눈이 현승에게로 향했다. 낯선 모습에 현승은 다시 놀랐지만, 아닌 척 덤덤히 그녀의 시선을 받아들였다.

"네 말대로 하면 진짜 이재신 도는 거 볼 수 있어?"

"그 말은……."

현승은 말을 아끼며 송아의 얼굴과 그녀의 손에 들린 휴대폰만 번갈아 봤다. 재신이 아슬아슬하던 송아의 도화선에 불을 붙였다는 걸 짐작할 수 있었다.

현승은 다시 송아의 눈으로 시선을 고정시켰다. 그리고 그 어느 때보다도 확신에 찬 얼굴로 얘기했다.

"네. 한번 확인해 볼래요?"

다음 날 오후 송아는 그 어느 때보다도 예쁘게 꾸민 후 집을 나섰다. 아직 그럴 기운이 없었지만 조금이라도 빨리 끝내고 싶어 이를 악물고 공을 들였다. 아직도 미련 가득한 속은 어떻든지 간에 겉으로는 아무렇지 않은 척 굴어야 했다.

오피스텔 밖으로 나오자 현승이 차를 대놓고 기다리고 서 있었다. 미소 띤 얼굴로 그녀를 맞이하는 그에게 송아가 다가갔다.

"약속 장소에서 만나자니까?"

"추워요, 오늘. 아직 찬바람 많이 맞으면 안 되잖아요."

송아의 목이 휑해 보이자 현승은 자신의 터틀넥 니트 위에 둘러진 목도리를 그녀의 목에 둘러매줬다.

송아는 싫다는 듯 살짝 인상을 찌푸렸지만, 현승은 웃으며 목도리를 매만져주기만 했다.

"뭐 좀 먹었어요?"

"덕분에. 네가 사다 놓고 간 편의점 죽 먹었어."

새벽에 문을 연 죽집이 없어 현승은 할 수 없이 편의점 죽을 사다 주고 갔었다.

"여태 그거 가지고 돼요? 벌써 오후인데."

"괜찮아. 뭐가 먹히지도 않고."

"알았어요. 타요. 나머진 가면서 얘기해요."

송아의 등을 자연스럽게 감싸 안은 현승이 그녀를 차로 이끌었다. 송아는 그가 문을 열어준 조수석에 올라타려다, 다시 그를 돌아봤다.

"왜 그렇게 봐요? 나 선배 눈빛 하나에 가슴이 조였다 풀렸다, 그렇게 떨리는 남자예요."

그녀의 기분을 조금이라도 풀어주려는 듯 현승이 농담처럼 말을 건넸지만, 송아는 희미한 미소도 보이지 않았다.

송아는 그의 미소가 잠잠해지길 기다렸다 입을 열었다.

"네 도움 안 받으려고. 그냥 내가 알아서 할게."

"무슨 얘기예요? 설마 이재신 용서하겠다는 거예요?"

현승의 얼굴이 굳자, 송아는 바로 말을 덧붙였다.

"아니. 그런 멍청한 짓은 안 해."

"그럼요?"

"그 사람 돌게 하는데 굳이 너까지 필요하지 않을 것 같아서. 나한테 다른 남자가 생겼다는 말이면 충분해."

"이재신이 순순히 그 말을 믿을 것 같아요?"

"안 믿어도 할 수 없고. 난 지금 이 현실 자체가 믿어지지 않으니까."

애써 참는 아픔이 보이는 말을 끝으로 송아는 차에 올라탔다. 그 탓에 현승은 하고 싶은 말이 많았지만, 아낄 수밖에 없었다.

'힘들겠지만, 조금만 아파요. 내가 당신 상처에 연고가 될 수 있으면 더 좋고요.'

창 밖에 서서 안쓰러운 눈빛으로 송아를 지켜보던 현승도 운전석으로 걸음을 옮겼다. 부디 오늘이 그녀의 괴로움의 끝이 될 수 있길 바랄 뿐이었다.

2

입술이 너무 예쁘잖아요

◇
◇
◇

오전에 송아에게 먼저 전화를 걸어 온 재신은 그녀의 집으로 오겠다고 했다. 하지만 그를 다시는 자신의 공간에 들여놓고 싶지 않아 송아가 거절했다.

어제 아팠던 건 그냥 가벼운 복통이었다고 둘러댔고, 재신은 그 말을 그대로 믿었다. 예전 같았으면 송아는 거기에 별다른 생각을 안 했을 것이다. 그러나 상황이 이리되고 보니 그가 아주 무심한 사람이라는 게 보였다.

아니, 그녀에게 무관심했다는 걸 깨달았다.

그간 송아는 재신을 자신이 보고 싶은 대로 혼자 포장해서 봐왔던 게 분명했다.

그는 아주 자상하고, 리더십이 있고, 포용력이 넓은 배려 많은 남자였다. 송아의 믿음 속에서 말이다. 그러나 실상은 그녀는 어찌돼도 상관없다는 듯 무관심했고, 그녀가 무조건 항복하며 알아서 그에게 끌려 다녔던 거였으며, 그에겐 인간에 대한 최소한의 예의조차 없었다.

포용력이 넓은 건 오늘 일을 두고 그가 앞으로 어떻게 행동하는지 보며 판단하면 될 것이다.

"선배 상처받으라고 이러는 거 아니에요."

문득 들려온 말에, 송아는 창밖을 보며 재신에게 무슨 말을 어떻게 할지 고민하던 걸 멈췄다.

그녀의 시선이 닿자 현승이 앞을 본 그대로 다시 말을 꺼냈다.

"사람은 누구나 자기 자신을 방어할 필요가 있어요. 그리고 지금 선배한테는 자신을 지킬 수 있는 기회가 온 거고요."

사실 현승은 이게 송아를 위하는 것이라고 생각하면서도 막상 그녀가 그러겠다고 하자 잠 한숨 이루지 못했다. 그녀답지 않은 행동을 억지로 시키는 건가 싶어서였다.

"이 일로 상처받지 말아요. 상처 줬다고 생각하지도 말고요."

하지만 현승은 거듭 생각해봐도 이미 다 탄로나버린 연극은 조금이라도 빨리 끝내는 게 나았다. 특히 송아의 손으로 직접. 그리고 아무리 상처받지 말라고 해도 아플 수밖에 없는 그녀를 다독여주는 건 자신의 몫으로 삼고 싶었다.

"사랑했던 걸 후회하지도 말고요. 예쁜 사랑만 할 수는 없는 거니까. 그런데……."

멈춘 그의 말과 함께 신호에 걸린 차 또한 부드럽게 멈춰 섰다.

현승의 진지한 눈이 송아에게 향했다.

"나한테 오면 내가 예쁜 사랑 실컷 하게 해줄게요. 난 절대 선배가 내 앞에서 선배 자신을 지키기 위해 방패 같은 건 꺼내들지 않게 만들 거예요."

계속 송아를 떠나지 않는 현승의 두 눈이 강한 의지를 드러냈다.

이 와중에도 그런다고 나무랄까, 아니면 무시할까 하다 송아는 옅은 미소를 꺼내놓았다. 그가 건네는 말의 저변에 위로가 담겨져 있다는 걸 모르지 않았다.

"결국엔 너한테 오라고 꼬시는 거지? 온갖 멋진 말들로."

"판단 능력 오케이. 표정 관리 능력 오케이. 그 정도면 전쟁터에 홀로 내보낼 수 있겠네요."

그녀가 바라는 게 뭔지 아는 듯 현승도 같이 가벼워졌다. 앞으로 닥칠 현실에 맞지 않게 송아는 작게라도 웃음이 나왔다.

"나 지금 싸우러 가는 거니?"

"당연하죠. 그리고 오늘은 선배가 그 전쟁의 승자가 될 거예요. 전리품으로 뭘 가져올지나 생각해봐요."

빵!

연애 놀이는 그만 하라는 듯 뒤에서 클랙슨 소리가 울렸다.

"네, 네. 갑니다. 죄송합니다."

그제야 송아에게서 시선을 떼어낸 현승이 장난스럽게 대꾸하며 다시 액셀러레이터로 발을 옮겼다.

"걱정하지 말아요. 혼자 오래 싸우게 두지는 않을 거니까."

그러나 흘리듯 건넨 그 말만큼은 전혀 장난스럽지 않았다.

겨우 한 살이기긴 하지만 그래도 어린 그의 말이 든든한 위로가 되었다는 걸, 송아는 부정할 수 없었다.

재신의 눈에 띄지 않게 현승은 약속 장소에서 조금 떨어진 곳에 차를 세웠다.

차에서 내리기 전, 송아는 마지막으로 립스틱과 거울을 꺼내들었다. 재신을 만나기 전이면 늘 입술에 발랐던, 현승이 별로라고 했던 그 핑크빛 립스틱이었다.

그녀가 이 립스틱을 바르게 된 건 올 여름부터였다. 특별한 날도 아니었는데 재신이 어울릴 것 같다며 선물해줬다. 그리고 그가 이걸 좋아하자 그때 이후로 송아는 그와 데이트를 할 때에는 꼭 이 립스틱을 발랐다.

오늘은 꼭 이걸 바른 입술로 그에게 가시가 될 말들을 하고 싶어 일부러 챙겨왔다. 이걸 바르는 건 오늘이 마지막이었다.

'혹시 이걸 그 여자한테도 준 건가? 아님 그 여자가 바른 게 예뻐서 나한테도 사 준 건가?'

어느덧 당연하다는 듯 드는 의심에 거울을 보며 립스틱을 바르던 송아의 손이 멈췄다. 그리고 이내 그 따위 생각을 하는 게 우스워 피식 조소를 내뱉었다.

조금이라도 빨리 끝내기로 마음먹기를 잘했다는 생각이 다시 한번 들었다. 앞으로 무엇 하나를 할 때마다 무조건 이런 식의 의심을 하게 될 텐데 그럴 것을 생각하는 것만으로도 어젯밤처럼 배가 아플 정도로 스트레스였다.

송아는 무엇보다 그렇게 비참하고 비루한 여자가 되고 싶지 않았다.

'꼭 오늘 다 털어내 버릴 거야. 아주 작은 것 하나까지. 어떻게 해서든지.'

송아가 립스틱 뚜껑을 닫는데 내내 조용하던 현승이 불쑥 말을 꺼냈다.

"오늘까지만 허락할게요.

"뭘?"

"그 립스틱 바르고 이재신 만나는 거요. 오늘까지만이라고요."

송아의 핑크빛 입술에 고정된 현승의 눈이 살짝 찌푸려졌다.

"다신 그 립스틱 바르지 마요. 이재신 앞에서."

더 못마땅하게 일그러지는 현승의 눈을 보자 송아는 그가 자신의 입술을 뭉개버렸던 게 떠올랐다.

'웬 정신 나간 짓인가 싶었는데.'

이제야 그 행동이 이해되자, 송아는 피식 웃음이 새어나왔다.

아마 현승은 지금도 그녀의 입술을 뭉개버리고 싶어 손이 근질근질한 것을 겨우 참고 있을 것이다.

"이래서 연하는 싫다고. 질투나 하고."

"나이 많다고 질투 안 하는 줄 알아요? 숨기는 게 아니라 진짜 안하는 놈은 사랑도 진짜로 안 하는 거예요."

"그래. 그래서 이재신은 질투 같은 것도 안 했나 보다."

송아의 눈가에 그림자가 내려앉자 현승은 아차 싶어 서둘러 입을 열었다.

"아니, 난⋯⋯."

"알아. 그런 뜻 아니었다는 거."

송아가 부드럽게 그의 말을 잘라냈다.

"원래 그렇게 비관적이지 않은데 이런 일 당해보니까 이상하게 그렇게 되네."

송아의 손에 들려 있는 핑크색 립스틱이 현승에게로 내밀어졌다.

"받아. 이제 누구 앞에서든 다신 이거 바를 일 없어."

어떻게 하라는지 몰랐으나 현승은 일단 손을 뻗어 받아들었다. 송아의 말이 이어졌다.

"버려버려."

"진심으로요?"

"어. 그럼 조금 있다 봐."

송아는 곧장 핸드백을 챙겨 차에서 내렸다. 차에서 멀어지는 그녀의 모습을 지켜보던 현승은 립스틱으로 시선을 내렸다.

"아쉽네."

재신의 앞에서 바르는 게 싫었던 것일 뿐 그녀에게 몹시 잘 어울리는 립스틱이었다. 하지만 재신과 관련된 것 같으니 이 역시 깨끗이 버려버리는 게 맞았다.

현승은 그러기 위해 립스틱을 코트 주머니 안에 잘 챙겨 넣었다.

송아가 택한 약속 장소는 재신과 첫 데이트 날 찾았던 카페 겸 레스토랑이었다.

직원의 안내를 받은 송아는 일부러 사람들의 눈에 잘 띄는 곳으로 자리를 잡았다. 조금이라도 많은 사람들 앞에서 그가 수치심을 느끼길 바라기 때문이었다. 다른 사람들의 이목이 모두 집중될 정도로 소란을 피울 생각은 없지만 말이다.

'잘할 수 있을까?'

재신을 기다리는 송아는 계속 그 생각에 몰두했다.

뜻대로 아무렇지 않은 척을 할 수 있을지 걱정이었다. 과연 그의 앞에서 웃을 수 있을는지.

아직 약속 시간까지는 10분 정도 시간이 남았다.

현승의 목도리를 풀어 한쪽에 내려놓은 송아는 거울을 꺼내 웃는 연습을 했다. 평소와 똑같은 모습으로 굴다가 아무렇지 않게 웃는 얼굴로 그를 차버릴 것이다. 그 말을 하는 시기가 언제가 될지는 재신이 하기에 달려 있다. 대본까지 미리 준비한 건 아니었으니 말이다.

"뭐 하고 있어?"

문득 들려 온 재신의 목소리에 웃는 연습을 하던 송아의 몸이 굳어버렸다. 굳게 마음을 먹고 왔음에도 그의 목소리를 듣는 것만으로도 소름이 끼칠 정도로 끔찍했다.

'괜찮아, 윤송아. 넌 잘 할 수 있어.'

속으로 저를 다독이며 송아는 손에 든 거울을 아래로 내렸다.

"왔어요?"

그리고 진짜 아무렇지 않게 어느새 맞은편에 앉아 있는 재신을 보며 생긋 웃었다. 그와 눈을 마주친 순간 몸이 움찔 떨렸지만, 이를 악물고 흔들리는 저를 다잡았다.

"많이 춥죠?"

"그럭저럭. 그보다 몸은 괜찮아?"

재신이 걱정스러운 눈빛으로 송아의 얼굴을 살폈다. 송아는 떨리는 입꼬리와 눈동자를 힘겹게 다독이며 꿋꿋이 그 가증스러운 눈빛을 받아들였다.

"하루 새에 얼굴이 많이 상했네. 그냥 집에서 보자니까."

"바람 좀 쐬고 싶어서요. 오랜만에 여기 와보고 싶기도 했고요."

"그래. 우리 여기 오랜만이지?"

다가 온 카페 직원에게 재신은 허브티 두 잔을 주문했다. 그녀에게 속이 안 좋을 테니 그걸 마시라고 하는 재신의 배려가 역겨웠지만, 송아는 순순히 받아들였다.

"어제 친구들은 잘 만났어요?"

"그렇지, 뭐. 다시 미안해. 어젯밤엔 정말 움직일 수가 없었어. 계속 걱정돼서 어떻게든 움직여보려고 했는데 그럴 수가 없더라고. 사실 술도 많이 마셨었고."

"괜찮아요. 전화로 말했듯이 생각보다 그렇게 많이 아팠던 건 아니었으니까."

안심을 시키듯 송아는 부드럽게 웃어 보였다. 재신은 여전히 미안해 어쩔 줄 모르겠다는 얼굴이었다.

"그래도 아플 때에는 무조건 옆에 있어야 하는 건데. 대신 오늘밤엔 같이 있자. 아직은 좀 더 몸 추슬러야 하니까 내가 옆에서 잘 챙겨줄게."

"오늘밤이요? 오늘밤엔 저쪽이 바쁜가 봐요?"

송아는 일부러 '저쪽'이라는 단어를 썼다. 자신이 뭔가 눈치를 챈 것 같을 때, 이재신이란 뻔뻔한 남자가 어떻게 위기를 넘기는지 직접 눈으로 보고 싶었다. 얼마나 자신을 잘 데리고 놀았었는지 확인하려는 것이었다.

"저쪽?"

아니나 다를까. 재신이 반응을 보였다.

"저쪽이라니?"

조심스러워하는 그를 보며 송아는 속으로 '개자식'이라는 욕설을 토해냈다. 그러나 겉으로는 떨리는 입술 끝을 끌어올려 자연스럽게 웃었다.

"동기들이요. 자주 못 보는 사람들인데 오늘도 봐야 하는 거 아닌가 해서요."

"아. 동기들."

재신이 안도하는 게 송아의 눈에 고스란히 보였다. 송아는 다시 웃는 얼굴 뒤로 욕설을 삼켰다.

그간 저렇게 어설펐는데 어떻게 몰랐던 것인지 신기할 정도였다.

아마 재신이 그녀 몰래 결혼을 하고도 계속 속였다면 송아는 그것조차 모른 채 계속 그에게 농락당해왔을 듯했다.

"괜찮아. 오랜만에 한국 온 애들 많으니까 다들 개인적인 약속들 때문에 바쁘거든."

"그래요? 그렇기도 하겠네요."

송아가 영혼 없이 재신의 말을 받아주는 사이 그들의 앞에는 직원이 티포트와 찻잔을 놓고 갔다. 재신은 우선 송아의 티포트를 들어 그녀의 찻잔부터 채웠다.

　그가 그의 찻잔을 채우는 것까지 묵묵히 지켜보던 송아는 그만 한계가 찾아왔음을 느꼈다. 굳이 더 이 역겨운 연극을 이어갈 필요도 없어 보였다.

　"향 좋다. 뜨거우니까 천천히 마셔."

　"네."

　작게 웃어 보인 송아는 찻잔을 향해 손을 뻗었다.

　"아, 맞다."

　그러나 찻잔을 집어 들기 직전 무언가 생각난 듯 손을 멈추고는 다시 재신을 바라봤다.

　"왜?"

　"우리 내년 2월 14일에는 뭐 할까요? 밸런타인데이요."

　"2월 14일?"

　이번에는 제대로 당황한 듯 찻잔을 들고 있는 재신의 손에서 순간 힘이 빠져나가는 게 보였다. 찻잔을 떨어뜨리거나 찻물을 쏟은 건 아니었다. 바로 찻잔을 내려놓는 재신을 보며 송아는 토라진 얼굴을 해 보였다.

　"뭐예요. 설마 우리 기념일인데 잊어버린 거 아니죠?"

　"잊긴. 그날을 어떻게 잊어? 나한테 얼마나 중요한 날인데."

　벌써 안정을 찾은 듯 재신은 아무렇지 않은 얼굴로 자상하게 웃으며 다음 말을 이었다.

"뭐 할까? 그때가 아마 토요일이지? 오랜만에 여행 갈까?"

"여행이요? 괜찮네요."

송아는 작게 웃어 보였다.

"어디가 좋을까? 그때 여행 가는 사람들 많을 것 같은데, 너무 멀지 않은 근교로 어때? 춘천 정도?"

"춘천이요? 나쁘지 않겠어요."

핑크빛 립스틱이 발라진 입술로 송아는 이전보다 더 활짝 웃었다. 그러나 곧 그 미소는 안쓰럽다는 듯 변했다.

"그런데, 어떡하죠? 그날 춘천은 팀장님 혼자 가야 할 것 같은데."

"나 혼자? 무슨 말이야? 선약이라도 있어?"

어떤 낌새도 느끼지 못한 듯 묻는 재신을 보며 송아는 한동안 아무 말도 하지 않았다.

안쓰러움까지 지워진 송아의 얼굴은 세상 더없이 차가워졌다.

"전 그날 춘천이 아니라 홍천이 더 가고 싶거든요."

"홍천? 거기로 가고 싶으면 거기로 가면 되지. 특별히 가 보고 싶은 펜션 같은 곳이라도 있어?"

"네. 그래서 벌써 예약했어요."

"벌써 예약했다고?"

놀란 듯 묻는 재신을 향해 송아는 노골적으로 비웃음을 보였다. 재신은 그제야 뭔가 이상함을 느낀 듯 살며시 미간을 찌푸렸다. 송아는 조롱하듯 말을 꺼냈다.

"생각보다 말귀를 못 알아들으시네요?"

"무슨…… 얘기지?"

"다른 남자가 생겼어요. 그만 만나요, 이제."

"……뭐라고?"

가당찮은 말을 들었다는 듯 황당해하는 재신의 모습을 송아는 빠짐없이 눈에 담았다.

"어젯밤은 일종의 테스트 같은 거였어요."

"테스트?"

"덕분에 전 미안함 없이 팀장님을 버리는 선택을 하게 됐고요. 고마워요. 어젯밤에 날 외면해 줘서."

"야, 윤송아."

그제야 완전히 그녀의 말을 이해한 듯 재신의 표정과 목소리가 날카로워졌다. 흔들림 없는 송아는 한결 더 여유롭게 굴었다.

"생각 못 하셨나 봐요? 제 입에서 먼저 이런 말이 나올 줄은."

"지금 나랑 뭐 하자는 거야? 어젯밤 일이 그렇게까지 서운했다는 거야?"

"투정도 아니고 수작도 아니에요. 여기에서 팀장님이랑 제 사이 깔끔하게 끝내는 거, 그거 하나 하자는 거예요."

화가 난 듯 급기야 재신의 얼굴이 붉으락푸르락 변했다. 당장이라도 폭발하고 싶은 걸 억지로 참는 것 같은 그는 감히 그런 말을 하는 그녀를 괘씸하다고 생각하는 것도 같았다.

'누가 더 괘씸한데?'

송아는 그를 더 몰아붙였다.

"왜요? 저랑 결혼이라도 하실 거였어요?"

"결혼하자고 이런 얘기 꺼내는 거야?"

"묻잖아요. 팀장님, 저랑 결혼하실 거였어요?"

그녀답지 않은 당돌함으로 재신을 추궁하고 있는 송아의 시선이 재신의 입에 고정됐다. 어떤 답을 내놓을지 궁금했다. 하지만 끝내 재신은 거짓으로라도 그런 말을 뱉지 않았다.

이제 깨끗이 접겠다고 해 놓고는 바보같이 또 한 번 기대란 걸 한 송아의 상처만 한 겹 더 두꺼워졌다.

"그러는 넌? 그 자식이랑 결혼이라도 한다는 거야?"

한참 후 겨우 재신의 입에서 나온 소리에 송아는 저도 모르게 픽, 비웃고 말았다.

재신은 그저, 자존심이 상한 듯했다. 그녀에 대한 아쉬움 같은 건 없이.

송아는 더 당돌한 눈빛으로 그를 쳐다봤다.

"모르죠. 하지만 그리된다면 좋을 것 같긴 해요. 정말 근사한 남자거든요."

재신은 다시금 자존심이 상한 걸 숨기지 못하며 사납게 얼굴을 구겼다.

잠시 후 재신이 억지로 분노를 억누른 티가 역력한 목소리로 따져 물었다.

"어떤 놈이야? 왜 넘어 갔어? 내가 너한테 뭘 못해서?"

"그렇죠. 팀장님은 저한테 부족함 없이 잘해 주셨죠."

"그런데 왜 넘어갔냐고. 그 자식이 더 만족스러워?"

생각보다도 훨씬 더 유치한 질문에 송아는 다시금 웃음을 삼켰다. 그의 반응들이 그저 우스웠다. 송아는 자신보다 일곱 살이나 많은 재신의 어른스러움을 좋아했다. 그러나 그녀가 만들어 낸 것에 불과했던 환상은 다시금 와장창 깨지고 말았다. 은근히 치졸해 보이는 재신은 포용력과도 오래전에 거리가 멀어졌다.

"네. 여러모로 만족스러워요."

"구체적으로 뭐가?"

"무식할 정도로 맹목적으로 들이대는 것도, 사소한 것에도 질투 못 해서 안달인 것도, 날 사람들 앞에 못 내놔 달달 볶아 대는 것도. 낮이고 밤이고 다 만족스러워요."

그녀의 대답에 재신은 끓어오른 화를 어쩌지 못하겠다는 티를 여과 없이 드러냈다.

송아는 아랑곳없이 미소 띤 얼굴로 찻잔을 집어 들었다.

그새 식어 버린 찻물이 그녀를 향했던 재신의 마음 같아 쓰게 느껴졌지만, 송아는 아무렇지 않은 척 꿀꺽 삼켰다. 현승의 말처럼 예쁘지 못했던 사랑도 사랑이었으니 그 또한 제 몫으로 여기고 겸허히 받아들이겠다는 뜻이었다.

"너 원래 이런 여자였어?"

도저히 못 참겠다는 듯 재신이 다시 따지고 들었다. 유치한 그에게서라면 그런 말이 나올 거라 예상했기에 송아는 찻잔을 내려놓으며 바로 되받아쳤다.

"이런 여자? 그런 게 뭔데요?"

송아는 다시 똑바로 재신과 마주 봤다. 그가 무슨 말을 하기 전 먼저 입을 열었다.

"양다리쯤은 아무것도 아니게 생각하면서 여기서 사랑한다 말하고, 저기서 사랑한다 말하고. 또 여기서 자고, 저기서 자고. 그리고 이렇게 당당하게 까발려 놓으면서도 일말의 미안함이나 양심의 가책 같은 것도 안 느끼는 그런 여자, 말씀하시는 거예요?"

찔리긴 하는지 그녀의 말이 하나씩 쏟아질 때마다 재신의 눈썹이 움찔움찔했다. 하지만 아직 송아는 그걸로 성이 차지 않았다.

그의 양다리를 알고 있다는 사실을 밝힐 생각은 없지만, 그 사실을 이용해 먹을 생각은 있었다. 가해자는 되고 싶지 않은지 선뜻 그 사실을 밝히려고 하지 않는 재신의 똥줄이 타는 모습을 계속 감상할 것이다.

"그래도 전 다른 사람이랑 결혼 날짜까지 잡고 통보하진 않았잖아요."

재신의 눈썹이 다시 움찔거렸다.

"끝까지 속이고 있다가 어느 날 갑자기 청첩장 던져 준 것도 아니고."

이번엔 아예 그의 미간 사이에 깊게 주름이 팼다.

"게다가 겨우 3개월이었어요. 1년씩이나 눈 뜬 장님을 만든 것도
아니라요."

살짝 가늘어진 교활한 눈이 이젠 그녀가 무엇을 알고 있나 싶어
의심하는 듯했다.

송아는 굳이 피할 것 없었으니 고스란히 그 시선을 받아 줬다.

"너……."

이윽고 그의 입이 열렸다. 하지만 그 이상의 말은 없었다.

아무리 의심이 가도 제 입으로 그런 말을 쉽게 꺼내 놓을 수는 없
을 것이었다.

"뭐요? 하실 얘기 있으면 하세요."

"너 혹시……."

모든 감정을 숨긴 채 송아는 계속 재신을 똑바로 응시했다.

재신은 끝내 제 추악한 본모습을 드러내 보이지 않았다. 끝까지
그녀만을 일방적인 가해자로 몰아가며 계속 그 모습은 꽁꽁 숨길
모양인 것 같았다.

'치졸하고 영악하기까지 한 인간 같으니라고.'

송아의 표정이 더 싸늘히 굳었다.

"이제 더는 할 얘기 없는 것 같은데요? 저희 사이는 이렇게 정리
됐다고 생각하면 되겠죠?"

대답을 기다리며 송아는 재신을 빤히 쳐다봤다. 그는 계속 입을 굳게 다물었다.

굳이 대답을 들을 게 아니었기에 송아는 짐을 챙겨 일어섰다. 막 돌아서려는데 재신의 목소리가 들려왔다.

"못 헤어지겠다면?"

아마 송아가 조금만 미련했어도 그 말이 희망인 줄 알았을 것이다. 그 말이 효주를 정리하고 자신을 택하겠다는 말인 줄 알고, 신이 나서는 이별이고 뭐고 다 취소하고는 그의 품으로 넙죽 안겨 들었을 것이다. 그러나 송아는 그렇게까지 미련하지는 않았다. 재신의 말이 자존심 때문임을, 그래서 나중에 그가 그녀를 차버리기 위해 지금은 붙잡는다는 것을 간파할 정도는 됐다.

'현승이 말대로 내가 자존심을 제대로 짓밟아 놓긴 했나 보네.'

송아는 비웃음이 나오려는 걸 간신히 삼키며 놀랍다는 듯 재신을 쳐다봤다.

"못 헤어지겠다고요?"

"너 이렇게 놓치기 싫어, 송아야. 다시 생각해 봐. 어젯밤에 못 간 건 내가 정말 진심으로 미안해."

"양다리인데 용서할 수 있겠어요?"

"할 수 있어. 나를 선택하는 거면. 너 아직 나한테 마음 있는 거 맞지?"

송아는 거기에 대해선 대답하지 않았다. 이미 그렇다고 생각하고 있는 것 같은 재신에게 굳이 대답이 필요해 보이지 않아서였다.

"팀장님은 절 정말 아주 많이 사랑하셨나 봐요."

"그간 충분히 보여 줬다고 생각했는데 너한텐 부족했나 보다. 미안해. 앞으로는 더 노력할게."

재신이 간절히 그녀를 바라봤다. 송아가 아무것도 모른 채 봤다면 그의 말이 진심이라고 믿었을 눈빛이었다.

'하지만 다 연기지.'

그도 자신도, 진심이라고는 없이 영혼 없는 연기를 하고 있는 모습이 우스워 송아는 금방이라도 웃음이 터져 나올 것만 같았다. 속으로 웃음을 삼킨 송아가 마치 그의 말에 흔들린 듯 재신을 바라봤다.

"그럼 우리, 진짜 결혼할까요?"

역시 그 말에만은 거짓말을 못하겠는지 재신의 눈동자가 다시 일렁였다.

'그래도 그 정도로 최악은 아니라는 건가?'

그러나 송아는 곧 그런 생각을 한 자신을 한심하다 질책할 수밖에 없었다.

"정말 원해? 나하고의 결혼을?"

"원하면요? 하실 거예요?"

"좋아. 그럼 그건 앞으로 한번 진지하게 생각해 보자. 내가 아직 결혼 생각이 없었거든. 너도 그래 보였고."

"허."

송아가 막을 새도 없이 입에서 헛웃음이 나왔다.

조금 전 그의 말을 녹음해 두지 못한 게 아쉬웠다. 효주에게 들려
준다면 그녀는 어떤 반응을 보일까.

송아는 효주가 재신의 양다리를 모를 것이라고 생각했다. 알았
다면 겨우 결혼을 두 달 남겨 두고도 가만히 있지 않을 테니 말이
다. 웨딩드레스 숍에서 봤던 효주의 얼굴을 떠올려 보면 그들을 보
기 전 자신의 얼굴만큼이나 행복해 보였었다. 이런 상황을 안다면
그럴 수 없을 것이었다.

"그렇게 하자. 다시 생각해 봐."

송아가 머릿속으로 무슨 생각을 하고 있는지도 모른 채 재신은
한결 더 간절히 매달렸다. 송아는 흔들리는 척 말없이 그를 보다,
불현듯 짧은 실소를 터트렸다.

"죄송해요. 아무래도 팀장님이랑 결혼은 아닌 것 같아요. 저한테
더는 매력 없는 남자라 그럴 이유가 없거든요."

"뭐? 너 지금 뭐 하자는 거야? 나 데리고 놀아?"

진심으로 화가 난 듯 재신이 발끈하며 일어섰다.

그의 어떤 모습도 송아는 두렵거나 무섭지 않았다.

"그래 보였어요? 그랬다면 죄송해요. 그리고 그만 가 볼게요. 이
제 그만 제가 보고 싶은 사람 곁에 있고 싶거든요."

재신을 보며 짧게 고개 숙여 보인 송아는 그대로 돌아섰다.

"아!"

그러다 문득 든 생각에 다시 멈춰서 재신을 향해 몸을 틀었다.

"끝이 이렇긴 해도 팀장님이랑 함께했던 시간이 나쁘지 않았어요. 어차피 우린 비밀이었으니까 이 일로 회사에서 불편하게 안 지냈으면 좋겠네요."

충격을 받아 서서히 핏기가 가셔 가는 재신의 얼굴을 지켜보다 송아는 다시 돌아섰다. 그의 역겨움에 당장이라도 속에 있는 걸 게워 내고 싶었지만, 송아는 꿋꿋이 걸음을 옮겼다.

"야, 윤송아!"

분노에 찬 재신의 목소리가 그녀의 뒤를 쫓았다. 냉정하게 밖으로 나가는 송아의 걸음은 멈추지 않았다.

흔들림 없이 카페를 나온 송아는 불쑥 걸음을 멈췄다. 어디로 가야 할지 길을 잃어버린 것처럼 순간 머릿속이 새하얘졌다. 한동안 멍하니 서 있던 송아는 문득 옆을 돌아봤다. 그러자 가깝지도 멀지도 않은 거리에 서 있는 현승이 보였다.

그녀가 알아봐 주기를 기다린 것 같은 현승은 눈이 마주치자 부드럽게 미소 지었다. 불현듯 한기가 느껴지는 그녀의 온몸을 포근히 감싸 안아 주는 것 같은 미소였다.

"이게, 이긴 거야?"

그녀에게 다가선 현승이 앞에 멈춰 서자 송아가 물었다. 현승은 그녀가 들고 나온 목도리부터 목에 둘러 주며 대답을 내놓았다.

"진 것도 아니에요."

혹시 바람이 들어가지 않을까 한 번 더 확인한 후 현승은 송아와 시선을 맞췄다.

"적어도 이재신 입장에서는 물 먹은 게 되겠죠. 계획 좋아하던 사람이 어떤 계획을 세우고 있었는지 몰라도 그게 어그러져서 몹시 열 받았을 거예요."

화를 어쩌지 못하던 재신의 모습이 떠오르자 송아는 피식 비웃음이 나왔다. 그가 한 일이 있는데도 어떻게 그렇게 당당하게 화를 낼 수 있는지 어이가 없었다.

"본인이 나한테 한 건 하나도 안 미안한가 봐. 날 어떻게 그럴 수 있냐는 듯 보더라."

"자기가 하면 로맨스고 남이 하면 불륜이니까. 이재신이 그 정도밖에 안 되는 놈인 거예요. 배는 안 고파요?"

"먼저 괜찮냐고 물어야 하는 거 아냐?"

"안 괜찮은 거 아는데 굳이 뭐 하러 물어요? 그거 물을 시간에 어떻게 웃게 해 주나 그 생각을 더 하는 게 낫지."

따라 웃으라는 듯 현승이 씨익 미소 지었다. 분명히 웃을 상황이 아닌데도 그 미소를 보자 송아는 작게라도 웃음이 나왔다. 얼마 가지 못했지만.

"끝까지 모르고 있었던 게 낫지 않았을까?"

"후회돼요?"

"조금은. 그런데 그보다는 답답해."

현승에게서 살짝 시선을 비켜낸 송아는 세상을 바라봤다.

재신의 배신을 알고, 또 그것에 대해 나름의 복수를 하고.

송아는 아직도 그 모든 것이 제 일 같지 않았다. 그냥 뒷맛이 아주 씁쓸한 영화를 한 편 보고 온 것도 같았고, 어서 깨고 싶다는 생각이 드는 꿈속에 있는 것 같기도 했다.

"그냥 솔직히 다 알고 있다고 말하고 원하는 대로 실컷 소리나 질러 버릴 걸 그랬나 봐. 그럼 이별했다는 실감도 나고, 속이 조금은 후련했을 것도 같은데. 지금으로선 내가 뭘 하고 온 건지 모르겠어."

"선배답지 않게 너무 세련되고 고차원적인 이별이었죠?"

현승의 말에 송아는 그를 흘겨봤다. 그렇지만 가장 적절한 표현에 이내 그녀의 입에선 가벼운 웃음이 나왔다.

"그래. 원초적이고 단순 무식한 게 내 스타일이야. 너, 나한테 왜 이렇게 어려운 거 시켰어? 힘들기만 하고 대체 뭐가 좋은 건지 하나도 모르겠잖아."

"왜요? 엄청 잘했을 것 같은데. 내가 보면 또 반했을지도 모를 팜므파탈의 매력이라도 보여 준 거 아니에요? 그래서 내가 못 보게 한 거죠? 내가 또 반할까 봐. 아, 아쉽다!"

현승은 진심으로 아쉬운 듯했다. 기가 막혀서이긴 했지만, 송아는 자꾸 웃음이 나왔다.

"왠지 이 이별의 승자는 너인 것 같다?"

"승자까지는 아니고 수혜자? 덕분에 고백도 했고, 선배랑 연애할 수 있는 가능성도 생겼으니까요."

"가능성 없어, 너."

"불가능은 없다, 몰라요?"

수천 번을 차여도 절대 지칠 것 같지 않은 현승은 자신만만하게 웃으며 다시 송아의 목도리를 매만졌다.

"안 추워요? 난 추운데. 이러지 말고 차로 가요. 뭐 할래요? 밥부터 먹을래요?"

"넌 대체 내가 왜 좋아?"

"예뻐서요."

지체 없는 대답에 송아는 다시 어이없이 웃었다.

"회사에 너 좋다는 여자들 중 대부분이 나보다 더 예뻐."

"알긴 아는구나? 내가 인기 많은 남자인 거. 질투는 안 나요?"

굳이 대답할 필요가 없기에 송아는 시선을 옆으로 돌렸다.

"배고파. 매운 거 먹고 싶어."

"어허. 어제 그 고생을 하고도 또 그 생각이 나요?"

"술 먹고 싶어."

"나더러 초상 치르라는 거죠? 아직 아무것도 못 했는데 그건 너무하는 거 아니에요?"

송아는 현승의 말을 무시한 채 주변을 두리번거렸다. 술을 마실 곳이 있나 싶어서였다. 다시 병원에 실려 갈 일이라는 걸 알지만, 그럼에도 마시고 싶었다. 취하고 싶었다.

"진짜 술 마시고 싶어요?"

"진짜면?"

송아가 다시 현승을 바라봤다.

"그럼 아는 데로 데려가고요. 안 독하게 맛있는 칵테일 만들어 줄 집 알아요."

"벌써 문을 열었겠어?"

"우리가 가면 열려요."

어딘가 미심쩍어 송아의 얼굴이 살짝 일그러졌다.

"갈래요?"

"이상한 데 데려가려는 거 아냐?"

"걱정 마요. 허락 없인 안 잡아먹을 거니까."

어서 가자며 송아의 팔목을 붙든 현승이 다시 그녀를 바라봤다.

"그 전에 잠깐만요."

왜 그러나 싶어 그를 올려다보고 있는 송아의 입술로 현승의 손이 올라왔다.

가벼이 턱을 그러쥔 그는 엄지로 부드럽게 송아의 입술을 쓸어

냈다. 뭉개듯 지웠던 지난번과는 다르게 다정하고 세심한 손길이
었다.

"이제 보니 이게 훨씬 더 예쁘네. 다신 그 립스틱 바르지 마요."

단단히 주의를 주듯 송아를 향해 눈짓을 보내던 현승이 옅게 미
소를 보였다. 살짝 번진 그녀의 입술을 손끝으로 한 번 더 매만지는
현승을 송아는 말없이 바라보기만 했다.

"가요, 이제."

손을 내린 현승이 여전히 잡고 있던 그녀의 팔목을 살짝 잡아당
기며 걸음을 이끌었다. 아무것도 덧씌워지지 않은 맨 입술에 닿는
바람은 생각만큼 그리 차갑지 않았다.

현승의 차가 멈춰 선 곳은 한 고급 주상 복합 아파트 주차장이었
다. 창밖으로 보이는 건물을 이해할 수 없다는 듯 보고 있던 송아의
얼굴이 현승을 향했다.

"어디 불법으로 영업하는 데 데려온 거야?"

"누구한테 팔지는 않으니까 불법 영업은 아니죠. 내가 맛있는 칵
테일 잘 만드는 집 안다고 했잖아요. 술집 말고."

"말장난하지 말고."

현승은 대답 대신 작은 미소만 보였다. 그러곤 차에서 내려 송아

가 탄 조수석 문을 열었다.

"우리 집이에요. 허튼짓 안 하고 조주기능사 자격증 활용해서 맛있는 칵테일만 만들어 줄게요. 나한테 오면 예쁜 사랑 하게 해 주겠다는 말 진짜니까 허튼짓 안 할 거라는 내 말 믿고요."

어서 내리라는 듯 현승이 고갯짓을 했다.

송아는 잠시 그를 가만히 쳐다보다가 순순히 차에서 내렸다. 집에 가서 땅굴을 파거나 혼자 술집에 가서 청승을 떠는 것보다는 나아 보였다.

현승이 사는 아파트는 혼자 살기에는 꽤 큰 집이었다. 화이트와 부드러운 그레이 톤으로 꾸며진 집은 깔끔하면서도 편안한 느낌을 안겨줬다.

"혼자 살아?"

"네. 혼자 살아 보는 게 소원이라 취업하면서 독립했어요. 코트랑 목도리 이리 줘요."

드레스 룸에 옷을 걸어 두고 온 현승은 송아를 주방 아일랜드 식탁 앞 스툴에 앉혔다.

"잠깐만 기다려요. 데우기만 하면 되니까."

"뭘?"

조리대 안쪽으로 들어간 현승은 바로 냄비가 얹어져 있던 쿡탑의 불을 켰다.

"새벽에 집에 오는 길에 수산 시장 가서 전복 사다가 전복죽 끓여 놨어요. 선배 먹이려고. 이거 먼저 먹고 나면 칵테일 만들어 줄게요. 억울하게 초상부터 치르기 싫으니까."

"너 처음부터 나 여기로 데려올 계획이었어?"

"계획까진 아니고요. 온다고 하면 여기에서 먹이고, 안 온다고 하면 선배 집으로 죽을 갖다 주려고 했죠."

냄비 안의 죽을 몇 번 저은 후 현승은 식탁 앞으로 자리를 옮겼다.

"나 요리 잘해요."

"그래서?"

"매력 어필 중이잖아요."

식탁 위에 두 손을 짚은 현승이 송아 쪽으로 몸을 기울였다.

"잘 봐요."

송아에게 얼굴을 내민 현승은 이리저리 얼굴을 살짝살짝 움직였다.

"어때요? 잘생김, 귀여움, 섹시함, 진지함. 뭐 하나 빠지지 않죠? 이런 남자 안 흔해요."

"안 창피해?"

"창피한데, 창피하다고 해서 아무 말 못 하고 끙끙댈 정도로 한심한 놈은 아니거든요."

제가 자랑스럽다는 듯 현승이 싱긋 웃었다. 송아는 그가 넉살이 좋은 건 알았지만, 이렇게까지 능글맞은지는 몰랐다.

"그래서 대답은요? 마음에 들어요?"

"벌써 잊었어? 연하는 남자로 안 보인다고 한 말."

"대체 왜요? 애 같아서? 남잔 다 애예요. 그게 아니면 개고."

뭘 모른다는 듯 현승이 송아를 향해 살짝 눈을 흘겼다. 송아가 기가 막힌다는 듯 코웃음을 치며 얼굴을 드는데, 순간 그녀의 입술이 현승의 시선을 잡아챘다.

아무것도 발라지지 않은 입술인데도 좀처럼 눈을 떼기가 쉽지 않았다.

"그 눈빛, 뭐야?"

의심 섞인 그녀의 말이 떨어지자 현승이 기다렸다는 듯 입을 열었다.

"키스해도 돼요?"

"허."

당돌한 소리에 송아는 헛웃음만 나왔다.

"나 다른 남자랑 헤어진 지 한 시간도 안 됐어."

"그게 왜요? 헤어지고 나서 몇 시간 지나 키스해야 한다는 법이라도 있어요?"

법은 없어도 보통 그렇게 하지는 않았다.

"예쁜 사랑 시켜 주겠다며? 허튼짓 안 할 테니 네 말 믿으라며?"

"앞의 약속은 지킬 거예요. 근데 허튼짓까지 안 하기에는 선배 입술이 너무 예쁘잖아요. 전부터 느꼈던 거예요."

현승은 더 바짝 송아 쪽으로 얼굴을 들이댔다. 코끝이 부딪칠 정도의 아슬아슬한 거리에서 입술에 닿아 있던 시선을 들어 올린 현승이 송아에게로 두 눈을 맞췄다.

"키스해요, 우리."

"너 완전 선수지? 이런 식으로 예쁜 사랑 시켜 준다고 꼬셔서 기껏해야 3개월 만나고 갈아 치우는 거 아냐?"

"3개월이 될지, 30년이 될지는 나랑 사귀면 알려 줄게요."

마음을 부추기듯 현승이 눈짓을 보냈다. 그러나 송아의 닫힌 마음을 열기엔 한참이나 부족했다.

"됐어. 3개월이든 30년이든 앞으로 남자는 다 싫어."

"왜요? 설마 평생 연애 같은 건 안 하려고요?"

"평생은 몰라도 적어도 당분간은. 싫어, 이제."

시선을 거둔 송아는 옆으로 얼굴을 돌렸다. 하지만 현승은 포기하지 않고 집요하게 그녀를 쳐다봤다. 결국 그에게 진 송아의 시선이 다시 현승에게로 향했다.

"왜?"

하지만 정작 현승은 말없이 그녀를 바라보기만 했다.

한참 후 허리를 펴며 그녀에게서 멀어진 현승이 송아를 향해 싱긋 미소 지었다.

"다 먹을 거죠?"

"뭘?"

현승이 데워지고 있는 죽을 향해 고갯짓했다.

"다 먹어요. 그럼 내가 진짜 세상에서 가장 맛있는 칵테일 만들어 줄 거니까. 그리고……."

담백한 간격을 둔 현승이 부드럽게 웃으며 말을 이었다.

"힘들겠지만 다 털어 내요. 아팠던 기억 전부. 그 자리에 내가 줄 예쁜 사랑이 들어갈 수 있게."

"너도 진짜……."

끈질기다는 말을 하려는데 현승이 그 전에 생긋 웃으며 돌아서 버렸다. 그러곤 곧 능숙한 손길로 그녀의 앞에 전복죽을 덜어서 내려놓았다.

"천천히 먹어요. 다신 아프지 않게."

송아는 말없이 앞에 놓인 죽을 내려다보기만 했다. 김이 모락모락 나는 죽 한 그릇이 조금은 그녀의 허한 마음을 채워 줄 수도 있을 것 같았다.

"내가 말 안 했죠?"

문득 들려온 소리에 송아가 다시 현승을 바라봤다.

죽처럼 그녀를 따스하게 녹여 줄 것 같은 눈빛으로 현승이 그녀를 내려다보고 있었다. 이젠 묻기도 귀찮다는 듯 가만히 보고만 있는 그녀를 향해 그가 다시 말을 꺼냈다.

"어젯밤 선배 아픈 모습에 내가 더 아팠다고. 병원에 누워 있는 선배 보면서 세상이 끝나는 줄 알았다고."

제 말이 단지 듣기 좋은 소리가 아님을 알려 주려는 듯 현승의 눈빛이 진지했다. 그러나 아직 '채현승이라는 바람'은 송아의 머리카락 한 올도 흔들지 못했다.

"제발 그런 뻔한 말은 다른 여자한테나 써먹어. 다시 얘기하지만 나한텐 씨알도 안 먹히니까."

"에이, 설마. 평생 씨알도 안 먹히겠어요? 언젠간 그 심장이 쿵, 할 날이 있겠죠."

송아의 거절에 상처받거나 실망했음을 드러내는 대신 현승은 한쪽 눈을 찡긋 감았다. 그리고 직접 그녀의 손에 숟가락을 쥐어 줬다.

"천천히 먹어요. 난 언제까지든 괜찮으니까. 기다릴 수 있으니까."

다시 죽을 한 입 떠먹으려던 송아는 그냥 숟가락을 내려놓았다.

"뭐 하는 거야? 너 때문에 불편해서 먹을 수가 없잖아."

송아의 타박에도 맞은편의 현승은 생글생글 웃기만 했다. 그는 그녀가 죽을 먹는 내내 두 손으로 턱을 괸 채 그녀를 지켜보고 있었다.

"이제 넉 달 정도 돼 가요. 선배 좋아한 지."

뜬금없는 소리에 송아의 미간이 설핏 일그러졌으나 현승은 아랑곳없이 말을 이어 갔다.

"이런 말 할 수 있는 기회 안 줄 것 같아서 내가 알아서 틈틈이 말해 두려고요."

"틈틈이도 하지 마. 관심 없으니까."

"지난번 회식 때 고백하려고 선배 따라 나갔다가 봤어요. 이재신 따로 마중하는 거. 그날 밤 내가 흘린 한숨 때문에 우리 집 바닥이 푹 꺼졌었잖아요."

어디쯤이었더라, 하는 말을 중얼거리며 현승이 송아 너머의 거실 바닥을 살펴봤다. 기가 막힌 송아의 고개가 절로 절레절레 저어졌다.

"이제 보니 너 허세 있다. 허세 있는 남자 딱 질색이야."

"뭔들 질색 아니고요? 미운 것만 다 갖췄죠?"

사실 틀린 말은 아니었기에 송아는 말없이 시선을 내렸다.

오늘 같은 날 혼자보단 낫다고 생각해 현승의 곁에 있지만, 그를 보는 게 마냥 편한 건 아니었다. 고마움보다는 원망이 더 큰 건 어쩔 수 없었다.

"칵테일은 어떤 거 좋아해요? 달콤한 거? 아님 상큼한 거?"

그녀의 마음을 읽은 듯 자리를 떠난 현승이 칵테일 재료들을 꺼냈다. 송아도 순간 재신이 생각나 욱신거렸던 마음을 외면하듯 밀어냈다.

"독한 거. 그냥 독한 거."

"진심으로?"

송아는 고개를 한 번 끄덕여 답을 대신했다.

현승은 안 된다는 말을 하고 싶었으나 지금은 조용히 송아의 뜻을 받아 주는 게 더 그녀를 위하는 것 같았다.

"그럼 잠깐 있어요. 마티니가 좋을 것 같은데 진이 별로 없네요. 아래 마트에 가서 바로 사 올게요."

현승은 지갑을 챙겨 다시 송아의 앞에 섰다.

"말도 없이 가 버리는 건 안 돼요. 그래 줄 거죠?"

"그래. 갔다 와."

"죽 먹어요, 어서. 너무 식었으면 다시 덜어 줄까요?"

"아냐. 괜찮아."

그만 가 보라는 듯 현승에게 눈짓을 보낸 송아는 다시 죽으로 시선을 내렸다. 실은 아까 애써 밀어냈던 서글픈 감정이 다시금 밀려 올라오려고 해서 현승을 바로 보는 게 쉽지 않았다.

"알았어요, 그럼. 조금만 기다려요."

곧 현승이 나가고 문이 닫히는 소리가 들려왔다. 그러자 꾸역꾸역 참고 있던 송아의 눈물이 죽 위로 툭 떨어져 내렸다.

아깐 실감나지 않았던 이별이 이제야 현실로 다가온 듯했다. 끝이 있을 거라 생각지도 못했던 사랑이 정말 이렇게 허무하게 끝나 버린 것인지, 모든 게 믿어지지 않고 괴롭기만 했다.

"흐흑, 흑."

이제라도 다시 재신에게 매달려 볼까. 시간을 되돌릴 순 없는 것일까.

진심을 다해 사랑했던 그와의 헤어짐을 받아들이는 게 너무 힘들어 송아는 다시 재신의 곁으로 돌아가고 싶었다. 자신을 붙잡았던 그의 마음이 자존심과 복수 때문이더라도 말이다.

불과 결혼을 두 달 앞뒀음에도 아직까지 제게 아무 말도 하지 않은 걸 보면 재신이 쉽게 저를 놓지 못할 정도로 깊게 사랑하고 있는 걸지도 몰랐다.

변함없이 그의 곁을 지켰다면 어쩜 그의 마지막 선택이 효주가 아닌 자신이 될 수도 있었다.

'그래. 그랬을지도 몰라.'

순간 자리에서 벌떡 일어선 송아는 드레스 룸으로 달려갔다. 코트 속 휴대폰을 꺼내 다급히 화면을 켜 봤다. 혹시 재신이 저를 찾지 않았나 싶어서였다. 하지만…… 재신에게선 전화 한 통도 문자 메시지 하나도 도착해 있지 않았다.

찾아드는 건 바닥을 알 수 없는 절망뿐이었다.

"흑."

다시금 눈물을 왈칵 쏟아 내며 송아는 그대로 바닥으로 주저앉았다.

그렇게 힘없이 울기를 얼마 후, 그녀의 흐릿해진 시야 안으로 누군가의 발이 들어왔다.

"힘들어. 생각보다도 너무 힘들어."

그 발끝을 보며 흐느끼듯 속삭이던 송아는 고개를 젖혀 현승을 올려다봤다. 그녀만큼이나 현승의 눈 또한 아파 보였다. 이럴 줄 알았기에 현승은 나가지 못하고 숨죽인 채 그녀를 지켜봤던 것이다.

"흑. 흐흑."

송아는 현승을 보는 그대로 계속 흐느껴 울었다.

조금 전까지는 재신을 놓는 게 힘이 들었다면, 이젠 제가 버려져야 하는 존재라는 게 괴로웠다.

그 여자보다 제가 뭐가 못나 그는 그녀에게 마음을 줬던 것인지, 저는 왜 이런 취급밖에 받지 못하는 것인지. 자꾸만 효주와 제 자신이 비교가 됐다. 마치 그녀에게 열등감이라도 있는 것처럼. 갈 곳 없는 원망은 애꿎은 현승에게로 향했다.

"그냥 모르게 해 두지 왜 그랬어? 어쩜 날 선택할 수도 있었던 거잖아. 나쁜 놈. 잔인한 놈."

그녀의 앞에 한쪽 무릎을 꿇고 앉은 현승의 어깨를 송아의 작은 주먹이 아프게 내리쳤다. 그러나 현승은 하나 아프지 않았다. 송아를 보느라 아픈 가슴에 비하면 그 어떤 것도 고통이 될 수 없었다.

"미안해요. 그렇게밖에 못해서."

계속해서 닿는 송아의 주먹을 묵묵히 받아들이며 현승은 가만히 송아를 지켜보기만 했다. 그리고 시간이 흘러 송아의 울음이 좀 그쳐 가자 천천히 송아의 젖은 얼굴로 손을 뻗었다.

"선배 하나도 못난 거 없어요. 잘못한 것도 없고. 이재신 같은 놈한텐 선배가 한참이나 아까워요."

혹시 그의 손길도 아플세라 현승은 섬세하게 그녀의 눈물을 닦아 냈다. 그를 보는 붉어진 눈동자에 마음이 아렸지만, 현승은 애써 티 내지 않으며 더 다정하게 그녀를 바라봤다.

"이제 다 울었어요?"

대답 없는 송아는 한층 더 원망 어린 시선으로 그를 보기만 했다. 감내할 부분이었기에 현승은 겸허히 받아들였다.

"그만 일어나요. 진짜 술 한 잔 줄게요. 너무 독한 건 말고."

현승이 부드럽게 잡아 일으키자 우느라 기력을 다 써 버린 송아가 천천히 그를 따라 일어섰다.

재신에게 향했던 마음이 컸던 만큼 송아에겐 그를 잊기까지 많은 시간이 필요해 보였다. 그리고 그 시간은 곧 현승 자신이 그녀를 기다려야 하는 시간이었다.

현승은 그게 얼마든 상관없었다. 그게 언제까지든 기다리는 걸 포기하지는 않을 것이니.

"자고 갈래요?"

현승이 불쑥 꺼낸 말에 세 번째 칵테일을 집어 들던 송아의 움직임이 멈췄다. 그녀의 매서운 눈초리를 받던 현승이 멋쩍다는 듯 웃었다.

"오해 말아요. 같이 자자는 건 아니었으니까."

"애초에 오해할 말을 하지 마."

"선배 혼자 두기 싫어서 그래요. 왠지 오늘 날씨가 혼자보단 둘이 나은 밤 같기도 하고."

그렇게 위로의 말을 돌려 말한 현승은 송아의 잔에 제 잔을 가볍게 부딪쳤다.

언제든 송아를 데려다줘야 하기에 그는 무알콜 칵테일을 마셨다.

"술 맛은 어때요? 괜찮아요?"

"몰라. 쓴맛밖엔."

그러면서도 송아는 살짝 인상을 찌푸린 채 칵테일을 한 모금 들이켰다. 마주 앉아 그 모습을 지켜보던 현승이 귀엽다는 듯 작게 웃음을 흘렸다.

"내가 그 여자 꼬셔서 둘이 갈라놓고는 확 차 버릴까요?"

"세상 여잔 마음만 먹으면 다 꼬셔?"

"뭐로 보나 내가 이재신보다는 나으니까. 어떻게 해요? 그렇게 해 줘요?"

현승의 진심인 듯한 눈빛에 송아는 살짝 흔들렸지만 곧 마음을 다잡았다. 그렇게까지 나쁜 마음을 먹고 싶지는 않았다. 그는 아니었더라도 자신은 진짜 사랑이었으니 불행을 기도하지는 않았다.

"그러지 마. 결혼까지 하는데."

제 입으로 결혼이라는 소리를 입에 올리는 게 쑥쓰해 그렇지 않아도 쓴 입이 더 쓰게 느껴졌다.

송아는 아예 남은 술을 다 들이켜 버렸다.

"천천히 마셔요. 오늘 밤 진짜 또 병원 가고 싶어요?"

"끝까지 말 안 하더라. 자기한테 다른 여자가 있다고는. 심지어 날 용서하겠다면서 붙잡았어."

이젠 재신이 괘씸하고 미워지자 다시 카페에서의 일을 떠올리고 있는 송아의 얼굴이 싸늘해졌다.

그를 사랑했던 시간마저 아까워졌다.

"내가 나랑 결혼이라도 할 거냐니까 내가 원하면 생각해 보겠대. 진짜 쓰레기 같은 놈."

"와. 쓰레기 같은 놈이 아니라 그냥 쓰레기네."

어이가 없다는 듯 현승이 헛웃음을 토해 내자 송아의 입에서도 픽, 바람 빠지는 소리가 나왔다.

그렇게까지 바닥인 남자를 그동안 존경의 시선으로 바라봤다는 것 자체가 어이없었다. 이제 더는 재신이라는 존재를 생각하고 싶지도 않아 송아는 생각을 지워 버리려는 듯 손으로 머리카락을 한 번 쓸어 넘겼다.

그 모습을 보던 현승은 미처 말하지 못했던 것이 생각났다.

"아. 내가 우리 누나 웨딩드레스 그 여자가 못 입게 했어요."

"네가? 어떻게?"

"누나가 거절할 거예요. 내가 그러고 싶어서 그래 달라고 한 거니까 선배가 미안해지는 말고요."

송아는 내심 너무한 것 같다는 생각이 들었지만, 그 생각을 밖으로 내놓지는 않았다. 제 로망을 그녀가 실현하지 못하는 게 싫지 않기도 했다.

"난 나중에 선배한테 우리 누나 웨딩드레스 입게 해 줄게요. 우리 누나 인생 역작으로."

"너랑 결혼 안 하면 나도 '하라' 웨딩드레스 못 입는 거야? 그러지 말고 지인 할인해 줘."

"허. 무슨 그런 말도 안 되는 소리를 해요?"

현승은 택도 없다는 듯 정색을 했다.

"우리 누나 거 입고 싶으면 나랑 연애하고 잘 돼서 결혼까지 하는 방법밖에 없어요."

"그럼 그 꿈은 접어야겠네."

"선배."

너무한다는 듯 현승이 살짝 인상을 찌푸리며 흘겨봤다. 송아는 가벼이 웃기만 했다.

힘들다고 눈물을 보인 지 얼마나 됐다고 그새 또 웃음이 나왔다. 송아는 그런 자신이 한심하고 우스웠지만, 그렇다고 억지로 인상만 쓰고 있을 건 아니었다.

"그만 갈게."

그래도 다시금 웃음을 찾았으니 송아는 이쯤이면 됐다고 생각했다. 이 정도면 혼자서 오늘 밤을 잘 넘길 수 있을 것 같았다.

'……앗!'

스툴을 내려서던 순간 머리가 핑 도는 느낌에 송아는 재빨리 식탁을 손으로 짚었다. 서둘러 다가온 현승이 그녀를 부축했다.

"괜찮아요?"

"어. 잠깐 어지러웠어. 술이 독했나 봐."

"당연하죠. 게다가 그 독한 술을 그렇게 빠르게 몇 잔이나 마셨는데 아무렇지 않겠어요?"

숨을 고르고 있는 송아가 바르게 설 수 있게 도와 준 현승은 그녀가 괜찮은지 한 번 더 살폈다.

그리고 잠시 말없이 그녀를 내려다보다 부드럽게 품으로 끌어안았다.

"꼭 한 번 안아 주고 싶었어요. 남자 대 여자 말고 인간 대 인간으로서."

그의 말에 송아는 그를 밀어내려던 손을 멈추고 얌전히 그의 품에 안겼다. 누군가의 진심 어린 위로를 받는 게 싫지 않았다.

"다시 한번 미안해요. 이번 일, 내가 진짜 두고두고 갚을게요. 정말 선배를 아프게 하려던 건 아니었어요."

상처받은 마음을 어루만져 주듯 현승이 천천히 송아의 등을 다독이며 쓸어내렸다.

이젠 다 울었다고 생각했는데 이상하게 또다시 눈물이 왈칵 쏟아지려고 하자 송아는 더 깊게 현승의 가슴에 얼굴을 묻었다. 그의 니트가 흠뻑 젖을 때까지 송아는 다시 숨죽인 울음을 토해 냈다.

"물 줄까요? 물 좀 마실래요?"

울음이 좀 잦아들자 살짝 뒤로 물러선 송아의 얼굴을 현승이 조심스레 내려다봤다. 송아는 눈물을 훌쩍이며 대답 대신 고개를 끄덕였다.

"일단 여기에 다시 앉아요. 바로 물 줄 테니까."

송아를 다시 스툴에 앉힌 후 현승은 식탁을 돌아 정수기 앞으로 갔다.

드레스 룸 바닥에 떨어져 있는 송아의 휴대폰 벨소리가 울리기 시작한 것도 그쯤이었다.

"내가 갖다 줄까요?"

스툴에 앉아 있는 송아가 드레스 룸 쪽에 시선만 두고 있자 현승이 움직이려고 했다. 살짝 손을 내밀어 그의 동작을 막은 송아가 천천히 바닥으로 발을 내렸다. 특별히 벨소리를 지정해 놓은 게 아니었음에도 송아는 재신의 전화라는 직감이 왔다. 불과 한 시간 전까지만 해도 간절히 기다렸던 연락이었건만, 이젠 그 전화를 받으러 가는 발끝이 바들바들 떨렸다.

'대체 왜 전화한 거지? 다시 붙잡기 위해서? 아님, 뒤늦게 화를 내기 위해서?'

송아는 좀처럼 감이 잡히지 않았다.

팀장님

바닥에 놓인 휴대폰에서 예상이 맞음을 확인한 송아의 온몸이 가늘게 떨렸다. 붙잡기 위한 것이든 따지기 위한 것이든. 그게 뭐든 선뜻 휴대폰으로 손을 뻗는 것조차 할 수 없었다.

"꺼 줄까요?"

끈질길 것 같던 벨소리가 끝나자, 어느덧 곁에 와 있던 현승이 물었다. 송아는 마치 그 말이 들리지 않는 듯 휴대폰을 내려다보기만 했다.

잠시 후, 다시 바닥의 휴대폰이 소리를 내기 시작했다.

"선배."

결정을 내리라는 듯 현승이 한 번 더 송아를 찾았다. 그럼에도 반응이 없자 현승이 직접 바닥을 향해 손을 뻗었다.

"아냐."

침묵을 깬 송아가 그런 현승의 팔을 붙잡았다. 그리고 바닥에서 천천히 휴대폰을 집어 들었다.

"……여보세요."

힘겹게 목소리를 끄집어낸 송아가 마른 입술을 혀로 살짝 축이는데, 재신의 딱딱한 목소리가 날카롭게 귓속으로 파고들어 왔다.

- 어디야? 집 앞에서 기다리고 있어.

"무슨 일인데요?"

- 우리 아직 할 얘기 남았잖아. 너, 나랑 3년이나 사귀었어. 헤어질 땐 헤어지더라도 예의는 지켜.

그에겐 가당치 않아 보이는 '예의' 소리에 송아는 풋, 웃음을 토했다. 짧은 호흡 후, 송아는 마치 재신이 눈앞에 있는 듯 살짝 턱을 치켜들었다.

"할 얘기 없어요. 오늘 밤, 집에 들어가지도 않을 거고."

- ……야, 윤송아.

씹어뱉듯 그녀의 이름을 부르는 재신의 음산한 목소리에서 그의 분노가 고스란히 느껴졌다. 이로써 그가 왜 전화를 했는지 물을 필요는 없어졌다.

'그저 자존심이 상해서 화가 나는 거겠지.'

진심으로 그녀를 놓치고 싶지 않은 마음이 아니라 말이다.

하긴. 놓치고 싶지 않았다면 애초에 다른 여자와 결혼 날짜를 잡지 않았을 것이다.

"다신 전화하지 마세요. 팀장님한테 지켜 드릴 예의 같은 건 없으니까요."

- 야, 윤송아!

당장이라도 폭발할 것처럼 활활 타오르는 불꽃같은 목소리를 외면하며 송아는 그대로 전화를 끊어 버렸다.

완전히 전원이 꺼진 휴대폰이 쥐어진 손이 곧 아래로 힘없이 떨어져 내렸다.

"오늘 밤엔 제가 본가로 갈게요. 그러니까 집에 가지 말고 여기서 자요. 꼭 그랬으면 좋겠어요."

완곡한 표현 속에 힘주어 제 뜻을 전했던 현승이 대답을 기다리며 계속 송아를 바라봤다. 꽤 길었던 침묵 후 마침내 송아의 입술이 달싹거렸다.

"아냐."

"선배."

거절이라 받아들인 현승이 그녀를 돌려세우려는데 송아가 먼저 그를 향해 움직였다.

"가지 마, 너도."

"……네?"

"같이 술이나 마시자. 네 말대로 혼자보단 둘이 나은 밤 같으니까."

당황한 현승을 덤덤히 보던 송아는 휴대폰을 코트 안에 넣고는 먼저 드레스 룸을 나섰다. 그럴 상황이 아님을 알면서도 이 순간 설렘을 느끼는 게 어쩔 수 없는 현승의 마음이었다.

"편한 옷 줄까요? 안 불편해요?"

맥주 캔을 손에 쥔 채 초점 없이 앞을 보고 앉아 있던 송아는 대답 대신 작게 고개를 한 번 내저었다.

바닥에 앉아 소파에 등을 기댄 채 나란히 앉아 있는 둘 사이엔 오직 침묵만이 자리했다. 재신을 생각하고 있을 송아는 멍하니 앞만을 바라봤고, 그녀의 곁을 지키고 있는 현승은 그런 송아를 눈과 마음으로 지켜봤다.

"와아. 난 진짜 남자로도 안 보이나 보네. 덮칠지도 모르는데."

현승은 분위기를 바꾸기 위해 장난스럽게 혼잣말처럼 떠들었다. 그제야 송아의 시선이 살짝 현승 쪽으로 돌려졌다. 오랜만에 마주보는 그녀의 얼굴이 좋아 현승은 히죽 웃기부터 했다.

"안 무서워요? 이 야심한 밤에 늑대 본능 투철한 피 끓는 남자랑 단둘이 있는 건데?"

살짝 눈을 가늘어뜨린 현승이 엉큼하게 눈을 가늘게 떴다. 하지만 표정 변화 하나 없는 송아는 덤덤하기만 했다.

어쩌나 무감하던지, 결국 현승의 의욕마저 꺾여 버렸다.

"하아. 내가 이렇게까지 매력 없는 놈이었다니. 살면서 다신 이런 충격은 없을 거예요."

과장되게 괴로워하던 티를 내던 현승이 소파에 한 팔을 올리며 송아를 향해 돌아앉았다.

"말해 봐요. 진짜 연하는 남자로도 안 보여요? 대체 왜요?"

"어른스러운 사람이 좋으니까. 내가 기댈 수 있게."

"에이. 나이 많다고 다 어른스러워요? 남자가 애이냐, 개이냐는 나이랑 상관없다니까요? 봐 놓고도 몰라요?"

순간 송아의 얼굴이 굳는 것 같자 현승은 제가 실수를 했음을 느끼며 서둘러 말을 돌렸다.

"근데 이제 보니 선배 시력 안 좋구나? 나, 가슴 넓은 거 안 보여요? 기대는 건 둘째 치고, 선배가 위에서 굴러도 돼요. 자, 봐요. 엄청 넓죠?"

잘 보라는 듯 허리를 곧추 세운 현승이 탄탄한 가슴을 활짝 펴 보였다. 기가 막힌다는 듯 그를 보며 웃던 송아는 다시 앞으로 시선을 돌렸다.

"그러니까 넌 안 돼. 가슴만 넓다고 기댈 수 있을 것 같아?"

"선배야말로 내 말 뜻을 너무 못 알아듣는 거 아니에요? 바보가 되든, 모자란 놈이 되든 얼마든지 망가질 테니 선배더러 조금이라도 웃으라고 이러는 거 아니에요, 지금? 물론 나같이 잘난 놈은 망가져도 멋있지만."

현승의 신소리에 다시금 그를 본 송아가 어이없다는 듯 웃었다.

그렇게라도 웃는 모습이 좋아 현승 또한 한 번 더 속이 없는 것처럼 히죽 미소 지었다.

"같이 잘까요? 내가 넓은 가슴으로 빈틈없이 꽉 안아 줄 수 있는데."

"그만해, 이제. 설렘도 떨림도 눈곱만큼도 없으니까. 넘어갈 사람도 없는데 전투력 낭비다."

송아는 손에 들고 있던 맥주 캔을 테이블 위에 내려놓고는 자리에서 일어섰다. 그녀를 올려다보며 눈으로 왜 그러냐고 묻는 그에게로 송아의 시선이 닿았다.

"염치없지만 침대도 빌릴게."

"침대만요?"

"베개랑 이불도."

끝까지 그는 빌리지 않겠다는 소리에 현승은 작게 웃고만 말았다. 송아가 침실로 향하자 현승도 곧 일어서서 그녀의 뒤를 따랐다.

"왜?"

"배웅. 여자는 혼자 보내는 법 아니거든요."

능청스럽게 웃어 보인 현승이 한 발 앞서 나가 문을 열고 기다렸다.

잠시 그를 보던 송아가 침실 안으로 발을 들이자 현승이 침대 옆으로 가 스탠드의 불을 밝혔다.

"문 꼭 잠그고 자요. 늑대 한 마리가 밤새 빈틈만 노리고 있을지도 모르니까."

"잘 자."

"선배도요. 꼭 잘 자요."

따스한 위로가 담긴 눈길로 그녀를 바라보던 현승은 잠시 후 조용히 문을 닫고 나갔다. 그리고 송아는 천천히 침대로 가 살며시 쓰러지듯 몸을 맡겼다.

묵직한 정적이 송아의 몸 위로 짓누르듯 내려앉았다. 그 무게가 벅찬 듯 갑자기 설움과 함께 눈물이 왈칵 치솟았다. 애써 외면하며 억누르고 있는 재신이 다시금 그녀의 머릿속을 꽉 채우며 모든 것을 지배했다.

혹여 울음소리가 새어 나갈까 송아는 흐느낌이 새어 나오는 얼굴을 베개에 묻었다. 베개를 적시고, 그녀를 적시고, 온 세상을 적셔 버릴 것 같은 눈물은 그칠 생각 없이 하염없이 쏟아졌다.

꽉 닫힌 문에 기대어 선 채 차마 발걸음을 떼지 못하고 있는 현승의 발아래도 어느덧 축축이 젖어 들어가고 있었다. 현승은 이제라도 뛰어 들어가 송아를 안아 주고 싶은 마음이 굴뚝같았지만, 문이 열려 있음에도 아직은 그리할 수 없는 게 그의 위치였다.

'하아. 설렘은 무슨.'

오늘 밤은 그녀에게도 그에게도 가장 쓰라린 밤이 될 듯했다.

다음 날 송아는 아픈 눈꺼풀을 힘겹게 들어 올리며 잠에서 깨어났다.

언제 잠든 지도 모른 채 잠이 들었다. 밖은 어느새 해가 중천에 뜬 것인지 창을 가린 커튼을 통해선 눈부신 겨울 햇살이 쏟아져 내리고 있었다.

"일어났어요?"

송아가 침실에 딸린 화장실에서 세수를 한 후 방을 나서자 현승의 밝은 목소리가 그녀를 맞이했다. 반사적으로 멈춰 선 그녀를 보며 앞치마 차림의 현승이 싱그럽게 웃어 보였다.

주방을 나선 그가 송아의 앞으로 다가섰다.

"잘 잤어요?"

"어. 고마워."

세수를 할 때 봤던 퉁퉁 부은 눈을 보여 주기 싫어 송아는 슬쩍 시선을 비켜 냈다. 현승은 모르는 척 살짝 입술을 비죽이며 새침한 얼굴을 해 보였다.

"에이, 섭섭하다. 난 한숨도 못 잤는데. 선배만 잘 잤단 말이에요?"

투덜대던 현승이 송아 앞으로 불쑥 제 얼굴을 내밀었다. 당황해 뒤로 얼굴을 뺀 송아를 향해 두 눈을 꼭 감은 그가 투덜거렸다.

"안 보여요? 내 백옥 같은 피부에 다크 서클이 오점 만든 거. 물론 그래도 잘생겼지만."

순간 두 눈을 번쩍 뜬 현승이 흠칫 놀란 송아를 향해 씨익 웃었다. 그제야 그가 놀리고 있다는 걸 알아 챈 송아의 눈이 나무라듯 그를 흘겨봤으나, 허리를 펴는 현승은 그래도 좋은 얼굴이었다. 입가에서 미소가 떠나지 않았다.

"어젯밤 몇 번이나 덮치려다 참았어요. 내가 진짜 선배 진심으로 좋아하는 거 아니었으면 어젯밤에 큰일 날 뻔했다는 것만 알아 둬요."

대단한 걸 했다는 듯 현승이 한껏 으스대며 주방으로 향했다. 기가 막혀 헛웃음을 보이던 송아도 곧 그를 뒤따랐다.

"앉아요. 속 풀어야죠. 내가 콩나물 북엇국 시원하게 끓여 놨어요."

이미 식탁 위에는 정갈하게 담긴 반찬들이 몇 가지 놓여 있었다. 곧 따뜻한 국과 밥도 식탁 위로 올라왔다.

"먹어 봐요. 입에 맞는지."

스툴에 앉은 송아는 대답 없이 그가 시키는 대로 국을 한 숟가락 떠먹었다. 입안이 까끌해 맛을 잘 몰랐지만, 티를 내지는 않았다.

"괜찮아. 맛있네."

"다행이다."

정말 기쁜 듯 웃은 현승도 앞치마를 벗고는 송아의 앞에 마주 앉았다.

"어디 아픈 덴 없어요? 머리든 속이든. 말해요. 혹시 몰라 약도 사다 놨으니까."

송아의 앞에 물을 놓아 주며 현승이 그녀의 대답을 기다렸다. 말없이 그 물을 보던 송아는 차분히 숟가락을 놓은 후 다시 그와 마주 봤다.

"현승아."

그저 이름만 불렀을 뿐인데 마치 그녀가 무슨 말을 할 줄 안다는 듯 현승은 바로 긴장한 내색을 보였다. 송아는 개의치 않고 계속 말을 이었다.

"나 솔직히 너 보는 거 불편해. 정확히는 창피해."

"난 괜찮다고 해도 소용없는 거죠?"

그렇기에 송아는 솔직하게 고개를 끄덕였다.

"네 마음은 알겠어. 진심이라는 것도, 가벼운 마음이 아니라는 것도. 하지만 거기까지야. 너도 거절하는 내 마음 알아줬으면 좋겠어."

"기다리지도 마요?"

"어. 그런 것도 하지 마. 두려워, 솔직히. 이젠 누굴 만나고 누굴 받아들이는 게. 누군가를 온전히 믿는다는 걸 할 수 있을지 모르겠어."

조금만 연락이 끊겨도 불안함부터 먼저 느끼고, 조금만 소홀함을 느껴도 의심부터 할 것 같았다. 그러지 않기 위해 노력해야 한다는 걸 알지만 진짜 그리 될 수 있을 때까진 적지 않은 시간이 필요할 것이다.

"어색한 건 어쩔 수 없겠지만, 노력해 줘. 그냥 예전처럼 선, 후배로 지낼 수 있게. 부탁이야."

말을 끝낸 송아는 침착히 현승을 바라봤다.

현승은 그럼에도 계속 곁에 머물겠다는 말을 하고 싶었지만, 그녀의 부탁이 간절해 보여 쉽사리 그런 말을 입 밖에 내놓을 수가 없었다.

"알았어요."

그렇다고 해서 그녀를 향한 마음을 접을 건 아니었다. 그럴 수도 없었고.

"그렇게 할게요. 선배 뜻대로 할게요."

대신 숨기는 건 할 수 있었다. 그게 사랑을 주고 싶은 여자가 진짜 바라는 것 같으니 말이다. 그녀를 향한 건 갖겠다는 욕심이 아니라 사랑을 주고 싶은 마음이었다.

"고마워. 잘 먹을게."

순순히 물러서 준 현승을 향해 송아는 진심으로 고마움이 담긴 미소를 보였다. 식기가 부딪치는 소리가 전부인 고요함 속에서 둘은 말없이 어색한 식사를 이어 갔다.

"고마워. 여러모로. 염치없었다."

"들어가서 푹 쉬어요. 전 내일 볼게요."

"그래."

담백해진 현승의 인사에 송아 또한 담백하게 대답하며 차에서 내렸다. 송아는 순순히 그녀의 말을 따라 준 현승이 생각보다도 많이 고마웠다. 그런데 그녀의 오피스텔 앞에 멈춰 선 차에서 내린 송아가 차 문을 닫기도 전이었다.

불쑥 들려온 시린 음성이 그녀에게로 날카롭게 파고들었다.

"너희, 뭐 하는 거야?"

"……."

"뭐 하는 거냐고 묻잖아."

재차 들려온 날카로운 음성에 당황해 굳어 버렸던 송아는 서둘러 정신을 차렸다. 재신이 오늘도 집 앞에 있을 거라고는 생각하지 못했었다.

'밤을…… 새운 건가?'

혹시 그런 건가 싶어 송아는 빠르게 재신을 훑어 내렸다. 어제와 다른 옷, 까칠하긴 하지만 깔끔한 얼굴을 보니 그런 건 아닌 듯했다.

화를 참을 수가 없어 오늘 다시 집 앞으로 찾아온 것 같았다.

'윤송아, 넌 대체…….'

그리 당해 놓고도 재신이 밤을 새며 기다렸을지 모른다고 기대하고, 심지어 거기에 기뻐하려고 했던 제가 너무 한심해 송아는 꽉 아랫입술을 베어 물었다. 이별한 지 겨우 하루밖에 지나지 않아서라고 해도 그런 취급을 당해 놓고도 이렇게 반응하는 제가 등신에 돌대가리 같았다.

의심스러운 눈빛으로 괘씸하다는 듯 현승과 송아를 번갈아 보고 있던 재신의 눈빛은 한층 더 사납게 변해 갔다.

"채현승이었어? 네가 말한 그 자식이?"

감히 저따위 놈이었냐는 듯 재신이 송아를 향해 으르렁댔다. 그 모습에 송아와 마찬가지로 당황해 차 안에서 이 상황을 지켜보고만 있던 현승이 뒤늦게 차에서 내렸다. 모른 척 그냥 갈 수만은 없었다. 하지만 끼어들길 바라지 않는 송아였기에 현승은 선뜻 나서지는 못했다.

"윤송아."

오직 송아만을 뚫어져라 보고 있는 재신의 분노가 더 뜨거워졌다. 그에 맞서듯 작은 손이 쾅, 차 문을 닫는 소리가 세상을 부술 듯 매섭게 울려 퍼졌다.

싸늘해진 얼굴의 송아가 재신의 앞으로 한 걸음 더 가까이 움직였다.

"다신 볼 일 없다고 말씀드렸을 텐데요?"

"내가 물었잖아! 네가 말한 그 자식이 겨우 저 자식이냐고!"

극에 달한 분노를 표출하듯 재신이 격하게 포효했다. 하지만 그럴수록 송아의 얼굴은 더 어떤 흔들림도 없이 냉정해졌다.

"그게 누구든 팀장님이랑 무슨 상관인데요? 꽤, 구질구질하시네요."

"야!"

도저히 더는 참을 수 없다는 듯 송아를 향해 눈을 부라리던 재신이 현승에게로 달려들었다. 두 손으로 현승의 멱살을 잡아 움켜쥔 채 벽으로 거세게 밀어붙였다.

"이 새끼. 너, 뭐야? 너, 알고 그랬지? 너, 나랑 송아랑 사귀는 거 알고 있었지?"

당장이라도 숨통을 조여 버릴 듯 재신이 더 꽉 현승의 멱살을 틀어쥐며 몰아붙였지만, 현승은 일말의 주눅도 들지 않았다. 더 재신의 화를 돋우려는 듯 말이다.

대신, 놀란 송아의 목소리가 튀어 나갔다.

"뭐 하는 거예요? 당장 떨어져요!"

"왜 그랬어? 네까짓 게 뭔데 왜 남의 걸 탐내? 이런 비열한 새끼!"

"그만 하라고요!"

송아의 목소리 같은 건 들리지 않는다는 듯 재신은 그대로 현승에게로 주먹을 날렸다.

"현승아!"

바닥으로 고꾸라지는 현승의 모습에 소스라치게 놀란 송아가 바로 그에게로 달려갔다. 터진 입가에서 피가 새어 나오고 있었다.

"괜찮아? 많이 안 다쳤어?"

"네, 괜찮아요."

턱이 불편한 듯 살짝 움직여 본 현승은 한 번 더 괜찮다는 듯이 작게 고개를 끄덕였다.

잔뜩 성이 난 송아의 눈이 사납게 재신을 향했다.

"뭐 하는 짓이에요, 이게? 왜 애먼 사람을 함부로 때려요?"

"애먼 사람? 누가 애먼 사람인데? 내가 눈 뜬 장님인 줄 알아?"

이미 그 상대가 현승이라고 확신한 재신이 다시 그에게로 달려들려고 했다. 가만히 보고 있을 수 없는 송아가 곧장 일어서서 현승의 앞을 가로막았다.

"마음 변한 건 나예요. 따질 게 있으면 나한테 따져요."

"비켜!"

이미 눈이 돌아 버린 것 같은 재신이 송아를 거칠게 옆으로 밀어냈다. 넘어지진 않았지만, 그녀의 비틀거리는 모습에 놀란 현승이 재깍 일어섰다.

"선배!"

송아를 붙든 현승이 매섭게 재신을 노려봤다. 이제 더는 현승도 참을 수 없었다.

"지금 뭐 하는 짓입니까! 어디다 손을 댑니까?"

"이 자식이 감히 누구한테!"

다시금 현승에게로 주먹을 날리려는 듯 재신의 손이 위로 올라갔으나, 탁, 현승의 손이 그 손을 낚아챘다. 부러뜨려 버릴 듯한 강한 힘이 재신의 팔목을 꽉 움켜쥐었다. 재신이 빼내 보려 했지만, 무서운 손아귀의 힘에 뜻대로 되지 않았다.

"네. 접니다. 송아 흔든 남자."

"……!"

불쑥 나온 소리에 재신의 눈이 더 사납게 커졌다. 현승은 아랑곳 없이 더 똑바로 재신에게 눈을 맞췄다.

"그러니 저랑 얘기하시죠. 이재신 씨."

불안해하는 송아를 먼저 집으로 올려 보낸 후 현승은 재신과 따로 근처 카페로 향했다. 기싸움을 하듯 서로가 서로를 지지 않고 노려봤다.

"내 거라서 뺏은 건가? 그런 새끼들이 있지. 잘난 놈들이 가진 거에만 탐내는 못난 새끼들이."

마치 그에게 열등감이라도 가졌다는 듯이 얘기하는 재신의 말에 현승은 픽 비웃음을 보였다.

자라 온 환경 때문인지, 아무래도 재신에겐 뿌리 깊은 자격지심 같은 게 있어 보였다. 누구에게 선뜻 지지 않으려 한다거나, 강한 자존심도 그런 것에서부터 비롯된 것 같았다.

"본인이 뭔가 아주 대단한 사람이라고 생각하시나 보네요? 왜요? 제가 팀장님한테 열등감이라도 있어서 송아 뺏은 거 같아요?"

자존심을 건드린 듯 재신의 눈썹이 움찔 떨렸다. 그가 흔들릴수록 현승은 더 여유로워졌다.

"팀장님 눈에는 안 보이나 봐요. 송아가 얼마나 사랑스럽고 괜찮은 여잔지. 제대로 눈 달린 남자라면 누구든 탐낼 수 있는 여자라는 거, 한 번도 생각해 본 적 없으세요?"

"그래서, 지금 네 행동이 정당하다는 거야? 너같이 모자란 놈은 그렇게 제 행동을 합리화시키나 보지?"

"글쎄요. 모자란 건 누군지 모르겠네요. 그런 여자의 사랑을 얻고도 고마운 줄 모르는 사람이 모자랄까요, 아님 그런 여자를 행복하게 해 주고 싶어서 지옥 속에서 빼낸 사람이 모자랄까요?"

그의 말뜻을 파악하려는 듯 살짝 미간을 좁힌 재신을 보는 현승의 눈빛이 한층 더 싸늘하게 변했다. 경멸하듯 재신을 보던 현승이 불현듯 그를 향해 낮게 읊조렸다.

"고효주."

"……!"

이제야 말귀를 알아들은 듯 재신의 눈이 휘둥그레졌다.

차츰 불안하게 흔들리기 시작하는 재신의 눈동자를 똑바로 마주 보며 현승이 천천히 재신 쪽으로 몸을 기울였다.

"송아는 모릅니다. 자신이 그런 존재였음을 알게 하고 싶지 않았거든요. 누구한텐 아니어도 나한텐 세상에서 가장 귀하고 소중한 여자니까."

현승은 진심으로 그렇게 생각하는 여자를 눈앞의 인간 같지 않은 놈이 농락했다고 생각하자, 테이블 위에 얹어진 주먹에 꽉 힘이 들어갔다. 하지만 현승은 서둘러 제 감정을 다독였다. 상대를 완벽히 제압하기 위해선 쉽게 흥분하지 말아야 했다.

"덕분에 송아 마음 흔드는 데 양심의 가책 같은 건 없었습니다. 어차피 당신은 그 여자를 버릴 거였으니까."

"그걸 네가 어떻게 알아? 허. 그따위 평계로 네 추잡한 행동을 잘했다고 포장하려는 거야?"

"그럼 2월 14일에 고효주 씨가 결혼하는 남자는 또 따로 있는 겁니까? 크리스털 호텔이라고 했던가요?"

생각보다 세세하게 알고 있는 것에 놀랐는지 재신의 얼굴이 다시 선명히 굳었다.

'저런 단수 낮은 놈을 두고도 어떻게 선배는 아무것도 눈치 못 챈 거야? 그 정도로 푹 빠졌다는 건가?'

현승은 질투가 나는 마음을 꾹 억눌렀다. 지금은 그런 것에 신경 쓸 때가 아니었다.

"너, 뭐야? 너, 내 뒷조사 했어?"

"그딴 거 안 해도 원래 더러운 건 잘 보이죠. 게다가 더러워도 보통 더러운 게 아니었으니까."

"이 자식이 보자보자 하니까!"

흥분한 재신이 다시 현승의 멱살을 움켜쥐려는 듯 자리에서 벌떡 일어섰다. 하지만 막상 현승에게로 손길이 닿지는 못했다. 아까 그에게 잡혔던 팔목이 바스라질 것 같던 경험을 똑똑히 기억하고 있는 듯 말이다.

선뜻 손을 뻗지는 못한 채 서서 으르렁대기만 하는 재신을 올려다보며 현승은 한층 더 싸늘하게 얼굴을 굳혔다. 한 공간에서 숨을 쉬고 있다는 것만으로도 역겨운 상대와 더는 오래 마주 앉아 있고 싶지 않았다.

"확실히 얘기하죠."

현승도 자리에서 일어섰다. 재신보다 반 뼘은 더 키가 더 크고 체격이 더 좋은 현승의 위압감에 재신이 눌리는 기세였다.

"앞으로 한 번만 더 송아 찾아오거나 송아한테 집적대면 고효주 씨도 이 모든 일을 알게 될 겁니다. 재밌는 꼴 되고 싶으시면 그렇게 하시고요."

"뭐? 재밌는 꼴? 어디서 그따위 소리를 나한테! 너 지금 나 협박하는 거야? 너, 내가 우스워? 나 네 팀장이야, 이 자식아!"

"그런 지위를 이용한 보복도 가만있지 않을 겁니다. 잃을 게 누구한테 더 많은지 잘 생각해 보세요."

"이 새끼가 진짜!"

얼굴이 시뻘겋게 달아오른 재신이 다시금 당장이라도 뭔가를 할 듯 거세게 주먹을 움켜쥐었다. 그러나 또 그는 아무런 행동도 아무런 말도 하지 못했다.

머리 하나는 확실히 똑똑한 그가 여기에서 더 날뛰어 봤자 그 자신만 우스워진다는 걸 모를 리가 없었다.

"마지막으로 한마디만 더하죠. 여자는 다 압니다. 내가 받고 있는 게 진짜 사랑인지 아닌지. 송아는 당신이 주는 게 진심이 아니라 돌아선 것뿐입니다. 함부로 나쁜 여자 만들지 마세요. 처음부터 끝까지 나쁜 건 그쪽이었으니까."

"그쪽이라니? 이 자식이 그래도!"

"그럼 전 깔끔히 정리됐다고 생각하고 이만 가 보겠습니다."

씩씩대기만 할 뿐 아무것도 하지 못하는 재신을 향해 비릿하게 웃어 보인 후 현승은 먼저 자리를 떠났다.

현승은 재신의 성격상 바람과 달리 아직 깔끔히 끝난 게 아님을 알았다. 그래도 일단 그가 송아에게 선뜻 다시 달라붙지 못하게는 만든 것 같아 다행이었다.

송아의 오피스텔 앞까지는 호기롭게 걸어왔지만, 막상 현승은 그녀에게 전화를 거는 걸 두고는 한참을 망설였다.

그땐 그리하는 게 맞다고 생각해 자신이 그 남자라고 밝혔지만, 제멋대로 군 탓에 송아는 잔뜩 화가 나 있을 것이었다. 그렇지 않아도 자신을 불편하게 여기는 송아는 이 일에 그가 계속 끼어드는 걸 원치 않았을 게 분명했다.

"하아. 진짜 미치겠네."

그래도 현승은 꾸역꾸역 용기 내 송아에게 전화를 걸었다. 혼날 땐 혼나더라도 애간장이 타도록 기다리고 있을 송아를 더 오래 걱정시킬 수는 없었다.

"나예요, 선배."

건너편에서 전화를 받는 소리가 들려오자 현승이 조심스럽게 말을 건넸다.

송아의 집을 찾듯 반사적으로 현승의 고개가 뒤로 젖혀졌다.

– 어디야?

"선배 집 앞이요."

– 올라와.

"선배 집으로요?"

생각 못한 얘기에 놀란 현승의 고개가 바로 섰다.

은근히 무서운 게 갑자기 가슴까지 콩닥콩닥 뛰었다. 그보다 한참이나 작고 가냘픈 여자였지만, 막상 앞에 서면 그가 더 작아지는 존재였다.

"……진짜 올라가요?"

– 어. 몇 호인지 알지?

"네. 그건 알지만……. 저, 맞아요?"

- 어. 너 맞을 거야. 그것도 먼지 나게. 그러니까 군소리 말고 올라와. 도망가면 더 맞으니까.

웃음기가 하나도 없었음에도 송아의 스스럼없는 대답에 현승의 입가가 부드럽게 풀어졌다. 생각만큼 송아가 많이 화가 나 있지는 않은 것 같아 다행이었다.

"알았어요. 지금 당장 올라갈게요."

- 뛰지는 말고.

"네! 기다려요!"

송아의 말을 잘 들어야 했지만, 가겠다는 말을 했을 때부터 뛰고 있는 발은 어쩔 수가 없었다.

"안녕하세요!"

안내데스크에 있는 경비 아저씨에게 우렁차게 인사까지 건넨 후 현승은 빠르게 엘리베이터에 올라탔다. 송아를 아프게 한 건 아닐까 조마조마했던 마음이 이젠 그녀를 볼 수 있다는 설렘으로 콩닥거리고 있었다.

어느덧 송아는 그의 심장 박동의 색깔을 바꾸는 존재가 되어 있었다.

현관문이 열리자 현승은 활짝 웃었다. 하지만 그를 한 번 쳐다보

고는 바로 안으로 들어가 버리는 송아를 보자 금세 그 얼굴은 어리
둥절하게 바뀌었다.

'아니었던 건가?'

장난스러운 말을 받아 주기에 괜찮을 줄 알았는데 착각이었나
보다.

작은 평수의 오피스텔 안에 멀뚱히 서 있는 그를 내버려 둔 채 책
장 앞에 서서 볼일을 보고 있는 송아에게선 그를 긴장시키는 무서
운 분위기가 풍겨져 나오고 있었다.

"저 그게요, 선배……."

사과부터 하는 게 맞는 듯해 현승이 조심스레 말을 꺼내 봤다.

"거기 앉아. 식탁 의자에."

하지만 그의 말을 듣기 싫다는 듯 송아는 여전히 그의 얼굴을 보
지 않은 채 차분히 명령을 내렸다. 높낮이가 없어 더 몸을 움츠러들
게 만드는 목소리였다.

"네."

지금은 얌전히 그녀의 명령에 복종할 때라는 생각에 현승은 조
심히 의자를 빼내 앉았다. 곧 몸을 돌린 송아가 그를 향해 걸어왔
다. 손에는 소독약과 연고 등이 들려 있었다.

"나 발라 주려고요?"

송아는 대답 없이 소독약 뚜껑을 열어 면봉에 묻혔다. 말도 없이
바로 찢어진 입가로 직진한 면봉에 현승은 흠칫 어깨를 떨었다.

"아야! 아, 아, 살살."

엄살이 살짝 섞여 있긴 했지만, 그래도 쓰라린 건 맞아 현승은 계속 앓는 소리를 냈다. 하지만 송아는 아랑곳없이 그의 찢어진 입가만을 쳐다보며 계속 면봉으로 톡톡 두드렸다. 거친 듯하지만, 진짜 그러지는 못한 손길에 현승의 입가가 저도 모르게 느슨해졌다.

엄살을 멈춘 현승이 가만히 송아의 모습을 지켜보고 있자 불쑥 송아가 말문을 열었다.

"왜 맞았어? 안 맞을 수 있었잖아."

"한 대 정도는 맞아 줘야죠. 그래도 내가 자기 여자를 빼앗은 건데."

그의 대답이 맘에 들지 않았는지 송아가 현승의 입술에서 시선을 떼고 그를 쏘아봤다.

헤에, 현승은 바보 같은 미소로 나름 애교를 떨었다.

"화 많이 났어요?"

"아냐."

"진짜요? 그럼 나 안 혼낼 거예요? 약속 깨고 내 멋대로 나선 건데도."

"어쩔 수 없었잖아. 네가 안 그랬으면 내가 내 남자라고 했을 거야."

소독을 끝낸 송아는 이번엔 새 면봉에 연고를 묻혔다. 약을 발라 주려는데 뒤늦게 하늘 높이 솟구쳐서는 내려올 생각을 하지 않는 현승의 입꼬리가 눈에 들어왔다. 아픈 입으로 바보처럼 잘도 웃고 있었다.

"지금 웃음이 나와? 안 아파?"

"안 아파요. 선배 입에서 나온 '내 남자' 소리가 좋아서. 한 번만 더 해 주면 안 돼요? 그럼 이 입술, 완전히 싹 나을 것 같은데."

현승이 한껏 눈을 반짝이며 송아를 바라봤다. 그런 걸 해 줄 리가 없는 송아는 그냥 올라간 입꼬리에 터프하게 면봉을 갖다 댔다.

"아야!"

이번엔 진짜 거친 손길에 현승이 살살 하라고 난리였지만, 송아의 손길엔 마지막까지 자비란 없었다. 그래도 현승의 입가에선 미소가 흘러나왔지만.

"그래서, 둘이 무슨 얘기한 건데?"

"이재신이 다른 여자 있는 거 알고 내가 선배 꼬셨다고 했어요. 선배는 고효주 씨 일 모른다고 했고. 또 이 일 알려지면 손해는 그쪽도 보니까 입도 뻥긋 하지 말라고 협박도 했고요."

"그랬더니? 순순히 그렇게 하겠대?"

"계산 빠른 사람이니까 막무가내로는 안 나오겠죠. 자칫 잘못하면 내가 그 여자 찾아가서 다 말해 버린다고도 했고. 아무래도 그쪽은 이재신이 양다리인 거 모르는 거 같아요. 이재신 반응 봐도 그렇고, 그 여자가 알았다면 아직까지 가만있지도 않았겠죠."

더는 말없이 현승의 치료를 마무리 한 송아는 다시 약을 챙겨 움직였다. 눈으로 그녀를 좇는 현승은 다시 말을 건넸다.

"이렇게 된 이상 이재신은 내가 상대할게요. 혹시 나 몰래 선배한테 연락하거나 찾아오고 그러면 나한테 얘기해요. 괜히 힘들게 상대하지 말고요. 선배가 상대할 수 있는 사람도 아니니까."

송아는 가타부타 아무런 대답도 없었다.

정리를 마치고 돌아온 송아가 다시 앉아 있는 현승의 맞은편에 섰다. 무슨 말을 하려는 건지 망설이던 그녀가 살며시 시선을 내리깐 채 조심스럽게 말을 꺼냈다.

"고마웠어, 오늘. 그리고 미안해. 이런 일에 끼어들게 만들어서."

"끼어들게 만든 게 아니라 제가 끼어든 거죠. 애초에 이런 상황 만들어 버린 건 나니까 고마워할 것도 아니고."

말을 멈춘 현승이 가만히 기다리자 송아의 시선이 살며시 위로 들렸다. 바라던 대로 눈이 마주치자 현승은 은은한 미소로 그만 아는 고마움을 전했다.

"다시 한번 더 미안해요. 끝까지 모른 척 못 했던 거."

"아냐. 어쩜 이게 더 잘된 걸지도 몰라. 청첩장으로 이별 통보 받았으면 울며불며 매달렸을 것 같은데, 그랬다면 나중에 진짜 후회했을 것 같으니까."

송아는 진짜 제게 닥쳤을지도 모를 미래를 떠올리자 비참함이 이루 말하지 못할 정도로 몰려왔다.

아무리 시간이 흘러도 선택받지 못하는 게 자신이라는 사실은 변하지 않음을 이젠 확실히 알았다.

그녀가 사랑이라 믿었던 사랑은 오래 전 그녀의 곁을 떠나고 없었다.

다시금 재신으로 머릿속이 꽉 차려고 하자 송아는 일부러 생각을 끊어 내며 고개를 들었다. 여전히 그 자리를 지키고 앉아 있는 현승을 뚫어져라 쳐다보자 그가 못 당하겠다는 듯 가벼이 웃음을 흘렸다.

"그만 가라는 거죠, 그 눈빛은?"

"알면 일어나."

"좀만 더 있다 가면 안 돼요? 아야. 아까 맞으면서 바닥에 닿았던 데가 아픈 것 같아요."

현승이 쓰러지며 짚었던 손을 받쳐 들었다. 굳이 입 아프게 뭐라고 할 필요도 없는 송아는 흘겨보는 매서운 눈초리 하나로 바로 그를 제압했다.

"알았어요, 알았어. 진짜 엄청 어려워. 대체 누가 쉽다고 한 거야? 진짜 누군지 가서 비법 좀 전수 받았으면 좋겠다."

송아를 이겨 먹는 건 애초에 불가능한 현승은 툴툴대면서도 순순히 자리에서 일어섰다. 그래도 아쉬움은 남아 마지막 도전을 빼놓지 않았다.

"이재신이 회사에서 이상한 짓 좀 했으면 좋겠다. 그럼 내가 선배 애인이라고 공개적으로 확 말해 버리게. 그죠? 선배도 그럼 좋겠죠?"

신발을 신은 현승이 동의를 구하듯 송아를 들여다봤지만, 이제 송아는 귀찮은 듯 흘겨보는 것도 해 주지 않았다.

역시 그녀에겐 당해낼 수가 없었다.

"알죠? 무슨 일 있으면 나한테 연락하는 거. 이젠 선배 일 아니고 내 일이니까 꼭 연락해요. 내 여자 지켜야 하니까."

"운전 조심하고."

"네. 도착하면 문자 남길게요. 전화하라 그러면 더 고맙고요."

"잘 쉬고."

혹여 여지라도 줄까 칼같이 쳐 내는 송아가 도리어 더 귀여워 문밖에 선 현승이 작게 미소를 보였다. 오늘은 여기까지가 그의 몫이었다.

"네. 쉬어요. 문자할게요."

월요일 아침. 회사 건물 앞에 멈춰 선 송아는 정문을 바라보며 깊게 한숨을 내쉬었다.

그래도 어제 현승을 보낸 후 혼자 차분히 마음을 정리했다고 생각했는데 막상 회사를 앞에 두니 아니었다.

재신을 어떤 얼굴로 마주해야 할지, 다른 사람들이 이상하게 보지 않게 아무렇지 않게 굴 수 있을지 걱정이 이만저만이 아니었다.

"좋은 아침입니다."

불쑥 들려온 소리에 로비 엘리베이터 앞에 서 있던 송아가 흠칫 놀라 옆을 돌아봤다. 언제 온 것인지 현승이 그녀의 곁에 서서는 밝게 웃고 있었다.

"빨리 왔네?"

"월요일이라 차 막히는 거 싫어서요. 선배도 일찍 왔네요?"

"나도 지하철 붐비는 거 싫어서."

엘리베이터가 도착하자 둘은 차례로 그 안으로 올라탔다. 송아의 시선은 자연스레 현승의 입술로 향했다.

"괜찮아?"

"네, 괜찮아요. 피만 났다 뿐이지 이재신 주먹 하나도 안 아팠어요. 완전 솜방망이예요."

별것 아니라는 듯 현승이 가벼이 어깨를 으쓱해 보였다.

남자들의 허세도 있겠지만, 그보다는 그녀를 걱정시키고 싶지 않다는 마음이 더 큰 것을 알기에 송아는 그의 말을 고맙게 받아들였다.

"약은 발랐고?"

"금방 나을 건데요, 뭐. 왜요? 또 발라 주게요?"

당장이라도 발라 달라는 듯 현승이 얼굴을 틀어 찢어진 입가를 내밀었다.

송아는 작게 웃고만 말았다. 창피한 건 변하지 않았으니 분명 불편해야 하는데도 그러지 못하게 만드는 것도 재주였다. 하지만 송아는 곧 웃음을 지우고 현승에게 냉정히 선을 그었다.

"거기까지만 해. 더 나가면 안 보겠다고 할지 모르니까."

"와아, 그게 가장 무서운 말인 건 또 어떻게 알고. 가만 보면 선배도 은근 무섭다니까요? 정말 어마 무시한 여자예요. 자꾸 반하게."

왠지 놀리는 것 같아 송아가 눈길을 주자 현승이 한쪽 눈을 찡긋해 보이곤 마침 열린 엘리베이터 밖으로 먼저 내렸다.

송아는 웃지 않으려고 해도 기가 막혀서라도 웃게 만드는 그 때문에 그러기가 쉽지 않았다.

그녀는 결국 포기하듯 고개를 절레절레 내젓고는 그를 따라나섰다. 하지만 미소 띤 얼굴은 사무실 자리에 도착한 순간 그대로 굳어 버리고 말았다.

오늘따라 재신도 일찍 사무실에 도착해 자리에 앉을 채비를 하고 있었다.

"안녕하세요."

사적인 관계야 어쨌든 회사에서는 직장 상사였기에 송아는 차분히 인사를 건넸다. 평소처럼 인사를 받아 주지 않는 그는 말없이 그녀를 쏘아보기만 했다.

이른 시각이라 다른 사람들이 없긴 했지만, 상당히 위험하고 노골적인 눈빛이었다. 송아는 과연 그가 사생활 문제를 회사에선 잘

덮고 넘어갈 수 있을지 벌써부터 불안한 마음이 들었다.

"오늘 '벨라' 팀하고 미팅 있다고 했던가?"

불쑥 나온 재신의 물음에 그의 시선을 무시하고 자리에 앉으려던 송아가 멈춰 섰다. 날이 선 그의 음성이 거슬렸지만, 티를 내지는 않았다.

"네. 오후에 있습니다."

"그래? 채현승 씨도 같이?"

"네. 같이 들어갑니다."

"그래?"

다음 말이 더 있을 것 같아 송아는 얌전히 기다렸지만, 막상 재신은 그 말을 끝으로 그냥 자리에 앉았다.

높은 파티션 뒤로 몸을 숨긴 재신의 모습에 송아는 황당하기만했다. 송아의 시선이 자연스레 현승을 찾았다. 마찬가지로 자리에 앉지 않은 채 재신의 말을 듣고 있던 현승이 그도 모르겠다는 듯 가벼이 어깨를 으쓱해 보였다.

"커피 한잔 할래요, 선배?"

"아냐. 생각 없어."

"알았어요, 그럼. 좋은 하루 보내요."

재신을 의식한 듯 속삭인 듯 말한 현승이 먼저 자리에 앉았다. 송아는 얼마간 더 재신 쪽을 바라보다 뒤늦게 의자에 몸을 내렸다.

현승을 만난 이후 더는 재신이 어떤 연락도 없기에 이젠 진짜 끝

인 건가 싶었는데, 왠지 그 생각대로 되지 않을 듯했다. 3년을 알았
건만 마치 처음 겪는 것처럼 재신이 낯설게만 느껴졌다.

"괜찮아요. 걱정할 거 없어요."

마치 그녀의 불안함을 아는 듯 현승이 다시 잔잔한 미소를 내보
였다. 든든한 방패막이 되어 줄 테니 그를 믿으라는 뜻도 담겨 있는
듯했다. 고마운 마음에 송아도 작은 미소를 돌려보냈다. 그리고 곧
불안함을 지운 채 일을 시작했다.

낯선 재신이 어색하긴 했지만, 무섭지는 않았다. 송아는 더는 그
의 앞에서 바보가 되지 않을 것이다.

3

나한테 맡겨요

◇
◇
◇

월요일이라 그런지 다들 정신이 없어 오후까지도 별 탈 없이 지나갔다. 송아는 이제 마지막으로 브랜드 팀과의 미팅만 끝나면 긴장 속에서 보낸 하루를 마감할 수 있었다.

오후 미팅을 앞두고 송아가 재신의 책상 앞으로 다가갔다.

"채현승 씨랑 저, '벨라' 팀하고 내년 S/S 광고 회의 다녀오겠습니다."

보고를 마친 송아는 바로 돌아섰다. 그런데 곧이어 나온 재신의 말에 의해 발길이 붙들렸다.

"윤송아 씨 혼자 가."

"네? 저 혼자요?"

송아는 의아하게 재신을 쳐다봤다.

"채현승 씨는 지난번에 윤송아 씨가 나한테 제출한 내년 브랜드 광고홍보비 예산 계획 다시 짜서 가져오라고 해. 총액 20% 삭감으로."

"그걸 채현승 씨한테 시키라고요? 아직 예산에 대해 잘 몰라 어디에서 뭘 어떻게 깎아야 할지 모를 텐데요."

"윤송아 씨가 그렇게 끼고 도니까 아직 아는 게 하나도 없지. 반년 넘었으면 이제 제 밥값은 해야 할 때 아닌가? 모르면 재주껏 배워서 해 가지고 오라고 해."

어떻게든 현승에게 시키겠다는 태도에 송아는 말문이 막혔다. 평소의 합리적이던 태도와는 몹시도 다른 행동이었다.

'설마, 채현승 씨를 괴롭히기라도 하겠다는 건가?'

아무래도 그녀 대신 타깃을 더 만만한 현승으로 잡은 듯했다.

상사의 권위를 이용해 찍어 내리기에는 말단 사원만 한 게 없을 테니까.

재신이 이렇게까지 치졸한 남자였다니. 송아는 다시 한번 더 제가 만들어 냈던 환상들이 어이가 없었다.

"아무리 배워서 한다고 해도 채현승 씨한테 무리예요, 팀장님. 채현승 씨를 먼저 미팅에 보내고 제가 빨리 수정해서 드리겠습니다."

"내가 팀장이야. 누가 무슨 일을 할지는 내가 정해. 지금 팀장 말이 우습다는 건가?"

계속되는 날이 선 말투에 다른 직원들의 시선이 송아와 재신 쪽으로 향했다. 송아와 같이 나가기 위해 자리에 일어서 있던 현승이 그녀의 곁으로 섰다.

송아에게 괜찮음을 내보이듯 눈짓을 보낸 그가 재신에게로 시선을 돌렸다.

"그렇게 하겠습니다. 언제까지 해 올까요, 팀장님?"

"최대한 빨리."

"네, 알겠습니다."

미팅을 위해 송아가 밖으로 나가자 현승도 그 뒤를 따랐다. 누가 봐도 보복성 행태를 보이는 재신 때문에 송아는 화가 난 상태였다.

"도대체 뭐 하자는 거야? 정말 자기 잘못은 모른다는 건가?"

"괜찮아요. 그래도 선배가 아니라 날 타깃으로 삼은 것 같으니까. 사실 이 정도는 예상했어요. 사람이 좀 지질해야죠."

예상과 다르지 않는 재신의 행동에 현승은 정말 웃음만 나올 뿐이었다. 언제까지고 당하지만은 않을 테지만 이 정도는 받아 넘겨줄 수 있었다.

"미안해. 나 때문에."

"그런 말 하지 마요. 정말 진심으로 그런 말 들을 필요 없다고 생각하니까."

현승이 의연한 미소로 재차 다독였지만, 송아는 그게 아니었다.

이젠 제가 현승에게 피해만 주고 있는 것 같았다.

"걱정 말고 다녀오세요. 잘하고 있을 거니까 너무 신경 쓰지 마시고요. 저, 신입답지 않게 빠릿빠릿하게 일 잘하잖아요."

"그래. 믿어. 내가 부탁해 둘 테니까 혹시 모르면 주 과장님한테 물어보고."

"네. 선배한테 배운 것도 있으니까 차분하게 잘 넘기고 있을게요."

송아가 내려갈 수 있게 현승이 엘리베이터 문을 열었다.

차마 발이 떨어지지 않는 송아는 물가에 둔 애를 놓고 가는 것처럼 마음이 놓이지 않았지만 어쩔 수 없었다. 그녀가 나선다면 재신이 더 몰아붙이며 현승을 어떻게 깎아내릴지 몰랐다. 최악의 경우 사람들 앞에서 그녀가 현승과 연인이라는 소리를 하게 만들지도 몰랐고.

"너무 스트레스 받지 말고."

"네. 선배도요."

닫히는 엘리베이터 문 사이로 현승이 한쪽 눈을 찡긋하며 윙크를 해 보였다.

웃을 수 없는 상황인데도 그 모습을 보니 송아는 웃지 않을 수가 없었다. 시작은 원망이었으나 결국엔 그로 인해 조금이라도 덜 힘든 시간을 보내고 있는 건 분명했다.

예상보다 훨씬 더 길어졌던 미팅이 끝나자마자 송아는 빠르게 제 자리로 돌아왔다. 재신의 책상 앞에 선 현승의 깨지는 모습이 곧장 그녀의 눈에 들어와 박혔다.

"채현승 씨는 대체 지난 7개월 동안 뭘 보고 배운 거야? 어느 브랜드에 어떻게 손을 대야 하는지 그렇게 감이 안 와? 그동안 일은 안 하고 딴짓만 했어?"

"죄송합니다."

고개 숙여 사과를 건네는 현승 앞으로 재신이 들고 있던 보고서를 던졌다.

다분히 다른 의도가 있는 신경질적인 손길에 송아의 얼굴이 좋지 않아졌다. 아랫입술을 잘근 깨물며 끼어들지 말지 고민하고 있는데 같은 팀의 주 과장이 곁으로 다가왔다.

"채현승 씨 혹시 팀장님한테 뭐 잘못한 거 있어? 팀장님도 팀장님답지 않게 무섭게 몰아붙이는 게 잘못해도 보통 잘못한 게 아닌 것 같은데?"

송아를 데리고 한쪽으로 비켜선 주 과장이 계속해서 재신과 현승을 살피며 낮게 속삭였다. 어떤 말도 선뜻 할 수 없기에 송아는 가만히 있기만 했다.

"지금 저렇게 깨지는 게 몇 번째인지 몰라."

"많이 혼났어요, 채현승 씨?"

"말도 마. 애초에 신입이 뭘 안다고 저런 걸 시키는 건지. 팀장님이 나나 다른 팀원들한테도 갑자기 일을 쏟아 내서서 누구 하나 도와주지도 못하고 있다니까?"

생각보다도 훨씬 더 치졸한 행동에 송아는 더 분노가 솟구쳐 올랐다.

가만히 지켜보는 게 꼭 맞는 것 같지만은 않아 결국 송아도 재신의 앞으로 향했다.

"다녀왔습니다."

불쑥 끼어든 인사에 현승을 향해 비난을 쏟아 내던 재신의 시선이 그녀에게로 향했다. 일부러 당돌하게 쏘아보는 그녀의 시선에 재신도 지지 않고 맞섰다.

"미팅은?"

"잘 끝났습니다. 협의된 계획서 정리해서 내일 아침까지 보고 드리겠습니다."

"알았어. 가 봐."

하지만 송아는 움직이지 않고 계속 그 자리를 지켰다.

다시 현승을 몰아세우려던 재신의 시선이 날카롭게 그녀를 향했다.

"아직 할 말이 남았나?"

"채현승 씨한테 시킨 예산안 제가 같이 보겠습니다. 죄송합니다.

제가 아직 많이 못 가르쳐서요."

"그러게. 그동안 늘 옆에 끼고 다니는 것 같던데 일은 안 가르치고 뭐 했나 모르겠네?"

마치 그녀를 도발하듯 재신이 비아냥거렸지만 거기에 넘어가 흥분할 송아가 아니었다. 송아는 흐트러짐 없는 표정으로 침착하게 재신을 상대했다.

"퇴근 시간이니 내일 아침에 바로 확인하실 수 있게 메일로 보내놓겠습니다. 그럼 이만. 채현승 씨는 저 따라와요."

송아는 현승에게 시선을 한 번 준 뒤 먼저 돌아섰다.

팀장의 대답도 듣지 않은 채 먼저 자리를 뜨는 무례한 태도였지만, 송아는 개의치 않았다. 사적인 감정을 개입시켜 권위로 짓누르는 재신을 예의를 갖춰 상대해 줄 생각 따위 없었다.

가려진 파티션을 통해 참을 수 없다는 듯 분노로 이글거리는 재신의 눈빛이 자신들을 노려보는 게 느껴졌다. 하지만 송아는 침착히 자리로 돌아와 다시 업무를 이어 갔다.

누가 봐도 이상한 분위기에 다들 고개를 갸웃하는 듯했지만, 송아는 그 역시 신경 쓰지 않으려 애썼다.

이제 재신과 관련된 건 전전긍긍을 할 이유도 애를 끓일 가치도 없는 일이었다.

7시가 넘자 그 전부터 하나둘씩 떠나기 시작했던 팀원들은 하나도 남지 않았다.

　둘이 무엇을 하는지 지켜보려는 듯 버티고 있던 재신도 누군가의 전화를 받은 후 자리를 떴다. 아마도 효주일 거란 생각에 송아는 피식 비웃음만 나왔다. 지금 한창 결혼 준비에 바쁠 텐데 그런 상황에서도 본인은 아무 잘못 없는 듯 당당히 구는 게 어이가 없었다.

　"배 안 고파요? 우리 저녁 먹고 할래요?"

　현승의 제안에 송아는 사무실 시계를 살폈다. 어느덧 8시가 다 되어 가고 있었다.

　"배 많이 고파?"

　"그냥저냥?"

　"그럼 마저 마무리하고 먹자. 흐름 끊기면 더 오래 걸릴지 모르니까. 얼마 안 남기도 했고."

　"그래요, 그럼."

　현승의 동의에 송아는 노트북 모니터로 관심을 돌렸다.

　"근데, 선배."

　그러나 불쑥 나온 부름에 다시 현승 쪽으로 시선이 향했다.

　"왜? 뭐 물어볼 거 있어?"

　"나 터틀넥 입은 거 잘 어울리지 않아요?"

"뭐?"

송아가 뜬금없이 무슨 소리냐는 듯 보자 현승이 허리를 곧게 펴며 턱을 한껏 치켜들었다.

갑작스러운 옷태 자랑에 송아는 어안이 벙벙하기만 했다.

"뭐 하는 거야?"

"어때요? 잘 어울리죠? 선배 눈에 멋있어 보여요?"

"그게 내 눈에 왜 멋있어 보여야 하는데?"

"왜긴요?"

황당해하는 송아를 향해 턱을 내린 현승이 더 이상하다는 듯 되물었다.

"선배가 터틀넥 잘 어울리는 남자가 멋있다면서요? 그래서 내가 날 추워지면서부터 계속 터틀넥만 입고 있었는데, 몰랐죠? 답답한 거 무지 싫어하는데 선배 때문에 내 옷장이 죄다 터틀넥이에요."

송아는 현승의 말대로 터틀넥을 잘 소화하는 남자를 멋있다고 생각하는 건 맞았으나 그 소리를 언제 현승 앞에서 한 건가 싶었다. 딱히 기억에는 없었다.

"대체 난 너한테 언제 그런 얘기를 한 거야?"

"나한테 안 해도 내 귀가 항상 선배한테 열려 있죠. 한 10m 떨어져서 말해도 다 들릴걸요? 그런 걸 보고 사랑의 마법이라고 하고요."

달콤한 눈빛으로 송아를 바라보던 현승이 씩 입꼬리를 들어 올리며 웃었다. 송아는 그를 받아 주지 않을 것이니 자꾸 그의 앞에서 웃음을 보이는 걸 하지 말아야 했다. 하지만 저도 모르게 무장해제가 되는 건 어쩔 도리가 없었다.

그래도 송아는 애써 웃음기를 지우며 다시금 그와 선을 그었다.

"난 네가 그동안 그것만 입고 다닌다는 것도 몰랐어. 더 말해야 돼?"

"아뇨. 오늘은 여기까지만 들을게요. 더 까이면 울 것 같거든요."

손가락으로 양 눈꼬리를 잡아 내리며 울 것 같은 표정을 지은 현승이 다시금 싱긋 미소를 보였다. 그를 차분히 지켜보던 송아의 눈빛에 미안함과 안쓰러움이 담겼다.

"팀장님이 쉽게 안 끝낼 거 같은데."

"생각만큼 그리 길지도 않을 거예요. 본인 이미지 상한다는 것도 알 테니까. 또 여차하면 제가 들이받아 버리고요. 힘도 내가 훨씬 더 센데 못 이길 거 없죠."

재신쯤은 거뜬하다는 듯 현승이 의기양양하게 어깨를 으쓱해 보였다.

가볍게 대해 주는 그 덕분에 송아의 마음을 짓누르는 묵직함도 조금이나마 가벼워졌다.

"우리 빨리 일 끝내고 맛있는 거 먹으러 가요. 내가 살게요."

"아냐. 오늘은 내가 살게."

"그러든지요 그럼. 난 선배랑 같이 저녁 먹는다는 거 자체가 좋은 거니까."

행복하다는 듯 애교스럽게 웃어 보인 후 현승은 다시 분주히 일을 시작했다.

"빨리해야지. 선배랑 데이트하게. 오늘 밥 먹다 심장 떨려 죽는 건 아니겠죠?"

"그럼 안 먹으면 되겠네."

"아니에요. 내 심장 엄청 튼튼해요. 그 입술이 다가와도 끄떡없다고요. 한번 확인해 볼래요?"

어서 그래 보라는 듯 현승이 동글게 만 입술을 그녀 앞에 내밀었다. 바로 매섭게 흘겨보던 송아는 이젠 그런 것도 귀찮아 아예 시선을 돌려 버렸다. 새삼스러울 것 없기에 현승도 작게 웃고만 말았다.

현승은 사실 재신의 지질함과 치졸함이 마냥 싫지 않았다. 송아와 이런 시간들을 보낼 수 있으니 말이다.

'바보 같은 놈. 이제 보니 이재신 그놈은 머리도 안 똑똑했네.'

아마 어리석은 재신은 그의 가당찮은 분노가 현승에게 어떤 기회들을 만들어 주고 있는지 생각도 못 하고 있을 것이다.

"재신 씨는 어때? 침대는 이 정도면 될까?"

대답이 없자 효주의 시선이 곁에 선 재신에게로 향했다. 혼자 무슨 생각을 그리하는지 그는 잔뜩 미간을 구긴 채 골똘히 생각에 빠져 있었다.

오늘 그녀를 만난 이후 계속 저렇게 집중하지 못하는 모습이었다.

"재신 씨."

불쾌함에 효주의 목소리가 낮게 깔렸다. 하지만 늘 그녀의 모든 것에 섬세하게 반응하던 사람이 지금은 어떤 반응도 보이지 않았다.

효주는 다시금 짜증을 억누르며 목소리를 키웠다.

"무슨 생각을 그렇게 하냐고. 내 말 안 들려?"

"어? 뭐라고 했어?"

그제야 재신이 정신을 차린 듯 그녀를 향해 시선을 들었다.

효주는 완전히 기분이 상해 버렸다.

"다음에 다시 올게요."

직원에게 싸늘하게 그 말만을 남긴 후 효주는 먼저 매장을 빠져나갔다. 살짝 인상을 찌푸렸던 재신도 서둘러 그 뒤를 따랐다. 그가 매장 밖으로 나오자 효주가 기다렸다는 듯 바로 쏘아붙였다.

"대체 지금 뭐 하자는 거야? 사람이 옆에 있는데 혼자 무슨 생각을 그렇게 해? 이 결혼, 나 혼자 하는 거야?"

"미안해. 회사에 중요한 일이 있어서."

"대체 얼마나 중요한 일이기에? 그럼 차라리 약속을 깨든지."

"네가 오늘밤에 시간이 안 난다며? 그래서 그런 거 아냐?"

"그거야 재신 씨가 주말 내내 바쁘다고 해서 그런 거잖아. 갑자기 약속을 미룬 게 누군데 이래?"

늘 지고 들어왔던 재신이었기에 효주는 더 짜증이 났다.

요새 너무 느슨하게 그를 대했던 것일까. 결혼까지 하게 됐다고 벌써부터 잡은 물고기 취급이라도 하는 건지 괘씸하기까지 했다.

'절대 그렇게 하게 내버려 둘 수는 없지.'

효주는 한층 더 싸늘하게 재신을 쳐다봤다.

"내가 분명히 얘기하지 않았어? 결혼했다고 해서 나 우습게 아는 거 싫다고. 언제나 존중받고 싶다고. 벌써 잊어버린 거야?"

"내가 언제 널 우습게 봤다고 그래? 회사 일 때문에 네 얘기 집중 못 한 게 너 우습게 안 거야?"

"하나를 보면 열을 아는 거야. 벌써부터 이렇게 변했는데 결혼하면 어떻겠어? 이젠 내가 쉬워졌나 보구나?"

평소라면 이쯤에서 재신은 잘못했다고 사과를 했을 것이다. 아니, 애초에 효주의 입에서 이런 말들이 나오게 하지 않았다.

혹여 효주를 놓치게 될까 싶어 늘 그녀의 비위를 맞추기에 급급한 그였으니 말이다. 하지만 지금 그의 머릿속에는 온통 송아에 대한 생각으로 가득 차 있어 그럴 여유가 없었다. 현승과 단둘이 야근을 하는 것 같던데 지금쯤 뭘 하고 있을지 생각하느라 머리가 터져버릴 것만 같았다.

재신은 그런 꼴이 되라고 현승에게 계속 할 필요도 없는 일을 시킨 게 아니었다.

"재신 씨."

재신이 심지어 싸우는 상황에조차 제대로 집중하지 못하는 것 같자 효주의 목소리가 더 앙칼져졌다. 그러나 재신은 그러거나 말거나였다. 이미 효주는 우선순위에서 밀려나 있었다.

"오늘은 안 되겠다. 다음에 다시 얘기하자."

"뭐? 이대로 그냥 가겠다는 소리야?"

"얘기했잖아. 회사에 중요한 일이 있다고. 가구는 다음에 봐."

입이 벌어질 정도로 황당해하는 효주를 그냥 내버려 둔 채 재신은 빠르게 차로 향했다.

"재신 씨! 야, 이재신!"

기가 막히고 코가 막힐 효주가 크게 언성을 높여 그를 불렀지만 재신의 차는 거침없이 떠나가기만 했다.

정말 감히 상상할 수도, 있을 수도 없는 일에 효주의 분노만 머리 끝까지 치밀어 올랐다.

"뭐 먹고 싶어?"

"글쎄요. 선배는요?"

"나도 글쎄."

저녁 메뉴를 생각하며 송아와 현승은 나갈 채비를 했다.

코트를 걸치고 핸드백을 집으려던 송아의 앞으로 현승이 불쑥 다가섰다.

"왜?"

"따뜻하게 좀 입고 다녀요. 남자는 터틀넥 입은 게 멋있다면서 왜 선배 목은 항상 휑해요?"

현승이 손에 들고 온 목도리를 송아의 목에 다정하게 둘러줬다. 그러고 보니 현승은 꼬박꼬박 목도리를 챙겨 다녔다.

"넌 터틀넥도 입었으면서 늘 목도리를 하고 다니네? 추위 많이 타?"

"한겨울에도 반팔 입고 버틸 수 있어요."

"근데 왜?"

"왜겠어요? 선배 둘러 주려고 그러지. 늘 선배한테 비집고 들어갈 틈만 노리고 있습니다."

송아의 목에 단단히 둘러 준 목도리를 한 번 더 매만지곤 현승이 송아를 향해 살며시 눈웃음을 보였다. 뭇 여자들의 심장을 쿵 떨어지게 할 눈짓이었지만, 송아는 아니었다. 처음이나 지금이나 귀여운 동생 같을 뿐이었다.

"내가 이렇게 훅 들어가는데도 너무 안 놀라는 거 아니에요? 그러는 척이라도 좀 해 주죠? 자꾸 좌절감 들려고 하니까."

"그럼 앞으로도 계속 무감해야겠네. 아예 그 좌절감에 무릎 꿇어 버리게."

혹시 보일지도 모를 틈까지 완벽히 차단하며 송아가 먼저 돌아섰다. 열심히 철벽을 치는 그녀에게 섭섭하기는커녕, 되레 귀여워 흘리듯 웃은 현승이 재깍 그녀의 곁으로 따라붙었다.

"애석하지만 제 무릎은 그렇게 쉽게 꿇리지 않습니다. 아마 평생 선배 앞에서 내 무릎이 꿇릴 일은 선배한테 한쪽 무릎 꿇고 프러포즈할 때뿐일걸요?"

가볍게 한 발을 앞서 나간 현승이 송아가 나갈 수 있게 사무실 문을 열고 기다렸다.

알게 모르게 세심한 배려가 배어 있는 남자였다. 그리고 송아는 그걸 알아채니 문득 재신에겐 이런 배려를 받아 보지 못했다는 생각이 들었다.

배려해 주지 않아도 그런 걸 몰랐었고, 자신이 먼저 그를 챙기는 데 급급하기도 했었다.

"저녁은 맥주 한잔하면서 간단히 먹을까요? 샐러드 같은 것도 좋을 듯한데."

재촉 대신 꺼내 놓은 제안에 송아는 저도 모르게 빠져든 생각에서 헤어 나왔다. 문을 열고 기다리고 있는 그를 그냥 세워 두고 있었다. 미안한 마음에 옅게 미소를 보인 송아는 우선 밖으로 나가기부터 했다.

"그렇게 하자. 나도 뭔가 많이 먹고 싶은 생각은 없으니까."

"그럼 건너편 건물에 있는 펍으로 갈까요?"

"그래."

도착한 엘리베이터에 먼저 올라타려던 송아는 문이 열리자마자 얼음처럼 굳어 버렸다.

'……팀장님이 왜?'

노골적으로 얼굴을 굳히고 있는 재신은 내리지 않은 채 열린 문 사이로 나란히 선 송아와 현승을 번갈아 보기만 했다. 한 마리의 맹수처럼 사납기 그지없는 눈빛이었다.

문이 닫히려고 할 때쯤에야 그가 문 밖으로 걸음을 뗐다.

현승과 함께 자연스럽게 옆으로 비켜섰던 송아는 곧장 엘리베이터 안으로 올라타려고 했지만, 재신의 음습한 목소리가 그러지 못하게 붙들었다.

"하라는 건 다 했나, 윤송아 씨?"

"네. 책상 위에 올려 뒀습니다."

"그래? 그럼 지금 검토하게 윤송아 씨만 따라 들어와."

당연히 송아가 따라 들어올 거라고 생각하는 듯 재신이 바로 거침없이 걸음을 뗐다. 그러나 송아는 그의 행태가 기가 막힐 뿐이었다.

"따라오라고."

왜 명령에 따르지 않느냐는 듯 멈춰 선 재신이 섬뜩하게 그녀를 쏘아봤다. 송아는 피하지 않고 그 시선을 마주했다.

"내일 아침에 하시죠. 지금 퇴근하려던 길인데."

"잠깐이면 돼. 내가 데려다줄 테니까 따라 들어와."

재신이 다시 가려고 하자 송아가 바로 말을 꺼냈다.

"이렇게까지 공사 구분을 못하는 분인 줄 몰랐네요. 전 이미 사무실 나왔습니다. 합당하지 않은 요구를 하시는 팀장님을 따라 들어갈 생각도 없고요. 만일 이걸로 문책을 하려거든 그렇게 하시죠."

갈수록 살벌하게 번뜩이는 재신의 눈에도 아랑곳없이 돌아선 송아는 바로 엘리베이터 버튼을 눌렀다. 그리고 곁에 서 있는 현승의 손을 잡은 채 곧장 열린 엘리베이터 안으로 들어섰다.

돌처럼 굳어 버린 재신의 눈빛은 당장이라도 그녀에게 달려들어 목이라도 물어뜯어 버릴 기세였다. 하지만 문이 완전히 닫힐 때까지 마주친 눈을 피하지 않는 송아에겐 일말의 흔들림도 없었다.

아래로 내려가고 있는 엘리베이터의 정적에 익숙해지자 송아의 바들바들 떨리는 듯한 숨이 현승의 귓속으로 파고들어 왔다. 한동안 말없이 그 모습을 지켜보고 있던 현승은 일부러 크고 과장되게 소리를 냈다.

"아, 좋다!"

그의 말에 반응한 송아의 시선이 그에게로 향했다.

장난치듯 살짝 고개만 갸웃해 보인 현승은 송아와 잡고 있던 손을 깍지 껴 잡았다.

나무라듯 송아의 눈썹이 살짝 구겨졌지만, 현승은 능청스럽게 웃기만 했다.

"원래 손잡는 게 가장 어려운 건데 그 어려운 걸 이렇게 넘겼네요. 무지 좋은데요?"

정말 좋다는 듯 현승의 귀에 걸린 입이 내려 올 생각을 하지 않았다. 우발적이긴 해도 제가 저지른 일이었기에 송아는 누굴 탓할 수가 없었다.

"안 놓을 거야?"

"좀만 더 잡고 있으면 안 돼요?"

혹시 송아가 손을 빼 버릴세라 현승은 잡은 손에 조금 더 힘을 줬으나 송아가 조용했다.

"어? 이젠 뭐라고 안 해요? 계속 잡고 있어도 되는 거예요?"

"네 목숨 소중한 거 알면 계속 잡고 있진 않겠지."

"와. 역시 강해. 이러니 내가 잡혀서 꼼짝을 못하지."

송아를 향해 장난스럽게 웃어 보인 현승이 코트 한쪽을 열어 보였다.

"밖에 추울 텐데 이리 들어올래요? 찬바람이든 뭐든 내가 다 막아 줄게요."

"까분다."

"그러게요. 여기서 더 나갔다가는 진짜 혼나겠죠?"

땡, 도착을 알리는 엘리베이터 소리가 울리자 현승은 미소와 함께 잡고 있던 그녀의 손을 놓아줬다. 그리고 그녀가 편히 내릴 수 있게 벽으로 붙어 버튼을 누른 채 기다렸다.

짧은 순간이었지만, 떨어져 나간 현승의 손이 허전하게 느껴져 송아는 그에게서 벗어난 손을 살며시 쥐었다 풀었다.

왠지 들키면 안 될 것 같은데 다행히 현승은 그 모습을 보지 못한 듯했다.

"그럼 갈까요?"

"그래."

송아 또한 굳이 깊게 생각할 건 아니기에 순간 든 이상한 감정은 그냥 잊어버렸다.

그날 이후로도 일종의 화풀이 같은, 재신의 현승에 대한 괴롭힘은 계속됐다.

할 수 없는 것을 시키고 공개적으로 면박을 주는 건 기본이었고, 무시와 멸시 등 문득문득 인신공격적인 발언도 서슴지 않았다.

갈수록 심해지는 언행에 주변 사람이 눈살을 찌푸릴 정도였지만, 재신에겐 끝이 없어 보였다.

그리고 그게 계속되다 보니 현승이 정말 문제가 있는 것처럼 인식하는 사람들이 하나둘씩 생겨났다.

재신은 최연소 팀장이 됐을 정도로 계속 승승장구를 하고 있는 상사였고 현승은 아직 입사 1년도 되지 않은 신입 사원이었으니 말이다. 하지만 모든 진실을 알고 있는 송아의 눈에는 재신이 치졸하게만 보였다.

이젠 아예 인간됨조차 의심되는 행태에 어이가 없다 못해 화가 났고, 하루에도 몇 번씩 깨지는 현승을 볼 때마다 인내심은 한계에 다다랐다.

현승이 괜찮다며 계속 못 나서게 해서 겨우겨우 참고 있는 것이었다.

"채현승 씨 지금 나랑 장난하나? 도대체 회사를 무슨 생각으로 다니는 거야? 제대로 일을 할 생각이 있긴 해? 아님 여자나 어떻게 해 보려고 지금 이 자리에 서 있는 건가?"

도를 지나친 재신의 말에 현승이 시선을 들어 그를 쳐다봤다. 그러자 재신이 불쾌하다는 듯 더 눈에 힘을 줬다. 어디 감히 일개 말단 사원 따위가 도끼눈을 뜨고 보냐는 식이었다.

"왜? 할 말 있나? 그럼 어디 한번 해 보지 그러나?"

"말씀이 너무 지나치신 것 같습니다. 부족한 건 노력해서 채우겠으니 그와 상관없는 것들은 말을 가려 해 주시면 좋겠습니다."

"지금 팀장을 가르치겠다는 거야? 말을 가려서 하라고? 그러는 채현승 씨야말로 행동을 가려서 하지 그래? 본인이 하고 다니는 행동들에 대해 떳떳하다고 말할 수 있나?"

공개적으로 사과라도 하라고 그러는 것일까. 사람들 앞에 내놓을 수도 없는 소리일 텐데.

도무지 재신의 의도를 알 수 없어 현승은 가만히 그와 시선을 부딪치기만 했다. 의도가 뭐든 이제 더는 무조건 당하고 있을 수만은 없었다. 치고받고를 하든 뭐를 하든 그와 다시 맞설 필요가 있어 보였다.

현승은 재신에게 저와 따로 얘기하자는 말을 꺼내기 위해 말문을 열었다.

"저랑……."

하지만 그보다 다부진 다른 목소리가 한 박자 더 빠르게 치고 들어왔다.

"그만하시죠, 팀장님."

자리에서 일어난 송아가 현승의 곁으로 나란히 섰다.

현승이 말리듯 살짝 그녀의 팔을 잡았지만, 송아는 아랑곳없이 노골적으로 마뜩잖음을 드러내는 재신과 마주 봤다.

"뭐지, 윤송아 씨?"

"채현승 씨한테 그만하셨으면 좋겠습니다, 팀장님. 좀 지나치신 것 같습니다."

"내가 지나치다고? 왜? 속상하기라도 하나? 채현승 씨가 계속 깨지니까?"

"네."

"네?"

망설임 없는 대답에 재신의 얼굴이 더 사정없이 일그러졌다. 송아는 개의치 않고 계속 재신에게 맞섰다.

"제가 가르쳤습니다. 아직 입사 1년도 안 된 채현승 씨가 뭔가를 잘 못하는 거면 채현승 씨 잘못이 아니라 제 탓입니다. 저한테 말씀해 주시면 제가 차근차근 다시 잘 가르치겠습니다."

갑자기 입이 달라붙기라도 한 듯 재신은 입을 앙다문 채 날카로운 눈빛으로 송아를 쏘아보기만 했다. 그녀가 지금처럼 현승을 보호하듯 끼어들 줄은 몰랐던 모양이었다.

"팀장님."

재신이 가타부타 말이 없자 송아가 재촉하듯 그를 불렀다. 그러자 곧장 재신의 말이 떨어졌다.

"안 대리."

"네!"

위태롭게 그들의 모습을 지켜보고 있던 안 대리가 재깍 재신의 책상 앞으로 달려왔다.

"네, 팀장님."

"오늘부터 안 대리가 채현승 씨 맡아. 처음부터 하나씩 제대로."

"제가요?"

갑자기 이 판에 끼어든 게 당황스러운 안 대리가 불안하게 세 사람을 살폈다.

이 와중에도 송아만 잡아먹을 듯 쏘아보고 있는 재신의 명령이 계속해서 이어졌다.

"당장 채현승 씨 자리부터 옮기게 해. 안 대리 옆으로."

"……아, 네."

"안 대리는 하루하루 채현승 씨 어떻게 교육시켰는지 보고서 제출하고. 채현승 씨한테도 업무 일지 써서 매일매일 결재받게 하고. 이제 가 봐, 다들."

더는 할 말 없다는 듯 재신은 바로 노트북 모니터 앞으로 몸을 틀어 버렸다. 황당하고 기가 막혀 그에게서 눈을 떼지 못하고 있는 송아는 허탈한 웃음과 함께 머리카락만 쓸어 넘길 수밖에 없었다.

정말 겪으면 겪을수록 이런 남자를 사랑했던 시간이 아깝기만 했다.

자리로 돌아 온 현승은 군소리 없이 바로 자리 옮길 준비를 했다.

골치 아프게 생겼다는 듯 그 모습을 보고 있던 안 대리가 잠시 보자며 송아를 데리고 빈 회의실로 들어갔다.

"대체 채현승 씨랑 팀장님이랑 왜 저러는 거야? 송아 씨는 뭐 아는 거 있지? 채현승 씨가 팀장님한테 뭐 큰 잘못이라도 저질렀어? 괜히 나까지 피해 보게 생긴 거 아냐?"

아는 게 있으면 어서 알려 달라며 안 대리가 재촉했다. 하지만 그런 일이 없다고 하면 믿지 않을 것이고, 그렇다고 사실대로 말할 수도 없기에 송아는 한숨만 내쉬었다.

"그러지 말고 얘기 좀 해 봐, 송아 씨. 나도 대책을 세워야 할 거 아냐? 나 내년에 과장 승진해야 하는데 폭탄 떠안는 거면 큰일이라고."

그간 재신이 만들어 낸 이미지가 먹혔는지 안 대리는 어느덧 현승을 폭탄 취급하고 있었다.

분명히 얼마 전까지만 해도 현승이 잘생긴 데다 일도 잘한다면서 밑에 데리고 있는 송아가 부럽다는 말을 입버릇처럼 했던 사람이었는데 말이다.

"대리님."

"응. 그래, 송아 씨."

사실 송아는 우발적이었다. 자신은 제 선택이니 그렇다고 쳐도 현승에겐 허락을 구해야 하는 일일 텐데 그새 인내심이 바닥나서 그런지 그런 절차를 밟을 여유가 없었다.

더는 잘못 없는 현승이 문제가 있는 것처럼 보이게 만들고 싶지 않은 마음이 너무 컸다.

"실은, 저랑 채현승 씨랑 사귀어요."

"뭐? 누구랑 뭘 해?"

"좀 됐는데 숨겨서 죄송해요."

"아, 아니. 잠깐, 잠깐. 진짜 자기랑 현승 씨가 사귄다고?"

"네."

한 번 더 확인시켜 주듯 송아가 담백하게 고개를 끄덕이자 안 대리의 입이 크게 벌어졌다.

"그래서 그러신 거예요. 몰랐는데 팀장님이 사내 연애를 안 좋게 보시더라고요. 실은 팀장님께 둘이 사귀는 거 들켰거든요. 죄송해요. 소란 일으켜서."

이젠 완전히 송아의 말을 믿는 듯 안 대리는 벌어진 입을 다물 생각을 못한 채 망연히 송아만 바라봤다. 앞날이 막막하긴 하지만 이젠 어쩔 수 없는 일이었다.

"저희들 사생활로 대리님께 피해 드려 죄송해요. 제가 더 잘할게요."

"아니, 됐고. 그건 알아서 하고."

그래도 생각만큼 최악의 문제는 아니었던지 안 대리의 짜증은 한결 누그러졌다. 기함할 정도로 놀랄 소식에 이제 그런 건 관심 없어 보이기도 했다.

"진짜 사귄다는 거지?"

"네."

"근데 그럼 아무리 그래도 그렇지 회사에서 못 하게 막는 것도 아니고 너무한 거 아냐? 난 우리 팀장님 미국 스타일이라 그런지 뭐든 쿨해서 좋던데 그게 아니었나 보다. 어떻게 사내 연애 좀 했다고 사람을 그렇게 쥐 잡듯이 잡아?"

"많이 탐탁지 않았나 봐요. 일은 안 하고 연애만 했다고 생각하는 것도 같고. 저도 이번에 좀 놀랐어요."

송아는 제가 너무 여우같이 구는 건가 싶기도 했지만, 재신이 그렇게 나온 이상 그냥 당하고 있을 수만은 없었다.

그런 사람을 상대로 배려를 생각하는 것도 우스웠다.

"근데 대리님. 채현승 씨 정말 일 잘해요. 신입답지 않게 빠릿빠릿하니 말귀도 잘 알아듣고요. 알아서 잘 배워 놔서 바로 업무 시키셔도 돼요."

"어머. 송아 씨 지금 애인 내조하는 거야?"

"아니에요, 그런 거. 진짜 잘해서……."

정말 진실이기에 한 소리였는데 신이 난 안 대리는 깔깔 웃으며 송아의 말을 끝까지 들을 생각도 하지 않았다.

송아는 왜 하필 사내의 가십이라면 졸던 눈도 번쩍 떠 반짝이는 안 대리를 상대로 이랬나 싶지만 그 또한 이미 엎질러진 물이었다.

웃음을 멈춘 안 대리가 놀리듯 송아의 팔을 가볍게 때렸다.

"아우, 엉큼하긴."

"죄송해요."

"사실 난 둘이 이렇게 될 줄 알았어. 말로는 연하는 남자로 안 보인다고 하지만, 저리 괜찮은데 나이가 많고 적고가 무슨 상관이야? 게다가 겨우 한 살 차이면서. 그나저나 둘이 사귄 지는 얼마나 된 거야? 엄청 오래된 거 아냐?"

"그건 아니에요. 이제 3개월 정도 됐어요. 암튼 말씀 못 드려서 죄송해요."

한 번 더 현승을 잘 부탁한다는 말을 끝으로 송아는 그만 나갈 것을 권했다. 하지만 신이 난 안 대리는 좀처럼 이 상황에서 빠져나올 생각을 못 했다.

"근데 송아 씨. 이거 사람들한테 말해도 되는 거야?"

"숨기기 힘드시겠죠?"

"노력은 하겠지만, 은연중에 나올 수도 있으니까. 또 나처럼 채현승 씨 오해하는 사람들 많을 텐데 왜 그런지 진실을 아는 게 더 낫지 않겠어? 사실 요즘 현승 씨 평이 엄청 안 좋거든."

"알아요, 저도. 그런 게 아닌데."

"그러니까. 이런 건 빨리 빨리 해명해야지. 그럼 나, 특별히 조심안 해도 되는 거지, 송아 씨?"

어차피 특별히 조심을 해달라고 해도 얘기가 퍼지는 건 삽시간일 것이었다.

"팀장님은 싫어하시니까 그래도 팀장님 앞에서는 조심 부탁드릴게요."

"알았어. 그래도 한턱은 쏠 거지?"

"한턱이요?"

"채현승 씨 같은 사내 최고의 인기남을 잡았으면 당연히 한턱 쏴야지. 둘의 러브 스토리도 좀 듣고. 오늘이라도 당장 팀장님 몰래 우리끼리 한잔하자고."

"네, 뭐."

엎질러진 물이 그냥도 아니라 물난리를 일으킬 모양인 듯했다. 하지만 이젠 진짜 주워 담을 방도가 없기에 송아는 어설프게 웃기만 했다. 한동안 물난리 속에서 충실히 허우적대는 것밖에는 방법이 없어 보였다. 애꿎게 거기에 동참하게 된 현승에게만 미안할 뿐이었다.

"암튼 축하해, 송아 씨. 나도 앞으로 채현승 씨 신경 써서 잘 챙겨줄게."

"네, 뭐. 그럼 부탁드릴게요."

회의실을 나와 자리로 돌아오던 송아와 현승의 시선이 마주쳤다.

송아는 현승에게 제가 저지른 일을 어떻게 말할지 막막해 뒤늦게 걱정이 겹겹이 쌓였다. 현승이 가짜 연인 행세가 좋다고 해도 걱정이었고, 기분 나빠해도 문제였다. 둘 중 하나를 고른다면 차라리 화를 내는 게 더 나을 것 같은데 왠지 그럴 확률이 그리 높지 않아 보였다.

"앞으로 잘 부탁해, 현승 씨. 우리 잘해 보자고."

입이 근질근질해 죽겠는 티를 숨기느라 애쓰는 티를 여실히 드러내며 현승과 인사를 나눈 안 대리가 송아를 향해 몰래 한쪽 눈을 찡긋해 보였다. 그러자 곧 그 윙크에 어설프게 웃고 있는 송아에게로 현승의 시선이 닿았다. 갑자기 달라진 듯한 안 대리의 태도가 의아한 듯했다.

어떻게 할지 고민하던 송아는 현승에게 슬쩍 따라오라는 눈짓을 보낸 후 먼저 걸음을 뗐다. 비상계단으로 가 기다리고 있자 잠시 후 현승이 나타났다.

"선배."

"미안해, 현승아."

사과부터 한 송아는 다시 한번 더 비상계단 주변을 살폈다. 여전히 개미 새끼 한 마리 보이지 않았다.

"시간 없으니까 결론만 얘기할게."

"네. 뭔데 그래요?"

"그게……."

어서 말해야 했지만, 막상 입을 떼는 건 쉽지 않았다. 하지만 숨길 수 없으니 송아는 용기 내 확 말을 내뱉어 버렸다.

"우리 사귀자."

"네?"

"아니 그게 아니고, 말이 헛나왔어. 우리 잠시만 가짜로 사귀는 척하자. 진짜 말고 가짜로."

무슨 소리인지 못 알아듣겠다는 듯 눈만 껌뻑이는 현승에게 송아는 빠르게 자초지종을 설명했다.

현승은 설명을 듣고도 한동안 정리가 필요한 듯 혼자 생각에 빠져 있더니 불쑥 입을 열었다.

"그러니까 우리가 사귀는 사이라는 거죠?"

"진짜 말고 가짜로. 그냥 그런 척만 하자고."

"암튼 남들은 우리가 사귀는 줄 아는 거 아니에요? 팀장님의 구박을 받으며 목하 열애 중인 사내 커플."

역시 현승은 그녀가 제멋대로 저지른 일인데도 마냥 좋아하기만 했다. '가짜'라는 단서는 그의 머릿속엔 존재하지 않는 듯했다.

"자세한 얘기는 나중에 다시 해. 미안해. 내 멋대로."

"말로만요?"

무슨 소리인가 싶어 송아가 살며시 눈썹을 구기며 현승을 바라봤다. 그의 시커먼 속이 훤히 보이는 것 같기도 했다.

"미안하면 뽀뽀 한 번만 해 주면 안 돼요? 아직 입술은 부담스러울 테니까 여기에다가."

살짝 옆으로 얼굴을 튼 현승이 길고 섬세한 손가락으로 그의 뺨을 톡톡 두드렸다. 기도 안 차 그 뺨을 흘겨보고 있는 송아는 아무리 봐도 제 발로 불구덩이에 뛰어든 것 같았다. 귀신을 피하려다 호랑이를 만났단 말처럼 호랑이도 아주 무시무시한 호랑이를 만났다.

"가짜야, 이거. 시늉만 하는 거라고."

"몰라요, 난. 선배가 저지른 일이니까 선배가 책임지겠지, 뭐."

정말 앞으로 무슨 큰 사고를 칠지도 모른다는 듯 현승이 어깨를 으쓱해 보였다. 일을 저지른 건 자신이었으니 현승에게 그런다고 뭐라고 그럴 수도 없고, 송아는 그저 울고 싶었다.

"역시 인고의 끝은 달아요. 인내는 쓰고 열매는 꿀 폭탄이다. 이제부터 제 삶의 신조로 삼아야겠어요."

"됐어. 나 먼저 들어갈 테니까 넌 좀 있다 들어와. 괜히 사람들 앞에서 이상한 행동하지 말고."

"글쎄요. 사랑이라는 게 쉽게 숨겨지는 게 아니라서요."

"야."

까불지 말라는 듯 눈으로 단단히 엄포를 놓은 후 송아는 먼저 비상계단을 빠져나갔다.

"하아. 나 대체 무슨 짓을 저지른 거야?"

사무실로 돌아와 자리를 찾아가는 송아의 얼굴은 이미 험난한 앞날을 확신하듯 소리 없이 울고 있었다.

퇴근 시간이 가까워지자 사내 메신저를 통해 메시지가 들어왔다.

오늘 다 시간 괜찮대. 주 과장님이랑 최 대리 다.
퇴근 시간 지나면 우리가 먼저 나가서 모여 있을 거니까 송아 씨도 현승 씨 데리고 나와서 연락해. 알았지?

'하아.'

글만 봐도 잔뜩 신이 난 안 대리의 얼굴이 보이는 것 같아 송아는 메신저 창을 보며 소리 없이 한숨을 내쉬었다. 금요일 저녁인데 다들 약속도 없는지 재신만 빼고 전원 집합을 하게 생겼다. 송아는 은근히 짓궂은 사람들에게 시달릴 걸 생각하니 벌써부터 진이 다 빠지는 것 같았다.

'현승이는 어떻게 하지?'

그를 데려가면 아군이 아니라 적군이 한 명 더 늘어나는 것이니 그에겐 알리지 않는 게 나을 듯했다.

안 대리를 포함한 팀원들보다 현승이 몇 배는 더 무섭고 위험했다. 정말 빼도 박도 못하게 자신을 꽁꽁 묶어 놓고도 남을 것이다.

"다들 퇴근해요. 나 먼저 들어갑니다."

퇴근 시간이 되자 재신은 바로 찬바람을 쌩하니 날리며 사무실을 빠져나갔다. 그가 완전히 사무실 밖으로 나가는 모습이 보이자 안 대리가 먼저 호들갑을 떨며 자리에서 일어섰다.

"우리도 이만 나가요, 과장님. 팀장님이 칼퇴근하시니까 너무 좋다."

"그래, 나가자. 식당은 예약해 놨지?"

"네. 아까 '메종'에다 예약해 뒀어요. 이탈리안 레스토랑이요. 마침 자리가 있다고 하기에요."

현승만 빼고 갈 건데 안 대리가 너무 서슴없이 말하는 것 같아 송아의 얼굴이 난감해졌다. 그런데 이제 보니 현승은 이미 알고 있는 듯했다. 당연히 그 사실을 알게 한 이는 안 대리일 테고 말이다. 송아는 벌써부터 목까지 차오른 것 같은 물난리 속에서 허우적대느라 정신이 없었다.

"나 떼어 놓고 가려고 했구나?"

팀원들을 뒤따라 나가던 송아에게 현승이 작게 속삭였다. 앞의 눈치를 살피며 송아가 간절히 그를 바라봤다.

"약속 없어? 아님 집에 특별한 일이라도."

"없는데요? 없어도 없고, 있어도 없고. 저 오늘 무지 한가합니다."

울상이 된 송아는 발이 동동 굴러질 정도로 애가 타는데 여유 넘치는 현승은 이 상황이 즐거워만 보였다. 송아는 자신이 원인이라 크게 뭐라고도 못 하고 속만 새까맣게 탔다.

"어머. 이제 보니 둘이 진짜 잘 어울리네. 눈에서 저렇게 꿀이 뚝뚝 떨어지는데 정말 여태 왜 몰랐어?"

불쑥 들려온 주 과장의 목소리에 송아는 바로 앞을 쳐다봤다.

'아우, 창피해.'

자신들을 보며 눈을 반짝이는 팀원들의 모습에 얼굴이 붉게 달아올랐다. 송아는 할 수만 있다면 당장 쥐구멍에라도 숨어 버리고 싶었지만 지금은 그럴 곳도 없어 보였다. 쏙 숨을 수 있을 것 같은 현승의 뒤로 숨었다간 더 놀림거리가 될 것이고 말이다.

"가셔야죠. 예약 늦을 거 같은데."

"송아 씨 지금 부끄러워하는 거야? 어머, 수줍어하는 것 좀 봐."

"아뇨. 그게 아니라."

짓궂은 주 과장의 놀림에 송아는 어쩔 줄을 모르고 발만 동동 굴렀다. 할 수 없이 도와 달라고 현승을 바라보자 그제야 이 상황이 마냥 좋다는 듯 보고만 있던 현승이 앞으로 나섰다.

"가시죠. 돈 안 눌러도 나오는 자판기처럼 제가 뭐든 다 술술 말씀드릴 테니까 일단 가셔서 다 물어보세요."

"오우. 현승 씨 든든한데? 지금 송아 씨 지켜 주는 거야?"

"당연하죠, 과장님. 제 여자는 제가 지킵니다. 그러니 저를 실컷 뜯고 씹고 즐기고 하십시오. 기꺼이 내어 드릴 테니."

재미있다고 깔깔대고 웃는 사람들을 몰아 현승이 먼저 사무실 밖으로 나갔다. 그리고 뒤돌아 신이 난 미소와 함께 한쪽 눈을 찡긋

해 보이는 현승으로 인해 송아는 한숨만 폭 나왔다.

정말 아무리 봐도 현승이 최고의 적이었다.

"하아. 난 망했어. 망했다고."

사람들이 메뉴를 고르는 사이 송아는 곁에 앉은 현승의 다리를 툭 때렸다. 의아한 듯 보는 그를 향해 따라오라는 눈짓을 보낸 후 그녀가 먼저 자리에서 일어섰다.

"전 화장실 좀. 메뉴는 알아서 해 주세요."

"어, 그래. 나눠 먹는 거 괜찮지?"

"네."

다시 메뉴에 집중하는 주 과장을 보다 송아는 한 번 더 현승에게 눈짓을 보내고는 자리를 떴다.

화장실 앞으로 가서 조마조마하며 기다리고 있으니 잠시 후 현승도 나타났다. 더 사람들 눈에 띄지 않도록 송아는 재깍 그의 팔을 잡고 더 안쪽으로 몸을 숨겼다.

"사람들이 뭐 물어보면 내가 알아서 할 테니까 넌 그냥 가만히 있어. 그냥 웃거나 고개만 끄덕여."

"그냥 나한테 맡기죠? 내가 알아서 잘할게요."

"너한테 맡겼다 무슨 일을 당하려고? 뭐? 알아서 씹고 뜯고 즐기게 해 줘? 너 진짜 나한테 크게 혼나 볼래?"

제가 끌어들이긴 했어도 현승이 얄미워 송아는 무섭게 눈을 부릅떴다. 그럼에도 현승의 눈엔 귀엽게만 보인다는 게 함정이었는데 그녀는 그걸 몰랐다.

"그냥 나한테 맡겨요. 진실만 말할게요."

"무슨 진실? 너랑 나 사이에 무슨 진실이 있는데?"

"뭐긴요? 선배랑 나랑 사귄다는 진실?"

그새를 못 참고 또 짓궂게 굴자 송아가 현승의 팔을 살짝 때렸다. 그래도 좋다며 하하 웃던 현승이 곧 웃음을 멈추곤 다정하고 진지하게 송아를 바라봤다.

"진짜 걱정 말아요. 선배 너무 곤란하게 만들고 싶은 생각 없으니까. 저분들, 선배보단 내가 더 잘 다룰 거예요. 한번 믿고 맡겨 봐요."

"믿을 구석이 있어야 맡기지. 팀장님 일도 알아서 한다더니 당하기만 하고."

"오늘은 못 참고 받으려고 하는데 선배가 먼저 나섰잖아요. 애정이 너무 커서 내 걱정뿐인 선배 탓이에요. 그 덕분에 사무실에서 UFC 데뷔전 치를 뻔한 거 막긴 했지만요."

한판 붙었다면 데뷔전을 승리로 끝낼 수 있었다면서 현승이 아쉬워했다. 여유가 넘치다 못해 온몸에 칭칭 감겨 있는 현승이 얄미워 송아가 다시 아프지 않게 그를 한 대 툭 때렸다.

"너 진짜 이상한 소리 하면 큰일 난다. 나 너 다신 안 봐."

"알았어요. 그러니까 그런 무서운 얘기 하지 마요. 농담이라도 심장이 철렁 내려앉으니까."

진담인지 농담인지 헷갈릴 정도로 아련한 눈빛이 송아를 잠시 조용히 내려다봤다. 송아는 평소답지 않게 그 눈빛이 의식되고 신경 쓰이자 일부러 시선을 비켜 냈다.

"나 먼저 돌아갈 테니까 넌 좀 있다 와."

"알았어요. 정말 알아서 잘할 테니까 조마조마해 하지 말고 식사 편히 하고요."

"제발. 소원이다."

꼭 잘하라는 듯 한 번 더 눈으로 단단히 당부를 한 송아는 먼저 자리로 돌아갔다.

가는 동안에도 몇 번이나 뒤돌아보며 단속을 하는 그녀의 모습에 결국 현승의 입에선 풋 웃음이 나왔다.

'진짜 어쩜 저렇게 볼수록 귀엽냐? 저러니 안 좋아하고 배겨?'

단언하건데, 현승에겐 절대 불가능한 일이었다.

"둘은 어떻게 사귀게 된 거야? 누가 먼저 대시했어?"

이제 배가 좀 찼는지 다시 화제가 현승과 송아의 연애로 돌아왔다. 주 과장이 먼저 끊은 스타트에 송아는 이제 올 것이 왔구나 싶어 우선 속으로 크게 호흡을 가다듬었다.

"그게……."

그런데 적당히 둘러대려고 하는 그녀의 대답을 곧이어 나온 현승의 또랑또랑한 목소리가 가로막아 버렸다.

"당연히 제가 먼저 쫓아다녔죠. 연하라고 무조건 싫다는 거 저도 무조건 졸졸 쫓아다녔어요. 선배 아니면 안 된다고."

"그래서? 그랬더니 송아 씨가 넘어갔어?"

"바로는 아니고 좀 지나서요. 하도 끈질기게 매달리니까 지친 것 같아요. 불쌍해서 거둬 준 것 같기도 하고요."

그런 것들이 하나도 부끄럽지 않다는 듯 현승이 작게 소리 내어 웃었다. 그러곤 불안하게 지켜보는 송아를 다독이듯 넌지시 눈짓을 건넸다.

완전히 신뢰가 가는 건 아니지만, 이젠 송아도 어쩔 도리가 없어 보였다.

"설마 불쌍해서 거둬 줬겠어? 현승 씨가 송아 씨 마음을 흔드는 뭔가가 있으니까 대쪽 같은 마음이 움직인 거지."

현승을 보고 얘기하던 안 대리의 시선이 송아에게로 향했다.

그저 눈만 마주쳐도 흠칫 긴장되는 송아를 향해 안 대리가 바로 질문을 쏟아 냈다.

"말해 봐봐, 송아 씨. 진짜 뭐에 넘어간 거야? 절대 현승 씨는 남자로도 안 볼 것처럼 그러더니 현승 씨 무슨 매력에 푹 빠진 거야?"

"글쎄요······."

아직 거기까진 생각해 두지 않았기에 송아는 적당한 미소와 함께 말을 얼버무렸다. 하지만 그리 해서는 자신을 보는 세 여자의 올가미 같은 시선에서 빠져나갈 수 없어 보였다.

"잘······해 줬어요. 세심하고 배려 깊고. 어린 것도 잘 모르겠고요."

결국 송아는 주저리주저리 그들 앞에서 떠들기 시작했다.

정말 요즘 들어 현승의 곁에서 느끼고 있는 것들이기에 거짓말을 하는 것처럼 마냥 힘든 건 아니었다.

"그래. 남자든 여자든 나이가 중요한 게 아냐. 사람이 얼마나 성숙했는지를 봐야지. 그런 면에서 채현승 씨 정도면 충분히 괜찮지. 행동도 진중하고 생각도 깊고."

"에이, 꼭 그래서만이겠어요? 얼굴도 당연히 한몫했겠죠."

안 대리가 불쑥 끼어들자 주 과장도 바로 웃으며 맞장구를 쳤다.

"그러게. 얼굴이 좀 많이 중요하긴 해. 저 얼굴로 좋다고 들이대는데 송아 씨 심장이 쿵 안 떨어지고 배겨?"

"저 같으면 벌써 심장 부여잡고 병원 실려 갔죠. 아우, 진짜 송아 씨는 무슨 복인지 몰라. 부러워 죽겠네."

주거니 받거니. 주 과장과 안 대리가 신이 나서는 계속 쿵짝을 맞췄다. 재미나는 드라마의 열혈 시청자들 같기도 했다.

"그나저나 현승 씨는 송아 씨 어디가 그렇게 좋았어? 사내에서 현승 씨한테 대시한 여자들이 내가 아는 것만 해도 열 손가락은 넘는 것 같은데. 어떻게 그 눈은 우리 송아 씨한테 푹 빠진 거야?"

주 과장과 신이 나서는 꺄르르 웃던 안 대리가 다시 현승에게 질문을 던졌다. 자판기가 되겠다던 약속대로 현승의 대답은 막힘없이 술술 흘러 나왔다.

"저야 당연히 예뻐서죠."

"세상에. 예뻐서?"

"어머, 어머. 말하는 것 좀 봐. 현승 씨는 하나도 안 부끄러운가 보다? 너무 좋아서 그런가?"

이번엔 주 과장이 안 대리의 말에 쿵짝을 맞추며 다시 깔깔 웃음을 보였다. 그 와중에도 현승은 진지하게 계속 대답을 이어 갔다.

"네. 정말 너무 좋아서 하나도 안 부끄럽습니다. 그간 말하고 싶어서 얼마나 입이 근질근질거렸는데요? 이젠 어디 한번 대놓고 연애 좀 해 보려고요. 그러니 제발 앞으로 예쁘게 좀 봐주십시오, 선배님들. 제가 진짜 잘하겠습니다."

호탕함과 살살 녹는 애교 사이를 넘나들며 현승이 선배들의 마음을 흔들었다. 그리고 그 재주에 식사와 함께 와인을 마셔 들떠 있던 세 여자는 마냥 좋다며 웃음을 그칠 생각을 하지 못했다.

웃는 건지 우는 건지 모를 얼굴로 그 광경을 보고 있는 송아는 이제 거의 자포자기 상태였다.

194

"그나저나 걱정이다. 팀장님이 그렇게 안 좋게 생각하셔서."

웃음이 좀 잠잠해지자 주 과장이 재신 얘기를 꺼냈다.

이번에도 안 대리가 거들었다.

"그러니까요. 전 진짜 팀장님이 그러실 줄은 생각도 못했네. 가만."

안됐다는 듯 송아와 현승을 보던 안 대리가 다시 주 과장을 향해 시선을 틀었다.

"혹시 팀장님이 송아 씨한테 관심 있었던 거 아니에요?"

"에이, 무슨. 팀장님 애인 있으시잖아. 요즘 통화하는 거 들어 보니까 결혼 준비 하시는 것 같던데?"

"어머. 진짜요?"

"그래. 조만간 청첩장도 돌리실 것 같던데?"

새로 알게 된 소식이 놀랍다는 듯 안 대리는 또 그 얘기에 호들갑을 보였다. 그리고 그 얘기가 길어지자 현승의 시선은 자연스럽게 송아를 찾았다. 예상대로 살짝 시선을 내리깔고 있는 송아의 마음이 좋지 않아 보였다.

아무리 나쁜 사람이라고 생각해도 아직은 아픈 상대일 테니 말이다.

가만히 그녀를 지켜보던 현승이 그녀의 다리 위에 얹어 있는 송아의 손으로 살며시 손을 뻗어 잡았다. 그리고 놀란 듯 그를 보는 송아를 향해 다정히 웃기만 했다.

순간 긴장했던 송아의 손에서 힘이 빠지는 것 같자 현승은 한 번 더 그녀의 손을 부드럽게 움켜쥐었다. 단둘만의 세상에 빠진 듯 둘은 계속 무언의 눈빛을 주고받았다. 하지만 그 세상은 얼마 가지 못해 예상치 못한 소리에 와장창 부서지고 말았다.

"어머. 팀장님!"

안 대리의 목소리에 송아와 현승의 시선이 동시에 옆으로 돌려졌다.

그를 마중하느라 일어난 직원들을 내버려 둔 채 재신은 송아와 포개진 현승의 손에만 날카로운 시선을 고정시켰다.

"여긴 어쩐 일이세요? 팀장님도 여기서 식사하셨어요?"

현승과 송아를 보는 시선이 좋지 않음을 느낀 주 과장이 일부러 그에게 말을 걸었다. 그러고도 조금 시간이 지난 후에야 재신은 그녀에게로 시선을 돌렸다.

"마케팅 상무님하고 식사 약속이 있었습니다."

딱딱한 대답에 다들 시선을 돌려 보니 계산을 마친 듯 카운터 앞에 상무가 서 있었다.

먼저 일어나 있던 세 여자가 상무에게 짧게 눈인사를 건넸다. 그사이 재신의 시선은 뒤늦게 일어난 현승과 송아에게로 다시 향했다.

재신 앞에서도 보란 듯이 잡고 있던 손은 이제 떨어진 상태였지만, 여전히 재신의 시선은 잔뜩 날이 서 있었다.

"웬일로 다 같이 식사를 했네요? 무슨 좋은 일이라도 있는 건가?"

"아니요. 금요일 저녁인데 다들 약속이 없다고 해서요. 제가 다 같이 저녁이나 먹자고 했어요, 팀장님."

"그래요?"

주 과장의 대답이 거짓임을 안다는 듯 되물은 재신의 시선이 천천히 아래로 내려갔다. 여전히 붙잡고 있는 착각을 불러일으키는 현승과 송아의 손에 그 시선이 차갑게 내려앉았다. 펄펄 끓는 용광로처럼 뜨겁게 불타오르는 속은 당장이라도 폭발할 것처럼 아우성이었다.

'저것들이 진짜……'

송아와 현승이 그렇고 그런 사이라는 말을 직접 들었지만, 사실 재신은 온전히 믿지 않았다. 늘 자신만을 눈에 담고 있던 송아가 그랬다는 것부터 믿을 수 없는 일이었다. 아무리 현승이 흔들었다고 해도 재신이 아는 송아는 배신 같은 걸 할 리가 없었다.

자신이 다른 여자와 결혼을 한다고 하면 죽을 것처럼 힘들어하며 어떻게든 자신을 되돌리기 위해 매달리고 또 매달릴 여자였다. 그래서 그런 것이었다. 재신이 현승을 끝없이 몰아붙인 이유 말이다.

헌신적인 사랑을 하는 송아가 진짜 현승을 사랑한다면 끝까지 가만히 지켜보고만 있지 않을 것이었다. 그리고 그 모습을 두 눈으로 봐야 재신도 송아의 마음이 변했음을 인정할 수 있을 듯했다. 그런데 이제 더는 의심할 수 없어 보였다. 오늘 송아가 자신에게 당당히 맞선 것도 있지만, 굳이 자신에게 보여 줄 필요가 없는데도 둘이 손을 잡고 있는 모습에서 재신은 이제 진짜 끝났음을 알았다.

송아가 진짜 저 자식, 현승에게 넘어갔다는 것을 더는 인정하지 않을 수 없었다.

'어떻게 네가 날……'

다시 송아에게로 시선을 고정시킨 재신의 주먹에 꽉 힘이 들어 갔다.

이제야 온전히 느끼게 된 충격에 온몸이 바들바들 떨려 왔다. 송아의 배신도 배신이지만, 그 상대가 저와는 적수도 되지 못할 거라고 생각하는 현승이라 더 화가 치밀어 올랐다. 겨우 여자들이나 좋아할 법한 멀쩡한 허우대 하나 지닌 것뿐인 녀석에게 패배감을 맛봐야 하다니. 재신은 불쾌감에 이까지 바득바득 갈렸다.

제겐 곧 결혼할 효주가 있고, 먼저 배신한 쪽은 저였다는 건 그에겐 관심 없는 문제였다.

"저, 팀장님. 상무님께서 기다리시는데……."

심상찮아 보이는 재신의 침묵이 너무 길어지자 주 과장이 눈치 껏 다시 나섰다.

아직 그 정도 이성은 남아 있기에 재신도 이윽고 송아에게서 시선을 떼어 냈다. 하지만 분노는 어쩔 수 없어 재신은 팀원들에게 인사 한마디 하지 않은 채 자리를 떠나 버렸다.

"하아, 죽겠네."

재신이 완전히 밖으로 나가고 나서야 주 과장 쪽 여자 세 명은 일제히 안도의 숨을 내쉬며 일촉즉발의 긴장 속에서 빠져나왔다. 현승과 송아도 그들보단 덜해도 바짝 신경을 곤두세우고 있었던 건 마찬가지였기에 함께 숨을 골랐다.

자리에 앉자마자 물부터 벌컥벌컥 들이켠 주 과장이 먼저 말을 꺼냈다.

"진짜 송아 씨랑 현승 씨는 엄청 조심해야겠다. 대체 무슨 이유인지는 몰라도 우리 팀장님이 사내 연애를 완전히 혐오하시는 것 같으니까. 대체 어쩌다 들킨 거야?"

뭐라 대답할 수 있는 게 아니기에 송아도 현승도 어설픈 미소만 보이고 말았다.

주 과장도 진짜 대답을 듣자고 물은 게 아니었다.

"우리 이거 다른 팀 사람들한테는 말하지 말자고. 우리도 너무 티 내지 말고 뭔 일 날지도 모르겠으니까. 안 대리 조심해, 알았지?"

"네. 조심할게요."

"아직 얘기한 사람은 없는 거지? 안 대리든, 최 대리든."

두 사람 다 그렇다고 대답했다. 일이 작아 보이지 않는지 안 대리가 천만다행이라며 가슴을 쓸어내리자 송아도 한시름 놓았다.

"둘도 좀 조심하고. 일절 어떤 티도 내지 마. 그랬다가는 둘 중에 하나는 쫓겨날 거 같으니까."

"네. 조심할게요. 죄송해요. 저희 때문에 팀 분위기 안 좋게 만들어서요."

몸 둘 바를 모르겠다는 듯 송아가 고개를 숙이자 주 과장이 바로 손을 내저었다.

"그렇게까지 죄송할 건 아니고. 청춘남녀가 눈 맞는 게 어디 뜻대로 되나? 암튼 조심만 해. 늦었지만 둘이 이렇게 된 거 축하하고. 좋은 일인데 같이 못 기뻐해 줘서 미안하네."

"아니에요. 그리 말씀해 주신 것만으로도 감사드려요. 앞으로 꼭 조심할게요. 절대 팀에 피해 안 끼치게요."

"그래. 우리 다 당분간은 조심조심 하자고."

잘 다독여 주는 주 과장 덕에 침울했던 분위기는 금세 한결 나아졌다. 비난 대신 응원과 배려를 보여 주는 팀원들에게 송아는 감사할 따름이었다.

"너무 그렇게 미안하게 생각할 거 없어요. 애초에 사적인 문제를 회사 일에까지 끌어들인 이재신이 잘못한 거였으니까. 시간 지나면 지금 상황들도 어느 정도 정리될 거예요."

마치 송아의 마음을 읽은 듯 현승이 그녀의 마음을 다독였다. 그와 나란히 집에 가는 택시 뒷좌석에 앉아 있는 송아는 말없이 창밖만 바라봤다.

재신의 배신을 알고, 현승과 함께 그의 앞에서 연극을 하고, 이젠 팀원들의 신세까지 지게 된 일련의 상황들이 새삼 떠오르며 착잡함을 안겨 줬다.

택시가 그녀의 오피스텔 건물 앞에 도착하자 송아가 먼저 내렸다. 현승에겐 계속 그 택시를 타고 집으로 가라고 했지만, 그는 말을 듣지 않았다.

"들어가요. 괜히 머리 아프니까 아무 생각 말고 푹 자고요."

"고마워. 이런저런 상황들 모두 다. 내 멋대로 너 이용한 건 미안하고."

"괜찮아요. 나도 이 상황 실컷 이용해 먹을 거니까요. 선배는 하나도 미안해할 필요 없어요."

무슨 말인가 싶어 송아가 가만히 현승을 올려다봤다. 의뭉스럽게 씩 웃던 현승이 송아에게로 얼굴을 가까이 내밀었다.

"좋아해요, 선배."

대뜸 나온 고백이 기가 막혀 송아의 미간이 살짝 좁혀졌다. 현승은 그저 좋다는 듯 싱글벙글했다.

"앞으론 대놓고 챙기고, 대놓고 좋아하려고요. 공식적으로 애인인데 충분히 그래도 되잖아요. 감사합니다. 세상에서 가장 갖고 싶던 타이틀 선물해 주셔서요. 윤송아 애인."

분명히 아까 주 과장 앞에 나란히 앉아 있었던 것 같은데 대체 현승은 무슨 얘기를 들었던 것일까. 짓궂은 현승의 말이 탐탁잖아 송아는 더 엄하게 그를 바라봤다.

"조심하라는 주 과장님 말 못 들었어? 회사에서 절대 이상한 행동 하지 마. 밖에선 그럴 필요 없으니까 더더욱 그러지 말고."

"싫어요. 안 그럴 건데요?"

"뭐? 싫어?"

"네. 싫어요. 안이고 밖이고 당당하게 선배 애인 행세할 거예요."

고집부리는 아이도 아니고, 턱을 한껏 치켜들고는 뻗대는 현승이 송아는 마냥 어이가 없었다.

웬일로 요새 좀 어른스럽게 구나 했다.

"너 애 같아. 나야말로 이런 거 딱 질색이고."

"개보단 낫다니까요? 그리고 계속 보다 보면 귀여워 죽을걸요? 이젠 연하 아니면 못 만날걸?"

"아니. 절대 그럴 일 없으니까 꿈 깨. 난 애 말고 남자 만날 거니까."

"그래요? 그럼 어디 한번 남자답게 확 해 볼까요?"

또 무슨 헛소리를 하나 싶어 송아가 그를 쏘아보려는데 갑자기 현승이 그녀를 끌어다 건물 벽으로 밀어붙였다.

'……!'

두 팔 안에 그녀를 가둔 현승에 놀라 눈만 휘둥그레 뜨고 있던 송아는 뒤늦게 그를 나무랐다.

"뭐 하는 짓이야, 이게?"

"어땠어요? 놀랐죠? 완전 떨렸죠? 심쿵 그 자체 아니었어요?"

"허. 떨려? 심쿵이 어째?"

기도 안 찰 소리에 송아의 얼굴이 사나워졌다. 진짜 별짓을 다 했다.

"그래. 떨렸다. 기가 막혀서 심쿵하다 못해 박살났다. 안 되겠어. 너 진짜 한번 제대로 맞아 볼래?"

정강이를 확 걷어차 버리기 위해 송아가 발에 시동을 걸었다. 그런데 현승이 그럴 틈도 없이 더 바짝 그녀에게로 몸을 밀착시켜 버렸다.

'……!'

이제껏 몰랐던 시원한 체취와 함께 확 느껴진 단단한 몸에 발을 들려던 송아는 그대로 굳어 버렸다.

심장이 멎은 듯 모든 게 정지되어 버렸다.

코끝이 닿을 듯 아슬아슬하게 다가와 있는 현승의 얼굴에 언젠가부턴 송아의 눈동자가 갈피를 못 잡고 불안하게 일렁거렸다.

"무, 무슨 짓이야? 안 떨어져?"

앙칼지게 쏘아붙인다고 했지만, 막상 나온 건 잔뜩 떨리는 목소리였다.

이번엔 확실히 그녀가 바짝 긴장했다는 걸 아는 듯 현승이 한쪽 입꼬리를 슬그머니 들어 올렸다. 이러지도 저러지도 못하고 속절 없이 당하고 있는 송아는 그가 너무 얄미웠지만, 아무 말도 하지 못 했다.

조금 시간이 지나자 현승이 먼저 그녀를 놓아주고는 뒤로 떨어 져 나갔다.

"하아."

그제야 편히 숨을 몰아쉬며 송아는 쿵쾅대는 심장을 다스리기 위해 온 신경을 집중했다. 정작 그녀가 좋다는 현승은 아무렇지 않 았는데 그녀만 심장이 터질 것처럼 뛰어 댔다. 아직도 그의 시원한 체취와 살짝 알코올이 섞인 숨결이 생생히 느껴지는 듯했다.

"내일은 주말인데 뭐 할 거예요?"

"잘 거야."

송아는 태연하게 그런 거나 묻고 있는 현승이 못마땅해 앙칼지 게 쏘아붙였다. 그러거나 말거나 현승은 계속 그녀에게 말을 건네 며 귀찮게 했다.

"온종일? 24시간 내내? 밥도 안 먹고?"

"어. 밥도 안 먹고. 안 갈 거야? 빨리 가."

"난 뭐 할 거냐고 안 물어봐요?"

"안 궁금해."

귀찮으니 어서 가라며 송아가 손짓을 했다. 하지만 현승은 내일 제 계획을 그녀에게 꼭 말해 주고 싶었다.

"선배 생각이요."

"무슨 소리야, 대체?"

"선배 잘 자나, 선배 밥은 먹고 자나, 선배가 내 생각은 한 번 해 주고 자나. 그렇게 계속 선배 생각 할 거예요."

제 계획이 아주 뿌듯하다는 듯 현승이 만족스러운 미소를 지어 보였다. 그리고 그 미소에서 마치 세상을 다 가진 것 같은 행복이 느껴지자 마뜩잖다는 듯 그를 보고 있던 송아의 가슴엔 잔잔한 파도가 이는 것만 같았다. 당혹스럽게도 말이다.

"심심하면 연락해요. 온종일 기다리고 있을 테니까."

"그럴 일 없어. 귀찮으니까 그만 가 봐. 월요일에 봐."

순간 가슴에 쳤던 파도가 너무 당황스러워 송아는 서둘러 돌아서 버렸다. 이게 뭔지 몰라도 들키면 안 될 것 같은데 그와 조금이라도 더 같이 있다간 확 들켜 버릴 것만 같았다.

"잘 자요! 진짜 연락 기다릴 거니까 심심하면 꼭 연락 주고요!"

빠르게 오피스텔 안으로 들어가는 송아의 뒤로 현승의 목소리가 크게 울렸다. 하지만 도망치듯 더 속도를 높이고 있는 송아의 귀엔 아무것도 들리지 않았다. 이상하게 자꾸만 얼굴이 화끈거렸다. 심장도 좀 쿵쾅대는 것 같고.

아무래도 오늘 밤 치지 말았어야 할 파도가 친 것 같았다.

4

싫으면 말해요

◇
◇
◇

효주의 시선이 다시 흘깃 테이블 위의 휴대폰으로 향했다.

카페에 앉아 친구와 함께 느긋하게 주말 브런치를 즐기고 있었지만, 정작 온 정신은 휴대폰에 쏠려 있었다. 그녀의 기대와 달리 휴대폰에선 어떤 울림도 없었다. 가구를 사러 갔다 다툰 지 벌써 닷새나 지났건만, 아직까지 재신에게선 연락 한 통 오지 않았다. 심지어 오늘은 웨딩드레스의 디자인 시안을 보러 가야 하는데도 감감무소식이었다.

'이 남자 진짜 뭐야?'

약 1년 가까이 사귀면서 처음 있는 다툼이, 또 처음 있는 연락 두절이 효주는 마냥 기가 막혔다. 재신의 끈질긴 매달림으로 시작된 그들의 관계는 언제나 그녀가 일방적으로 짜증을 내고 거기에 재신이 매달리는 식이었다. 이런 식의 외면은 감히 있을 수 없었다.

'이재신 씨. 당신 지금 나랑 힘겨루기라도 하자는 거지? 결혼해서까지는 절절 매달리면서 못 살겠다, 이런 거지?'

효주가 보기엔 재신의 침묵이 딱 그런 이유였다.

무조건 그녀에게 접고 들어오긴 해도 재신이 얼마나 자존심이 강한 남자인지는 그녀도 잘 알고 있었다. 그렇기에 효주도 어느 정도는 선을 지키며 그동안 그를 조였다 풀었다를 반복해 왔었다. 그런데 재신이 이젠 그걸 용납하지 못하는 모양이었다. 어쩜 처음부터 그의 것이 되기 전까지만 자세를 낮추기로 결심한 것이었을 수도 있고 말이다.

어쨌든 재신은 지금 효주가 보기엔 '감히 그런 짓'이라고 생각할 수 있는 짓을 하고 있었다. 그리고 그건 정말 어리석은 이들이 허황되게 유토피아를 꿈꾸는 것처럼 되도 않을 짓이었다.

'그래. 어디 한번 해 봐. 과연 재신 씨 뜻대로 될 수 있을지. 결국 무릎 꿇을 사람은 당신이니까.'

결국엔 다시 달려와 매달릴 재신이 떠오르자 효주는 가소롭다는 듯 가벼이 비웃음을 흘렸다.

어차피 재신의 인내심이 곧 한계에 다다를 것이기에 효주는 미련 없이 휴대폰에서 시선을 거두곤 다시 친구에게로 관심을 돌렸다.

"화영이 너, 이후에 약속 있어? 밥 먹고 나서."

"아니. 왜?"

"그럼 나랑 같이 내 웨딩드레스 보러 갈래? 오늘 디자인 시안 보기로 했는데 너도 같이 봐 줬으면 해서. 너무 많이 봤더니 난 이제 뭐가 뭔지 모르겠더라고."

"맞다. 너 웨딩드레스 '하라'에서 맞췄다 그랬지?"

"어. 그렇게 됐어."

노골적으로 티는 안 내도 '하라'에서 하는 것이 대단한 것임을 알리듯 효주의 턱이 살짝 위로 치켜 들렸다. 화영의 반응이 더 호들갑스러워졌다.

"진짜 너랑 결혼하는 사람이 보통 집안 사람이 아니긴 한가 보다? 거기 웬만큼 배경 있는 걸로는 안 되잖아."

"글쎄. 난 잘 몰라. 나쁘진 않은 집안이라는 건 사귀고 나서 알았으니까. 그냥 본인만 좀 잘난 사람인 줄 알았지, 뭐."

이번엔 커피 잔을 집어든 효주가 대수롭지 않다는 듯 덤덤한 얼굴로 가벼이 어깨를 으쓱해 보였다. 마치 계산 같은 건 전혀 들어 있지 않은 것처럼 구는 그런 행동에 화영은 속으로 어처구니없는 웃음을 삼켰다.

'웃겨, 정말.'

인생역전을 바라듯 시집에 목숨 건 효주가 만일을 대비해 절대 아무 남자나 만나지 않았다는 것. 조건, 배경 다 따져 가며 쉼 없이 선을 보러 다녔다는 것은 알 만한 사람은 다 알고 있는 사실이었다.

"어때? 같이 갈래?"

"그럼 나야 좋지. 거긴 왠지 위화감 느껴져서 그냥 한번 들어가 보는 것도 못하겠더라고. 네 덕에 나도 당당히 발 좀 들여 보자."

"그래, 그럼. 근데 그냥 다른 데랑 똑같애. 그깟 웨딩드레스 숍이 뭐 별거라고."

"뭐 별거긴? 안 그럼 좀 한다 하는 사람들이 너도 나도 괜히 몇 달씩 줄 서겠어? 암튼 그럼 이제 드디어 네 대단한 애인도 보는 거야? 오늘 네 애인도 오는 거 맞지?"

"글쎄. 연말이라 그런지 주말에도 일 때문에 바쁘기에 내가 그냥 오지 말랬거든. 그래도 어떻게든 오겠다고 했는데 모르겠네. 오면 디자인 보고 같이 차나 한잔하자."

"그래. 완전 기대된다."

들떠하는 화영을 보며 효주는 가벼이 미소만 보이며 커피 잔을 내려놓았다.

사실 만일 재신이 나타나지 않을 경우를 생각해 일부러 밑밥을 깔았다. 그러나 기본적으로는 그가 당연히 나타날 거라고 확신하고 있었다. 만일 오늘 나타나지 않으면 그게 선을 넘는 것임을 모를 정도로 바보는 아닌 남자였으니 말이다. 그러니 오늘 그녀는 숍에서 그를 보게 되면 풀어 줄지 조여 줄지 그것만 고민하면 됐다.

"그럼 그만 일어나 볼까?"

한시도 머릿속에서 떠나지 않는 송아와 현승을 지우기 위해 재신은 운동에 매달렸다. 하지만 아무리 러닝머신 위에서 땀을 빼며 달려도 그를 괴롭히는 두 사람의 모습은 지워지지 않았다.

으레 연인들이 그렇듯 같이 밤을 보내고 여전히 둘이 함께 침대 위에서 뒹굴고 있을지도 모른다는 생각에 갈수록 불쾌함만 폭발적으로 증폭했다.

'제기랄!'

재신은 더는 달리는 것도 할 수 없자 러닝머신에서 내려왔다. 아무래도 송아의 집에 가 봐야 온몸에 진득하게 들러붙은 불쾌함과 신경질이 한 꺼풀이라도 벗겨질 듯했다.

무작정 걸음을 해 보기 위해 재신은 서둘러 욕실로 발을 들였다. 그런데 샤워를 마친 그가 다시 거실로 나왔을 때였다.

'뭐야?'

도도하게 다리를 꼰 채 온몸으로 짜증을 발산하고 있는 효주가 앙칼지게 그를 노려보고 앉아 있었다. 탐탁잖은 상황에 인상을 찌푸리고 있던 재신은 마저 샤워 가운을 여몄다.

"무슨 일이야?"

대충 던지는 질문과 함께 효주의 시선을 외면한 재신은 주방으로 향했다. 눈으로 재신을 좇던 효주도 곧 자리에서 벌떡 일어서서

물을 마시려는 그의 곁으로 다가섰다.

"웨딩드레스 계약이 파기됐다는 얘기가 무슨 얘기야?"

"파기?"

그 또한 모르는 얘기에 재신의 의문 섞인 시선이 효주에게로 향했다.

"신랑님께 계약 파기됐다고 연락 드렸는데 모르셨어요?"

다시금 웨딩드레스 숍에서 당했던 수모가 생생히 떠오르자 효주의 어깨가 파르르 떨렸다.

하필이면 화영이까지 있어서 더 창피해 죽을 것 같았다. 고효주가 '하라'에서 망신당했던 얘기는 배 아파했던 사람들에게 벌써 일파만파 퍼지고 있을 것이었다.

"숍에 갔더니 우리 계약이 파기됐다고 하더라? 벌써 재신 씨한테 위약금도 송금했다면서. 왜 나한테 말 안 했어?"

"파기라니 무슨 얘기냐고."

무슨 얘기인지도 모르겠는데 일방적으로 따지고 드는 효주가 짜증나 재신도 날카로워졌다. 지금은 송아 말고는 아무것도 신경 쓰고 싶지 않았다.

"진짜 몰라? '하라'에서 연락 못 받았어? 계속 재신 씨가 전화 안 받아서 문자 남겼다는데 그것도 못 본 거야?"

재신이 더 짙게 미간을 일그러뜨리는 걸 보니 그도 모르는 일인 듯했다. 그럼 '하라'에서 거짓말을 했거나 착각을 한 것 같으니 문자 메시지가 왔는지부터 확인해 봐야 했다. 주변을 두리번거리던 효주는 거실 테이블 위에서 재신의 휴대폰을 발견했다. 직접 확인해 보기 위해 효주가 휴대폰을 집어 드는데, 곧장 거친 손이 날아와 그것을 빼앗아 가 버렸다.

"뭐 하는 짓이야! 멋대로 어딜 확인해?"

빼앗긴 휴대폰도 휴대폰이지만, 쩌렁쩌렁하게 울리는 재신의 음성이 너무 성이 나 있어 효주는 황당했다. 평소 서로의 휴대폰을 확인하진 않았다지만, 이게 그렇게까지 화를 낼 일인가 싶었다.

"재신 씨 지금……."

너무 어처구니가 없으니 말도 제대로 나오지 않았다. 하지만 그러거나 말거나 그녀를 무섭게 쏘아보던 재신은 직접 휴대폰을 확인하기 시작했다.

몇 개의 문자 메시지를 넘겨보니 '하라'에서 보낸 것이 보였다. 재신은 첫 문구에 '하라'라는 이름만 보고는 그냥 넘겨 버렸던 기억이 떠올랐다. 송아 일만으로도 벅찬 상황에서 지금은 신경 쓰고 싶지 않은 결혼 관련 일이기에 그냥 무시해 버렸었다.

"진짜 문자가 와 있긴 와 있는 거야? 계약 파기하겠대?"

일단 그 문제부터 짚어야 했기에 효주는 정신이 좀 돌아오자 최대한 차분히 따져 물었다. 골똘히 휴대폰 화면을 보던 재신의 시선이 곧 그것에서 떨어져 나왔다.

"예약 착오가 이제야 확인됐대. 안 되는데 받은 거라서 우리 건 안 된다고."

"그게 다야, 지금?"

재신이 그 말을 끝으로 휴대폰을 내려놓자 효주가 어처구니없다는 듯 되물었다. 말도 안 되는 파기 이유도 웃긴데, 그가 보이는 태도들은 더 가관이었다. 재신은 이 상황이 불쾌하지도 않은 걸 넘어서 관심 자체가 없어 보였다.

"그냥 다른 데에서 해. 소란스럽게 하지 말고."

"뭐라고? 벌써 잊었어? 내가 웨딩드레스는 꼭 '하라'에서 해야겠다고 했잖아. 그거 아니면 안 입는다고."

"웨딩드레스가 다 거기서 거기지 뭐 얼마나 대단한 거라고 그래? 다른 비싼 데 많잖아. 돈은 얼마든지 줄 테니까 다른 데에서 하라고."

"재신 씨!"

결국 효주의 목소리도 앙칼져졌다. 이젠 재신이 이해가 안 되는 걸 넘어서 참을 수 없을 만큼 화가 났다.

"대체 뭐야? 지금 나랑 뭐 하자는 거야? 날 꼭 이렇게까지 길들여야겠어? 아무리 그래도 그렇지 언제 밀고 언제 당겨야 하는지 그런 것도 모르는 남자인 거야?"

당장이라도 폭발할 것처럼 효주가 빠르게 따지고 들었다. 그러나 정작 재신은 무슨 소리냐는 듯 그녀를 보기만 했다.

"내가 모를 줄 알아? 지금 재신 씨 나랑 힘겨루기 하자는 거 아니냐? 결혼 앞두고 나 잡겠다고 신경전 벌이는 거 아니냐고."

"힘겨루기? 신경전?"

무슨 가당찮은 소리냐는 듯 되묻던 재신이 기가 막힌다는 듯 헛웃음을 뱉었다. 예상과 전혀 다른, 단지 상황을 모면하기 위함이 아닌 것 같은 반응에 효주의 어안이 벙벙해졌다. 효주는 그제야 뭔가 핀트가 어긋나 있음을 깨달았다.

"네 눈엔 지금 이게 그런 걸로 보여?"

다시금 허공에 대고 헛웃음을 뱉던 재신이 일순 얼굴을 굳혔다. 뭔가를 삭이듯 젖은 머리카락을 천천히 쓸어 넘기던 그가 짜증스러운 시선을 효주에게로 던졌다.

"피곤하다, 진짜. 그깟 웨딩드레스가 뭐라고 함부로 남의 집에 찾아와서 이렇게 난리를 쳐?"

"뭐? 함부로 찾아와? 그것도 남의 집에? 내가 여기 들어오면 함부로 들어오는 거야?"

"매너는 지켜. 너랑 나, 아무리 결혼하는 거라고 해도 각자 프라이버시는 존중해야 하는 거 아냐? 아직 어떻게 될지도 모르는 거고."

"재신 씨!"

마치 혼잣말처럼 덧붙인 작은 뒷말에 곧장 효주의 목소리가 발끈하며 튀어나갔다.

조금 전 그건 분명히 그녀가 들으라고 한 소리였다. 도저히 저의가 뭔지 파악되지 않는 소리에 효주는 말문이 막힐 정도로 충격에 휩싸이고야 말았다. 그러나 아랑곳없는 재신은 그대로 그녀를 내버려 둔 채 차갑게 드레스 룸 쪽으로 향했다.

"가. 약속 있어서 나가야 돼."

곧 쾅, 문이 닫히는 소리가 충격 속에 버려진 효주의 앞으로 쏟아졌다.

결단코 단 한 번도 상상해 본 적 없는 상황에 그대로 얼어 버린 효주는 한참을 그 자리에서 꼼짝도 할 수가 없었다.

송아는 아침에 눈을 뜨자마자 청소부터 시작했다.

재신과의 추억이 깃든 물건에 왈칵 눈물이 치솟기도 하고, 울컥 화가 나기도 하고, 물밀 듯이 그리움과 쓸쓸함이 찾아오기도 했지만, 그래도 손을 멈추지 않고 자신의 공간 속에 있는 재신을 밀어냈다.

이런 의도적인 밀어냄이 계속되다 보면 언젠가는 완전히 그를 잊고 사는 날이 올 것이었다.

몇 시간에 걸친 청소를 깔끔히 마친 송아는 샤워 후 가장 먼저 휴대폰을 집어 들었다. 가짜 연애의 기간에 대해 현승에게 말하지 않은 게 생각난 탓이었다.

> 우리 가짜로 사귀는 건 팀장님 결혼할 때까지만 부탁할게. 다시 한번 더 미안하고 고마워.

문자 메시지 전송 버튼을 누르기가 무섭게 전화가 울렸다. 송아는 기가 막혀 웃음부터 나왔다.

— 저예요, 선배!

이번엔 전화를 받기가 무섭게 한껏 고조된 현승의 목소리가 튀어나왔다. 왜 자꾸 웃음이 나는지. 그의 밝은 목소리가 그게 뭐든 걱정을 다 씻겨내려 주는 것 같기는 했다.

"문자 확인은 하고 전화 건 거야?"

— 당연하죠. 말했잖아요. 온종일 선배 생각만 할 거라고. 나 진짜 언제 연락 오나 휴대폰 꼭 쥐고 선배 생각만 하고 있었어요. 간절히 바라면 이뤄진다고, 하늘이 감복했나 봐요. 선배 목소리 들을 수 있게 해 주고.

엄연히 잘못된 원인 분석이었다.

"네가 전화한 거거든? 내가 전화해서 들려준 게 아니라."

— 그러니까요. 제가 이렇게 기회를 잘 살려요. 연애에는 타고난 기회주의자인가 봐요.

그런 자신이 마음에 든다는 듯 현승이 작게 웃음소리를 들려줬다. 웃어 주면 안 되는 거지만, 송아의 입가에도 소리 없는 미소가 떠올랐다.

– 뭐 하고 있었어요? 밥은 먹었어요?

"그냥 뭐 했고, 밥은 먹었어."

– 진짜요? 진짜 먹었어요? 뭐 먹었는데요?

"개구리 반찬."

– ······.

그녀의 대답이 기가 막혔는지 갑자기 통화가 얼어 버렸다. 의도한 바였기에 송아는 아무렇지 않게 가만히 기다렸다. 잠시 후 겨우 해동이 된 것 같은 현승의 목소리가 다시 들려왔다.

– 와······. 이건 아닌 것 같은데요, 선배? 저 잠깐 위태로웠어요.

"뭐가 위태로웠는데? 마음이 돌아서기라도 하는 거였어? 그럼 다행인데."

– 선배 개그 감각까지 좋아서 당장 선배한테 달려갈 뻔했죠. 어때요? 나 지금 달려가도 돼요? 벌써 옷 갈아입고 있는데.

기대감을 산산이 부숴 버리는 대답에 송아의 입에선 다시 바람 빠지는 듯한 웃음이 튀어나왔다. 그와의 통화가 다정하거나 달콤하지 않도록 조심하고 있지만 현승이 보통내기가 아니라 어려웠다. 송아가 더 똑 부러지게 나가는 수밖에 없어 보였다.

"문자 얘기나 해. 그때까지만 부탁할게."

- 그럼 그 후엔 진짜 연애 하고요?

"그만 하세요, 채현승 씨. 백 번, 천 번 찍어도 찍는 도끼만 아프니까. 그 전에 먼저 부러질지도 모르고."

- 안 그럴걸요? 내 도끼는 날부터 손잡이까지 강철로 만든 거라서. 어떤 고난과 역경이 닥쳐 와도 절대 안 부러질 거니까 걱정 말아요.

"대체 내가 그 걱정을 왜 하는데?"

- 그러니까요. 선배가 그 걱정을 왜 할까요? 그죠? 선배도 그 이유가 궁금하죠?

대체 현승이 무슨 소리들을 하고 있는지 모르겠다.

'못 당하겠다, 진짜.'

송아는 고개만 절레절레 내저었다.

담백한 간격 후 다시 현승의 다정한 목소리가 그녀의 귓속으로 스며들어 왔다.

- 집이에요?

"응."

- 뭐 했어요? 앞으론 뭐 할 거고요?

"너한테 문자 보냈고, 지금은 통화 중이고, 앞으론 전화 끊을 거야. 그럼 난 할 말 다 했으니까 전화 끊는다. 남은 주말 잘 보내."

송아는 진짜 전화를 끊기 위해 바로 휴대폰을 귀에서 뗐다. 이렇게라도 하지 않으면 계속 그에게 붙들려 있을 것 같아서였다. 하지만 그러기가 무섭게 나온 현승의 다급한 목소리에 차마 그녀의 손은 버튼을 누르는 것까지는 하지 못했다.

– 서, 선배! 선배!

다시 귀에 댄 휴대폰을 통해 들려오는 간절한 부름에 송아의 입에선 저도 모르게 풋 웃음이 나왔다. 그와 장난을 치기 위해 이러고 있는 게 아니었는데 꼭 그러고 있는 것 같았다.

그에게 휘말리지 않기 위해 송아는 조용히 웃음을 가다듬으며 침착하게 마음을 다잡았다. 그러지 않으면 언제 잡아먹히고 있을지 몰랐다.

– 안 끊었죠? 아직 거기 있는 거죠?

"쓸데없는 소리나 할 거면서 왜 자꾸 찾아? 전화비 아깝게."

– 요금제 무제한이라 괜찮아요. 또 선배 목소리 듣는 건데 뭐가 아까워요? 선배 목소리만 들을 수 있으면 백만 원, 아니 천만 원도 안 아까워요, 난.

뒤늦게 놀란 마음을 추스르듯 현승에게선 안도의 한숨이 들려왔다. 은연중에 내뱉는 그런 한숨 하나하나에도 진심이 배어 있었다.

"그래, 좋겠다. 돈 많아서."

새삼스레 느껴진 그의 진심이 가슴에 와 닿는 게 느껴지자 송아는 일부러 툴툴거렸다. 현승은 웃음으로 받아넘겨 줬다.

– 근데 선배. 나 이제 와서 뭐 하나 고백해도 돼요?

"무슨 고백?"

- 실은 그 웨딩드레스 숍 건물 내 거 아니고 우리 큰누나 거예요. 농담이었는데 선배가 진심으로 믿고 있을까 봐요. 난 아직 그런 능력 없는데.

"그래?"

사실 송아는 그가 했던 그 말을 크게 기억에 남겨 두지 않았다. 그런 게 진실인지 궁금하지도 않았고 말이다. 하지만 그에게 실망하는 내색을 짙게 드러내 보였다.

"그렇구나? 그럼 우리 가짜 연애도 못 하겠다."

- 네? 왜요?

"실은 난 그 건물 때문에 너한테 가짜 연애 하자고 한 거였거든. 나중에 혹시라도 '하라'에서 드레스 좀 싸게 얻어 입을 수 있을까 하고. 근데 이제 네 거 아니라니까 됐어. 너희 누나한테까지 그런 부탁하기는 좀 그러니까."

'금세 발끈해서 너무하다고 하겠지?'

너무도 뻔한 현승의 대답에 송아는 입을 꾹 다물며 웃음을 삼켰다. 현승을 놀리는 게 은근히 재미있었다.

- 괜찮아요.

그런데 당황스럽게도 현승은 뜻밖의 반응을 보였다.

"괜찮아?"

- 네. 괜찮아요.

"……"

220

－ 그 드레스 싸게 안 주고 내가 선배한테 선물로 줄 거니까 괜찮아요. 선배 드레스는 내가 직접 만들어 줄게요. 내 옆에서 세상에서 가장 예쁜 신부 될 수 있게.

제대로 당했다는 생각에 송아의 입에선 허탈한 웃음이 터져 나왔다. 현승은 그녀의 머리 꼭대기 위에 있었다. 그러니 송아는 더는 당하지 않으려면 정신을 바짝 차리고 야무지게 선을 그어야 했다.

"안 되겠다. 진짜 전화 끊을게."

－ 왜요? 끊지 마요. 아님 직접 얼굴 보여 주든지요. 내가 빨리 선배 집으로 갈까요? 날아가면 20분 안에 갈 수 있을 거 같은데.

"그래. 와."

－ 진짜요? 진짜 가도 돼요?

놀란 듯, 그러면서도 설렌 듯 현승이 다급히 되물었다. 송아는 아랑곳없이 덤덤히 말을 이어 갔다.

"응. 그사이에 나 이사할 거니까 와서 새 집주인이랑 인사해. 눈 맞으면 더 좋고."

－ 선배.

부풀었던 마음이 확 꺼져 버려 속상하다는 듯 현승이 원망스럽게 그녀를 찾았다. 좌절해 있을 그의 모습이 귀여울 것 같아 송아는 그에게 들릴 듯 말 듯한 웃음소리만 흘려보냈다.

"끊어 이제. 나 머리 말려야 해."

－ 씻은 거였어요?

"응."

– 왜요? 어디 나가요?

"궁금해하지 마. 네가 궁금해할 거 아니니까. 끊는다."

– 아, 선배. 끊지 마요. 아님 뭐 하러 나가는지라도 알려 주든지요. 설마 그새 소개팅하고 그러는 거 아니죠? 나 두고 그러는 거면 그거 배신이에요.

"배신은 무슨. 제발 우리가 가짜인 걸 잊지 말라고."

– 어떻게 잊어요? 난 진심인데. 가짜 관계는 끝나도 내 마음은 계속될 건데.

별말이 아닌데도 계속될 거라는 그의 말이 다시금 송아의 감정을 건드렸다. 자꾸만 자신을 향한 그의 진심이 와 닿는 크기가 커져 가며 가슴에 남기는 흔적 또한 선명해지는 듯했다.

'왜 이렇게 의식하는 거야?'

송아는 급기야 혼란스러워지려고 하자 당혹스러웠다.

'안 되겠어. 그만 끊어야지.'

그녀를 돕듯 때마침 초인종 소리가 울려 주자 송아는 서둘러 말을 뱉었다.

"친구 왔나 보다. 난 이만 끊을게. 주말 잘 보내."

현승이 어떤 소리를 할 틈도 주지 않으며 송아는 재빨리 전화를 끊었다. 이상하게 가슴이 뛰고 얼굴이 화끈거리자 송아의 손이 자연스레 뺨으로 향했다. 대체 친구가 왔다는 거짓말 같은 건 왜 했는지 모를 일이었다.

"왜 이래, 진짜."

띵동, 띵동.

달아오른 뺨과 두근대는 마음을 식히느라 정신을 팔고 있는 사이 재촉하듯 연달아 초인종 소리가 울렸다.

"네! 나가요!"

갑자기 마음이 급해진 송아는 누구인지 확인도 하지 않은 채 곧장 현관문을 열었다.

"누구……!"

그리고 그 순간 그대로 얼어붙은 듯 굳어 버렸다.

"……팀장님이 여긴 어쩐 일이세요?"

서둘러 정신을 차린 송아가 차갑게 쏘아붙이자 화가 난 듯한 눈으로 그녀를 보던 재신이 확 문을 열어젖혔다.

송아가 말릴 틈도 없이 그가 거침없이 그녀의 집 안으로 들이닥쳤다.

"뭐 하시는 거예요, 지금?"

신발조차 벗지 않은 채 들어선 그는 그 자리에 서면 사방이 모두 보이는 작은 오피스텔 안을 매섭게 두리번거렸다.

서슴없이 화장실 문까지 열어젖히는 모습에 송아는 다시 목소리를 키웠다.

"이게 무슨 짓이냐고요! 허락도 없이 남의 집에 이렇게 함부로 들어오면 어떻게 해요?"

화를 내는 송아를 돌아본 재신은 말없이 그녀를 노려보기만 했다. 어깨가 들썩일 정도로 거칠어지는 그의 호흡을 따라 그녀를 쏘아보는 눈 또한 맹수의 것처럼 섬뜩하게 변해 갔다.

"나가세요, 빨리. 더는 여기 팀장님이 함부로 들어오실 곳 아니에요."

눈을 마주하는 것조차 소름끼치게 싫어 송아는 아예 시선을 돌려 버렸다. 재신은 여전히 낯설기만 한 송아의 외면에 더 참을 수 없을 만큼 화가 치밀어 올랐다.

"그럼? 채현승 그 애송이는 멋대로 들어와도 되는 거고?"

거슬리는 소리에 송아의 시선이 다시 차갑게 재신을 향했다. 질렸다는 듯한 눈빛에 재신의 눈에 핀 분노는 더 이글이글 불타올랐다.

그가 서서히 송아를 향해 움직였다. 약한 모습을 보이지 않기 위해 그 자리에 꿋꿋이 버티고 서서 그를 쏘아보고 있는 송아의 바로 코앞에서야 그의 음산한 걸음이 멈췄다.

처음 느껴 보는 위압감이 무서웠지만, 송아는 최대한 그 떨림을 자제하며 재신에게 맞섰다. 그리고 그런 송아를 재신은 낯선 여자를 보듯 흥미롭게 바라봤다.

"가요, 당장."

그 눈빛이 어쩐지 불쾌해 송아는 한 번 더 그에게 엄중히 명령을 내렸다. 그러나 그녀가 강하게 나올수록 재신의 눈빛은 더 빛을 발했다. 게다가 상황에 맞지 않게 그의 눈과 입가에 웃음기가 매달리려고 하자, 송아는 머리카락이 비쭉 서며 온몸에 소름이 돋는 것만 같았다.

"가요, 어서."

본능적으로 도망쳐야만 할 것 같은 예감에 송아는 꿋꿋이 맞서던 시선을 돌리며 몸을 틀었다. 그러나 채 한 걸음도 떼지 못한 채 재신의 억센 손길에 의해 팔목이 붙들리고 말았다.

"앗!"

단 한 번의 손길에 의해 송아의 몸이 벽으로 떠밀렸다.

당황한 송아가 몸부림을 치며 그의 손길에서 벗어나려고 했지만, 그럴수록 도리어 그의 몸에 짓눌려 있었다. 참다못한 송아가 다시 소리를 질렀다.

"놓으…… 읍!"

하지만 그 소리는 사정없이 맞닿은 입술에 의해 묻히고 말았다.

재신이 그에게 화를 내고 짜증을 부리는 효주를 상대하며 들었던 생각은 오직 '송아는 이렇지 않다'는 것이었다.

그의 말에 가끔 서운함을 드러낸 적은 있어도 쉽게 목소리를 높인 적도 그의 신경을 거슬리게 한 적도 없었다. 순하게 생긴 외모만큼이나 실제로도 때를 타지 않은 순수함을 갖고 있는 그녀는 질투를 하거나 욕심을 부리는 것도 몰랐다. 온몸으로 그에 대한 순종적인 사랑을 드러내며 언제나 그를 우선시했고, 딱히 그가 신경 쓰지 않아도 감정을 두고 피곤하게 밀당 같은 걸 하지 않았다.

사실 재신은 그게 뭐든 쉽게 질려하는 성격이라 송아 같은 여자는 그가 오래도록 매력을 느끼지 못할 스타일이었다. 편안함은 금세 지겨움이 됐고 그 지겨움은 그를 흥분시킬 다른 걸 찾게 만들었다.

그 탓에 지난 3년에 가까운 시간 동안 재신이 송아를 두고 다른 여자를 만난 건 효주가 처음이 아니었다.

한결같은 송아가 지겹다 싶으면 다른 여자를 만나 잠깐 즐기는 식의 관계를 이어 가곤 했다. 어차피 금세 또 새로운 여자에게도 질렸기에 그러는 와중에도 만만하고 편안한 송아는 계속 붙박이처럼 그 자리에 남겨 두고 말이다.

아직 송아가 20대 후반이라 오래 만났음에도 결혼 압박이 크지 않았기에 더 부담이 없었다. 그런데 효주가 나타나자 그 사이클이 깨져 버렸다. 언제나 그를 뜨겁게 하는 그녀는 절대 예전의 다른 여자들처럼 그냥 스쳐 지나가는 여자로 끝낼 수 없었다.

처음 직접 얼굴을 봤던 작년 겨울의 광고 촬영장에서 재신은 효주를 보자마자 바로 한눈에 사로잡혀 버렸다. 게다가 보는 것만으로도 흥분이 되고 자극이 되는 그녀는 쉼 없이 그의 정복욕을 불타오르게 하는 재주까지 갖고 있어 그에게 딱 안성맞춤이었다.

까칠하게 튕기며 그를 안달복달하게 하는 여자에게 매력을 느끼는 재신에게 효주는 사귀기 전이든 후이든 손에 잡힐 듯 잡히지 않게 굴며 한없이 그녀에 대한 애정을 키워 놓았다.

"결혼하든지, 헤어지든지."

석 달의 매달림 끝에 사귄 그녀가 넉 달 만에 그 말을 했을 때 재신이 큰 고민 없이 그러겠다고 한 이유도 그것이었다.

이 여자만큼 그를 흥분시킬 여자도 없었고, 결혼이 아니라면 당장 헤어지고 다른 남자를 만나겠다는 그녀를 보낼 수도 없었다.

언제나 그에게 갈증을 일으키는 그녀는 반드시 그의 곁에 있어야만 했다. 그렇게 효주와의 결혼 결심을 했을 때 재신은 당연히 송아와는 헤어져야 한다고 생각했다. 그런데 막상 그를 절대적으로 신뢰하는 그녀를 보니 그 말이 쉽게 나오지 않았다. 순간적이었던 사랑이 식은 대신 정이 깊어진 탓인 듯했다.

그 후엔 까칠한 효주의 기분을 맞추다 송아를 만나면 느껴지는 편안함에 재신이 일부러 시기를 늦추기도 했다. 결혼 준비로 스트레스가 커질수록 더더욱 송아를 놓기가 힘들었다.

지겹기만 하던 편안함도 효주를 상대하며 느끼게 되니 달콤한 매력으로 다가왔다. 아마 효주와의 결혼 사실을 숨길 수만 있는 것이라면 재신은 송아에게 들키기 전까지는 계속 그녀와의 관계를 이어 갔을지도 몰랐다.

송아는 그 정도로 그에게 만만하고 쉬운 여자였다.

'그런데 어떻게 네가 먼저 나한테!'

자신의 앞에서 현승과 당당히 손을 잡던 모습이 떠오르자 일방적으로 송아에게 입술을 부딪치고 있는 재신의 분노와 짜증이 더 거세게 불타올랐다.

문을 여는 순간 젖은 머리카락으로 나타나 더러운 상상 같은 것이나 하게 만들어 기분을 더럽게 한 것 또한 용서할 수 없을 정도로 괘씸하기만 했다. 아무리 생각하고 생각해 봐도 송아는 자신에게 이럴 수도 이래서도 안 되는 것이었다.

"흐흠! 놔! 흐읍!"

재신은 그의 입술이 닿을수록 거칠게 반항하는 송아의 두 팔목을 한 손으로 가볍게 제압해 위로 고정시켰다. 그러곤 다른 한 손으로는 못 벗어나서 안달인 송아의 턱을 단단히 움켜쥐어 움직이지 못하게 붙들었다.

끝내 그의 악력을 버티지 못하곤 벌어진 송아의 입 안으로 재신은 서슴없이 혀를 밀어 넣었다.

아무리 싫다며 버틴다고 한들 순종적인 여자였으니 계속 밀어붙이면 어쩌지 못할 것이라는 게 그의 생각이었다. 그러나 그의 생각을 비웃듯 일순 날카로운 이가 그의 혀를 잘라 버릴 듯 위아래로 억세게 파고들어 왔다.

'윽!'

끔찍한 고통에 놀란 재신은 다급히 송아를 밀쳐 내며 그녀에게서 떨어져 나왔다.

정말 끊어져 버린 게 아닐까 하는 착각이 들 정도로 아픈 고통에 그는 발을 거칠게 구르며 괴로움을 토해 냈다.

다시금 윤송아란 여자가 어떻게 제게 감히 이럴 수 있냐는 생각이 들며 그 괘씸함에 미칠 것 같은 분노 또한 활화산처럼 함께 끓어 올라 왔다. 짐승 같은 신음 소리를 내며 고통에 허덕이던 재신은 어느 정도 통증이 가라앉자 번뜩이던 눈빛을 송아에게로 쏘아 보냈다. 그러나 어깨를 들썩일 정도로 거친 숨을 몰아쉬는 송아는 겁을 먹는 대신 더 매섭게 눈에 힘을 줬다.

성큼 그에게로 다가서며 급기야 거침없이 그의 뺨을 거세게 올려쳤다.

짝!

하늘이 둘로 쪼개지는 것 같은 굉음과 함께 재신의 얼굴이 힘차게 돌려졌다. 상상도 못 했던 강렬한 손길에 재신은 고막이 터지기라도 한 것처럼 한쪽 귀가 뜨끈하기까지 했다.

이게 진짜 현실인지조차 믿어지지 않는 상황들에 아예 그의 정신까지 함께 터져 버린 것 같았다.

반사적으로 송아의 손이 스쳐 간 뺨을 매만지던 재신의 얼굴이 다시 송아를 향했다. 절대 송아를 가만히 두지 않을 작정인 그가 뭔가를 하기도 전에 송아의 분노에 찬 음성이 먼저 그에게로 날아와 꽂혔다.

"짐승 같은 새끼! 인간도 아닌 자식 같으니라고!"

성에 차지 않은 듯 송아가 다시 한번 더 재신의 뺨을 올려치려 했다. 하지만 이번엔 재신도 순순히 당할 수 없었다. 허공에서 송아의 팔목을 붙들어 막은 재신이 부러뜨릴 듯 팔목을 움켜쥔 그대로 송아를 향해 으르렁댔다.

"뭐 하는 짓이야! 감히 어디다 손을 대!"

"그러는 넌? 너야말로 뭐 하는 짓인데? 진짜 짐승밖에 안 되는 거였어?"

송아를 붙든 손에서 절대 힘을 빼지 않는 재신도, 가는 팔목이 당장 부러질 것처럼 아픈데도 찍 소리조차 내지 않는 송아도 한 치의 물러섬이 없었다.

이제껏 알지 못했던 서로의 다른 모습들이 이제 더는 놀랍지도 않았다.

"윤송아, 네가 나한테 그런 말을 할 자격이 있어? 먼저 배신한 게 누군데? 뭐가 그렇게 당당한데?"

"당당? 먼저 배신?"

그녀가 고스란히 돌려주고 싶은 얘기가 재신의 입에서 나오자 송아는 말 그대로 어처구니가 없었다. 그리고 그리 반응하는 그녀의 모습에 재신은 순간 눈빛을 번뜩였다.

"너⋯⋯!"

재신은 제 생각을 확인해 보기 위해 송아의 눈을 더 뚫어져라 쳐다봤다. 하지만 그녀의 눈빛만을 통해선 선뜻 확신을 내릴 수 없었다. 송아가 다시금 그에게서 팔을 빼내려는 듯 힘을 썼다.

"이 손 놔요. 그리고 당장 우리 집에서 꺼져! 아님 경찰에 신고해 버릴 거예요."

"너부터 대답해. 그 자식하고 끝내겠다고 해. 내가 한 번은 용서해 줄 테니까."

"용서요? 대체 왜 용서하는데요? 난 팀장님 용서 따윈 필요 없어요."

"아니. 난 필요해. 윤송아 너, 절대 이대로 못 놓쳐. 최대한 빨리 결혼하자, 우리."

다시금 그녀의 팔목을 꽉 움켜쥐며 재신이 또렷이 그녀에게 두 눈을 맞췄다. 누가 보면 그가 아주 간절하다 착각할 수도 있는 눈빛이었지만, 모든 걸 아는 송아가 보기엔 그녀를 웃기기 위해 작정한 것으로밖에 보이지 않았다.

사람이 이 정도로까지 위선적일 수 있다는 걸 처음 깨닫고 있었다.

"결혼이요?"

우습다는 듯 웃던 송아의 얼굴에서 일순 웃음기가 싹 가셨다. 기도 안 찰 모습이 너무 역겨워서 더는 밝히지 않을 수가 없었다.

"그럼 고효주는?"

"……!"

바로 말귀를 알아들은 듯 재신의 커진 눈동자가 크게 흔들렸다. 송아는 아랑곳없이 계속 말을 이어 갔다.

"그럼 2월 14일에 팀장님이랑 결혼하는 고효주란 여자는 어떻게 할 건데요? 식장에 셋이 들어가는 건가요? 팀장님 양쪽에 여자 둘 세워 두고? 그게 미국 스타일인가 봐요?"

생각만 해도 어이가 없어 송아는 크게 소리 내어 웃었다. 재신은 혼란스러운 듯 혹은 뭔가를 깨달은 듯 흔들리는 눈동자로 그녀를 바라보기만 했다.

"놔요, 이거!"

재신이 방심한 것 같은 틈을 타 송아는 그의 손을 힘차게 뿌리쳤다. 자유로워진 팔목이 욱신욱신했으나 송아는 개의치 않고 다시 재신을 똑바로 마주 봤다. 그의 얼굴은 여전히 무슨 생각을 하고 있는지 쉽게 짐작할 수 없었다.

"분명히 얘기해요. 난 팀장님한테 매달려서 나한테 와 달라는 소리 같은 거 할 생각 없어요. 난 이미 끝났고, 이런 지저분하고 더러운 기억 같은 것도 빨리 지워지길 바랄 뿐이에요."

문을 열어 재신을 내쫓기 위해 송아는 현관을 향해 돌아섰다. 막 현관에 다다르려는데 문득 재신의 짧은 웃음소리 같은 것이 들려왔다. 왠지 그 안에 기쁨이 담겨 있는 것 같자 송아는 바로 뒤돌아봤다.

"그러니까 네가 지금 그 모든 걸 알고 있었다는 거지? 그 자식이 더 좋아서 넘어간 게 아니라 나한테 상처받을까 봐 무서워서 그 자식한테 도망쳤다 이거지?"

마치 큰 깨달음을 얻은 듯 송아를 보며 혼자 떠들던 재신이 다시금 허공에 대고 짧게 웃음을 토해 냈다.

그 웃음의 간격이 차츰 짧아지며 그가 정말 기쁜 듯 웃음을 흩뿌리는 게 보이자 송아는 미친놈을 보는 것만 같았다. 이제껏 그를 봐 온 것 중 지금이 가장 그를 이해할 수 없었다. 한참을 즐거운 듯 웃던 재신이 다시 송아에게로 시선을 맞추며 불쑥 말을 토해 냈다.

"결혼하자, 송아야."

"허."

그가 하는 말이 너무 가당찮아 이젠 송아마저도 헛웃음이 나왔다. 그녀가 한 말을 어디로 들었는지 모를 일이었다.

"내 말 못 들었어요? 다 알고 있다고요. 나. 팀장님이 돌아오길 바라지도 않는다고요."

"나, 헤어졌어. 헤어지고 오는 길이야."

"네?"

그렇지 않아도 무슨 말을 주고받고 있는 건가 싶은데 또 한 번 어이없는 소리가 나오자 송아는 이젠 헛웃음도 뱉어 낼 수가 없었다. 이젠 진짜 재신이 미친 것 같았다.

"그래. 내가 한눈판 건 미안해. 하지만 처음부터 그 여자랑 헤어질 생각이었어. 내가 왜 끝내자는 너한테 이렇게까지 매달리겠어? 자존심? 아니야, 절대. 난 여전히, 그리고 앞으로도 너밖에 없어. 우리 결혼하자, 송아야."

적어도 지금 이 순간 결혼하자는 마음은 진심이었기에 재신은 그 어느 때보다도 진정성 있게 송아를 바라봤다. 언제나 그의 신경을 갉아먹으며 피곤하게 하는 효주보다는 새롭게 알게 된 송아가 더 매력적이었다.

아니, 이젠 송아를 놓치고 싶지 않아졌다.

"하자, 결혼. 너도 애초에 나 붙잡고 싶어서 채현승 이용한 거 아니었어? 그 지질한 자식은 너 좀 어떻게든 해 보려고 내 약점 이용해서 너 꼬신 거고. 어쨌든 그 일은 내가 알아서 할게. 넌 그냥 나한테 오기만 하면 돼."

"대체 지금 무슨 소리를 하는 거예요?"

도무지 대화를 나눌 수도 없는 수준의 말들에 송아는 이젠 말문까지 막혔다. 무엇보다 모든 걸 알고 있었기에 그가 하는 말들이 소름끼치기만 했다.

"다 봤어요, 나. 팀장님이 그 여자랑 웨딩드레스 맞추는 거요. 이미 식장 예약도 다 했다면서요?"

"그런 거야 얼마든지 예약했다 취소할 수 있는 거고. 그리고 그런 건 다 그 여자가 일방적으로 한 것들이야. 웨딩드레스 숍에 물어봐. 나랑 그 여자 예약 취소됐을 거니까."

그 예약이 왜 취소가 된 건지 알고 있는데 그걸 재신이 저렇게 써먹고 있다니. 송아는 다시 어처구니가 없어 헛웃음이 터져 나왔다.

이로써 그녀가 사랑했던 남자는 사람을 웃기는 걸 아주 잘하는 미친 사이코임을 인정해야만 했다. 어떻게 마음을 줘도 저런 인간에게 마음을 줬던 건지 모를 일이었다.

"그러자, 송아야. 일단 마음부터 풀어. 주말 내내 같이 있으면서 내가 풀어 줄게."

그녀에게 스킨십이라도 하려는 듯 재신이 송아를 향해 움직였다. 하지만 그의 손끝이 닿는 것도 싫기에 송아는 재빨리 움직여 외투와 휴대폰을 챙겨 다시 현관으로 향했다.

"분명히 얘기하는데 다신 당신 같은 사이코한테 갈 일 없어. 지금 나가는 길에 경찰에 신고할 거니까 당장 우리 집에서 나가. 그리고 한 번만 더 우리 집에 찾아오거나 연락하기만 해봐. 그땐 당신이 나한테 어떻게 했는지 회사든 그 여자한테든 다 알리고 매장시켜 버릴 거니까."

송아는 마지막으로 경멸이 담긴 눈빛을 남긴 후 먼저 제 집에서 나가 버렸다. 이로써 완전히 재신에게 질려 버린 송아는 앞으로는 다신 그를 두고 힘들어하는 일 따위도 없을 것이었다.

예쁘지 않은 사랑도 사랑이었다지만, 그녀에게 이 사랑은 모든 걸 지우고만 싶은 최악의 기억이었다.

현승은 혹시 송아가 찾을지 몰라 주말 내내 시간을 비워뒀다. 그 탓에 그녀가 찾지 않자 넘치는 시간을 어떻게 써야 할지 몰랐다.

"대체 선배 없을 땐 뭐 하고 지냈던 거야?"

신기할 정도로 정말 아무것도 생각나지 않았다.

"벌써부터 중증이네, 중증이야."

현승은 끝내 아무 할 일도 못 찾은 채 소파 위로 털썩 주저앉아 버렸다. 이상하게 집은 너무 휑하게 느껴지고 집 안의 온도가 높은데도 옆구리로 바람이 숭숭 들어오는 것 같았다.

송아가 겨우 한 번 다녀갔을 뿐인데 그녀가 없는 이 집이 너무 쓸쓸하게만 느껴졌다.

"또 연락하면 너무 스토커 같나? 미움 받으려나?"

하지만 마음은 송아의 목소리가 듣고 싶고 그녀의 얼굴이 보고 싶었다. 영상 통화라는 좋은 기술이 있는데 써먹지 못하는 게 애석할 따름이었다.

"일단 오늘은 참고 내일 해 보자. 하루에 한 번은 괜찮겠지."

미련 가득한 시선을 겨우겨우 휴대폰에서 떼어 내며 현승은 뒤로 고개를 젖혔다. 눈앞에 송아가 아른거려 벌써부터 내일이 까마득하지만, 버텨 내는 것밖엔 방도가 없었다.

예쁨도 받기 전에 미움부터 받을 수는 없는 일이었으니.

"아, 보고 싶다."

하지만 얼마나 버텼다고 손이 근질근질했다. 당장이라도 송아에게 전화를 걸고 싶었다.

"안 되겠다. 뭐든 해야지."

결국 자리에서 일어선 현승은 저조차도 낯선 제 모습이 신기해 웃음부터 나왔다. 아무리 낯선 자신을 발견하는 것이 사랑이라고 해도, 이렇게 누가 보고 싶어 안달복달인 저를 보게 될 줄이야.

"좋아해도 보통 좋아하는 게 아닌 거지."

벌써 저도 모르게 사랑에 바짝 다가서다 못해 경계선을 넘어갔을지도 모를 일이었다.

"그런데 우리 예쁜 선배님은 언제쯤 날 쳐다나 봐 주시려나?"

넉넉히 백 년만 기다려야겠다고 생각하며 현승은 할 일을 찾아 두리번거렸다.

잠시 후 휴대폰이 울렸다.

"누가 고맙게 전화를 다…… 선배?"

현승은 송아의 이름을 보기가 무섭게 전화를 받았다.

"선배!"

다급히 송아부터 찾는 들뜬 목소리엔 반가움과 기쁨이 고스란히 드러났다.

– ……나야.

"네. 무슨 일이에요? 혹시 나 보고 싶어졌어요?"

송아의 가라앉은 목소리를 모른 채 현승은 마냥 신이 났지만, 이어지는 침묵에 곧 이상함을 느꼈다.

"왜 그래요? 무슨 일 있어요?"

– 그게…….

대체 무슨 일일까.

머뭇거리는 송아가 걱정부터 되자 현승은 바로 나가기 위해 드레스 룸으로 향했다.

막 외투를 집어드는데 다시 송아의 목소리가 들려왔다.

– 너희 집 앞이야.

"네? 어디요?"

– 지금 로비에 있어.

"우리 아파트 로비라고요?"

지금 무슨 말을 들은 걸까. 상상조차 못 해 본 소리에 옷을 집으려던 현승의 손이 멈췄다. 그러나 금세 이러고 있을 게 아니라는 생각에 서둘러 말을 꺼냈다.

"그, 그대로 있어요! 내가 지금 바로 내려갈게요! 꼭 어디 가지 말고 그대로 있어야 해요!"

외투를 집어들 정신도 없었다.

바로 드레스 룸을 뛰쳐나간 현승은 대충 발에 걸리는 대로 신발을 신은 후 현관문을 열고 나갔다.

미끄러지듯 달려가 엘리베이터 버튼을 누르자마자 다시 휴대폰부터 확인하는데 다행히 아직 전화가 끊기지 않았다.

"선배! 아직 거기 있는 거죠?"

— 어. 천천히 내려와도 돼.

"곧 엘리베이터 타요. 꼭 어디 가지 말아요."

엘리베이터가 도착하자 현승은 그제야 전화를 끊고는 서둘러 엘리베이터 안으로 올라탔다.

송아가 여기까지 찾아오다니. 그 이유가 무엇인지 궁금해할 정신조차 없을 정도로 현승은 가슴이 뛰어 어쩔 줄을 몰랐다.

"왜 이렇게 느려?"

쿵쾅대는 심장 박동 소리가 기분 좋게 울리는 엘리베이터 안에서 발을 구르는 현승은 생애 처음 구름 위에 올라 있는 것 같은 기분을 맛보았다.

전화를 끊고 현승을 기다리고 있는 송아는 문득 지금 제 차림새가 떠올랐다.

머리도 말리지 않은 채 집에서 입고 있던 옷에 외투만 걸치고 나온 탓에 어디든 가기가 뭐해 이곳을 찾아왔는데 현승에게야말로 이 꼴을 보여 줘선 안 될 것 같았다.

"난 대체 여기를 왜 온 거야?"

갈 곳이 없다는 생각이 들었을 때, 어디 가서 저를 좀 편히 내려놓고 싶다는 생각이 들었을 때, 지체 없이 현승이 떠올랐고 이미 발걸음은 그를 향하고 있었다.

"선배!"

로비가 울릴 정도로 크게 들린 소리에 송아가 고개를 들자, 엘리베이터 앞에 서서 머리 위로 크게 손을 흔드는 현승이 보였다.

'어떡해.'

송아는 다시금 당황이 찾아오자 서둘러 손으로 얼굴을 가리며 몸을 돌렸다.

아무것도 바르지 않은 얼굴을 그에게 보여 줄 생각을 하니 벌써부터 부끄러움이 밀려왔다.

"와 줘서 고마워요, 선배."

한달음에 달려온 현승이 벅차게 숨을 몰아쉬며 송아를 향해 활짝 웃었다.

그녀의 귀에까지 들리는 듯한 그의 빠른 심장 소리에 그녀의 심장까지 덩달아 춤을 추듯 널뛰는 것 같았다.

"미안해. 연락도 없이. 내가 실수한 것 같아. 이만 가 볼게."

현승에게 시선조차 맞추지 않은 채 송아는 몸을 돌렸다. 그러자 당황한 현승이 서둘러 송아의 팔목을 붙드는데, 그 순간 송아의 입에서 약한 신음 소리가 터져 나오고 말았다.

"앗!"

"……!"

그 소리를 놓치지 않은 현승이 재빨리 송아의 팔목을 놓았다. 세게 잡지 않은 것 같은데 그게 아닌 모양이었다.

"미안해요. 아팠어요?"

"아니. 그게 아니고……."

뒤늦게 팔목의 욱신거림이 느껴지자 송아는 살며시 아랫입술을 베어 물었다.

지금까진 몰랐는데 아까 재신에게 잡혔던 팔목이 심상찮았다. 아무래도 멍이라도 든 것 같았다.

"아파요? 혹시 다친 거예요?"

현승은 제대로 살펴보기 위해 송아에게로 다가갔다. 그런데 그보다 먼저 그녀의 입술이 그의 시선을 잡아챘다.

여전히 송아가 살며시 깨물고 있는 입술 끝에서 살짝 피가 배어 나오고 있었다. 바로 얼굴을 굳힌 현승은 그녀에게 무슨 일이 있었음을 직감적으로 깨달을 수 있었다. 티를 내지는 않았다.

"이러지 말고 우리 집으로 올라가요, 선배."

현승은 그녀를 데리고 가려는데 송아가 뒤로 물러섰다.

"아니야. 아무래도 내가 괜히 온 것 같아. 미안해. 그만 가 볼게."

현승을 보기가 더 부끄러워지자 송아는 끝내 시선을 피한 채 걸음을 돌렸다. 현승이 재빨리 송아의 앞을 가로막고 섰다.

"에이. 이럼 반칙이죠, 선배."

그의 말을 이해할 수 없자 송아가 살며시 시선을 들어 그를 올려다봤다. 은은한 미소를 머금은 현승이 새치름하게 그녀를 맞이했다.

"사람 그렇게 설레게 해 놓고 그냥 가 버리면 반칙인 거예요. 설레게 한 거 제대로 책임지고 가세요."

"그게 무슨……."

말도 안 되는 소리냐고 따지려고 했지만, 현승이 그녀의 양팔을 잡아 부드럽게 돌려세우는 탓에 송아는 더는 말을 이을 수 없었다. 그리고 그가 강요하는 게 아닌데도 한 팔로 안듯이 감싸 안아 데리고 가는 그를 거부하지 못했다.

쭈뼛거리며 현승의 집 안으로 들어 온 송아는 우선 화장실로 들어갔다. 거울 속 흉할 정도로 엉망인 모습을 보자마자 너무 창피해 왈칵 눈물까지 쏟을 뻔했다.

"어떻게 이런 꼴로."

송아는 우선 헝클어진 머리카락부터 황급히 정돈했다. 잡티가 훤히 보이는 민낯도 민망해 죽을 것 같았지만, 그건 달리 방도가 없었다. 그러고 싶지 않은데 현승에게 너무 못난 모습만 보이는 것 같아 속상할 뿐이었다.

어느 정도 상태가 정돈되자 송아는 외투를 벗고 소매를 걷어 봤다.

"하아……."

예상보다도 훨씬 더 선명한 멍 자국에 바로 한숨과 함께 인상이 찌푸려졌다.

뭉개지다 못해 찢어져 버린 입술도 그렇고, 그녀를 거칠게 대하며 궤변을 늘어놓던 재신이 떠오르자 송아는 다시 화가 치밀어 올라왔다.

"한 대는 더 때렸어야 했는데."

송아는 재신을 사랑했던 모든 시간이, 모든 감정이 모조리 다 후회됐다. 지울 수만 있는 거라면 지난 3년이 모두 날아가도 좋으니 당장 그렇게 해 버리고 싶을 정도였다.

어느 정도 마음이 좀 가라앉자 송아는 옷소매를 내리고 화장실을 나섰다.

그녀가 나오길 기다렸던 듯 주방을 나서는 현승의 양손에는 머그컵이 하나씩 들려 있었다.

"우선 차부터 한잔해요. 나 설레게 한 거 어떻게 책임지게 할지는 차 마시면서 생각해 볼게요."

따라오라고 고갯짓을 한 후 먼저 소파로 가는 현승의 모습이 너무 능청스러워 보이자 송아는 저도 모르게 웃음을 보였다. 그런 현승으로 인해 어지럽던 마음은 한결 편안해졌다.

"책임지긴 뭘 책임져? 내가 뭘 했다고."

여유를 찾은 송아는 평소처럼 현승을 대하며 그의 곁에 앉았다. 그런데 현승이 곧장 자리에서 일어섰다.

"왜?"

대답이 없는 현승의 걸음은 주방으로 향했다. 전자레인지에서 뭔가를 꺼내는가 싶더니 돌아오는 손에는 스팀 타월이 담긴 쟁반이 들려 있었다.

"손 좀 잡을게요."

테이블 위에 쟁반을 내려놓은 현승은 조심스레 송아의 한 손을 붙잡아 들었다. 그가 옷소매를 들어 올리려고 하는 팔이 멍이 든 쪽이었기에 송아는 막으려고 했지만, 그의 부드러운 손길이 먼저 움직였다.

조금씩 드러나는 푸른 멍이 부끄러워 송아는 다시금 살며시 입술을 깨물었다. 현승은 말없이 한참을 그녀의 가는 팔목에 물든 푸른 멍만 내려다봤다.

"뜨거울지도 몰라요. 그래도 조금만 참아요."

송아의 팔목 위에 스팀 타월이 조심스럽게 얹어졌다. 많이 뜨겁진 않았어도 체온보다 높은 온도에 송아의 몸이 흠칫 떨렸다. 그러나 곧 현승이 스팀 타월로 팔목을 감싸고는 조심스레 눌러 주자 그녀의 긴장도 차츰 풀어졌다.

"사랑을 한 게 아니라 사기를 당한 것 같아."

아무것도 묻지 않고, 또 아무 말도 하지 않고 정성스레 그녀의 팔목 마사지만 해 주는 현승의 모습을 보던 송아가 먼저 입을 열었다.

현승은 차분히 손길을 이어 가며 그녀의 말을 들어 주기만 했다.

"콩깍지가 그렇게 무서운 거였나 봐. 어떻게 그런 사람을 사랑했던 걸까? 그 사랑을 이렇게 후회하는 날이 올 줄은 꿈에도 몰랐었는데."

다시금 사이코 같기만 하던 재신이 떠오르자 송아는 이제 헛웃음이 나왔다. 그런 사람 때문에 화를 내고 흥분하는 것조차 아까웠다.

"너도 잘 생각해 봐. 지금 나한테 콩깍지 씌어서 그렇지 나도 너한테 후회하게 만드는 사람일 수 있어."

송아는 진지하게 한 충고였는데 여전히 마사지를 해 주고 있는 현승은 농담처럼 들리는 듯 웃기만 했다. 송아가 그런 현승의 손을 붙잡아 멈추게 했다.

"잘 생각해 보라니까? 나 지금 진심으로 하는 소리라고."

시선이 마주친 현승에게 다시금 단단히 충고했지만, 여전히 그는 듣는 시늉조차 하지 않았다. 답답해진 송아가 한 번 더 똑똑히 일러 주기 위해 목소리에 힘을 줬다.

"야, 채현승."

그런데 대뜸 현승이 그녀의 앞으로 바짝 다가와 앉더니 가까이 얼굴을 들이밀었다.

"왜, 왜 이러는데?"

뒤로 살짝 상체를 뺀 송아는 겨우겨우 떨리는 음성을 쥐어짜 냈다.

불현듯 그녀에게 바짝 다가섰던 현승은 한참이 지나도록 아무 말 없이 그녀의 두 눈에 번갈아 시선을 맞추기만 했다.

"야, 채현승."

"선배."

다시 채근하듯 송아가 현승을 부르자, 이번엔 곧장 그의 입술이 떨어졌다. 궁금증을 자아내는 속삭이는 듯한 음성에 송아는 다시금 바짝 긴장하며 그의 말에 귀 기울였다.

"이거 쌩얼 맞는 거죠? 엄청 예쁘다."

눈을 맞춘 그대로, 현승이 눈초리를 접어 환하게 웃었다. 그러자 송아는 순간 시선을 빼앗긴 듯 멍하니 그 모습을 바라보고 말았다.

'뭐 하는 거야?'

뒤늦게 그런 자신을 깨달은 송아는 화들짝 놀라 그를 밀어냈다.

"앗!"

그러나 순간 느껴진 팔목 통증에 제대로 힘도 써 보지 못하고 끙끙대기만 했다.

"하아, 진짜……."

그 모습을 보며 어쩌냐는 듯 고개를 젓던 현승이 다시 송아의 팔목을 스팀 타월로 감쌌다.

"그렇게 밀어내려고 해 봤자 소용없는 사람이에요, 난. 그러니까 괜히 아프지 말고 그만 받아들여요."

팔목을 주물러 주는 현승이 어서 그리하라는 듯 송아를 향해 눈짓했다. 그러나 뾰로통해진 송아는 곧 그 손을 밀어내곤 고개를 돌려 버렸다. 왠지 그에게 놀림을 받고 있는 것 같았다.

"사내 연애 안 좋은 거야. 그러니까 넌 하지 마."

"벌써 하고 있는데요? 나 사내 연애 중이잖아요, 선배랑."

"그러니까 미안하다고. 너까지 끌어들여 피해 줘서. 진짜 이 빚을 어떻게 갚아야 할지 모르겠다."

말을 해 놓고 보니 정말 커다란 피해를 준 것 같아 송아는 마음이 묵직해졌다. 앞으로 그가 이 회사에 있는 한 계속 꼬리표처럼 따라다닐 것이다. 지금이야 그가 자신을 좋아하니 괜찮다고 해도 마음이 식으면 스트레스일 게 뻔했다.

'어쩜 난 벌써 너한테 후회되는 존재인지도 모르겠다.'

갈수록 묵직해지기만 하는 마음에 나직한 한숨을 내쉬던 송아가 다시 현승을 향해 고개를 돌렸다. 한 번 더 정중히 사과를 할 생각이었는데 현승의 얼굴이 바로 코앞에 있자 송아는 그대로 숨을 멈취 버렸다.

'대체 언제!'

너무 당황한 송아는 그 후로도 한참을 숨을 쉴 생각도 못한 채 현승만 불안하게 바라봤다.

도대체 뭘 어떻게 해야 하는지조차 모를 정도로 머릿속이 새하얘지는 느낌이었다. 현승이 아무 말도 아무런 행동도 하지 않고 바라만 보고 있기에 더 당혹스러웠다.

"왜……."

대체 왜 이러는 거냐고 겨우겨우 입술을 달싹이는데 얌전히 있던 현승의 시선이 차츰 아래로 내려갔다.

그와 금방이라도 닿을 듯한 앙증맞은 코끝을 지그시 내려다보던 그의 눈은 생채기가 생긴 붉은 입술을 새기듯 눈에 담았다.

그리고 그의 시선이 그렇게 아래로 내려갈 때마다 조이듯 떨리는 송아의 심장의 증폭은 더 커져만 갔다.

혹시라도 현승에게 닿을세라 겨우겨우 끊어서 흘려보내는 숨결조차 떨림을 한가득 품고 있었다.

'내가 얘한테 왜…….'

송아가 절대 남자로 느낄 리 없다고 생각했던 현승에게 이상한 저를 깨달은 순간이었다. 그녀의 입술에 시선을 고정한 그대로 현승이 속삭이듯 말을 건넸다.

"많이 안 아팠어요?"

"……어."

걱정이 밴 현승의 말에 다시 심장의 떨림이 거세지자 송아는 일부러 더 무덤덤하게 말을 돌려줬다.

그저 그에게 틈을 보이지 말아야겠다는 생각뿐이었다. 그것이 그가 들어올 틈인지, 그녀 자신이 빠져나갈 틈인지는 모르겠지만 말이다.

"……그러니까 신경 쓰지 마."

한 박자 늦게 한 번 더 그를 밀어낸 송아는 그에게서 고개를 돌려 버리려고 했다.

"마음은요?"

그러나 곧이어 나온 현승의 그 말이 겨우 살며시 틀어진 그녀의 고개를 멈춰 세웠다.

"마음도 안 아팠어요?"

가슴 속 무언가를 툭 건드리는 것 같은 소리에 송아는 저도 모르게 두 눈을 질끈 감아 버렸다. 입 밖으로 토해지는 가늘게 떨리는 숨처럼 그녀의 심장 역시 다시금 버거운 떨림에 꽁꽁 묶여 버린 것 같았다.

'대체 왜 이러는 거야?'

갈수록 심해지는 떨림과 긴장에 송아는 이제 이런 저에게 짜증이 나려고 했다.

대체 현승이 뭘 했다고 이러는 것인지. 분명히 누구든 해 줄 수 있는 얘기였는데. 무엇보다 송아는 혹시라도 이런 제 마음을 현승에게 들킬까 불안하고 창피했다.

"너 자꾸……!"

이대로 더 있다간 진짜 들킬 것 같았다. 그에 송아는 그 책임을 현승에게 돌리며 그를 밀어낼 생각이었다. 그러나 그사이 한없이 깊어져 버린 현승의 눈빛에, 무슨 생각을 하는 것인지 너무 진지해져 버린 그의 얼굴에 화를 내는 것조차 뜻대로 할 수 없었다.

"난, 못된 놈일까요?"

그렇지 않아도 혼란스러운데 현승이 문득 이상한 말을 꺼내자 송아의 머릿속은 더 복잡해졌다.

아무 말도 못 하고 있는 송아를 가만히 마주 보던 현승이 다시 시선을 내리깔며 그녀의 입술을 두 눈에 담았다.

송아는 그저 그의 눈빛을 받은 것뿐인데 이상하게 입술이 화끈거렸다. 입안이 바싹바싹 마르는 것 같았다.

"걱정이 앞서야 하는데, 자꾸 질투가 앞서려고 해요."

혼잣말인 듯 작게 읊조린 현승의 가라앉은 시선이 계속해서 송아의 입술 위에 머물렀다. 그가 움직이지 못하게 하는 것도 아닌데 송아는 그 시선에 갇혀 꼼짝도 할 수가 없었다. 빠져나오고자 하는 의지는 나약하기만 했다.

'밀어내야 해!'

지금 그러지 않으면 안 될 것 같았다. 그에 송아는 어떻게든 나약한 의지를 꺾기로 마음을 굳혔다. 그런데 마치 그런 그녀를 막듯 이번엔 현승의 손이 그녀의 입술 위에 닿았다.

'……!'

예상 못 한 접촉에 놀란 송아의 몸은 다시 그대로 굳어 버리고 말았다.

자신의 입술에 현승의 손이 닿은 게 처음도 아니건만. 송아는 마치 처음인 것처럼 그 손길이 예민하고 특별하게 느껴져 온몸의 신경이 바짝 곤두섰다.

재신이 남긴 상처를 현승이 부드러운 손길로 섬세하게 쓰다듬었다. 송아는 분명히 스치기만 해도 아파야 했는데 감각을 잃은 듯 어떤 통증도 느낄 수 없었다. 아니, 그의 다정하면서도 조심스러운 손길에 의해 그녀의 상처 난 입술과 마음이 벌써 치유돼 버린 것 같았다.

"내가, 입 맞춰도 돼요?"

'……!'

전혀 예상 못 했던 소리에 송아의 눈이 휘둥그레졌다. 다시금 머릿속은 새하얗게 탈색되고 심장은 거세게 날뛰기 시작했다. 너무 당황해 말조차 제대로 나오지 않았다.

"……안 돼. 절대."

그래도 꼭 거부는 해야겠기에 송아는 꾸역꾸역 대답을 쥐어짜냈다.

하지만.

"망설였다. 설레게."

현승은 기가 막히게도 그런 반응을 보이고 있었다. 심지어 진심
으로 그녀로 인해 설렜다는 듯 벅차오름이 한가득 담긴 얼굴로 그
녀를 향해 환하게 웃어 보였다.

"그런 게……."

아니라고, 절대 아니라고 말하려고 했다. 하지만 다시 다정하게
그녀의 입술을 매만지는 현승의 손길에 송아의 말문은 그대로 막
혀 버렸다. 눈부시게 환한 미소를 띠었던 현승의 얼굴은 어느새 세
상 더없이 진지하게 바뀌어 있었다.

"할게요."

"뭐, 뭘?"

심장이 터질 것만 같은 송아의 숨이 가늘게 떨렸다. 현승을 보는
눈동자가 거친 파도를 만난 듯 쉼 없이 일렁거렸다.

"싫으면 말해요. 내가 아는 숫자는 셋까지밖에 없으니까, 꼭 그
전에. 하나."

말이 끝나기 무섭게 나온 '하나' 소리에 송아의 눈이 더 커졌다.
아직 그의 말을 제대로 이해하지도 못했다. 하지만 이해했다고 한
들 어떻게 해야 하는지 아무 생각도 들지 않았다.

왜인지 더는 거부에 대한 의지도 흐릿해져 있었다.

'이제…… 둘인 건가?'

급히 나왔던 '하나'와 달리 한없이 지연되고 있는 두 번째 카운트에 송아의 긴장이 다시 커지며 눈빛이 출렁거렸다. 그런데 그때 불쑥 현승이 더 바짝 엉덩이를 옮겨 다가오더니 커다란 한 손으로 그녀의 뒷목을 감싸 쥐었다.

"둘."

그의 손길에 적응하기도 힘든데 대뜸 뱉어진 두 번째 카운트와 함께 그대로 현승의 입술이 부딪쳐 왔다.

'흡!'

놀란 송아는 숨을 멈춘 채 그대로 얼어 버리고 말았다.

그와 맞닿은 입술은 불에 덴 듯 뜨겁기만 했고 머릿속은 어지러웠다. 한참이 지나 더는 숨을 참을 수가 없어지자 그제야 정신을 차린 송아가 힘껏 그를 밀어냈다. 손목이 아플 정도로 힘을 쓴 게 무색할 정도로 입술을 맞대고만 있었던 현승은 손쉽게 그녀에게서 떨어져 나갔다.

현승을 쏘아보며 숨을 몰아쉬던 송아가 뒤늦게 그를 향해 따지고 들었다.

"셋, 말 안 했잖아!"

"그럼, 셋."

"!"

갑작스레 다시 나온 카운트에 송아의 두 눈은 한 번 더 휘둥그레졌다. 그러나…… 아무 일도 일어나지 않았다. 그녀가 허락하지 않았기 때문일 테지만, 그런 생각도 못 하겠는 송아는 이 상황이 마냥 당황스럽기만 했다. 대체 뭐가 어떻게 되고 있는 건지 알 수가 없었다.

그 후로도 한참을 현승은 송아를 바라보기만 했다. 혼란스러워 좀처럼 갈피를 잡지 못하는 그녀와 달리 침착하고 차분한 눈빛이었다. 그런데 문득 그의 손이 다시 송아의 얼굴에 닿았다. 흠칫 놀라는 송아에 아랑곳없이 부드럽게 그녀의 머리카락을 쓸어 넘기던 손길은 다시 송아의 뒷목을 다정하게 받쳤다.

"그래서, 대답은요?"

채근하는 게 아닌 부드러운 속삭임이었다. 아니, 그녀의 입술에 꼭 닿고 싶다고 하는 애원 같았다.

"……."

여전히 대답을 못하는 송아는 계속 떨리는 눈길로 현승을 바라보기만 했다.

이젠 그가 뭘 물어보는 것인지, 또 제가 무엇을 대답해야 하는지조차 알 수가 없을 정도로 어지러웠다.

그런 그녀의 머릿속을 알았던 것일까.

얌전히 그녀의 대답을 기다리던 현승이 다시금 그녀에게로 다가왔다. 처음과 달리 천천히 다가온 그는 그저 부딪치기만 했던 이전과 달리 그녀의 입술을 살짝 베어 물었다.

마치 이런 걸 하는 거라고 알려 주듯이.

하지만 송아는 그의 친절한 설명에도 불구하고 더 아무것도 생각할 수 없었다. 그녀를 베어 문 입술이 놀랍기만 했던 아까완 달리 심장을 바스러질 것처럼 뛰게 만들어 아예 정신을 잃어버릴 것만 같았다.

저도 모르게 눈을 감아 버릴 것도 같았다. 베어 물기만 했을 뿐 이번에도 그 이상의 것은 하지 않는 현승의 입술이 다시 그녀에게서 천천히 떨어져 나갔다.

쿵쾅대는 심장에 맞춰 흔들리고 있는 눈빛에 시선을 맞춰 오는 깊은 눈이 이젠 답을 돌려 달라고 말하는 듯했다. 하지만 초조함과 혼란스러움, 허전함과 망설임 등의 복잡한 감정 속에서 나부끼고 있는 송아는 아무 말도 할 수가 없었다.

그를 밀어내지도 끌어당기지도 못한 채 그저 그를 바라보는 것밖에는.

긴장 속에서 시간은 계속해서 흘러갔다.

보채지 않고 얌전히 기다리던 현승의 입가에 문득 옅은 미소가 피어올랐다 사라졌다. 체념을 의미하는 것 같았다. 그 예상이 맞음을 확인시켜 주듯 그녀의 뒷목을 감싸고 있던 손이 떨어져 나가려고 했다.

송아의 손이 그의 팔목을 꽉 붙들었다.

송아의 돌발 행동에 처음으로 현승의 눈빛이 평정심을 잃었다.

저도 모르게 저지른 제 행동에 놀란 그녀만큼이나 현승 역시 놀란 듯했다. 그러나 길지 않은 당황이었다. 다시 송아의 뒷목을 그러쥐며 고개를 튼 현승이 그녀에게로 천천히 다가섰다. 다시금 그녀를 베어 무는 그의 입술 사이에서 달콤한 바람이 불어오는 것만 같았다.

좀 더 흠뻑 들이마시고 싶은 마음에 스르르 눈꺼풀을 내린 송아가 살며시 입술을 벌리자 금세 한결 더 달큰해진 향이 그녀를 적시듯 덮쳐 왔다. 현승은 그녀가 애간장이 탈 정도로 느린 움직임으로 그녀를 잠식해 갔다.

박자가 느린 음악에 맞춰 춤을 추듯 세심하게 그녀의 치열을 훑었다 하나하나 혀끝에 새기듯 그녀의 여린 점막들을 건드렸다.

현승이 천천히 그러면서도 지루하지 않게 그녀의 호흡을 들이마시는 사이에도 둘의 온도는 계속 높아져 갔다. 일방적으로 그에게 끌려가는 듯한 송아도 언젠가부턴 그에게 맞춰 함께 호흡하고 있었다.

짙어진 흥분을 감당하지 못하겠다는 듯 더 고개를 튼 현승이 안으로 깊게 파고들어 오자 송아의 팔 또한 그의 목을 감싸 안았다. 완전히 서로에게 몰입해 진득하게 뒤엉키는 농밀한 혀가 이젠 서로에게 완전히 밀착된 온몸까지 달아오르게 만드는 듯했다.

타액이 섞일 때마다, 그의 살덩이에 휘어 감길 때마다 흐르는 전율은 그에게 정성스러운 애무를 받고 있는 듯한 착각마저 불러 일으켰다.

입술 한 번을 떼지 않은 채 길게 이어지던 키스가 잠시 멈추었다.

현승의 타액으로 붉은 입술을 모두 적셔 버린 송아는 어느덧 두 팔로 그의 목을 끌어안은 채 그의 다리 위에 올라앉아 있었다.

가슴이 들썩거릴 정도로 달뜬 호흡을 내쉬고 있는 둘은 그제야 온전히 높이가 같아진 서로의 시선을 말없이 주고받기만 했다. 아직 그와의 키스에 흠뻑 취해 있는 송아의 머릿속은 여전히 하얗게 탈색되어 있는 채였다.

어느 정도 호흡이 얌전해지자 그녀의 허리를 끌어안고 있던 현승의 한 손이 다시 송아의 뒷머리로 향했다. 말없이 다시 그녀를 살짝 끌어당겨 입술을 가져가는 현승을 송아도 거부 없이 받아들였다. 이미 젖은 입술은 서슴없이 서로의 안을 침범하며 욕심껏 서로를 들이마셨다.

목에서 얇은 신음이 나올 정도로 쉼 없이 뒤섞이는 타액과 붉은 살덩이가 이젠 누구의 것인지조차 알 수 없었다. 다시금 버거울 정도로 숨이 가빠지자 붉게 젖은 입술이 서로에게서 할 수 없이 떨어져 나왔다.

모든 걸 잊은 듯 몰두한 키스에 정신이 혼미하다 못해 의식을 잃어버릴 것만 같아 거친 숨을 내쉬고 있는 송아는 눈조차 제대로 뜰 수가 없었다.

"예쁘다."

그러다 문득 들려온 소리에 그녀는 흠칫 몸을 떨며 천천히 눈꺼풀을 들어올렸다. 몽롱한 눈빛의 현승이 그녀의 촉촉하게 부풀어 오른 입술에 취한 듯 황홀한 시선을 떼어 내지 못하고 있었다.

"예뻐요, 선배."

그가 뱉는 말 하나하나에 송아의 몸이 어떻게 떨리고, 그녀의 심장이 어떻게 바스러지는지 모른 채 현승이 다시금 그 말을 읊조리며 시선을 들어올렸다.

그제야 제가 무엇을 했나 싶어 송아는 덜컥 겁이 나 버리고 말았다.

"도망치지 마요."

곧장 그에게서 벗어나려고 하는 송아를 현승이 부드럽게 붙잡았다. 충분히 뿌리칠 수 있는 힘이었지만, 여전히 그의 다리 위에 앉은 채 시선만 비켜 내고 있는 송아는 아무것도 하지 못했다.

"착각 안 할게요. 이거 하나로 다 됐다고 생각하지 않을 테니까, 나 피하지 마요."

마음을 움직이게 하는 간절한 목소리에 송아의 시선이 다시 느리게 현승에게로 향했다.

그녀를 달아오르게 만들었던 야릇하던 눈빛이 어느새 아련하게 변해 있었다. 그녀가 그랬듯 겁을 집어먹은 듯한 눈빛에 송아의 조이듯 떨려왔던 심장은 이젠 아프게 저릿해지기 시작했다.

어떤 말도, 어떤 행동도 하지 못한 채 그저 바라만 보고 있는 송아를 향해 안도하듯 옅게 미소를 보인 현승이 송아의 젖은 입술을 쓰다듬었다. 뺨까지 타고 올라온 손길에 송아는 다시금 온몸이 달아오르는 떨림을 느꼈지만 현승의 손길은 거기까지만이었다.

부드럽게 그녀를 소파 위로 내려놓은 그의 시선은 여전히 다정했지만, 담백함을 함께 머금고 있었다.

"바람 쐬러 나갈까요?"

상냥한 눈빛으로 얌전히 그녀의 대답을 기다리고 있는 현승을 송아는 한참을 바라보기만 했다. 그의 마음에 흔들린 건 맞지만, 아무리 생각해도 이건 아니었다.

이렇게 키스를 해서는 안 되는 것이었다.

대체 왜 그런 것일까.

"미안해, 난……."

제가 뭘 미안해하는 건지도 모른 채 그리 뱉은 송아는 무작정 자리에서 일어서려고 했다. 그러나 그 전에 다시금 뻗어 나온 현승의 손이 차분히 그녀를 눌러 앉혔다.

"알았어요. 데려다줄게요, 집까지."

"괜찮아. 내가 알아서 갈게."

"거절하면 여기에서 못 나가게 할 거예요. 그래도 돼요?"

그녀의 태도에도 상처 같은 건 받지 않았다는 듯 현승이 송아를 향해 장난스럽게 웃어 보였다. 송아에겐 더 미안하고 아픈 마음이 들게 하는 미소였다.

"기다려요. 금방 옷만 갈아입고 나올 테니까."

송아를 향해 한 번 더 미소를 보인 후 현승은 자리에서 일어서 드레스 룸으로 향했다. 그녀에게 보이는 등 뒤의 얼굴이 더는 웃지 못하고 있을 것임을 알기에 그의 등에서 시선을 떼지 못하는 송아 또한 한없이 속상하기만 했다.

'난 대체 왜……? 이럴 걸 몰랐던 것도 아니면서.'

송아는 정말 도무지 그 이유를 알 수가 없었다.

침묵 속에 달려온 현승의 차가 송아의 오피스텔 앞에 멈춰 섰다. 송아는 곧장 차에서 내리는 대신 차분히 현승에게로 시선을 가져갔다.

왜 그랬던 것이든 절대 해서는 안 될 행동을 했으니 다시금 확실히 선을 그어야만 했다. 그 또한 이유는 모르겠으나 이전보다 더 강하게 현승을 밀어내야 한다는 생각뿐이었다.

"너 받아 주는 거 네가 좋아서 그런 거 아냐. 내가 너무 가치 없는 여자 같아서 너 이용해서 위안받고 싶은 거야."

제가 뱉어 내면서도 가슴이 욱신거렸지만, 송아는 밖으론 어떤 내색도 하지 않았다. 현승을 보는 시선에 그 어느 때보다도 냉정하고 단호하게 힘을 실었다.

"아까 팀장님이 집에 찾아왔었어. 얘기해 버렸어. 팀장님한테 다른 여자 있는 거 알고 있다고."

거기까진 미처 생각지 못했던 듯 덤덤히 듣던 현승의 눈에 놀란 기색이 어렸다.

"그럼 얘기했어요? 나랑 가짜였다는 거?"

그 얘기를 했을까 봐 불안한지 현승의 눈동자가 초조함을 드러냈다. 그녀의 곁에 있을 빌미가 사라진다는 게 두려워 그런다는 걸 송아도 모르지 않았다.

'진짜 그렇게 했다고 얘기해 버릴까.'

사실 송아는 그렇게 말하기 위해 재신 얘기를 꺼낸 것이었다. 더는 그의 도움이 필요 없으니 이젠 현승에게도 떨어지라고 하고 싶었다. 하지만 두려움을 숨기지 못하는 현승을 보니 마음이 흔들렸다.

"아니. 그 말은 안 했어. 계속 달라붙지 못하게 해야 하니까. 내가 미련이 있어 그런 짓을 했다고 생각하게 하고 싶지도 않았고."

아무리 봐도 핑계로밖에 생각되지 않는 제 대답이 부끄러워 송아는 현승에게서 시선을 비켜 냈다.

그게 틀린 이유만은 아니었지만, 분명 더 큰 이유가 있었다.

굳이 깨닫고 싶지 않은 이유가.

"갈게. 데려다줘서 고마워."

"혹시 또 이재신이 찾아오면 문 열어 주지 말고 나한테 연락해요. 그게 언제든 상관없으니까요."

"그래. 조심히 가."

송아가 차에서 내리려고 하자 현승이 다급한 듯 다시 그녀를 찾았다.

"선배!"

하지만 막상 그녀의 얼굴을 보고도 현승은 머뭇거리기만 할 뿐 선뜻 입술을 떼지 못했다. 그가 뭘 묻고 싶은지 송아는 알 듯했지만 아는 척을 하지는 않았다.

"팔목에 찜질 한 번 더 해 주고요. 혹시 타박상 약 같은 거 있으면 그것도 발라 줘요."

"응. 그럴게."

끝내 하지 못하는 말 대신 그리 말하는 현승을 잠시 바라보다 송아는 다시 문을 향해 몸을 틀었다. 그런데 막 문손잡이를 잡으려는 그녀를.

"우리……."

"……."

"계속되는 거죠?"

성급히 나왔다가 다시 머뭇거리는 그 말이 다시 멈춰 세웠다. 애써 불안한 티를 숨기고 있지만, 그는 지금 그걸 가장 확인받고 싶었을 것이었다.

'미안해.'

또다시 제가 그에게 뭘 미안한지도 모른 채 송아는 등을 보인 그대로 그를 향해 속삭였다.

그 마음을 숨긴 송아의 얼굴이 현승을 향했다.

"조심히 가."

"선배."

"월요일에 봐."

어떻게든 확인받고 싶어 하는 현승을 꾸역꾸역 밀어낸 송아는 곧장 차에서 내렸다.

계속해서 시선을 떼지 못한 채 그녀만 보고 있는 현승에게 가슴이 저릴 정도로 미안했지만, 어쩔 수 없었다. 그렇지 않으면 아직은 두려운 무언가를 인정해야 할 텐데, 지금 그건 그녀에게 너무나도 버거운 일이었다.

다시 돌아온 집에는 더는 재신이 없었다. 하지만 있었다고 한들 송아의 관심이 그에게 없었을 것이다. 지금은 빈틈없이 머릿속을 꽉 채운 현승을 상대하는 것만으로도 버거웠다.

대체 왜 그의 키스를 받아들였던 걸까.

아니, 왜 그렇게까지 그와의 키스에 빠져들었던 걸까.

힘없이 침대 위에 걸터앉은 송아는 다른 건 몰라도 단지 그의 위로가 필요해 그런 게 아니라는 것만은 확실히 알았다.

그를 통해 제 가치를 확인받고 싶어서도, 순간적인 욕망에 휩싸여서도 절대 아니었다.

"어떻게 그래……."

대체 언제부터 이렇게 마음이 열려 있었던 것일까.

아무리 모른 척하려고 해도 명확해지려고만 하는 이유에 송아는 머리를 감싸 안은 그대로 침대 위로 드러누워 버렸다.

아무리 정이 떨어졌다고 한들 재신만 보고 살던 게 얼마나 지났다고 그새 마음속에 누군가를 들여놓으려고 하는 것인지 이런 자신을 받아들이기 쉽지가 않았다. 게다가 상대가 단 한 번도 남자로 느껴본 적 없었던 현승이었기에 더 혼란스러웠다. 그가 어린 것과 상관없이 성숙하고 진중한 남자라는 걸 알지만, 이건 믿지 못할 일임은 분명했다.

그렇게 아니라고 해 놓고는 벌써 이렇게 마음이 움직였다는 게 창피하기까지 했다.

"아니야, 진짜. 말도 안 돼, 이건."

이미 그것이야말로 아니라는 걸 알면서도 송아는 진실을 외면하기 위해 어떻게든 부인하며 끙끙댔다. 하지만 그럴수록 더 그에 대한 제 마음만 확연히 깨달아 가는 것 같아 문제였다. 이런 것에선 둔해도 될 테지만, 정작 필요할 땐 그러지 못하고 이럴 때에만 쓸데없이 예민했다.

참 쓸모없는 눈치였다.

여전히 머리를 감싸 쥔 송아는 제 감정을 어떻게 해야 할지 몰라 발을 구르며 계속 괴로워했다. 하지만 갈수록 첩첩이 문제만 쌓여 갔다.

그리고 그중 지금 가장 큰 문제는.

"어떡해. 이럼 안 되는데. 그래야 할 것 같은데."

'네가 보고 싶어, 현승아.'

헤어진 지 얼마나 됐다고 그가 보고 싶다는 것이었다. 마음 같아선 당장 달려가 미안하다고 사과하며 상처받았을 그를 달래 주고 싶었다.

"안 돼. 절대 안 된다고."

이러다 저도 모르게 현승을 찾아갈 것만 같자 송아는 아예 이불로 칭칭 제 몸을 감아 제 몸을 가둬 버렸다.

이런다고 한들 마음까지 가둬지진 않을 테지만 지금은 달리 방도가 없었다. 그 꼴을 보여 놓고도 창피한 줄도 모르고, 원망스럽다고 칭얼댈 때는 언제고 이미 이렇게 흠뻑 빠져 버린 것인지.

그런 제가 너무 바보 같아 그저 울고만 싶을 뿐이었다.

5

약속 못 지키겠어요

◇
◇ ◇
◇

머릿속이 복잡한 송아는 잠을 이루지 못해 월요일 아침 일찍 회사를 나왔다. 그런데 하필이면 재신도 일찍 나와 자리를 지키고 앉아 있었다. 아직 사람들이 출근하지 않아 썰렁한 사무실 안에는 두 사람이 전부였다.

"커피 한잔할까?"

그래도 팀장이니 송아는 인사를 하고 돌아가려는데 재신이 대뜸 그리 말을 꺼냈다.

"생각 없습니다."

단 0.1초의 지체도 없이 송아는 단칼에 그의 제안을 거절해 버렸다. 재신은 불쾌해하기는커녕 여유로운 미소를 보였다.

"나, 너 포기한 거 아냐."

다시 나온 뜬금없는 소리에 떠나려던 송아의 발목이 또다시 붙들렸다. 눈을 마주치기도 싫어 송아는 그냥 몸을 돌린 그대로 서 있었다.

"기다리고 있어. 네 화가 풀릴 때까지. 인내심 갖고 기다릴 테니까 돌아오기만 해. 되도 않는 연극 같은 건 그만하고."

"연극이라니요?"

너무 가당찮다 보니 송아는 결국 재신을 쳐다봤다. 그사이 재신의 얼굴은 한결 더 여유롭게 변해 있었다.

"채현승은 몰라도 넌 아니잖아. 그 자식이 이게 복수라고 사탕발림처럼 꼬드기니까 넌 순진하게 그 말에 넘어가서 지금 내 앞에서 쇼하고 있는 거잖아. 그러고 있다는 것만으로도 네 마음 아직 나한테 있는 거 아냐?"

며칠 전보다 더 심해진 것 같은 궤변에 송아는 그저 기가 막혔다. 재신이 자기 위주로 세상을 사는 남자라는 건 알았지만, 저렇게까지 아집이 강한 줄은 몰랐었다.

"팀장님이야말로 잘못 알고 계신데, 사탕발림에 넘어갈 정도로 저 그렇게 멍청하지 않아요."

"순진하긴 하지."

"아뇨. 그렇지도 않고요. 그리고 설사 그랬다고 한들 지금 팀장님 눈엔 제가 미련이 남은 것처럼 보이세요? 끔찍하다는 제 눈빛이 안 읽히세요?"

그의 기준에 선을 넘은 거라고 생각되는지 내내 여유롭던 재신의 얼굴이 무섭게 굳었다. 하나 무섭지 않은 송아는 기어이 끝까지 밀고 나갔다.

"그래도 못 믿으시겠으면 팀장님 앞에서 현승이랑 키스라도 해 보일까요?"

"윤송아."

씹어 뱉듯 그녀를 부른 재신이 턱을 꽉 앙다문 채 맹수처럼 그르렁댔다. 당장이라도 물어뜯을 듯 그녀를 보는 눈이 형형하게 빛을 발했다.

"잤어?"

"허."

한참의 으르렁댐 끝에 나온 소리가 너무 어처구니가 없어 송아는 절로 코웃음이 쳐졌다. 재신이 또다시 그녀를 웃기는 재주를 발휘하고 있었다.

"진심으로 그 입을 통해 그런 수준 낮은 소리까지 듣게 될지는 몰랐네요. 물론 이미 충분히 질 떨어지는 얘기는 넘치도록 들었지만요."

여전히 눈으로 폭발할 것 같은 분노를 뿜어내고 있는 재신을 우습다는 듯 보던 송아가 돌아섰다. 그런데 이번엔 막 사무실로 들어선 현승이 눈에 들어와 다시 걸음이 멈췄다.

"일찍 왔네요?"

"어, 어……."

저도 모르게 현승의 시선을 피하며 어설프게 대답했던 송아는 재신을 살폈다. 조금 전까지만 해도 재신 앞에서 당당히 굴었기에 이런 모습을 보여서는 안 됐다. 다행히 재신은 파티션 안에 가려져 있었다.

"아직 커피 안 마셨으면, 내려가서 커피 한잔할래요?"

"……어, 그래."

현승과 단둘이 있는 걸 피하고 싶었지만, 재신에게도 의심을 사게 하면 안 되기에 송아는 할 수 없이 고개를 끄덕였다.

이 좁아터진 사무실에서 이리 가지도 못하고 저리 가지도 못하는 진퇴양난의 상황이라니.

재신의 잡아먹을 것 같은 시선을 뒤로하고 현승을 따라가는 송아는 나중에 자식이 생기거든 절대 사내 연애만은 하지 말라고 단단히 가르치겠다고 굳게 결심했다.

"커피는 너 혼자 마셔, 현승아."

로비에 내려서자 송아는 현승과 거리를 두듯 한 걸음 뒤로 물러섰다.

원치 않게 알게 된 현승에 대한 마음을 드러내고 싶지 않았다. 아직 이 감정에 적응이 되지 않아서이기도 하지만, 본능적으로 피하고 싶은 마음에서였다.

굳게 믿었음에도 배신한 재신으로 인한 상처가 아직은 더 크게 똬리를 틀고 앉아 있어 그녀의 마음을 가로막고 있었다.

아무리 현승은 다를 거라고 생각해 보려고 해도 혹시 모를 미래가 두려웠다. 만일 정말 그렇게 된다면 송아는 섣불리 결정한 걸 후회하며 영원히 마음의 문을 꽁꽁 닫아 버릴 것만 같았다.

"왜요? 커피 생각 없어요?"

"아니. 난 그보다 앞에 편의점에 다녀와야 할 것 같아서. 필요한 게 있어서 사 온다는 걸 깜빡 했네."

"뭔데요? 추운데 제가 사 올게요. 선배는 카페에 있어요."

"아냐. 내가 사야 해. 시간 좀 걸릴 거 같으니까 넌 그냥 네가 마실 커피 사서 올라가."

빠르게 말을 마친 송아는 또 서둘러 돌아섰다. 피하는 티가 나지 않게 자연스러워야 했지만 쉽지 않았다.

"선배."

역시나 그녀의 이상함을 느낀 듯 현승이 가려는 그녀를 불러 세웠다.

송아는 못 들은 척 가 버리고 싶었지만, 그의 말에 멈춰 서 버린 걸음이 먼저였다. 안절부절못하는 것을 들키지 않기 위해 몰래 호흡을 가다듬은 송아는 천천히 현승을 향해 돌아섰다.

"어. 왜?"

시선을 마주치고 싶지 않은 걸 억지로 참으며 버티고 서 있는 송아를 현승은 잠시 말없이 바라보기만 했다.

'왜…… 날 피해요?'

현승은 사실 직접적으로 그리 묻고 싶었지만 선뜻 그 말을 꺼낼 수가 없었다. 묻지 않아도 알 수 있는 걸 굳이 입 밖으로 꺼내 확인 받고 싶지 않은 탓이었다. 아둔한 척 그녀가 피하는 걸 모른 척하며 계속 곁에서 맴돌고 싶기 때문이기도 했다.

"괜찮아요? 팔목이요."

하고 싶은 말은 뒤로 숨기기로 결심한 현승은 자연스럽게 웃으며 말을 꺼냈다. 내심 그가 직접적으로 물어올 것이라 생각하고 있던 송아는 살짝 당황스러웠지만, 곧 그녀도 아닌 척 그의 물음에 답했다.

"어? 어. 괜찮아. 고마웠어, 그날."

송아는 미소로 한 번 더 그에게 감사의 뜻을 전했다. 그의 보살핌 덕에 팔목이 한결 나아졌으니 그 마음은 진심이었다.

"그럼 커피 마셔. 난 나갔다 올게."

혹시 현승이 다시 말을 시킬세라 송아는 바로 황급히 돌아섰다.

너무 쌩하지 않았나 싶어 곧장 후회가 일었지만 가는 걸음을 멈출 수는 없었다. 그저 현승이 그가 싫어서 피하는 거라고만 생각해 주지 않기를 바랐다.

결국 송아는 온종일 현승을 피했다.

월요일 아침이라 정신없이 바쁜 탓에 현승은 계속 그 상황에 신경 쓸 수 없긴 했지만, 계속 의식하지 않을 수는 없었다. 게다가 이젠 자리를 옮겨 그녀와 등을 보이고 있는 상태라 더 답답함이 일기도 했다. 얼굴이라도 보고, 표정이라도 읽을 수 있다면 한결 나을 듯했다.

현승은 아침까지만 해도 그녀가 피하는 걸 모르는 척하며 계속 다가서자 결심했지만, 이젠 과연 그게 맞는지도 헷갈리기 시작했다. 그녀의 뜻은 무시하고 제 이기심만 부릴 수는 없는 일이었으니 말이다.

'그래. 일단은 만나서 얘기해 보자.'

여유를 갖고 기다리는 것에 자신이 없자 현승은 휴대폰을 챙겨 자리에서 일어섰다.

오늘 저녁 송아에게 시간을 내 달라고 문자 메시지를 보낼 생각이었다. 그런데 혼자 있기 위해 찾은 비상계단에서 위에서 내려오는 재신과 마주쳤다.

현승은 작게 목 인사만 한 후 한쪽으로 비켜서는데, 재신이 그의 앞에 멈춰 섰다.

"여자는 다 안다고 했던가?"

이죽거리는 듯한 말투에 현승이 그를 보니 재신이 피식 비웃음을 보이며 맞이했다.

"내가 주는 사랑이 진심이 아니라 송아가 돌아섰다고? 아주 무서운 사람이야, 채현승 씨. 제가 갖고 싶다고 남의 약점이나 잡아 이용해 먹고. 그 간사한 세 치 혀로 사람을 꾀어내는 능력이 아주 대단하던데. 어때? 영업팀으로 보내 줄까? 아. 매장 판매 사원도 괜찮겠네."

송아는 모른다고 했던 현승의 거짓말을 비난하며 재신이 계속 빈정거렸다.

뒤끝 있는 재신이 그냥 넘어갈 거라 생각하지 않았기에 현승은 당황 없이 이 상황을 받아들였다.

"그런데 말이야. 송아가 진짜 네가 좋아서 너한테 넘어간 것 같아? 내 맘 돌려 보겠다고 지금 너 이용해 먹고 있는 거 모르겠어?"

그런 현승을 조롱하듯 재신의 한쪽 입술 끝이 비릿하게 올라갔다.

"알아서 그만 떨어져. 더는 쓸모없어져서 송아한테 너덜너덜해진 채 버려지지 말고. 불쌍해서 충고해 주는 거야. 송아가 나 때문에 이용해 먹은 거니까 지난 일은 내가 이번 한 번만 용서해 주도록 하지."

아주 큰 아량을 베풀 듯 거들먹거리던 재신이 문을 향해 돌아섰다. 그러나 뒤늦게 나온 소리에 문손잡이를 잡던 재신의 눈이 매섭게 돌려졌다.

"팀장님은 참, 착각에 능한 재주가 있으시네요."

딱 봐도 조롱하는 듯한 말투에 재신의 서슬 퍼런 눈이 번뜩였으나 현승에겐 한 치의 물러섬도 없었다.

"송아, 다신 팀장님한테 안 돌아갑니다. 또, 이미 제 여잡니다."

"그래도 이 자식이!"

제 여자란 소리에 발끈한 재신이 두 손으로 덥석 현승의 멱살을 움켜쥐며 벽으로 밀어붙였다.

아침에 송아와 나눴던 대화가 생각나 돌아 버릴 것 같았다. 게다가 숨통이 조이는 상태에서도 현승은 흔들림 없이 의연하기만 하자 재신은 더 불같이 화가 일었다.

"그만 까불어, 이 애송이야. 진짜 매장 판매 사원으로 파견 보내 버릴 수도 있으니까."

"보내십시오. 그런 거 하나도 안 두렵습니다."

꿋꿋하게 재신의 말을 받아친 현승이 힘껏 그의 팔을 뿌리치며 밀어내 버렸다. 미국 지사장을 아버지로 둔 재신이라면 진짜 그럴 힘이 있다는 걸 알았지만, 현승은 전혀 두렵지 않았다.

송아만 저런 못난 남자에게서 안전하게 지킬 수 있으면 됐다.

"그게 뭐든 안 무서우니 팀장님 하시고 싶은 대로 하십시오. 저야말로 이재신을 팀장 자리에 두지 않으면 더 좋을 테니까요. 어디 한번 계급장 떼고 제대로 붙어 보죠."

"이 자식이 진짜!"

끝까지 기어오르는 현승이 괘씸해 다시금 재신이 그에게로 달려들었다. 하지만 늘 한 번 이상은 당해 주지 않는 현승이기에 이번엔 손끝도 닿지 못했다.

"분명히 경고했죠? 한 번 더 송아 찾아오거나 건드리면 그땐 나도 가만히 있지 않겠다고."

가당찮게 내놓는 협박이 불쾌하다는 듯 재신이 얼굴을 일그러뜨렸다. 그러나 그는 곧 언제 그랬냐는 듯 얼굴을 풀고는 가벼이 조소를 흘렸다.

"그래? 어디 한번 해 보든지. 네가 저지르는 일의 피해를 보는 게 누군지 모른다면. 재밌는 꼴을 보여 준다고 했던가? 네 말대로 누가 참 재밌는 꼴을 당하겠군."

결국엔 송아가 상처받게 될 거라는 재신의 말에 끝내 현승의 얼굴도 구겨져 버렸다.

그의 치졸함을 모르는 바는 아니었지만 재신이 송아를 볼모로 잡아 협박해 올지는 몰랐다.

정말 그에겐 송아를 진심으로 사랑하는 마음이 처음이든 지금이든 단 한순간이라도 있었던 건지 의심스러웠다.

"진짜 내가 절대 놓쳐서는 안 되겠네."

애써 분노를 억누른 채 재신을 쏘아보던 현승이 혼잣말처럼 읊조렸다.

그의 말뜻을 알아들은 듯 재신의 얼굴도 더 선명하게 굳었다.

"분명히 얘기합니다. 이 시간 이후로 송아, 철저히 내 여잡니다. 영원히 내 곁에 둘 겁니다."

"그 입 안 다물어?"

"팀장님이나 닥치시죠? 내 여자한테 집적대지 말고."

"이 자식이!"

분노에 휩싸인 재신이 눈을 번뜩이며 달려들려 했지만, 가볍게 쳐내 버리는 현승에 의해 바로 옆으로 고꾸라졌다.

더는 봐주지 않겠다는 말이 농담이 아니었던 것이다. 벽을 짚고 서서는 으르렁대는 재신을 한심하고 가당찮다는 듯 보던 현승은 먼저 문을 열고 사무실 안으로 들어갔다.

이제 이 시간 이후로 송아가 철저히 내 여자라고 했던 약속을 철저히 지키러 갈 것이다.

퇴근 시간이 가까워지자 자리에서 일어선 현승이 송아의 곁으로 다가가 섰다.

"오늘 같이 저녁 먹고 들어갈래요?"

"……뭐?"

불쑥 들려온 소리가 당혹스러워 일에 집중하고 있던 송아의 얼굴이 멍해졌다.

팀원들을 생각해 사내에선 어떤 티도 내지 않기로 했던 현승이 갑자기 왜 이러는 것인지 알 수 없었다.

온종일 그녀가 피한 탓에 일부러 더 정면으로 돌파해 오나 싶긴 했지만, 그렇다고 하기엔 그 파장이 너무나 큰 선택이었다. 현승은 그렇게까지 무모한 사람이 아니었다.

"왜 이래, 너?"

현승이 다른 사람들에게도 다 들리게 말한 탓에 모두의 이목이 집중돼 있어 송아는 속삭이듯 다그쳤다. 하지만 팀원들의 눈치를 살피느라 조마조마한 송아와 달리 그녀의 책상에 걸터앉듯 기대서 있는 현승은 더 너도나도 들으란 듯이 크게 얘기했다.

"같이 저녁 먹고 가요. 그럴 거죠?"

도통 현승의 의도를 파악할 수 없어 송아는 다시금 넋을 놓은 듯 눈만 깜빡이면서 그를 올려다봤다.

현승은 어서 대답이나 해 달라는 듯 여유로운 얼굴로 그녀를 내려다볼 뿐이었다.

그러던 중이었다.

"윤송아 씨. 오늘 저녁에 나랑 같이 '벨라' 팀 회식에 참석하도록 하지."

불쑥 끼어든 재신의 목소리에 송아가 그쪽을 쳐다봤다.

자리에서 일어서 있는 재신이 무서울 정도로 굳은 얼굴로 그녀를 쳐다보고 있었다. 현승은 무시하고 있는 티가 역력했다.

"오늘 저녁이요?"

"어. 연말 회식이니까 '벨라' 담당으로서 한 번은 참석해야지. 곧 퇴근 시간이니까 곧장 일 마무리하도록 해. 바로 나갈 수 있게."

송아가 어떤 의견도 말하지 못하게 하려는 듯 재신은 바로 팀원들에게 시선을 돌렸다.

"다른 사람들도 내가 얘기해 둘 테니까 담당 브랜드들 연말 회식에 참석하도록 해요. 스케줄 나오면 나한테 보고하고."

거의 비슷하게 대답을 내놓는 팀원들의 대답이 끝나자 재신은 자리에 앉아 버렸다.

갑작스러운 회식도 회식이지만 거기에 재신과 함께 가야 한다는 게 꺼림칙해 송아는 계속 그가 사라진 파티션에서 눈을 떼지 못했다.

"아, 아쉽다. 안 되겠네요, 오늘은."

다시 들려온 현승의 목소리에 송아의 시선이 바로 그를 향했다.

잠시 잊었던 현승은 아직 그녀 곁에 그대로 서 있었다.

"끝나면 전화할래요? 근처에서 기다리고 있을게."

"너 왜 이래 진짜?"

계속되는 거침없는 말에 당황한 송아가 다시 그에게 속삭이듯 소리쳤다.

팀원들의 시선 역시 불안한 기색이었다.

"안 되겠어. 너 잠깐 나 좀 봐."

나중에 할 수도 있겠지만 지금 당장 짧게 경고라도 줘야 할 듯해 송아도 자리에서 일어섰다. 그러나 그때 또 불쑥 끼어들어온 재신의 말이 그녀의 계획을 망쳐 놓았다.

"가지, 윤송아 씨."

"지, 지금요?"

"차 빼서 나올 테니 회사 앞에서 기다리고 있어."

그 후 재신은 곧장 사무실을 나갔다.

뭔가 쫓기는 듯한 상황에 어안이 벙벙했지만, 일단 송아는 그가 시키는 대로 퇴근 준비를 서둘렀다.

사적인 건 사적인 것이고 팀장으로서의 그의 명령엔 따라야 했다.

"가지 마요."

그런데 그녀의 핸드백을 현승이 그 말과 함께 가로채 가 버렸다.

"야!"

놀란 송아는 저도 모르게 대뜸 소리부터 지르고 말았다. 다행히 소리가 크진 않았다.

송아는 빠르게 주변을 살핀 후 현승에게 바짝 다가갔다.

아깐 막무가내더니 이번엔 갑자기 떼를 쓰는 아이처럼 구는 현승에게 도무지 적응되지 않았다.

뭔가 이유가 있겠지 싶으면서도 선뜻 그 이유가 짐작되지 않아 더 당혹스러웠다.

"일단 난 나갈 테니까 나중에 얘기해."

당장 그 이유가 묻고 싶었지만 상황이 상황이었으니 송아는 우선 그에게서 핸드백을 빼앗아 왔다.

다행히 그는 버티지 않고 순순히 내어 줬다.

"틈틈이 연락해요. 무슨 일 있어도 나 찾고. 끝날 땐 데리러 갈게요."

"제발 조용히 좀 해."

현승은 자신들의 팀뿐만이 아니라 다른 팀 사람들까지 다 귀 기울이고 있는데도 개의치 않았다.

"못 살아, 진짜."

현승을 향해 다시 윽박지르듯 말한 송아는 빠르게 사무실을 빠져나갔다.

금세 그녀를 쫓아 나온 현승도 그녀와 함께 엘리베이터 앞에 섰다.

다른 사람은 보이지 않자 송아는 바로 그에게 따지고 들었다.

"왜 이래, 대체? 회사에선 절대 티 안 내기로 했잖아."

"미안해요. 그런데 이젠 그 약속 못 지키겠어요."

당당한 선전포고에 송아의 입이 벌어졌다.

지금의 현승은 도무지 그녀가 어떻게 손을 쓸 수 없는 상태였다.

"회식 끝나면 전화할게. 우리 얘기 좀 해."

"기다린다는 말 진짜예요. 도착하면 어디로 갔는지 연락 줘요. 전화 싫으면 문자로. 아예 위치 추적을 허락해 주면 더 좋고요."

"야, 채현승!"

송아가 발끈하자 현승은 "위치 추적은 포기해야겠네"라고 혼자 중얼거리며 엘리베이터로 향했다.

문이 닫히려고 하는 엘리베이터의 문을 그가 버튼을 눌러 열었다.

"안 타요?"

"나중에 얘기해."

송아는 하고픈 수많은 말을 할 수 없이 꾸역꾸역 밀어 넣으며 엘리베이터에 올라탔다. 못마땅하게 쏘아보는 그녀에게로 문 밖의 현승이 다시 똑바로 시선을 맞췄다.

"나 잊지 마요, 절대. 선배는 지금 내 여자예요."

"너 정말!"

무슨 말을 해야 할지도 모르겠어서 더는 아무 말도 못하고 있는 송아가 쳐다만 보고 있는 사이 문이 닫혔다. 마지막 틈이 사라질 때까지도 절대 시선을 떼지 않는 현승은 끝까지 송아에게 의문만 한가득 안겨 줬다.

'왜 저러냐고 대체!'

이상한 현승을 계속 생각하느라 송아는 재신의 차가 어디로 가
는지도 모르고 있었다.

　"내려."

　그에 갑자기 들려온 소리에 주변을 둘러보던 그녀는 깜짝 놀라
고 말았다.

　일 때문에 그녀도 몇 번 와 본 적 있는 호텔이 버젓이 눈앞에 놓
여 있었다.

　"뭐예요, 이게?"

　"'벨라' 팀 회식 간다고 했잖아."

　"그러니까요. '벨라' 팀 회식 간다면서요?"

　그녀의 말이 막 끝나자 조수석 문이 열렸다. 호텔 직원이 문을 열
고 서서는 그녀를 기다렸다.

　"내려, 일단."

　먼저 내리는 재신을 황당히 보던 송아도 일단 차에서 내렸다.

　호텔 직원에게 차를 맡긴 그가 오자마자 송아가 바로 따지듯 물
었다.

　"'벨라' 팀 회식 간다면서 왜 여기에 왔냐고요."

　"연말이라고 이곳에서 하기로 했어. 종종 있는 일이잖아?"

　그의 말대로 종종 있는 일이었다. 패션 회사답게 회식 스타일이

세련돼 많은 팀들이 연말 회식이 아니어도 종종 호텔 레스토랑에서 회식을 하곤 했다. 하지만 송아는 지금 상황은 쉽게 납득이 안 됐다. '벨라' 팀 팀장은 팀에 활동비가 넘쳐나도 끈질기게 삼겹살집만 가는 사람이기 때문이었다.

전무님과 회식을 하면서도 삼겹살집으로 회식 자리를 잡아 징글징글하다는 소리를 들었다는 일화를 모르는 사람이 없었다.

"들어가자."

그의 말의 진위 여부를 파악하고자 송아가 가만히 있자 재신은 먼저 호텔 안으로 발을 들였다. 하지만 송아가 계속해서 꼼짝도 하지 않고 가만히 서 있자 그가 다시 밖으로 나왔다.

"따라와. 눈으로 보고 돌아서도 늦지 않아."

물론 그의 말대로 그럴 수도 있었다. 하지만 송아에겐 그에 대한 신뢰가 그림자조차 남아 있지 않았다.

"이제 내 말은 절대 못 믿겠다는 건가?"

송아의 마음을 읽은 듯 재신이 허탈한 웃음을 흘렸다. 굴욕감이 드는 걸 간신히 삼키고 있는 듯했다.

"미리 얘기하는데 나 그렇게 질 떨어지는 놈 아니야. 네가 생각하는 일 따위는 없어."

믿으라는 듯 재신이 송아에게로 똑바로 시선을 맞췄다.

얼마 후 송아가 먼저 걸음을 뗐다. 그를 믿어서가 아니라 그의 자존심을 알아서였다. 재신이 아무리 바닥까지 간다고 한들, 그 정도로까지 질 나쁜 행동을 하는 걸 그 스스로 허락할 수 없을 것이었다.

재신이 송아를 데리고 찾아간 곳은 프렌치 레스토랑이 있는 곳이었다.

그를 알아서 내린 선택임에도 송아는 레스토랑 간판을 보자 재신 몰래 안도의 숨을 내쉴 수밖에 없었다. 하지만 아직 안도는 이르다는 듯 얼마 지나지 않아 보기 좋게 뒤통수를 맞고 말았다.

"……뭐죠?"

창가에 마련된 자리는 겨우 4인석이었다.

아무리 주변을 둘러봐도 '벨라' 팀 사람들은 없었다.

"앉아. 마침 괜찮은 셰프가 초청돼 왔다기에."

겨우 그걸로 간단히 상황 설명을 끝낸 재신이 직접 송아가 앉을 의자를 뺐다.

태연하게 그녀를 보고 서 있는 재신의 태도가 뻔뻔스럽다 못해 너무 자연스러워 송아는 이제 그가 신기했다.

분명히 더는 새삼스러울 것도 놀랄 것도 없다고 생각했는데 아직 그에겐 알아야 할 것이 더 많이 남아 있는 듯했다.

"뭐 하자는 거죠?"

제가 물어 놓고도 송아는 참 어리석은 질문이다 싶어 피식 웃음을 뱉었다. 답을 모르는 것도 아니고 입만 아프게 왜 그런 걸 물었는지 모를 일이었다. 웃음을 말끔히 지운 송아는 그대로 돌아서 버렸다.

재신이 바로 그녀의 앞을 막아섰다.

"앉아. 앉아서 차분히 얘기해."

"앉을 이유도, 차분히 얘기할 이유도 없어요. 아직도 모르시나 본데, 아님 기억상실증이라도 걸렸는지 자꾸 잊어버리시나 본데 저희 관계는 완전히 끝났습니다."

말을 끝낸 송아는 다시 가차 없이 옆으로 비켜서며 걸음을 뗐다. 하지만 이번엔 재신에게 팔목이 붙들리고 말았다.

"대체 언제까지 이럴 건데? 너한테 자존심이고 뭐고 다 굽혀 가면서 빌고 있는 내가 안 보여? 그런데 얌전히 앉아서 내 얘기 들어주는 거 하나도 못해? 내가 죽을죄를 지은 것도 아니잖아?"

제 입으로 지금 이 일을 별것 아닌 것으로 여기고 있다는 걸 떠벌리는 재신의 행동에 송아는 다시 어이가 없어졌다.

이렇게까지 생각이 없고 덜 떨어진 남자였다니.

화가 난 듯 보이는 재신은 아직도 자신이 무엇을 잘못했는지 전혀 모르는 듯했다.

아마 평생을 가도 모를 것이었다.

"그러니까요."

어이가 없음을 고스란히 드러내며 송아는 다시 재신에게 똑바로 시선을 맞췄다.

피곤하고 짜증이 나 더는 재신을 상대하고 싶지도 않았다. 이 상황을 귀찮아하는 그만큼이나 송아 역시 그가 귀찮기만 했다.

"죽을죄를 지은 것도 아닌데 왜 이렇게 정성스럽게 용서받으려고 하세요? 참 이상한 취미가 있으시네요."

마음껏 빈정댄 그녀의 말에 눈썹을 꿈틀거리는 재신은 애써 화를 참는 티가 역력했다.

그 모습 또한 우습다는 듯 보던 송아는 불현듯 그의 손을 뿌리쳤다. 그러나 그를 스쳐 지나가기 무섭게 다시 재신의 손아귀에 붙들려 버리고 말았다.

"제발 그만 좀……!"

한계에 달한 인내심에 송아가 다시 그를 뿌리치며 돌아서는데, 뜻밖의 손이 먼저 재신의 손을 잡아 그녀에게서 떼어 냈다.

"현승아!"

놀란 송아의 부름에 현승은 안심하라는 듯 그녀를 향해 살며시 눈을 감았다 떠 보였다.

그리고는 다정히 그녀를 볼 때와는 다르게 매섭게 번뜩이는 시선을 재신에게로 돌렸다.

"내가 분명히 얘기했을 텐데? 이 여자 이젠 철저히 내 여자라고."

부러뜨려 버리기라도 할 듯 재신의 팔목을 붙든 손에 현승이 꽉 힘을 줬다.

현승은 송아의 팔목에 졌던 멍을 생각하니 정말 부러뜨려 버리고 싶은 마음이 굴뚝같이 치솟았다.

"놔."

현승의 악력을 도무지 참을 수 없었던 듯 이를 악물고 버티던 재신이 그를 향해 낮게 뇌까렸다. 하지만 현승은 보란 듯이 재신을 붙든 손에 더 억세게 힘을 줬다.

"네가 함부로 잡아도 되는 여자라고 허락한 적 없어. 그런데 집적대지 말라는 내 경고를 네가 지키지 못할 것 같으니까 아예 이 팔을 부러뜨려 버리는 게 낫겠지."

정말 그럴 것처럼 마찬가지로 이를 악문 현승이 더 강하게 재신의 팔목을 틀어쥐었다.

얼굴이 시뻘겋게 달아오른 재신의 입에서 끝내 신음소리가 흘러나왔다.

"으윽."

하지만 현승의 압박은 계속되기만 했다.

계속 이대로 내버려 두면 현승의 손의 불거진 핏줄이 터지든, 재신의 피가 통하지 않아 하얗게 질린 팔목이 부러지든, 둘 중 무슨 일이든 벌어질 것만 같았다.

"현승아."

결국 보다 못한 송아가 말리듯 나섰다.

"현승아."

한 번 더 그를 부른 송아가 현승에게로 다가서 팔을 붙잡으니 할수 없다는 듯 그의 손에서 힘이 빠져나갔다.

그러자 재신은 이때다 싶은지 재빨리 그의 손을 뿌리치고는 부러질 것 같던 제 팔을 구해 냈다.

"저 자식을!"

피가 잘 통하지 않는 팔을 받쳐 든 재신이 잡아먹을 듯 현승을 쏘아봤다. 그러나 현승에겐 스쳐 가는 위협조차 되지 않는 눈빛이었다.

"가만히 내버려 둬도 충분히 수치스러울 것 같으니까 오늘은 이쯤하죠."

현승의 당돌한 태도에 차마 덤비지는 못하는 듯한 재신의 턱이 바들바들 떨렸다.

"그리고 오늘 행동에 대해서는 고민해 보겠습니다. 싫다는 직원을 거짓으로 꼬드겨 데리고 온 당신을 회사 인사팀에 고발할지, 아니면 내가 스스로 응징할지. 결론은 나중에 알려 드리죠."

얼굴이 시뻘게진 채 씩씩대며 노려보고 있는 재신의 꼴이 보기 좋다는 듯 눈에 담던 현승이 한 팔로 송아의 어깨를 감싸 안았다. 망설임 없이 그녀를 데리고 레스토랑을 빠져나갔다. 그런데 어쩐지 현승이 몹시 화가 난 것 같아 송아는 자꾸만 그의 눈치를 보게 됐다.

딱히 이유는 짐작이 가지 않았다.

"어떻게 알고 온 거야?"

레스토랑 밖으로 나와 단둘만 엘리베이터 앞에 서자 송아가 조심스레 그에게 물었다.

그녀의 어깨에서 손을 뗀 현승이 옆으로 한 걸음 물러섰다. 내심 서운함이 드는 행동이었다.

"장소라도 알아 두려고 선배 보내고 바로 '벨라' 팀에 전화했는 데 오늘 회식 같은 건 없다고 하더라고요. 그래서 무작정 뛰쳐나와 쫓았어요. 어느 레스토랑으로 갔는지는 몰라서 좀 늦었고요."

그녀가 아닌 앞을 보고 얘기한 현승의 얼굴이 더 일그러졌다. 송 아는 그의 말보다도 그의 표정이 더 신경 쓰였다.

"왜 그래? 너 꼭 화난 것 같다?"

결국 눈치를 살피던 송아가 다시 그에게 말을 건넸다.

말할지 말지 머뭇거리는 것 같던 현승이 불쑥 그녀를 향해 돌아 섰다.

"저런 자식, 한 대 때려 버리지 그랬어요? 왜 그렇게 교양 있게 상 대해 줘요?"

이제 보니 현승은 화가 난 게 아니라 토라진 것이었나 보다.

그의 표현대로 재신을 너무 교양 있게 상대해 줘 그게 서운한 모 양이었다.

"혹시 아직 미련 있어요? 그래서 좀 더 세게는 못 나가겠어요? 때 리기 아까워요?"

본격적으로 불만을 토해 내는 현승의 모습을 송아는 가만히 지 켜보기만 했다.

조금 전 위압적으로 재신을 제압하던 남자와 같은 사람인가 싶어 진심으로 궁금증이 일었다.

지금은 서운했다고 투정 부리는 아이 같았기 때문이다.

"왜요? 무슨 생각하는데요?"

"멋있었는데, 아깐."

그녀의 말에 놀란 듯 투정 일색이던 현승의 얼굴이 의아해졌다.

그 모습이 귀여워 송아는 가벼운 웃음과 함께 엘리베이터 쪽으로 돌아섰다. 이제껏 버튼도 누르지 않은 채 투닥거리고 있었다.

"멋있었어요? 내가?"

뒤늦게 그 말에 신이 난 듯 현승이 송아를 돌려세웠다. 눈을 반짝이는 그가 한결 더 귀여웠으나 송아는 아닌 척 바로 말을 돌렸다.

"근데 너 뭐야? 너 진짜 아까 회사에서 왜 그랬어? 동네방네에 나랑 연애 중이라고 떠들 생각인 거야?"

"멋있었냐니까 왜 다른 얘기해요? 그렇게 멋있었냐고요, 내가? 막 설렜어요? 심장이 두근두근?"

괜한 소리를 한 게 분명했다.

멋있다는 소리를 밥 먹듯이 들었을 것 같은 사람이 겨우 그 소리 하나에 저리 좋아서 난리라니.

기가 막힌 송아가 할 수 있는 건 널 어쩌냐는 듯 황당히 웃는 것뿐이었다.

이내 웃음을 싹 지운 송아가 다시 현승에게 따지고 들었다.

"그리고, 뭐? 철저히 네 여자? 내가 왜 철저히 네 여자야? 네가 날 뭘 가졌다고 어떻게 철저히 네 여자냐고."

"그거야 이제부터 가지면 되죠. 영원히 내 곁에 둘 건데, 설마 죽기 전에 철저히 못 가지겠어요?"

그런 것쯤은 일도 아니라는 듯 대담한 현승이 가벼이 어깨를 으쓱해 보였다. 무슨 자신감인지 송아는 뒷목을 잡고 싶어졌다.

"이제 보니 너 은근히 뺀질하다?"

"그래도 멋있죠?"

이제 그만 인정하라는 듯 현승이 가까이 얼굴을 들이대며 대답을 재촉했다. 기가 차다는 듯 그를 보던 송아는 절레절레 고개를 내저으며 시선을 피해 버렸다.

"내가 말실수했지. 말이 헛나왔네."

"은연중에 나온 진심 아니고요?"

"응. 아니고요."

절대 아님을 똑똑히 확인시켜 주며 송아는 먼저 엘리베이터 안으로 올라타려는데 현승이 바로 붙잡아 세웠다.

"배 안 고파요? 난 배고픈데."

"저녁 먹을 때 됐네. 나가서 먹자."

"그러지 말고 호텔 온 김에 룸서비스나 한번 체험해 볼까요?"

"야!"

송아가 어림없다는 듯 바로 소리치자 현승이 재미있다는 듯 소리 내어 웃었다.

놀린 게 분명했다.

"농담이에요. 온 김에 여기 레스토랑이나 이용해 볼까요? 종류별로 다 있을 거니까 선배 좋은 곳으로."

"됐어. 이런 데서 밥 먹고 싶은 날 아니야. 그리고 한두 푼도 아니고 어떻게 덥석 먹어? 특별한 날도 아닌데."

"왜 특별한 날이 아니에요? 나한텐 선배랑 함께하는 매일매일이 크리스마스 같은데."

현승은 어떤 의도로 말한 건지 몰랐지만 받아들이는 송아는 그가 환심을 사기 위해 사탕발림 같은 소리를 내놓는 것처럼 들리지 않았다.

당연한 사실이라는 듯 서슴없이 말하는 그의 말은 진심 같기만 했고, 그 탓에 송아는 피했으면 좋았을 것 같은 두근거림을 느끼고 말았다.

혹시 제 설렘을 들킬세라 송아는 일부러 그를 향해 틱틱댔다.

"너 여자 꼬실 때만 이러지? 꼬실 때에는 비싼 음식에, 비싼 선물 사다 안겨 줘 놓고는 사귀고 나면 꽃 한 송이 안 사 주지?"

"글쎄요. 제가 그럴까요?"

저도 모르겠다는 듯 되물은 현승이 고개를 갸웃했다. 그러다 불쑥 송아에게 얼굴을 들이밀며 유혹하듯 눈을 가늘게 떴다.

"궁금해요? 그럼 나랑 진짜 연애해요. 내 애인 되면 속속들이 다 알려 줄게요."

틈만 나면 놓치지 않고 밀고 들어오는 게 이젠 대단할 정도라 송아는 엄지를 치켜들어 주고 싶었다. 그러나 곧 경외심 가득하던 표정을 지우고는 친절히 그와 시선을 맞췄다.

"됐습니다. 하나도 안 궁금합니다."

아이에게 알려 주듯 상냥한 대답을 돌려준 송아는 다시 앞을 바라봤다.

현승 때문에 놓쳐 버린 엘리베이터는 아래로 내려가고 있어 버튼을 누르는데 문득 현승의 목소리가 들려왔다.

"좋다. 나 안 피하니까."

순간 정곡을 찔린 송아는 버튼을 누르고 있는 그대로 얼어 버리고 말았다. 그러나 곧 아무렇지 않은 척 손을 떼어 내고는 태연히 대답을 돌려줬다.

"내가 언제?"

"아, 그래요? 아니라고요?"

그녀의 말에 동의할 수 없다는 듯 대꾸하던 현승이 대뜸 옆으로 고개를 숙여 송아와 시선을 맞췄다.

흠칫 놀란 송아는 동그랗게 뜬 눈만 깜빡거렸다.

"입에 침이나 바르죠? 아님, 내가 발라 줄까요?"

"또!"

나무라는 그녀도 좋다는 듯 현승이 실없이 웃어 보였다.

얼마나 얄미운지 송아는 그의 매끈한 볼을 확 꼬집어 버리고 싶은 충동마저 일었다.

꼭 분해하는 것 같은 그녀를 미소 띤 얼굴로 보고 있던 현승이 똑바로 송아의 앞에 마주 섰다.

"보고 싶었어요, 이렇게. 오늘 내내."

많이 그리웠다는 듯 송아를 오롯이 내려다보고 있는 현승의 눈빛이 애틋하게 변했다.

그의 입을 통해 듣지 않아도 그가 오늘 하루 얼마나 애간장을 태웠을지, 송아도 그 마음을 고스란히 알 수 있을 것 같았다.

"착각 안 할게요. 기대는…… 더 안 할게요. 그러니까 나 피하지 마요. 내 마음 강요 안 할 테니까 그냥 그대로 있어 줘요."

자존심을 위해 애써 숨기는 대신 그녀가 멀어질까 두려워하는 마음을 그대로 드러내 보이는 현승의 눈빛은 간절했다. 그리고 그 솔직함에 송아는 무작정 숨기며 그에게서 도망치려고만 했던 것이 미안해졌다.

솔직할 순 없어도 일방적으로 그리하면 안 되는 거였는데 말이다.

그럼 대체 어떻게 해야 할까.

현승의 시선을 맞추고 있는 송아는 잠시 고민에 빠졌다.

분명히 현승은 재신과 다른 사람임을 알고 있었다. 당장 마음을 활짝 열어도 시간이 지나 섣부른 판단이 아니었음을 알게 해 줄 사람이었다. 게다가 남자에게 배신 한 번 당했다고 해서 덜컥 겁부터 먹고 평생 마음을 닫고 도망만 칠 게 아니었다.

제가 그 정도로 못난 여자는 아니었다.

'하지만……'

아직 송아는 제 마음을 드러내는 건 조심스러웠다.

지금은 뜨거운 연애보다는 따스하게 보듬어 주는 품이 더 필요했다.

아무것도 모른 채 기다려야 할 현승에겐 미안했지만, 그도 그녀에게 시간이 필요한 걸 모르지 않을 거라고 생각했다.

대신 그녀는 그에게 오늘처럼 무작정 피하는 걸로 힘들게 하지는 않게 할 것이다. 그리고 설렘과 두근거림 속에서 무르익어 가게 될 마음이 흘러가는 걸 굳이 막지도 않을 것이다.

현승과는 관계를 명확히 하는 과정들에 연연하지 않고 마음이 가는 대로 시나브로 그에게 물들어 가다 저도 모르게 살며시 그가 되는 그런 관계를 가져가 보고 싶었다.

"무슨 생각을 그렇게 해요? 또 나 피할 생각인 거면 절대 안 되니까 그만 해요."

더는 불안함을 참지 못하겠다는 듯 현승이 살짝 투정을 부렸다.

불안함만은 안겨 주지 말자고 했는데 벌써부터 그리된 것 같아 미안한 마음에 송아는 살며시 미소를 내보였다.

"나 좀 이기적이어도 돼?"

"네."

"네? 그냥, 네? 무조건, 예스?"

너무 간단하게 대답하는 것 같다고 묻는 송아를 향해 현승은 다시 단호히 고개를 끄덕이며 "네"라고 답했다.

"선배잖아요. 나한테 선배는 그게 뭐든 일일이 묻고 따질 사람 아니에요. 내가 선배를 보통으로 좋아하는 줄 알아요?"

"그럼 보통이 아님 뭔데?"

"곱빼기? 아니, 곱빼기에 곱빼기, 그리고 또 곱빼기?"

지금 그걸 웃기려고 한 소리인지, 아님 진담인 건지.

그거로도 모자란다는 듯 계속해서 곱빼기 타령을 하고 있는 현승이 기가 막혀 송아는 황당한 웃음을 내보였다.

너무하다던 그녀의 '개구리 반찬'보다 더하면 더했지 못하진 않았다.

"엄청 썰렁하겠다, 우리."

"네?"

곱빼기 타령을 하던 현승이 송아의 혼잣말에 반응하자 송아는 별말 아니었던 척 바로 말을 돌렸다.

"나 배고파, 현승아."

"그럼, 룸서비스?"

"또!"

냉큼 발끈하는 그녀가 재미있다는 듯 웃던 현승이 다시 열린 엘리베이터 안으로 그녀를 이끌었다.

"가요. 선배가 먹고 싶다는 거 다 사 줄게."

"진짜 꼬실 때만 잘해 주는 거지?"

"궁금하면 하루라도 빨리 철저히 내 여자 하자니까요?"

"흥. 됐거든?"

이제 와 깨닫건대 현승 곁에서 웃고 있는 송아도 오늘 온종일 그가 이렇게 보고 싶었던 것 같았다.

이렇게 웃으며, 이렇게 눈을 맞추며.

오피스텔 앞에 현승의 차가 멈춰 서자 송아는 바로 안전벨트를 풀며 내릴 준비를 했다.

"고마워. 저녁도, 데려다준 것도. 또 아까 팀장님 일도."

"말로만요?"

이걸로 보답하라는 듯 현승이 송아를 향해 한쪽 뺨을 내밀었다. 흘겨보던 송아는 입술 대신 손을 뻗었다.

"아야!"

뺨을 살짝 잡아 가볍게 흔들었을 뿐인데 도망친 현승은 아프다고 엄살이었다. 송아는 혀만 끌끌 차고 말았다.

"그 일은 진짜 인사팀에 얘기할 거야? 오늘 팀장님 일."

"왜요? 얘기하지 마요? 걱정돼요?"

꼬집힌 볼을 감싼 그대로 금세 뾰로통해진 현승이 툭 입술을 내밀었다. 어떨 땐 든든한 남자였다가 어떨 땐 마냥 아이 같다가. 도무지 가늠이 안 가는 남자였다.

"무슨 질투가 그렇게 많아? 여자들이 네 질투 때문에 다 도망갔겠다."

"아닌데요? 난 선배가 첫사랑인데요."

"거짓말도 엄청 잘하고. 딱 보니 바람둥이네."

별로라는 듯 그를 보던 송아가 홱 고개를 틀어버렸다. 그녀야말로 질투하는 것 같은 모습에 현승의 입꼬리가 냉큼 하늘 높이 치솟았다.

"왜요? 바람둥이라 속상해요? 선배만 가져야 하는데, 다른 여자도 갖게 될까 봐?"

대체 이 무슨 얼토당토않은 소린지. 기가 막힌 송아는 다시 현승을 흘겨봤다.

"너 직업 바꿔. 어디 가서 누님들 손 잡아 주면 딱이겠어."

"그래요? 그럼……."

현승이 정중히 송아를 향해 손을 내밀어 보였다.

"제 손 잡으시겠습니까, 누님?"

어서 잡으라는 듯 현승이 느끼하게 눈썹을 들썩들썩해 보였다. 어쩌나 어이가 없는지 송아는 더는 말도 나오지 않았다.

송아는 그의 손바닥을 탁 쳐 버리곤 다시 본론으로 돌아갔다.

"오늘 일은 그냥 넘어가자. 인사팀에 얘기해서 괜히 소란스럽게 만들고 싶지 않아."

"피곤하다고 쉬쉬하니까 안 좋은 일이 더 뻔뻔하게 계속 일어나는 거예요. 이재신이 한 짓 일방적인 납치와 협박, 완력 행사였다고요. 그런데도 그냥 넘어가라고요?"

'납치와 협박은 무슨.'

좀 과하게 포장된 면이 있었지만, 송아는 굳이 언급하지 않았다.

"그냥 안 넘어갔어. 뺨도 때렸어, 내가."

"진짜요?"

"어. 얼굴에 손자국까지 냈어."

"우와. 이 작은 손으로?"

과장되게 감탄하는 것 같던 현승이 덥석 송아의 손을 잡았다. 송아의 매서운 손이 냉큼 그의 손등을 탁 때렸다.

"어딜 만져?"

"아야. 손 엄청 매워."

"제대로 매운 맛 좀 볼래?"

다시 송아가 손을 뻗어 현승의 뺨을 잡으려고 하자 현승이 냉큼 그녀의 손을 잡아 막았다.

송아는 그런 그가 얄미워 죽겠는데 현승은 뭐가 그리 좋은지 입에서 웃음을 지우지 못했다.

"운동 배울래요, 선배?"

"웬 운동?"

"권투나 주짓수 같은 거 호신술로 하나 배워 두면 좋잖아요. 확실히 손이 매워서 그것만으로도 괜찮을 것 같지만 운동 하나쯤 할 수 있으면 더 좋죠."

송아가 보기에도 요즘 같은 세상에 그런 걸 하나쯤 배워 둬서 나쁠 건 없어 보였다. 너무 아무것도 안 하고 사는 것도 있었고 말이다. 그런데 딱 보니 현승에겐 다른 속셈이 있는 듯했다.

"너랑 같이 하자는 거지?"

"당연한 말씀. 제가 친절히 정성스럽게 가르쳐 드릴게요. 애정 팍팍 담아서. 레슨비는 거침없는 스킨십으로 받겠습니다."

속내를 들켜도 하나 부끄럽지 않다는 듯 현승은 더 뻔뻔히 나왔다. 다시금 볼을 꼬집어 버리고 싶을 만큼의 얄미움은 어쩔 수 없는 듯했다.

"됐어. 내가 알아서 할게. 나쁜 놈 피하려고 누구한테 배우다 그 누구한테 잡아먹힐 것 같으니까."

"아, 들켰네. 우리 둔탱이 선배가 너무 눈치가 빨라졌어."

"뭐? 둔탱이?"

기가 막힌 소리에 송아가 곧장 현승의 팔을 찰싹 때렸다. 현승이 또 과장되게 아프다고 엄살을 떨었지만 송아는 흘겨보기만 할 뿐이었다.

"운전 조심하고."

"크리스마스이브엔 뭐할 거예요?"

"크리스마스이브?"

뜬금없는 질문에 내리려던 송아는 다시 멈춰 그를 상대했다.

"평일인데 일해야지."

"일 끝나고요. 같이 저녁 먹을까요?"

"어딜 가든 사람 바글바글거리잖아. 그냥 편히 집에 갈래."

"안 바글바글거리고 편한 곳 있는데."

"편한 곳?"

또 심상찮은 뉘앙스라 송아가 의심스럽게 그를 처다봤다. 현승은 곧 제 입으로 당당히 목적지를 밝혔다.

"우리 집 어때요? 내가 맛있는 저녁 만들어 줄게요."

"그럴 줄 알았어, 내가. 너 솔직히 얘기해. 거쳐 간 여자가 한 트럭은 더 되지? 아직 앞으로 거칠 여자도 한 트럭 더 있는 거 아냐?"

"궁금해요?"

"아니. 틀림없이 그런 거 같으니까 그 여자 중에 하나 골라서 저녁 해 주라고."

"에이. 아닌 거 같은데? 그런 트럭 같은 건 없었으면 싶은 것 같은데요?"

가당찮을 소리였기에 송아는 무시하듯 고개를 돌려 버렸다. 그런데 어쩐지 이상하게 현승이 너무 잠잠했다. 왜 그러나 싶어 송아가 흘깃 쳐다보니 그제야 실실 웃고 있던 현승이 말문을 열었다.

"왜 그렇게 자꾸 질투해요? 사람 가슴 두근두근거리게. 책임질 거예요?"

"그런 거에 가슴 두근거리는 네가 이상한 거야. 병원 가 봐. 좋은 의사 많아 요즘에."

"이왕이면 윤송아 병원에 가면 안 돼요? 나한테 좋은 의사는 선 밴데. 나 좀 평생 치료해 줘요, 선배."

어서 절 치료해 달라는 듯 얼굴을 내민 현승이 귀엽게 애교를 부렸다. 그녀를 들었다 놨다 하는 게 얄미운 것도 얄미운 거지만 대체 여자를 얼마나 많이 만났기에 저렇게 능수능란하나 싶어 송아는 진짜 질투가 나려고 했다.

"가. 빨리."

이러다 정말 질투를 드러내 버릴 것 같아 송아는 서둘러 고개를 틀었다. 하지만 현승의 짓궂은 소리에 또 계획은 수포로 돌아갔다.

"내일 또 볼 건데 밤새 보면 안 되고요?"

"아무래도 넌 사귀고 나면 나 몰라라 할 남자야."

"왜요?"

"벌써부터 말이 앞뒤가 다르잖아. 착각 안 한다며? 아무 기대도 안 할 거니까 그냥 가만히 있으라며? 근데 뭐야? 엄청 들이대."

"와. 할 말 없다. 그런 말 하지 말걸 괜히 했네. 착각 엄청 하고 절 대 안 기다리고 당장 확 덮쳐 버린다고 할걸. 이렇게."

송아가 생각할 틈도 없이 현승은 곧장 송아에게로 얼굴을 들이 댔다.

"어훙!"

"꺄악!"

진짜 덮치기라도 할 듯 바짝 들이댄 현승에 의해 화들짝 놀란 송아가 소리를 질렀다. 그래 놓고는 즐겁다는 듯 웃고 있는 그를 보니 송아도 더는 참을 수 없었다.

"야!"

진심으로 현승이 아플 정도로 때리기 위해 송아가 다시 손을 들었다. 그런데 허공에 뜬 손은 그에게 닿기도 전에 현승에게 붙잡혀 그에게로 확 끌어당겨져 버렸다. 송아를 품에 안은 채 한동안 가만히 있던 현승이 문득 그녀의 귓가에 대고 다정히 속삭였다.

"있잖아요, 선배."

"……."

"나, 내 여자한텐 더 잘해요. 내 여자 되기 전보다 몇 배, 몇 십 배는 더 행복하게. 아주 끝내줘요, 내가."

제 말이 재미있다는 듯 웃는 나직한 웃음소리가 계속 송아의 귓가를 간질였다. 그리고 그 웃음소리에 송아의 심장 역시 간질간질해지는 듯했다. 언젠가부터 터질 것처럼 뛰는 심장을 들킬까 싶어 송아는 다급히 그를 밀어내 버렸다.

"끝내주긴 뭘 끝내줘? 너부터 내 손에 끝나기 전에 빨리 가,

어서."

"좋아해요."

송아는 분명히 따끔히 나무라고 떠나려고 했건만 현승의 입에서 대뜸 나온 소리가 다시 그녀를 괴롭혔다.

정말 너무너무 얄미운 남자였다.

"자꾸 뜬금없이 그럴 거야?"

"오늘은 말 안 한 것 같기에. 우리 나이 든 선배 잊어버리지 말라고."

"얘가 진짜!"

겨우 한 살 차인데 나이 들었다니. 그녀는 그걸로 그를 어린애 취급하긴 하지만. 아까 때리지 못한 걸 다시 때리기 위해 송아가 손을 들었다. 그런데 이번엔 몇 박자는 앞서 나온 현승의 입술이 먼저 그녀의 뺨에 다가와 부딪쳤다.

"잘 자요."

쪽 소리와 함께 현승이 그녀를 향해 달콤하게 미소 지어 보였다. 너무 놀라 그대로 굳어 버린 송아는 제대로 말도 못하고 어버버하기만 했다.

"너. 너, 진짜……."

"더 있으면 키스할 건데. 그래도 돼요? 나, 진짠데."

정말 그러려는 듯 송아를 보고 있던 현승이 고개를 틀며 그녀에게 다가오려고 했다. 그제야 번쩍 정신을 차린 송아는 황급히 그를 밀어내며 차에서 내렸다.

"너 정말 가만히 안 둬!"

차 밖에서 식식대고 서 있는 송아가 그를 향해 소리쳤다. 그리고 그녀는 한참을 분한 듯 그를 쏘아보다 홱 돌아서서 오피스텔 건물 안으로 들어가 버렸다. 그런 그녀에게서 한시도 눈을 떼지 않는 현승은 웃기만 할 뿐이었다.

완전히 송아가 시야에서 사라진 지 한참이지만 현승은 계속 그 자리를 지키며 그녀가 떠난 곳을 지켜봤다.

그에게서 도망만 칠 것 같던 송아가 마음을 바꿔 준 듯해 정말 다행이었다.

"제발 가만히 두지 마요. 내 소원이니까. 제발 나 좀 어떻게 해 달라고요."

"송아 씨, 안녕."

문득 들려온 인사에 출근을 위해 엘리베이터를 기다리던 송아가 고개를 돌렸다. 그녀가 담당하는 '벨라' 마케팅팀의 강 과장이었다.

"아, 네. 안녕하세요, 과장님."

"축하해."

"네? 뭘요?"

대뜸 나온 얘기가 뭔가 싶어 송아가 의문 섞인 눈으로 바라봤다. 그러자 그런 그녀를 엉큼하다는 듯 보던 강 과장이 짓궂게 미소를 흘렸다.

"우리 회사의 인기남 채현승 씨를 쟁취한 위너가 송아 씨라며?"

"네? 그게, 무슨……."

"어제 그 얘기 듣고 얼마나 놀랐는지 알아? 다들 퇴근도 못 하고 한동안 그 얘기만 했잖아. 진짜 어쩌다 그렇게 된 거야? 능력 있다, 송아 씨."

"아니, 그게……."

당황한 송아는 그런 게 아니라고 말하고 싶었지만 계속 말을 잇지 못했다. 이미 자신의 팀원들은 다 그렇게 알고 있는데 아니라고 부인하는 것도 말도 안 될 일이었다.

"진심으로 축하해. 안 그래도 평소에 둘이 잘 어울린다고 생각했었어. 좋은 일 있겠다 싶더니 진짜 그렇게 됐네? 이번 연말은 외롭지 않게 보내게 돼서 좋겠다, 송아 씨."

부럽다는 듯 살짝 송아의 어깨를 두드린 강 과장은 엘리베이터를 바라보고 섰다. 그녀를 따라 돌아서는 송아는 이젠 꼼짝없어졌구나 싶어 앞날이 막막하기만 했다.

'대체 현승이는 '벨라' 팀에 무슨 얘기를 했기에?'

현승은 이제 대놓고 관계를 드러낼 생각인 것 같은데 송아는 미리 마음의 준비나 단단히 하고 올 걸 그랬다.

"참. 우리 최대한 빨리 촬영 일정 좀 잡아 줘. 홍보용 컷 좀 찍게. 갑자기 필요해진 게 있어서."

같이 엘리베이터에 타 위로 올라가던 중 문득 생각났다는 듯 강 과장이 말을 꺼냈다.

"네. 최세진 씨랑 일정 잡아 볼게요."

메인 광고 모델을 말하는 것이었다.

"아니. 그냥 서브 모델로 해 줘. 그냥 홍보용 컷 몇 갠데 촬영 횟수 까기 아까우니까. 그, 누구더라? 단발머리 모델이? 고효주 씨던가?"

"고……효주 씨요?"

하필이면 효주를 지명하자 송아는 당혹스러워졌다.

"응. 그 모델만 스케줄 잡아 주면 될 것 같아. 그 모델이 느낌 좋더라."

"……전 다른 머리 긴 모델이 더 좋은 것 같던데."

"이번 콘셉트가 시크한 쪽이라서. 그럼 부탁할게. 오늘 바로 협의해서 연락 줘."

송아에게 깔끔하게 지시를 내린 강 과장은 먼저 엘리베이터에서 내렸다. 의지가 확고한 게 아무리 송아가 설득한다고 한들 소용없어 보였다.

"하아. 어떡하나?"

아직 그녀까지 아무렇지 않게 볼 자신은 없는데 정말 어떻게 해야 할지. 엘리베이터 벽에 머리를 기댄 송아는 진심으로 울고 싶었다. 재신은 이왕 바람을 피울 거면 자신이 모르는 사람으로 할 것이지 하필이면 일로 얽인 사람과 그래서는. 정말 까면 깔수록 겹겹이 마음에 안 드는 남자였다.

"아우. 완전 싫어, 진짜."

"이번 주 토요일이요?"

─ 어. 급히 찍어야 하나 봐. 그날밖에 일정이 안 나와서 너만 오케이 하면 되는 상황이야.

"알았어요. 그럼 저도 된다고 해 주세요. 마침 특별한 일 없으니까요."

─ 알았어. 그럼 시간, 장소 확정되면 다시 연락 줄게.

"네."

광고 모델 에이전트와의 통화를 끝낸 효주는 잠시 골똘히 생각에 빠졌다.

안 그래도 어떤 핑계로 재신에게 연락을 하나 싶었는데 이거면 될 듯했다. 어쩜 그가 이걸 핑계로 자신을 보러 올 수도 있었고 말이다.

웨딩드레스 건으로 다툰 후 재신은 다시 연락을 뚝 끊었다.

효주 역시 연락을 하지 않고 있는 건 마찬가지였으나 이번엔 전에 없던 불안함이 느껴진다는 건 달랐다.

재신은 마치 완전히 관계를 정리하려는 것처럼 굴고 있었다.

'대체 왜? 뭐가 문제인 거지?'

단 한 번도 생각해 본 적 없는 상황이기에 효주는 당혹스러워지기 시작했다.

지난 며칠간 혼자 수많은 생각을 해 봤지만, 또렷이 그 원인이 보이지 않았다. 그녀의 까칠하고 변덕스러운 성격이 문제라고 하기엔 부족했다. 그는 쉬운 여자는 쉽게 싫증이 나서 싫다며 그녀의 이런 성격을 매우 흡족해했었다.

'설마, 다른 여자가 생긴 건가?'

아무리 생각해 봐도 그의 마음이 변했거나 흔들린 걸로밖에 보이지 않았다. 어떻게 겨우 결혼을 두 달 남겨 두고 그럴 수 있나 싶지만, 꼭 그러지 못할 일도 아니었다. 그녀만큼이나 변덕이 심한 남자가 이젠 다 가졌다는 생각에 더는 그녀에게 매력을 느끼지 못할수도 있었으니 말이다.

'정말 그런 거면…….'

효주는 재신을 구차하게 붙잡을 생각이 없었다. 세상에 가장 미련한 게 마음이 떠난 남자를 붙들고 끙끙대며 사는 것이었다. 제 스스로를 그렇게까지 가치 없이 만들고 싶지 않았다.

'하지만…….'

그러나 곧 드는 생각에 효주는 머리카락을 쓸어 넘긴 손을 꽉 움켜쥐었다. 미련한 짓은 하고 싶지 않지만, 자존심을 챙기겠다고 관계를 끝내 버린 이후의 삶은 자신이 없었다.

재신을 못 잊을 것 같아 그런 게 아니었다.

그렇지 않아도 외모밖에 내세울 게 없는 여잔데 파혼 경력까지 지니게 되면 더 값이 떨어질 게 뻔하기 때문이었다. 차라리 재산을 한몫 단단히 챙긴 이혼녀가 더 나을 수도 있었다.

효주는 슈퍼 모델 선발 대회 출신이었지만, 생각만큼 잘 풀리지 못했다. 얼굴이 너무 예쁜 모델은 오히려 업계에서 각광받지 못했다.

게다가 키도 다른 모델들에 비해 많이 크지 않은 170cm 초반이라 기껏해야 광고 모델 정도의 일밖에 따지 못했다.

배우 데뷔도 준비해 봤지만, 그건 더더욱 그녀의 길이 아니기에 일찌감치 포기했다. 그렇게 제가 가진 시장 가치를 정확히 알았을 때 효주는 다른 인생을 설계했다.

바로 돈 걱정 안 해도 되고, 살림 같은 건 안 해도 되는 남자를 구해 조금이라도 몸값이 비쌀 때 시집을 가는 것이었다. 그것을 위해 그녀가 만난 남자만 정말 수도 없었다. 하지만 그것도 뜻대로 되지 않은 채 계속 나이만 먹어갔다.

그녀의 나이 벌써 스물여섯. 많은 나이는 아니었지만, 모델로서의 수명은 얼마 남지 않았다. 이미 몇 년 전부터 하락세를 타 기껏

해야 서브 모델이나 하는 B급 수준이었다.

아마 1, 2년 안에는 서브로라도 그녀를 찾는 곳이 없어질지 몰랐다. 이제 그녀가 등장할 곳은 길거리에 뿌려지는 전단지밖에 없을 수도 있었다.

그러던 차에 걸려든 게 재신이었다. 대기업 팀장이긴 해도 겨우 평범한 회사원이라는 생각에 처음엔 그의 대시를 거절했다. 그런데 알고 보니 그가 그 회사 미국 지사장 아들이란다. 게다가 집안 재산도 웬만한 준재벌 못지않았다.

그 사실을 안 순간 효주는 마음을 바꿔 먹었다. 딱 보니 재신은 여자가 튕길수록 매력을 느끼는 수준 낮은 남자라 잘만 다뤄 주면 평생 제 뜻대로 살 수 있어 보이기도 했다.

콩깍지가 벗겨지기 전 서두르는 게 나을 듯해 효주는 연애 4개월 만에 그에게 결혼과 이별 중 택하라는 말로 압박을 했고 곧장 프러포즈를 받아냈다.

당연히 예상하던 바였기에 딱히 기쁠 것도 없었다. 또 앞으로도 그와의 관계에서 우위에 서 있는 건 영원히 변치 않을 일이었다. 그만큼 언제까지고 재신을 붙들어 둘 자신이 있었다.

그런데 대체 어디에서 방심했던 것일까. 남들이 부러워할 최고의 결혼이 욕심나 그를 너무 몰아붙였던 것일까. 그래서 그도 지쳐 버린 것일까.

"그래. 지쳐서 그런 거겠지? 남자도 결혼 스트레스 같은 걸 받을 테니까."

그가 지쳤다는 생각에까지 다다른 효주는 애써 그에게 다른 여자가 생겼다는 생각은 하지 않으려고 했다. 무엇보다도 제가 그렇게까지 매력 없는 부족한 여자라고 생각하고 싶지 않은 탓이었다.

일단 지금으로선 그녀가 재신에게 굽히고 들어가는 수밖에 없었다.

이 일에 대해 짜증을 부리거나 분풀이를 하는 건 자신들의 관계를 다시 예전으로 돌려놓고 해도 늦지 않았다.

아직 효주에게 이 결혼은 꼭 필요했다.

"네. 알겠습니다. 그럼 장소, 시간 확정해서 문자 드릴게요."

광고 모델 에이전트와 통화를 끝낸 송아는 힘없이 일어나 탕비실로 향했다. 그녀를 보고 뒤따라온 현승도 안으로 들어왔다.

"스케줄 된대요?"

"어. 된다고 하지. 전 스태프들이 딱 그날만 된다고 해서 모델 스케줄만 틀어지면 된다고 생각했는데 하필이면 된대. 그 핑계로 다른 모델로 바꿀 생각이었는데."

이젠 빼도 박도 못하게 효주와 마주쳐야 되자 송아는 한숨이 발끝까지 흘러나왔다.

어떤 얼굴로 어떻게 그녀를 봐야 할지. 토요일이 되기 전까지 집에서 거울을 보고 열심히 연습이라도 해야 할 듯했다.

"아니다. 일에까지 사적인 감정 끌어들이는 건 아냐. 그 여자도 아무것도 모르고 있는 것도 같고. 공은 공이고 사는 사지. 절대 어떤 티도 내지 않을 거야."

프로답게 하자며 송아는 마음을 다잡았다. 가만히 그 모습을 지켜보던 현승이 불쑥 말을 건넸다.

"만약 알고 있으면 어떻게 할 거예요? 그 여자도 다 알고 있으면서 이재신 유혹한 거였으면."

"……진짜?"

정말 그런 건가 싶어 송아는 잠시 얼이 빠졌다. 뭐 더 놀랄 게 있다고 그 또한 충격일 듯했다.

"만약에요. 전후 사정이 어떤지 전혀 모르고 있으니까요."

한 번 더 만약임을 알려 주듯 현승이 송아를 향해 다독이는 눈짓을 보냈다.

"그 여자 마주쳤을 때 어떤 상황이 있을지 모르잖아요. 그게 뭐든 상처받지 말라고요. 더는 선배가 상처받을 가치도 없는 사람들이니까."

다시 정신을 차린 송아는 현승의 말을 곰곰이 생각해 봤다. 하지만 딱히 어떻게 해야겠다는 생각 같은 건 들지 않았다.

미리 생각해 둔다고 해서 그대로 딱딱 들어맞는 것도 아니었고,

무엇보다 굳이 생각하고 싶지 않았다.

"너, 어떡할 거야?"

그보다는 다른 문제가 더 걱정인 송아는 그 생각이 들자 곧장 현승을 나무라듯 바라봤다.

"뭘요?"

"너랑 나 사귀는 거 전사에 다 소문났어. 온종일 정신없어 죽겠는데 사방에서 축하 메시지 받느라 더 혼이 나가는 줄 알았다고."

"왜요? 난 좋던데. 온종일 축하 메시지 받고. 난 하루 종일 머리 위에서 꽃가루 날리는 것처럼 좋기만 하더라."

"좋기만 해? 기뻐?"

"그럼 안 기뻐요? 선배는 이 정도로는 안 기쁘면, 아예 결혼한다고 그럴까요? 결혼 축하한다는 소리 정도면 충분하겠어요?"

"야!"

어쩜 한 번을 지는 법이 없다 싶어 버럭 언성을 높인 송아가 현승을 흘겨봤다. 하지만 그녀는 곧 그 시선을 거둬 버렸다.

"됐다. 말을 말자, 말을 말아. 맨날 당하기만 하는데 난 왜 자꾸 너한테 말을 거나 몰라?"

"왜긴요? 내 목소리 듣고 싶으니까 그러지. 잠들기 전에, 아침에 눈 떴을 때 가장 먼저 내 목소리부터 듣고 싶진 않고요?"

"응. 않고요. 막을 수만 있다면 네 목소리만 안 들리게 딱 차단 버튼 누르고 싶어."

정신을 좀 차려야 할 듯해 송아는 커피를 내릴 준비를 했다.

불안하게 현승이 잠잠했다. 왜 그러나 싶어 시선을 두니 뾰로통해져 있던 현승이 투덜대기 시작했다.

"치. 서운하다. 너무해요, 진짜."

"뭐가 너무해? 너무한 건 너거든? 판을 이렇게까지 키우면 어떻게 해?"

"내가 키우고 싶어서 그랬어요? 안 숨겨지는데 어떡해요. 보는 것만으로도 웃음이 실실 나면서 좋아 죽겠는데 어떡해? 너무 예뻐서, 너무 사랑스러워서 혼자 밖에 내놓으려니 걱정되고 불안해 죽겠는데 어떡하냐고요."

정말 말로 주고 되로 받는 걸 즐기는 것도 아니고, 괜히 말을 걸었다 또 당한 송아는 그저 왜 또 말을 시켰나 싶었다.

"너 말하지 마, 진짜. 하는 말마다 닭살 돋아. 부끄럽지도 않아?"

"사랑이 왜 부끄러워요? 자랑할 일이지. 게다가 쌍방인데."

"쌍방은 무슨? 웃기지도 않아, 진짜."

"아니에요? 아니라고 해 봐요. 사람들 앞으로 끌고 나가서 확 뽀뽀해 버리게."

정말 당장이라도 그럴 듯 현승이 송아를 가두듯 바짝 다가섰다.

순간 심장이 쿵 떨어질 정도로 놀랐던 송아는 정신이 좀 들자마자 바로 그의 팔부터 찰싹 때렸다. 아무리 그녀의 마음을 몰라서라지만 자꾸 이렇게 예고 없이 들이닥치는 그가 원망스러웠다.

그럴 때마다 이렇게 놀라서 날뛰는 그녀의 심장은 어쩌라고 말이다.

"오늘 저녁은 뭐 먹을까요?"

"저리 가. 좀 떨어져."

그녀의 옆으로 뻗은 손이라도 좀 치웠으면 싶어 송아는 다시 현승의 팔을 때렸다. 하지만 그의 팔도 그도 꿈쩍도 하지 않았다.

"점심에 중식 먹었으니까 저녁엔 한식 먹을까요?"

"뭘 또 먹어? 맨날 같이 먹어?"

"애인 사이에 같이 안 먹고 따로 먹으면 그게 이상한 거죠. 바로 헤어졌다고 소문 돌걸요?"

"그래?"

아주 좋은 방법을 알았다는 듯 송아가 눈을 반짝이며 현승을 바라보자 현승은 못마땅하다는 듯 그 시선을 받아쳤다.

'치. 귀엽긴.'

그런 모습을 더 보고 싶어 송아는 그를 한 번 놀려 볼까 싶었지만 그러다 또 이자를 몇 배는 쳐 돌려받게 생겨 곧 그 마음을 고이 접어 넣었다.

"약속 있어."

툭 말을 뱉은 송아는 현승의 팔을 치우며 다시 커피포트 앞으로 갔다. 불만 가득한 얼굴의 현승도 다시 재빨리 그녀의 곁으로 달라붙었다.

"무슨 약속이요? 어떤 놈이요?"

"잘난 놈이다. 아니, 나이 많은 놈이다."

"진짜 나 나이 어리다고 자꾸 그럴 거예요? 우리 따지고 보면 1년 도 차이 안 나거든요? 내가 몇 달만 먼저 태어났어도 우리 동갑이 라고요."

"동갑도 어려, 나한텐."

"그럼 한 백 살쯤 차이나는 남자 만나든지요? 그런데 그거 알아 요, 선배?"

아예 반응을 보이지 말아야 할 텐데 또 호기심이 일어 송아가 현 승을 바라봤다.

세상 더없이 진지한 얼굴로 현승이 말을 이어 갔다.

"내가 실은 백스물일곱 살이에요. 절대 안 죽고 안 늙는 불사신의 존재라 이 상태로 백 년 전부터 나이만 먹었어요."

"허."

"근데 이제 다른 사람들처럼 나이 들고 늙어서 죽을 수 있을 것 같아요. 왜냐면 진심으로 사랑하는 사람을 만났거든요. 그래서 그 사람 덕분에 저주가 풀렸거든요. 고마워요, 선배."

송아를 보고 고맙다던 현승이 한쪽 눈을 찡긋하며 윙크했다. 작 게 입을 벌리고 그 모습을 보고 있던 송아는 너무 기가 막히니 자 꾸만 헛웃음이 흘러 나왔다.

곧 정색을 한 송아가 현승을 나무랐다.

"너 안 되겠어. 너 드라마 그만 봐."

그런데 생각할수록 그의 말이 웃겨 송아는 다시금 웃음을 터트리고 말았다.

이런 거에 재미있어 해 주면 안 되는데 틀려 버렸다.

"거봐요. 웃으니까 더 예쁘잖아요."

문득 들려온 소리에 한참을 웃던 송아는 웃음을 그치고 다시 현승을 바라봤다.

무슨 말인가 싶었다.

"몰랐죠? 선배 오늘 처음으로 웃었어요. 온종일 얼마나 웃게 해 주고 싶었는데. 이제라도 웃어서 다행이네."

현승이 뿌듯한 미소를 지어 보였다. 그리고 그의 말에 겨우 그 사실을 깨달은 송아는 가슴이 몽골몽골해지는 게 그녀 또한 기분이 좋아지려고 했다.

"그래서. 오늘 저녁은 한식 콜?"

"몰라. 커피 따르게 저리 가기나 해."

그에게 들뜬 자신의 마음을 들킬세라 송아는 일부러 그를 밀어내며 다시 돌아섰다. 하지만 현승은 또 껌딱지처럼 냉큼 그녀의 곁으로 달라붙었다.

"내 것도요."

"몰라. 저리 좀 가라니까."

밀어내려는 송아와 딱 붙어 떨어지지 않으려는 현승의 아옹다옹

이 계속 이어졌다.

헌데 불쑥 치고 들어온 날선 목소리가 한순간 그 분위기를 망가 트러 버렸다.

"여기서 뭐 하는 짓이야? 회사가 놀이터야?"

놀라거나 당황할 일은 아니었다. 송아는 매섭게 쏘아보고 있는 재신을 무시한 채 현승과 함께 커피를 들고는 차분히 탕비실 밖으로 나갈 뿐이었다.

'윤송아 너 정말………'

서슬 퍼런 눈으로 둘의 뒷모습을 쫓던 재신은 문득 울리는 진동에 재킷 안쪽에서 휴대폰을 꺼냈다. 효주에게서 문자 메시지가 도착해 있었다.

나 토요일에 촬영 있는 거 알지? 올 거야? 시간 비워 둘 테니까 끝나고 보자고.

전에는 마냥 좋았을 연락이었지만, 이젠 짜증부터 나 재신은 바로 화면을 꺼 다시 재킷 안으로 집어넣어 버렸다.

이제 더는 효주는 그에게 필요하지 않았다.

재신은 이제 자신의 곁에 있을 때와는 달리 현승의 옆에서 당당한 매력을 보이고 있는 송아가 욕심날 뿐이었다.

'두고 봐, 윤송아. 널 꼭 다시 내 곁으로 데려오고 말 거니까.'

드디어 다가온 촬영일.

송아는 효주만 보면 저도 모르게 굳는 얼굴을 들키지 않게 하는데 온 정신을 다 쏟았다. 중간에 광고 대행사가 끼어 있어 효주와 직접 대면해 대화할 일이 적다는 게 그나마 다행이었다.

'나이가 스물여섯이랬지?'

송아는 새삼스러운 눈으로 촬영 중인 효주를 살폈다. 전에는 그저 브랜드에 잘 어울리는 모델이라는 생각이 전부였다면, 지금은 '여자 고효주'의 모습이 자꾸 눈에 들어왔다.

모델답게 늘씬하면서도 적당히 볼륨감 있는 몸.

보는 순간 미인이라는 생각이 들게 하는 화려하고 선이 또렷한 얼굴. 게다가 마음만 먹으면 누구든 자신에게 빠지게 만들 수 있을 것 같은 자신감까지. 송아는 효주를 보면 볼수록 자꾸만 어깨가 움츠러들었다.

'아냐. 기죽을 거 없어. 저 여자가 매력적이라고 해서 내가 못난 건 아니잖아. 괜히 쓸데없이 비교하지 말자.'

어깨를 쫙 편 송아가 사심을 지워 내고 순수하게 일을 생각하며 효주를 보고 있던 중이었다.

"예쁘다."

익숙한 목소리에 흠칫 놀란 송아가 돌아보니 현승이 그녀의 곁에 서 있었다.

대체 언제 온 것인지.

그보단 조금 전 그 말이 효주를 두고 한 말이었는지 그녀에게만 시선을 고정한 현승의 모습에 송아의 얼굴이 뾰로통해졌다.

'나쁜 놈. 아무리 예뻐도 그렇지 내 옆에서 그런 말을 하고 싶어?'

현승을 쩨려본 송아는 앞으로 홱 시선을 돌렸다.

능숙하게 포즈를 잡으며 촬영에 몰두 중인 효주가 정말 예쁘긴 예뻐서 울적해졌다.

'기껏 자신감 좀 찾아 놨더니……'

이번엔 손에 쥔 휴대폰 진동이 송아의 관심을 가져갔다. 바로 곁에 있는 현승에게서 온 문자 메시지에 송아는 흘깃 그를 노려봐 준후 내용을 확인했다.

오늘 왜 그렇게 예쁘게 하고 왔어요? 난 선배가 모델인 줄 알았네.

'흥. 뒤늦게 수습해 보겠다, 이거지?'

그러나 생각과 달리 송아의 입꼬리가 슬쩍 위로 올라갔다. 그걸 알아채자마자 송아는 바로 미소를 꾹 억누르고는 답문을 보냈다.

넌 또 왜 왔어?

현승의 사수가 바뀌었기에 그가 촬영장에 올 일은 없었다. 그에 송아가 분명히 오지 말라고 했는데 현승은 기어이 찾아왔다.

원래 바늘 가는 데 실 가는 법이죠. 배 안 고파요? 내가 샌드위치 사 왔 는데.

송아가 슬쩍 현승을 보자 현승이 뒤쪽을 보라는 듯 고갯짓을 했 다. 테이블 위에 가득 놓인 종이 가방이 보였다. 송아가 다시 현승 에게 문자 메시지를 보냈다.

뭐 저렇게 많이 사 왔어?

내가 웨딩숍은 없어도 저 정도는 거뜬히 사 줄 수 있거든요. 어때요? 확 끌리죠?

응. 너 끌어내고 싶어.

재깍재깍 오던 답문이 뚝 끊겼다. 의아한 송아가 옆을 보려는데 귓가에서 간질이는 숨결이 느껴졌다.
"왜요? 선배만 보고 싶어서? 꽁꽁 숨겨 두고 싶구나?"
순간 놀라 굳었던 송아는 이내 어이없는 웃음을 터트렸다. 틈이 생겼다 하면 절대 놓치는 법 없이 치고 들어왔다. 아무리 겪어도 당해 낼 재간이 없었다.

"왜 자꾸 웃어요? 사람 심장 떨리게."

다시 현승의 속삭임이 들리자 송아는 곧장 웃음기를 거두곤 옆으로 살짝 물러났다.

"저리 가. 볼일 다 봤으면 그만 가고."

"볼일이야 아직 멀었죠. 아마 선배한테 제 볼일은 평생 안 끝날걸요?"

송아가 살짝 인상을 쓴 채 현승을 보자 그는 아예 대놓고 그녀를 쳐다보고 있었다.

"지금 일하는 중인 거 몰라? 시선 좀 돌려."

"끝나고 같이 저녁 먹는다고 하면요."

"또 밥 타령. 싫으니까 앞이나 봐."

송아는 나무라는 눈짓을 보낸 후 먼저 앞을 쳐다봤다. 곧 현승의 시선이 떨어져 나가는 게 느껴지는데 이번엔 다른 쪽에서 시선이 느껴졌다. 브랜드팀 강 과장이 짓궂은 미소를 지으며 자신들을 쳐다보고 있었다.

'아우, 어떡해.'

얼굴이 달아오를 정도로 창피한 송아는 머리카락을 쓸어 넘기는 척 그녀의 시선을 가렸다.

"너 땜에 못 살아, 정말."

눈이 마주친 현승을 한껏 못마땅하게 흘겨봤지만, 현승은 능청스러운 얼굴로 어깨만 으쓱해 보이고 말 뿐이었다.

'안 오는 건가?'

효주의 시선이 저도 모르게 흘깃 스튜디오 입구로 향하자 바로 지적이 날아왔다.

"효주 씨. 집중 좀 하지?"

"죄송합니다."

바로 사과한 효주는 카메라에 모든 신경을 집중했다. 그러다 포토그래퍼가 찍힌 사진을 확인하느라 잠시 촬영이 멈춘 사이, 스튜디오 입구로 들어서는 사람이 보였다.

'그럼 그렇지.'

재신의 등장에 효주는 티 나지 않게 웃음을 삼켰다. 답문이 없던 재신이 오지 않을지도 모른다는 불안함이 은근히 신경 한쪽을 갉아먹었는데, 언제 그랬냐는 듯 날카롭던 신경이 가라앉았다.

'……뭐지?'

그런데 재신의 시선이 이상했다. 그녀에게는 눈길도 주지 않은 채 어느 한 곳만 뚫어져라 쳐다봤다. 마치 화가 난 것 같은 얼굴로.

효주도 그 시선을 좇아가 봤다.

누가 봐도 사이좋은 게 느껴질 정도로 티격태격하고 있는 여자와 남자가 있었다. 그리고 재신은 그걸 불쾌하다는 듯 쳐다보고 있었다. 그들을 주의 깊게 살피고 있는 효주의 눈초리가 조금씩 가늘어졌다.

"이 의상은 이만하면 됐네요. 자, 의상 체인지하고 다시 갑시다."

포토그래퍼의 말에도 효주가 움직이지 않자 메이크업을 수정해 주던 스태프가 팔을 툭툭 쳤다.

"효주 씨."

"아, 네."

"의상 체인지."

"네."

메이크업 룸으로 이동하면서도 효주의 시선은 재신에게서 떨어질 줄을 몰랐다. 그는 아예 효주의 눈길 같은 건 느끼지 못하는 것 같았다.

"어? 언제 오셨어요, 팀장님?"

뒤에서 들려온 강 과장 목소리에 송아는 바로 몸이 굳었다. 이곳을 찾아올 팀장은 오직 재신밖에 없었다. 예상대로 그의 목소리가 들렸다.

"주말까지 고생 많으십니다."

"저희가 고생인가요? 광고홍보팀이 더 고생이지. 급히 진행하느라 토요일까지 근무시켜서 미안해 죽겠어요."

재신이 강 과장과 인사를 나누는 사이 현승과 송아는 재신을 향해 형식적인 인사를 건넸다. 그 후 송아는 반사적으로 효주를 찾는데 메이크업 룸으로 들어간 것 같았다.

이곳에 온 재신의 행동이 불쾌해 송아는 좀처럼 표정 관리가 힘들었다.

'두 여자가 한자리에 있는데 어떻게 여기를 와? 대체 무슨 생각이면 그럴 수 있지?'

결국 참을 수 없던 송아가 나가자는 뜻으로 현승의 팔을 당기는데 재신의 목소리가 들려왔다.

"잘되고 있나, 윤송아 씨?"

"……네. 아직까지는 문제없이 진행되고 있습니다. 잠시 바람 좀 쐬고 오겠습니다."

재신을 보지도 않은 채 대답한 송아는 끝까지 시선을 피하며 밖으로 향했다. 그러곤 밖으로 나오자마자 닫힌 문을 쏘아보며 씩씩댔다.

"대체 정신이 어떻게 박히면 여기에 올 수 있어? 설사 저쪽 여자는 모른다고 쳐도 내가 다 알고 있는데. 어떻게 사람한테 이렇게까지 예의가 없냐고."

"일단 좀 멀찌감치 떨어져요, 선배. 다 들리겠어요."

계속 문을 노려보는 송아를 데리고 현승은 스튜디오에서 떨어져 나왔다. 송아는 좀처럼 흥분을 가라앉히지 못했다.

"아무리 봐도 저쪽 여자는 아직 모르는 것 같은데 오늘 당장 다 말해 버릴까 보다. 아우, 열 받아, 진짜."

한겨울에 머리끝까지 달아오른 열기를 겨우 식히던 송아는 뒤늦게 현승이 옆에 없다는 걸 알아챘다.

"앤 또 어딜 간 거야?"

한참을 두리번거리는데 근처 꽃집에서 나오는 현승이 보였다. 스튜디오 앞에는 꽃집, 공방 등 작은 가게들이 옹기종기 모여 있었다.

송아의 앞에 선 현승이 그녀에게 작은 선인장 화분을 내밀었다. 송아가 뭐냐는 듯 보자 현승이 댓 발은 튀어나온 입으로 투덜댔다.

"이게 꼭 날 닮은 것 같아서 하나 샀어요."

송아가 알아듣지 못하자 현승이 선인장 가시를 가리켰다.

"날 앞에 두고도 딴 남자 생각만 하는 애인 때문에 내가 지금 이 렇게 가시가 뾰족 서 있다고요."

현승이 송아의 한 손을 잡아 선인장 가까이 가져왔다.

"한번 찔려 볼래요? 내가 지금 얼마나 심통이 났는지."

"야!"

정말 현승이 가시에 찔리게 만들려 하자 화들짝 놀란 송아가 바로 손을 빼냈다. 현승은 잔뜩 토라진 눈으로 흘겨보기만 했다.

"허. 진짜 애라니까……."

그 시선을 받던 송아는 기가 막혀 고개를 절레절레 내저었다. 그러곤 다시 선인장을 내려다보는데 차츰 그 눈빛이 깊어져 갔다.

송아가 보기에도 현승이 정말 선인장을 닮은 것 같았다. 오랜 시간 변치 않는 모습으로 언제나 그녀의 곁에 머물며, 혹시 변하지 않을까 불안해하지 않아도 되는 존재가 되어 줄 것 같았다. 어느새 재신도 잊은 송아는 슬그머니 새어 나오려고 하는 웃음을 참으며 현승에게 손을 내밀었다.

"그거 나 주려고 산 거 아냐? 이리 줘."

"이거 난데. 나 달라는 거예요?"

"그럼 그냥 네가 키우든지."

송아가 더는 관심 없다는 척 도도한 얼굴로 지나치려 하자 현승이 바로 붙잡았다.

"에이, 선배. 진짜 이러기예요? 이렇게 고민도 안 하고 바로 내치기냐고요."

송아는 의기양양한 얼굴로 현승에게 손만 내밀었다. 그 손을 보던 현승이 허공에 대고 헛웃음을 토했다.

"와. 선배 진짜 밀당 스킬이 말도 못하게 는 거 알아요? 사람 애태우는 게 아주 카사노바급이네."

"카사노바?"

황당한 소리에 송아가 결국 웃음을 터트렸다. 살다 보니 별소리를 다 들었다.

"그래서 줄 거야, 말 거야?"

"난 당연히 줄 수 있죠. 어서 가져가요."

현승이 자신을 가져가라며 다가오자 송아가 손을 내저으며 뒤로 물러섰다. 장난스럽게 웃으며 계속 다가서던 현승이 불현듯 송아의 팔을 잡아 그의 쪽으로 끌어당겼다.

"어!"

놀란 송아가 왜 그런가 싶어 보자 현승의 얼굴이 무섭게 굳어 있었다. 송아도 그녀의 뒤에 서 있는 재신을 발견하자 급격히 표정이 딱딱해졌다.

"들어가자."

송아가 먼저 현승의 손을 잡아 걸음을 떼는데 재신이 그녀의 다른 팔을 탁 붙잡았다. 하지만 송아는 시선조차 주지 않은 채 바로 뿌리쳐 버리고는 걸음을 뗐다. 무슨 이유에서든 더는 재신에게 휘둘리며 그를 상대해 줄 마음이 없었다.

순리대로 진행된 촬영은 예상보다 더 빨리 끝났다. 수고했다는 인사가 끝나자 그때까지 자리를 지키던 재신이 말을 꺼냈다.

"주말까지 나와서 일하느라 고생 많았는데 저녁 식사나 같이 하죠. 제가 좋은 걸로 사겠습니다."

"어머. 팀장님이요?"

긍정적인 반응을 보이는 강 과장과 달리 송아와 현승의 표정은 좋지 않았다.

송아가 먼저 나섰다.

"죄송한데 전 선약이 있어서요."

"저도 죄송합니다."

송아에 이어 현승까지 그러자 바로 재신의 얼굴이 싸늘히 식었다. 눈치채지 못한 강 과장이 송아에게 말을 건넸다. 재신과 현승에게 들릴 정도의 목소리 크기였다.

"둘이 데이트 있는 거야?"

"아니에요. 식사 같이 못 해서 죄송해요."

"아니긴. 딱 보니 그건데."

더 얘기를 주고받으면 안 될 상황이라 송아는 웃고만 말았다.

"그럼 수고 많으셨습니다. 먼저 가 보겠습니다."

그런데 송아가 자리를 뜨려고 할 때였다.

"재신 씨."

그대로 굳은 송아를 제외한 주변인들의 시선이 일제히 소리가 난 쪽을 향했다. 사람들의 어안이 벙벙한 시선 속에서도 효주는 환한 미소를 지으며 재신을 향해 걸어왔다. 그녀가 가까워질수록 험악해지는 재신의 얼굴에도 아랑곳없었다.

"저녁 먹을 거죠? 휴대폰 배터리가 다 돼서. 메이크업만 지우면 되는데 밖에서 기다릴래요?"

효주는 다정한 미소와 함께 자연스럽게 재신의 팔에 손을 댔다. 둘 사이가 심상치 않음을 알려 주듯이. 그러나 눈빛만큼은 재신 못지않게 싸늘했다.

절대 눈치가 둔하지 않은 여자였다. 처음엔 길들인다느니, 지친 거라니 헛다리를 짚었지만, 재신의 다른 여자를 좇는 눈빛을 보고 나서도 그렇게 생각할 정도로 멍청하진 않았다.

그러니 지금은 자신의 추측을 확인하는 동시에 재신에게 경각심을 일깨우는 중이었다. 재신이 다른 건 다 잊더라도 그녀가 그리 만만한 여자가 아니라는 건 잊지 말아야 했다.

재신을 향해 싱긋 미소를 보인 효주는 뒤늦게 주변 사람들의 의아한 시선을 의식했다는 듯 살짝 그들에게 몸을 틀었다. 효주는 부러 실수했다는 듯 멋쩍은 얼굴로 말을 꺼냈다.

"아. 아직 모르시나 보다. 저, 재신 씨랑……."

"집안끼리 아는 사이입니다."

불쑥 끼어들어 온 재신의 말에 효주의 미소에 금이 갔다. 그러나 그것은 찰나. 효주는 금세 덤덤한 얼굴로 다시 자연스럽게 미소 지었다. 부글부글 끓는 속은 당장이라도 폭발할 것 같더라도 말이다.

"아……! 두 분이 아는 사이셨구나. 이제야 알았네요."

어색한 분위기를 무마하기 위해 강 과장이 일부러 과장되게 웃었지만 소용없는 일이었다.

"저야말로 약속이 있는 걸 잊어버렸네요. 죄송하지만 먼저 가 보겠습니다. 식사는 다음에 같이 하기로 하죠."

가벼운 목례를 끝으로 재신은 그대로 스튜디오 밖으로 나갔다. 그가 풍기는 냉랭한 기운에 누구도 선뜻 잘 가라는 인사조차 못한 채 멍하니 닫힌 문만 쳐다봤다. 그리고 그 모습을 주먹을 꽉 쥔 채 지켜보던 효주는 애써 미소 띤 얼굴로 인사를 건넨 후 메이크업 룸으로 돌아갔다.

"오늘 수고 많으셨습니다."

효주까지 사라지자 이리저리 방황하던 강 과장의 시선이 송아에게 향했다. 뭔가 아는 게 있냐고 묻는 듯한 눈빛에 송아는 어깨만 으쓱하고 말았다. 송아의 시선도 메이크업 룸으로 향했다. 그녀의 눈빛이 무겁게 가라앉았다. 그런 그녀를 보는 현승의 것 역시도.

"아야!"

문득 들려온 소리에 차가 집 앞에 도착한 줄도 몰랐던 송아가 상념에서 깨어났다. 옆을 돌아보니 현승이 아픈 듯 손가락을 붙잡고 있었다. 그의 다리 위에 있는 선인장 가시에 찔린 모양이었다.

"괜찮아? 왜 그렇게 조심성이 없어? 어디 봐 봐."

송아는 바로 현승의 손을 살폈다. 피도 나지 않았고 다행히 가시가 박히지도 않았다. 그래도 혹시 몰라 꼼꼼히 살피는데 현승이 불쑥 말을 꺼냈다.

"흔들려요?"

"뭐가?"

여상하게 대답한 송아는 현승이 아무 말도 없자 그를 향해 시선을 들었다. 낮게 가라앉은 눈을 보자 그가 무엇을 물었던 건지 알 것 같았다.

재신에게서 벗어난 것 같던 그녀가 다시 그에게 휩쓸리고 있을 것 같다는 불안함. 그래서 현승에게 향하는 것 같던 걸음을 돌려 버릴지도 모른다는 두려움.

지금 현승의 눈에서는 그런 게 읽히고 있었다.

"그런 거 아냐."

"그런 게 뭔데요?"

송아는 현승이 알아들었으면서도 되묻는 걸 알기에 그를 향해 살짝 눈을 흘겼다. 그러나 확인받고 싶어 하는 그의 마음도 알기에 대답을 꺼냈다. 그가 불안함이나 두려움 같은 쓸데없는 감정들에서 허우적대길 바라지 않는 게 그녀의 마음이었으니까.

"팀장님이랑 그 여자 사이가 위태로운 걸 봤다고 해서 팀장님을 다르게 생각한다거나 팀장님이랑 다시 뭔가를 해 보고 싶은 마음 같은 건 없어."

진심이었다. 작은 흔들림이라도 보이기엔 재신에게 너무 큰 실망을 해 버렸다. 이미 그녀의 마음이 다른 곳을 향했다는 게 더 큰 이유였지만.

"그런데 왜 그렇게 혼자 심각했냐고?"

이번에도 현승의 눈빛을 읽은 송아가 묻자 그가 고개를 끄덕였다. 순순히 고개를 끄덕이며 답을 듣고 싶어 하는 현승이 귀여워서 송아는 가볍게 웃고는 다시 그의 마음을 다독였다.

"놀라워서. 팀장님이 정말 그 여자랑 끝내려고 할 줄은 몰랐거든."

송아는 재신이 사람들 앞에서 효주를 '집안끼리 아는 사람'이라고 하는 걸 보곤 그가 오늘 왜 촬영장에 온 것인지 알아챘다. 자신 앞에 뭔가 확실히 보여 주고 싶은 것이었다. 그러나 그 행동은 재신이 더 형편없는 남자로 보이게 만들었다. 이젠 재신이 바람을 펴서 관계를 망가뜨린 게 고마울 정도였다.

"그리고 우습게도 그 여자가 안타까운 마음이 들더라. 날 보는데 아무런 거리낌 없는 눈에서 그 여자도 아무것도 몰랐다는 확신이 드니까 사람들 앞에서 외면당하는 그 여자가 안쓰러웠어. 내가 그런 생각을 할 처지는 아니지만."

어쩌면 그런 취급을 받았을지도 모르는 사람이 자신이라고 생각하니 송아는 착잡하기도 했다. 아마 현승이 알려 주지 않았더라면 효주 앞에서 자신이 '그냥 회사 직원'이 됐을 테니까.

만일 그랬다면 평생 그 상처와 충격에서 헤어 나오지 못했을 것 같았다.

"이런 말 좀 그렇지만 내가 그런 상황에 처하지 않은 건 다행이다 싶기도 했어. 그런 의미에서 고마워. 새삼스럽지만."

"그런 건 됐어요. 정말 그게 다인 거죠?"

"그래. 정말. 내 눈을 보고도 못 믿겠으면 그건 네 문제니까 병원에 가 보고."

송아는 똑똑히 확인해 보라는 듯 현승에게 똑바로 시선을 맞췄다. 이윽고 그의 눈에서 불안함이 걷히며 입가에도 옅게 미소가 맺히자 송아의 입에서도 피식 웃음이 새어 나왔다.

"근데 넌 아무리 시위가 하고 싶어도 그렇지 가시에 일부러 손가락을 찔리면 어떻게 해?"

"일부러 찔린 거 아닌데요?"

"그럼? 대체 어쩌다 그런 건데?"

"안 찔렸는데요? 그거 연기였어요."

"뭐?"

황당해하는 송아에 아랑곳없이 현승이 배시시 웃었다. 한 대 때려 주고 싶은데 현승이 그의 손을 살피던 그녀의 두 손을 잡고 놓아주지 않았다.

"손 안 놓을래?"

"크리스마스이브, 며칠 안 남았는데. 마음 정했어요?"

"몰라. 손이나 놔."

그러나 현승의 손은 절대 떨어지지 않았다. 송아도 적극적으로 빼내려 애쓰지 않았다.

"모르면 그냥 내가 하자는 대로 하면 되겠네. 그죠? 선배가 봐도 그게 낫죠?"

솔직히 송아도 그날을 혼자 보내고 싶지 않았다. 더 솔직해지자면 현승과 같이 있고 싶었다. 하지만 그의 제안을 받아들이기는 힘들었다. 그의 집에서 단둘이 있다 보면 또 선을 넘는 일이 벌어질지도 몰랐다.

"너희 집은 좀 그래. 그냥 밥이나 먹어. 괜히 의미 두지 말고."

"웬만한 데는 다 예약 끝났을 텐데. 아무 짓도 안 할게요. 그냥 우리 집으로 가요."

"당연히 아무 짓도 안 해야지. 아무 사이도 아닌데."

얼떨결에 말해 놓고는 송아는 제가 더 마음이 좋지 않았다. 현승의 얼굴이 시무룩해진 건 당연했다.

"그만 가. 운전 조심하고."

"배고픈데. 집에 갈 힘도 없어요."

현승이 한껏 어깨를 늘어뜨리고는 배를 움켜쥐었다. 송아가 입맛이 없다며 거절한 탓에 둘은 저녁 식사를 건너뛰었다.

"선배가 끓여 주는 라면 먹고 싶다."

"꿈 깨시죠? 어딜 넘봐."

현승이 부러 과장되게 군다는 걸 알면서도 흘겨보는 송아의 눈빛이 흔들렸다.

"배 많이 고파?"

현승이 크게 고개를 끄덕였다.

"그럼…… 근처에서 뭐라도 먹고 가든지."

"콜!"

집에 갈 힘도 없다더니 현승은 금세 쌩쌩해져서는 차에서 내렸다. 순식간에 달려와 조수석 문까지 여는 모습에 송아는 고개만 절레절레 내저었다.

'사람을 둘둘 말아 데리고 노는 게 누가 카사노바인지 모르겠네.'

차에서 내린 송아가 그를 흘겨보고 있는데 현승이 덥석 그녀의 손을 잡았다.

"야."

"아우, 춥다. 빨리 가요, 선배."

송아가 나무라든 말든. 현승은 잡은 손을 그의 코트 주머니에 넣고는 그대로 걸음을 재촉했다. 얼떨결에 끌려가고 있는 송아는 기가 막힌 얼굴이지만 막상 그에게서 손을 빼내려고 하지는 않았다.

어느새 순순히 그를 따라가고 있는 송아의 입가가 완만하게 호선을 그렸다. 현승이 뒤돌아보면 금세 쏙 자취를 감추지만 또 그가 보지 않으면 예쁘게 그 모습을 밖으로 내놓았다.

다음 날 아침. 효주는 날이 밝자 재신의 집을 찾았다.

마음 같아서는 어제 당장 재신에게 따지고 들고 싶었지만 그러면 너무 감정적일 것 같아 하룻밤을 보냈다. 그러나 그의 집 초인종을 누르는 손이 떨리는 걸 보면 쓸모없는 짓이었던 것 같다. 효주는 잠까지 못 이루며 제게 일어난 상황에 대해 생각해 봤지만, 그럴수록 머릿속만 더 복잡해지면서 분노가 끝도 없이 샘솟았다.

두 번 벨을 누르고 나자 재신의 집 현관문이 열렸다.

그녀와 마주친 재신의 눈에서는 언뜻 짜증이 읽히기도 했지만, 그녀를 내치지는 않았다. 그대로 밖으로 나가도 될 것 같은 차림을 보니 그녀를 기다리고 있던 것 같기도 했다.

그 기다림이 관계를 끝내기 위해서라는 생각이 들자 효주는 애써 억누르고 있던 분노가 다시 치솟아 올랐다. 하지만 그의 집으로 들어가 소파에 자리 잡는 효주의 얼굴에선 그런 속내를 읽을 수가 없었다.

먼저 이성을 잃는 순간 이 싸움은 이미 진 것이나 다름없음을 알기에 효주는 최대한 태연함을 가장했다. 더욱이 그녀는 재신이 바라는 결과에 동의하지 않았다.

"너무 일찍 온 거 아닌가 했는데. 그래도 깨어 있었나 봐."

마치 아무 일도 없었다는 듯 효주는 평소다운 도도한 미소로 재신을 올려다봤다. 그러나 재신의 입에서 픽 비웃음이 나온 순간 여유롭던 얼굴은 그대로 경직되고 말았다.

"원한다면 위자료는 넉넉하게 줄게. 결혼 준비에 들어간 비용은 내가 다 내줄 거고, 모델 자리를 알아봐 달라고 하면 그렇게 해줄 수도 있어. 손해 보는 장사는 아닐 테니까 여기서 깔끔히 정리하자."

"……너무 당당한 거 아니야? 지금 이재신 씨 당신 나한테 다른 여자한테 눈길 주다 들켰어. 그것도 겨우 결혼을 두 달도 안 남겨 놓고."

"들킨 게 아니라 알려 주려고 간 거야. 난 너한테 마음 떴다고."

더불어 재신은 송아에게 보여 주려고 간 것이기도 했다. 자신이 효주를 정리했다는 말을 백 번 하는 것보다도 송아 앞에서 그녀를 내치는 게 더 효과가 좋을 것이기 때문에.

효주가 그 자리에서 난리를 칠지 모른다는 걱정이 들기도 했지만, 예상대로 그런 일은 없었다. 효주가 그 자리에서 불쑥 그의 이름을 부른 건 예상 밖이긴 했지만, 그게 전부였다. 그 이상의 행동은 효주의 자존심이 절대 허락할 리가 없다는 예측대로였다.

"똑똑히 알았으면 이쯤에서 그만 둬. 자존심 센 여자잖아. 구질구질하게 매달리는 건 안 어울리지 않아?"

"나한테 어울리는지 안 어울리는지는 내가 판단해."

"그래서 기어이 진흙탕 싸움이라도 하자고?"

효주를 향하는 재신의 눈빛은 그저 귀찮음이었다. 자신이 어떻게 그에게 이런 취급을 받을 수 있는지 효주는 충격을 감당하기가 힘겨웠다. 적어도 이재신이라는 남자에게 이렇게까지 가치 없는 여자가 될 것이라고는 상상도 하지 못했다.

효주의 눈빛에 독기가 어렸다.

"그 여잔 알아? 당신한테 이미 결혼할 여자가 있다는 거? 아니. 그보다 이미 그 여자야말로 다른 남자가 있는 것 같던데?"

"그건 네가 상관할 바 아니고. 원하는 게 생기면 연락해. 우리 얘긴 이렇게 끝난 걸로 알고 있을 테니까."

말을 마친 재신은 바로 드레스 룸으로 들어가 코트를 꺼내 들고 나왔다. 눈길조차 주지 않고 나가려고 하는 재신을 황당하게 보던 효주가 자리에서 벌떡 일어서며 다급히 말을 꺼냈다.

"그래도 내가 포기 못 하겠다면? 아니, 난 포기 못 해."

걸음을 멈춘 그대로 가만히 서 있던 재신이 천천히 뒤돌아봤다. 잔잔한 얼굴에 있는 것이라고는 입에 비뚤름하게 걸린 비웃음뿐이었다.

"설사 나랑 결혼한다고 해도 네가 원하는 대로 못 누리고 살아. 넌 절대 아무것도 얻을 수 없어."

마치 그녀가 원하던 게 무엇인지 다 아는 것 같은 말에 효주의 얼굴로 확 열기가 덮쳤다. 전에 없던 수치심이 온몸을 뒤덮었다.

"부디 현명한 판단을 하길."

마치 넌 파혼할 수밖에 없다는 듯한 얼굴을 끝으로 재신은 우아하게 돌아서 밖으로 나갔다.

현관문이 닫히는 소리가 나고 나서도 한참이 지나도록 효주는 그 자리에서 아무것도 하지 못한 채 재신이 사라진 곳만을 쳐다봤다.

'대체 내가 어쩌다 이렇게……'

도무지 답이 보이지 않는 물음만 끝없이 토해 내며 분노와 허탈함, 그리고 수치심이 뒤섞인 충격 속에서 좀처럼 헤어 나올 수가 없었다.

"아유. 다들 크리스마스이브라고 붕붕 떠 있네. 좋겠다. 애인 있는 사람들은."

표정만 봐도 들뜬 사람들의 얼굴에 안 대리가 아쉬움을 토했다. 점심시간부터 밖이 혼잡해 보여 점심 약속이 없는 그녀와 송아, 현승은 사내 식당에서 식사 후 사무실에서 느긋하게 커피를 즐기고 있었다. 오전에 최 대리와 외근을 나간 재신은 그대로 퇴근할 거라 팀 분위기가 더 여유로웠다.

"송아 씨는 오늘 현승 씨랑 뭐 하기로 했어? 엄청 차려입은 거 보니까 좋은 데 가기로 했구나?"

"차려입긴요? 그냥 평소랑 똑같은데."

송아는 말하면서도 멋쩍어 표정이 어색했다. 이렇게까지 꾸미고 오려고 한 건 아니었는데 출근하고 나니 제 모습이 평소보다 신경 쓴 티가 많이 나기는 했다.

"똑같긴. 이제 보니 송아 씨도 은근히 내숭파야."

"내숭은요? 아니에요."

"으이구. 한창 내숭 떨 때니까 내가 봐준다. 암튼 부럽다. 나도 어디 가서 내숭 좀 떨어 봤으면 좋겠네."

"대리님은 뭐하시는데요?"

"나? 난……. 어? 과장님. 벌써 오셨어요?"

주 과장의 등장에 대화의 흐름이 깨졌다. 그런데 어쩐지 그녀의 표정이 심상치 않았다.

"왜 그러세요?"

안 대리의 물음에도 송아와 현승만 번갈아 보던 그녀가 이윽고 말문을 열었다.

"송아 씨. 잠깐 나 좀 보자."

"저요?"

고개를 끄덕인 주 과장은 그제야 주변 사람들의 의아한 시선을 느끼고는 표정을 풀었다.

"일 때문에 그래. 일."

"무슨 일인데 표정이 그렇게 무서우세요? 무슨 큰 사고라도 터졌어요?"

"그런 거 아냐. 주말에 찍은 '벨라' 팀 광고 컷에 조금 문제가 생겨서 그래. 표정이 이런 건 밥 먹다 연락 받아서 짜증 나서 그런 거고."

안 대리의 물음에 능숙하게 대처한 주 과장이 송아를 향해 따라오라는 듯 고갯짓을 했다. 송아는 왠지 작은 일은 아닌 것 같아 잔뜩 긴장한 얼굴로 서둘러 그녀의 뒤를 쫓았다.

당장 '벨라' 팀으로 향하는지 주 과장이 비상계단으로 들어서자 송아가 다급히 물었다.

"벌써 A컷 광고 인쇄 들어갔는데 그게 뭐 잘못된 거예요? 일단 인쇄 중지부터 시킬까요?"

가타부타 대답이 없어 답답한데 중간쯤 올라간 주 과장이 불쑥 걸음을 멈췄다.

"과장님?"

의아해하는 송아를 둔 채 주 과장은 주변을 두리번거리더니 낮은 한숨을 폭 내쉬며 말을 꺼냈다.

"내가 점심에 인사팀 김 과장하고 밥을 먹었는데 말이야."

"인사팀이요?"

대뜸 나오는 인사팀 얘기에 송아는 더 어리둥절해졌다.

"뭐 아직 확실한 얘기는 아니고. 아니, 거의 기정사실인 것 같은데…… 하아. 골치 아프네."

그런데 지금 더 정신이 없는 건 주 과장 같았다. 늘 침착한 그녀가 그러니 더 이해하기 힘들었지만, 송아는 일단 차분히 그녀를 다독였다.

"무슨 얘긴데 그러세요? 우선 진정부터 하시고 천천히 얘기해 보세요."

"그래. 일단 침착하기부터 해야지."

주 과장은 크게 숨을 내쉬고는 송아를 똑바로 쳐다봤다.

"현승 씨가 지방 영업팀으로 발령 날 것 같아."

"네? 지방 영업팀이요?"

멀쩡히 광고홍보팀에서 근무하고 있는 사람을 영업팀이라니. 그 것도 지방으로. 송아는 선뜻 말을 이해할 수 없어 눈만 깜빡였다.

"아직 결재가 난 건 아니고. 그런 얘기가 나오고 있다는 건데, 그게 또 결재가 날 확률이 높은가 봐."

"아니 대체 왜 채현승 씨를……."

순간 든 생각에 송아의 표정이 굳었다. 그녀의 생각을 알아챈 듯 주 과장 역시 굳은 얼굴로 고개를 끄덕였다.

"정말 팀장님 지시라고요?"

"확실치는 않아. 그런데 또 김 과장이 아니라는 말은 안 하더라고."

굳이 확답을 들을 필요도 없이 송아가 보기엔 재신의 짓이 틀림없었다. 그가 인사권을 쥐고 있었으니까. 이상하게 잠잠하다 했더니 이런 일을 꾸미고 있었다. 송아보다 주 과장이 더 분통을 터트렸다.

"아무리 사내 연애를 못마땅하게 생각해도 그렇지. 어떻게 지방으로 보낼 생각을 해? 나 진짜 팀장님한테 이만저만 실망한 게 아냐."

"죄송해요. 팀 내에서 이런 일이 생기게 만들어서."

"송아 씨가 뭐가 죄송해? 회사에서 사내 연애를 못 하게 한 것도 아닌데 지나치게 예민하게 구는 팀장님이 이상한 거지. 둘이 연애한다고 해서 회사 일에 지장을 준 것도 아니고. 내가 진짜 팀장님이 송아 씨한테 다른 마음이 있었나 하는 생각까지 들었다니까."

주 과장은 어째 묵묵히 고개 숙인 채 가만히 있는 송아의 눈치가 이상해 보였다.

"송아 씨 혹시 진짜 팀장님하고 사적으로 무슨 일 있는 거야?"

"……죄송합니다. 거기까진 말씀 드리기가. 그런데 현승 씨는 잘못한 거 없어요."

설마설마했는데 정말 재신과 송아, 그리고 현승 사이에 무슨 일이 있는 것 같아 주 과장은 조금 당혹스러웠다. 그렇다고 해서 그녀의 생각이 달라질 건 아니었다.

"어쨌든 사적인 부분을 공적인 일까지 끌어들인 건 맞다는 거네. 아무튼 이건 진짜 아니야. 나뿐만이 아니라 다른 사람들도 똑같이 생각할 거야. 내가 나설 테니까 팀장님한테 정식으로 항의해 보자."

"감사합니다, 과장님."

면목이 없어 송아는 제대로 고개를 들지 못했다.

"그런데 일단 제가 먼저 팀장님께 말씀드려 볼게요. 그러고 안 되면, 부탁 좀 드려요."

"혼자 상대할 수 있겠어? 보통 심각한 상황이 아닌 것 같은데."

"해 보는 데까지 해 보고요. 현승 씨도 있고요."

"그래, 그럼. 뭔지는 모르겠지만, 당사자들이 푸는 게 우선이겠지. 그럼 난 일단 다른 사람들한테는 입 다물고 있을 테니까 진척 생기면 알려 줘. 언제 결재 날지 모르니까 빨리 서두르고."

"네."

배려한 듯 일부러 다른 층으로 가는 주 과장을 보낸 후 송아는 그제야 분노에 찬 숨을 힘겹게 내뱉었다. 더는 재신이 자신에게 끔찍한 기억을 안겨 주지 않으면 좋겠는데, 재신은 그럴 생각이 없는 모양이었다. 이게 사랑 때문이 아니라 그의 자존심 때문이라고 생각하니 더 그를 이해할 수가 없었다.

"내가 이러고 있을 게 아니지."

정말 언제 결재가 날지 몰랐다. 그리고 한번 난 인사 발령을 뒤집는 건 그 전에 막는 것보다 몇 배는 어려운 일이었다.

– 왜?

혹시 전화를 안 받으면 어쩌나 했는데 다행히 재신은 전화를 받았다. 예의 같은 건 무시한 채 송아는 제 할 말부터 꺼냈다.

"통화 가능해요?"

- 무슨 일인데?

"채현승 씨 인사 발령. 사실이에요?"

- ……하여튼 입이 그렇게 가벼워서야.

사실이라는 소리에 송아는 두 눈을 질끈 감았다. 부정하려고도 하지 않는 재신이 무서울 지경이었다.

"우리 문제잖아요. 나랑 얘기해요."

- 그래. 우리 문제지. 그래서 끼어든 놈부터 치우려고.

"팀장님!"

송아는 절대 흥분하지 않으려고 했지만, 도저히 그럴 수가 없었다. 말이 안 통하는 상대는 무시가 답이었지만, 그 또한 지금은 그럴 수 없는 상황이었다. 이건 현승의 커리어 문제였다.

송아는 일단 제 흥분을 최대한 삭인 후 말을 꺼냈다.

"나랑 얘기부터 해요, 일단."

- 퇴근 후라면 시간 내줄 수 있어. 편히 얘기하려면 우리 집이 낫겠네. 나야 아쉬울 거 없으니까, 어떻게 할지는 본인이 알아서 해.

재신과 통화를 끝내고도 한참이 지난 후에야 송아는 겨우 태연한 척이라도 할 수 있었다. 그 사이 점심시간이 끝나 사무실에선 다들 업무에 집중하고 있었다. 고맙게도 주 과장은 어떤 내색도 비치

지 않아 줬다. 송아가 자리에 앉자 바로 현승에게서 사내 메신저가
들어왔다.

무슨 일이에요? 심각한 상황이에요?

송아는 미리 생각해 온 대로 침착하게 대답했다.

인쇄 데이터에 문제가 좀 생겨서. 해결 못 할 상황은 아니야.

그럼 다행이고요. 제가 뭐 도와줄 건 없어요?

괜찮아. 그보다……. 잠깐 탕비실에서 보자.

송아가 먼저 탕비실에 들어가 있자 현승이 곧 따라 들어왔다.
"얘기만 빨리 하고 가자. 미안한데. 아무래도 오늘, 안 될 것
같아."
"일 때문에요?"
"응."
"뭘 어떻게 해야 하는 건데요? 나라도 도울게요."
"내가 알아서 하면 될 일이야."
"정말 혼자 알아서 하면 될 일이에요?"

"응. 시간만 좀 걸릴 것 같아."

송아는 망설임 없이 대답하고 있는데도 현승이 못 믿는 기색이었다. 그러나 그가 딱히 무슨 말을 꺼내지 않으니 송아가 더 나설 건 아니었다. 괜히 지레 찔린 사람처럼.

"기다릴 테니까 늦더라도 연락해요."

"아니. 그냥 내일 보자, 현승아. 내일 쉬니까. 오늘은 일이 언제 끝날지도 모르고, 피곤할 것도 같고. 그게 좋을 것 같아."

송아는 제발 아무 말 없이 그녀의 뜻을 따라 줬으면 하는 바람을 담아 현승을 바라봤다. 현승은 내키지 않는 기색이었지만 끝내는 그녀를 향해 고개를 끄덕여 줬다.

송아로서는 더할 나위 없이 고마운 일이었다.

"3년 가까이 사귀면서도 못 가 본 집을 헤어지고 나서야 가 보겠네."

문자 메시지에 찍힌 재신의 집 주소에 송아는 어이없는 웃음을 뱉었다.

늘 송아가 재신의 집에 가 보고 싶다고 얘기하면 재신은 누군가를 자신의 공간에 들여놓는 게 아직은 불편하다며 거부했었다. 조금만 더 시간이 지나면 그렇게 하자면서.

재신이 개인주의적인 성향이 강했기에 송아는 그 말을 믿었었다. 그런데 지금 생각해 보면 그 말도 진짜인지 알 수 없었다. 집에 다른 여자를 들여야 하기에 송아는 못 오게 한 것일 수도 있었으니 말이다. 이제와 하등 궁금하지 않은 진위 여부지만.

"죽이 되든 밥이 되든 일단 가 보기나 하자. 말이 통할지나 모르겠지만."

벌써 팀원들은 모두 퇴근했고, 이제 송아만 퇴근하면 됐다. 괜한 헛수고라는 생각에 가지 말까도 싶지만 만에 하나 현승의 발령을 취소시킬 수도 있을지도 모른다는 생각에 마음을 접을 수 없었다.

"어? 비가 오고 있었네?"

그런데 가기 싫은 그녀의 마음을 알았던 걸까. 밖으로 나오니 우산도 없는데 비가 내리고 있었다. 빗줄기가 굵지는 않았지만 지하철역까지 가면 꽤 젖을 것 같았다. 택시는 오늘 같은 날은 타지 않는 게 좋았다.

송아는 일단 편의점까지 가 보기 위해 손을 머리 위로 올리고 뛰어나갈 태세를 갖췄다. 누군가의 팔이 그녀의 허리를 감싸 안아 막 뛰어나가려고 하는 그녀를 붙들었다.

"……채현승?"

비스듬히 고개를 든 송아는 뜻밖의 사람에 한동안 눈만 깜빡거렸다.

"네, 네가 왜 여기에 있어?"

"누가 바보 같은 짓을 하려고 하더라고요."

"뭐? 바보 같은 짓?"

송아가 바로 도끼눈을 떴지만, 현승은 꿈쩍없었다. 못마땅한 기색을 서슴없이 내보이면서 송아보다도 더 마뜩잖은 눈빛으로 그녀를 내려다보기만 할 뿐. 언뜻 화가 난 것도 같았다.

"그게 바보 같은 짓 아니면 뭐예요? 오늘 같은 날 이재신을 왜 만나요? 버젓이 애인을 두고."

"무, 무슨 소리야? 누가 그래?"

"선배, 거짓말에는 재주 없거든요? 그러니까 그만해요. 더 미워지기 전에. 그리고 그것도 바보 같아 보이니까 손 좀 내리죠?"

황당한 얼굴로 현승을 보던 송아는 일단 머리를 가리던 손부터 내리곤 현승에게 따지고 들었다.

"그런 거 아니거든? 괜히 생사람 잡고 있어."

"주 과장님한테 다 들었어요."

"……"

"주 과장님한테 뭐라고 하지 마요. 내가 조르고 졸라서 얻은 정보니까. 애초에 우리 일인데 나한테 아무 말도 없이 혼자 알아서 하려고 했던 선배가 잘못한 거기도 하고."

어쩐지 현승이 순순히 그녀의 말을 듣는다 싶었다. 눈치 빠른 녀석이 이상함을 눈치채지 못할 것도 아니었다.

"알았으면 됐네. 나, 가 봐야 해."

송아가 현승의 손을 떼어 내 보려고 했지만, 소용없었다.

"선배가 이재신 만난다고 내 발령 문제가 해결될 것 같아요? 그렇게 해 줄 테니까 나랑 헤어지고 그 사람한테 돌아오라고 하면 그렇게 할 거고요?"

"누가 그런데?"

절대 그럴 생각이 없기에 송아는 바로 부정했다. 그래도 현승은 못 미더워하는 얼굴이었지만.

"그럴 것도 아닌데 그럼 왜 만나러 가요? 그것도 이렇게 예쁘게 하고. 무슨 바람을 이렇게 예쁘게 하고 대놓고 펴."

"누가 바람을 피웠다고 그래? 내가 언제?"

송아가 계속 반박했지만, 현승은 듣는 시늉도 하지 않았다. 누가 보면 정말 바람이라도 피우다 걸린 줄 알 것이다. 아직 그럴 사이도 아니건만.

"뭘 잘했다고 그렇게 째려봐요? 키스해 달라고요? 확 해 버릴까 보다."

"엄마야!"

현승이 정말 키스를 할 듯 고개를 숙이자 놀란 송아가 바로 뒤로 물러섰다. 그러나, 그의 팔에 갇혀 있어 뒤로 고개만 뺀 것이었다.

송아는 놀란 게 가시자마자 바로 현승의 팔을 때렸다.

"너 진짜 혼나 볼래? 여기 회사 앞이거든?"

"회사 앞만 아니면 해도 되는 거죠? 그럼 빨리 회사를 벗어나야겠네."

송아가 뭐라고 할 새도 없이 현승은 그대로 송아의 손을 잡고는 회사 안으로 들어갔다. 정신없이 따라가던 송아는 그와 함께 지하로 가는 엘리베이터에 타고 나서야 따지고 들 여유가 생겼다.

"한동안 잠잠하다 했더니 또 막무가내로 나오지? 너 자꾸 그렇게 나 만만하게 볼래?"

바로 무슨 소리든 나와야 했는데 현승의 단단히 다물어진 입술이 떨어지지 않았다. 그제야 송아는 그의 얼굴이 밖에서보다 훨씬 더 딱딱하게 굳어 있는 게 눈에 들어왔다. 꿋꿋이 앞만 보는 그의 분위기가 심상치 않았다.

"야. 왜 그래? 화났어?"

"네. 화났어요. 그러니까 나 건드리지 말아요."

낮게 깔린 음성이 그의 말이 진심임을 알려 줬다. 지나치게 차가운 목소리에 주눅이 들 정도라 송아는 왜 화까지 내냐고 따지려다 입술만 달싹이고 말았다.

엘리베이터가 목적지에 도착하자 현승은 다시 송아를 데리고 걸음을 뗐다. 직접 조수석 문을 열어 그녀를 태운 현승은 운전석에 올라타서도 한참을 그대로 있기만 했다.

불현듯 그의 성난 목소리가 송아를 향했다.

"내가 그렇게 못 미더워요? 나한테 얘기하고 같이 방법을 찾아볼 생각은 안 들었어요?"

"그야, 이게 다 나 때문이니까……."

"그래요. 선배는 아직도 이게 그저 선배 일이라고만 생각하죠? 난 그냥 도와준 사람일 뿐이니까. 가짜니까."

원망 가득한 눈으로 송아를 보던 현승이 떨리는 숨을 묵직이 토해 냈다. 지켜보는 송아가 힘들 정도로 몹시 괴로워 보였다.

"알아요. 선배한테 아무것도 바라지 말아야 한다는 거. 어차피 나혼자 좋아하는 거고, 또 내가 원해서 그런 거니까 선배는 내 감정같은 거 무시해도 된다는 거……."

"내가 언제 네 감정을 무시했다고 그래? 나 진짜 그런 거 아냐."

송아가 현승의 말을 잘라 내며 강하게 부정했다.

무시라니. 그렇게 말하면 그녀로서는 억울한 일이었다.

"너랑 상관없는 내 일이라서가 아니라, 내가 해결해야 할 일이라고 생각해서 그랬어. 또 너한테 어떻게 네 인사 발령 얘기를 해?"

현승이 아무리 대범하다고 해도 분명히 감당하기 쉽지 않은 얘기였다. 그녀가 만든 상황이었으니 해결할 수 있다면 해결해서 현승에게 그런 일이 닥치게 만들고 싶지 않았다. 그의 말처럼 그가 그럴 필요가 없다고 생각해서가 아니라 그를 아끼기 때문에.

"쉽지 않더라도 일단 내가 뭐든 해 볼 생각이었어. 결국엔 팀장님하고 나 사이에 풀어야 하는 감정의 잔재들이었고."

"그러다 선배 또 울 일 생기면요? 지난번처럼 상처받아 돌아오면요? 나한테 그 모습을 어떻게 보라고요?"

그런데 하나만 알고 둘은 몰랐나 보다. 송아는 현승의 말을 듣고 아차 했다. 그의 걱정을 왜 몰랐을까. 그녀 자신보다 더 아파할 사람인데.

미안한 송아는 현승을 다독일 생각에 변명을 먼저 꺼냈다.

"나 그렇게 호락호락하게 안 당해. 그 사람이 나한테 더는 상처 줄 수 있는 사람도 아니고."

하지만 현승의 두 눈에 담긴 서운함과 속상함은 조금도 누그러들 줄을 몰랐다. 역시 그 말이 먼저가 아니었다.

차마 현승을 바로 볼 수가 없어 송아는 시선을 떨군 채 말을 꺼냈다.

"미안해. 네가 힘들 거라는 생각은 못 했어. 이건 내 생각이 짧았어."

현승은 그 후로도 한참을 말없이 그녀를 바라만 보다 앞으로 시선을 돌렸다. 여전히 마음이 좋지 못한 것 같았다.

"오늘은 그냥 집에 데려다줄게요. 벨트 매요."

그에 송아는 그에게 마음이 풀릴 때까지라도 같이 있고 싶다는 말을 꺼낼 수가 없었다. 그를 좋아하는 마음을 숨기고 있기에 진심으로 그의 마음을 풀어 줄 수 있을지도 의문이었다. 겉으로만 빙빙 돌 것이었다.

비까지 내려 더 도로가 꽉 막힌 크리스마스이브 저녁. 송아의 집까지 향하는 한 시간이 넘는 시간 동안 차 안에는 도로보다 더 답답한 적막만이 흘렀을 뿐이었다.

"나쁜 놈. 진짜 갔어."

현승은 정말 그녀를 집 앞에 내려주고 가 버렸다. 평소처럼 그녀가 가는 뒷모습을 지켜보지도 않았다.

"아무리 그래도 그렇지 크리스마스이브인데 너무하는 거 아냐? 어떻게 이렇게 내버려 두고 가 버릴 수가 있어?"

송아는 자신이 자초한 일임을 알면서도 서운한 마음이 드는 건 어쩔 수 없었다. 아마도 늘 먼저 이해해 주려고 하고 품어 주던 현승이었기에 더 그런 건지도 몰랐다. 그러고 보면 늘 그에게 어리다고 하면서도 정작 그녀가 응석을 부리고 있었다.

"애는 누가 애인지 모르겠네."

혹시 다시 돌아오기라도 하지 않을까. 송아는 미련 가득한 눈으로 몇 번이나 뒤돌아보며 오피스텔 안으로 들어갔다. 그러나 현승의 그림자조차 보일 기미가 없고, 결국 하릴없이 집 안으로 들어선 송아에겐 진득한 우울감만 한가득 내려앉았다.

"오늘 진짜 엄청 신경 썼는데."

뿐만 아니었다. 평소처럼 평범한 저녁이나 먹자고 해 놓고는 설렘에 잠까지 설쳤다. 크리스마스 선물을 기다리는 아이라도 된 양 마음이 붕붕 떠 있었다. 인사 발령 얘기를 듣기 전까지는.

"발령은 어떻게 해야 해?"

송아는 이제라도 재신을 만나 봐야 하나 싶어 휴대폰을 꺼냈지만 곧 내려놓았다. 현승이 싫어할 것이 뻔한 일을 할 필요는 없었다.

"그러게 처음부터 현승이랑 상의부터 했어야지, 이 바보야."

짙게 한숨을 내쉰 송아는 무릎을 말아 침대 위에 앉았다.

가슴속이 꽉 막힐 정도로 답답하고, 속상하고.

우울한 시간들이 속절없이 흘러갔다.

얼마나 시간이 흘렀을까.

휴대폰 벨소리에 송아는 숙이고 있던 고개를 들었다. 발신자를 확인하는데 왈칵 눈물이 나려고 했다. 송아는 속으로 울음을 꾹 삼키고는 퉁명스럽게 전화를 받았다.

"왜?"

– 바보 같은 짓 하고 있어요?

대뜸 따지는 삐딱한 목소리에 송아의 얼굴이 바로 뾰로통해졌다. 재신의 집에 기어이 갔냐는 소리일 것이다. 계속 바보, 바보 하더니 현승은 정말 그녀가 바보인 줄 아는 모양이었다.

"어. 바보 같은 짓 하고 있어. 그러니까 끊어."

현승은 전화를 끊지도, 그렇다고 무슨 말을 하지도 않았다.

마찬가지로 잠자코 있던 송아가 참다못해 버럭 했다. 생각할수록 현승에게 섭섭했다.

"그래. 내가 잘못한 건 맞아. 근데 나 진짜 너 무시해서 그런 거 아니거든? 그리고 네가 걱정할 만한 상황도 안 만들었을 거야. 진짜 팀장님 집까지 들어가려고 한 것도 아니었고 그냥 근처에서……."

- 그 자식 집까지 가려고 했어요?

불쑥 날아든 현승의 날선 목소리에 송아는 바로 입을 꾹 다물었다. 혼나고 싶어 안달 난 것도 아니고 제 무덤을 스스로 파고 있었다.

송아는 제 입을 찰싹 때린 후 부러 더 당당하게 말을 꺼냈다. 주눅이 들면 현승이 더 혼내기 좋을 테니까.

"집에 들어가려고 했던 건 아니라니까? 근처까지만 가서……."

- 하아…….

그러나 현승의 한숨에 송아는 다시 말을 멈췄다. 현승은 겨우 한숨 하나로 꾸지람 듣는 철부지 느낌이 들게 만드는 재주가 있었다.

- 진짜 혼자 놔둘 수가 없네요. 내 조카보다 더한 사고뭉치였어.

"뭐? 아!"

- 문 열어 봐요.

"……뭐?"

송아의 시선이 반사적으로 현관문을 향했다. 그가 말하는 문이 저게 맞는 거겠지?

-보호자 왔으니까 문 열라고요. 더 큰 사고 치기 전에 내가 곁에서 감시해야지 안 되겠어요.

전화가 끊기는가 싶더니 바로 초인종 소리가 울렸다.

잠시 멍하니 현관문만 쳐다보고 있던 송아는 한 번 더 초인종 소리가 울리자 재깍 현관문으로 달려 나갔다. 정말 현승이 문 앞에 서 있자 송아의 눈이 휘둥그레졌다.

"어떻게 된 거야?"

입을 꾹 다문 채 대꾸 없는 현승은 그대로 집 안으로 들어왔다. 그의 양손이 묵직했다.

"그게 다 뭐야?"

송아가 뒤따르며 묻자 현승은 우선 손에 들고 온 걸 식탁 위에 내려놓기부터 했다.

"하나는 보다시피 케이크. 다른 하나는 전투 식량. 배부터 채우고 선배랑 한판 제대로 붙으려고 사 왔어요. 케이크를 화해의 만찬으로 즐길지 무기로 쓸지는 일단 한판 붙고 나서 확인해 보자고요."

정말 전투에 나가는 사람처럼 현승은 투지 가득한 얼굴로 마트 봉투 안에 들어 있는 걸 하나씩 꺼내 놓았다. 스테이크용 고기에 샐러드용 채소. 그리고 와인까지. 하나씩 밖으로 나오는 걸 보고 있자니 송아는 갑자기 맥이 탁 풀리는 느낌이 들었다.

안도.

지금 그녀가 느끼는 감정은 틀림없이 그것이었다.

왜 그리도 속이 답답하고 속상한가 했더니 은연중에 현승과 사이가 틀어질까 두려워하고 있었다. 제가 밀다고 다신 안 볼까 무서웠던 것이다. 그의 마음이 그리 가벼운 게 아니라는 걸 모르는 게 아니면서도 말이다.

그리 오래 고민할 것도 없었다. 망설임 자체가 없다는 게 더 정확했다.

송아는 현승의 등 뒤로 가 그를 끌어안았다.

6

집에 안 갈 거예요

◇
◇
◇

"……!"

당황스러운 침묵이 이어졌다. 물론 그건 현승 쪽뿐이었다.

몸이 경직된 채 그대로 있던 현승이 그새 마른 입술을 머뭇거리다 달싹였다.

"이럼…… 내가 오해하는데."

송아에게선 아무런 대답이 없었다. 그렇다고 해서 그를 안고 있는 작은 손이 떨어져 나간 것도 아니었다.

서서히 긴장이 풀리자 현승의 입가에 옅게 미소가 맺혔다.

마음이 불편했던 건 비단 그뿐만이 아니었던 건가. 그녀도 속상하고 답답하고, 아쉽고 그랬던 건가. 설사 착각일지라도 현승의 기분은 날아갈 것처럼 좋았다.

자격도 없는 주제에 괜히 화를 냈던 건 아닌지. 그러지 않아도 자신을 어리게 보는 여자인데 어리광 부리는 걸로 보였던 건 아닌지. 그래서 미움을 산 건 아닌지.

숱한 고민과 함께 그녀를 찾아오는 데 많은 망설임이 있었다. 그러나 지금은 결국엔 용기 낸 자신이 그렇게 대견할 수가 없었다.

그새 더 짙어진 미소를 머금은 현승이 송아의 손 위에 제 손을 포갰다. 그의 손 안에 가득 들어오는 작은 손이 주는 기쁨은 이루 말할 수 없을 정도였다.

지그시 눈을 감은 채 가슴 벅찬 떨림에 빠져 있던 현승이 번쩍 눈을 떴다. 다급히 송아의 손을 떼어 내고 돌아서자 송아의 젖은 얼굴이 두 눈 가득 들어왔다.

그가 들었던 훌쩍이는 소리가 착각이 아니었던 거다.

"왜 울어요, 선배?"

"울긴 누가 운다고 그래?"

한껏 까칠하게 쏘아붙인 송아가 코를 훌쩍였다. 그 모습을 보고 있으니 현승은 언제 걱정했냐는 듯 이상하게 웃음이 났다. 설사 착각이어도 좋다고 했던 것들이 착각이 아닌 것 같았다. 현승의 입가에 짓궂은 미소가 걸렸다.

"뭐 울기까지 해요? 내가 더는 안 좋아한다고 할까 봐 그렇게 무서웠어요?"

"그런 거 아니거든?"

"에이. 맞는 것 같은데?"

현승의 장난스러운 말투에 송아가 한껏 눈을 치켜떴다.

"나쁜 놈."

그러나 그 모습조차 사랑스러워 그녀의 젖은 얼굴을 손으로 감싸 닦아 주는 현승의 얼굴에선 미소가 떠날 줄을 몰랐다.

"그러게. 내가 나쁜 놈이네. 안 그래도 매력 부자인데 나쁜 남자의 매력까지 추가했어."

씩 웃은 현승은 그대로 송아의 얼굴을 붙잡은 채 쪽 입을 맞췄다.

"야!"

송아가 버럭했지만, 현승은 의연한 얼굴로 생글생글 웃을 뿐이었다. 그런 그의 눈에는 확신이 들어차 있었다.

송아의 마음이 언제 이렇게 와 있었던 걸까. 놀라움보다는 기쁨이고 고마움이었다.

"그럼 우선 밥부터 먹고 본격적으로 얘기 좀 해 볼까요?"

"무슨 얘기?"

"그러게요. 무슨 얘기일까요?"

한껏 의뭉스러운 얼굴로 송아를 헷갈리게 하는 현승이 다시 그녀의 입술에 쪽 입을 맞췄다.

"너 진짜!"

그러나 이번에도 송아가 버럭 하거나 말거나.

코트를 벗으며 본격적으로 식사 준비에 들어가는 현승이 콧노래로 부르는 크리스마스 캐럴이 오피스텔 안을 즐겁게 떠다녔다.

"맛있어요?"

"응."

전에도 느꼈지만 현승은 요리 솜씨가 제법이었다. 그녀보다도 나은 것 같았다.

"요리는 언제 이렇게 배웠어? 학원이라도 다녔어?"

"어머니가 어릴 때부터 가르쳤어요. 남자든 여자든 자기 먹을 건 자기가 해 먹을 줄 알아야 한다고요."

현승이 와인 잔을 들자 송아도 따라들었다. 그와 가볍게 잔을 부 딪친 송아가 한 모금 마시는데 현승이 불쑥 말을 꺼냈다.

"그래서."

송아는 잔에 입을 댄 그대로 눈으로만 흘깃 그를 쳐다봤다.

"나한텐 언제부터 빠졌어요?"

"컥, 컥."

사레가 들린 송아가 밭은기침을 쏟아 내자 현승이 곧장 휴지를 건넸다. 송아는 숨이 좀 골라지자 따지기부터 했다. 얼굴은 기침과 민망함으로 새빨갛게 물들어 있었다.

"무, 무슨 그런 말도 안 되는 소리를 하고 그래? 내가 너한테 빠지 긴 뭘 빠졌다고?"

"아아. 말도 안 되는 소리인 거구나? 내 착각이다, 이거죠?"

능글능글하게 웃는 얼굴은 이미 송아가 거짓말을 하고 있다는 확신에 가득 차 있었다. 송아는 아무 말도 못하고 입을 꾹 다문 채 그를 쏘아보기만 했다. 제가 한 행동이 있어 계속 부정하기도 어려웠다.

미소 띤 얼굴로 그녀를 보고만 있던 현승이 자리에서 불쑥 일어섰다. 송아가 왜 그러나 싶은데 곧 그녀의 앞에 작은 상자가 하나 놓였다.

"뭔데?"

"열어 봐요."

현승의 얼굴과 상자를 번갈아 보던 송아가 조심스럽게 상자를 집었다. 보자마자 눈에 쏙 들어올 정도로 예쁜 하트 모양 펜던트가 달린 목걸이가 안에 들어 있었다. 송아가 놀란 얼굴로 현승을 보자 그가 부드럽게 웃으며 말을 꺼냈다.

"메리 크리스마스."

지그시 그녀를 보던 현승의 윙크에 송아의 입에서 작게 웃음이 터졌다. 마음이 간질간질거릴 정도로 기쁜 마음을 숨길 수가 없었다.

"한번 해 봐요. 내가 해 줄까요?"

송아의 대답이 나오기 전에 현승이 더 가까이 다가섰다. 송아는 긴 머리카락을 한 손으로 움켜쥐어 드는 것으로 허락을 말했다. 목걸이를 채워 주느라 조금씩 스치는 그의 손길조차도 그녀에겐 떨림이었다.

"역시 예쁘네."

현승이 감탄 어린 눈으로 송아를 바라봤다. 송아는 이번엔 수줍음에 살며시 볼을 붉혔다.

그런데.

"목걸이가."

곧장 사정없이 일그러진 송아의 눈이 앞에 선 현승을 앙칼지게 쏘아봤다. 현승은 그저 재미있다는 듯 쿡쿡 웃을 뿐이었다. 송아가 속으로 못됐다고 투덜대는데 현승이 다시 말을 꺼냈다.

"하나 더 남았는데."

그리고 그는 바지 주머니에서 무언가를 꺼내 그녀의 앞에 들어 보였다.

립스틱이었다.

재신이 선물했던 것과는 다른 현승이 고른 핑크색 립스틱.

현승이 한 손으로 그녀의 의자 등받이를 짚은 채 송아를 향해 몸을 숙였다. 핑크색 립스틱이 그녀의 입술에 가까이 다가왔다.

"앞으론 이 립스틱만 발라요. 내 앞에서든 다른 누구 앞에서든."

현승이 조심스러운 손길로 송아의 입술에 핑크색 립스틱을 바르기 시작했다. 살짝 벌어진 입술을 내어 주고 있는 송아는 너무 떨려 제대로 숨을 쉴 수조차 없는데 현승은 그걸 아는지 모르는지 정성스럽게 립스틱을 발라 주는 데에만 온 신경을 집중했다.

"지워지면 또 바르고, 또 바르고. 잠시나마 품절될 일도, 평생토록 생산이 중단될 일도 없을 테니까. 아무 걱정 말고 바르고 또 발라요."

이윽고 립스틱이 송아의 입술에서 떨어졌다. 여전히 눈높이를 맞춘 채 그녀의 입술에 시선을 두고 있는 현승의 입가에 흐뭇한 미소가 걸렸다.

"절대 불안해하지도 말고요. 언제나 이렇게 선배 입술 위에서 선배 예쁘게 해 줄 거니까."

한층 더 짙어진 미소로 송아의 입술을 바라보던 현승의 시선이 위로 들렸다. 그와 눈이 마주치자 부끄러운 송아는 재깍 옆으로 시선을 틀었다.

"예쁘다."

그러나 또 놀리는 것 같은 소리에 바로 새침하게 그를 흘겨봤다.

"윤송아."

또다시 예상을 비껴난 말에 금세 부끄러워 시선을 떨궈 버렸지만.

송아의 바로 앞에서 현승의 낮은 웃음소리가 울렸다. 현승은 떠나지 않고 계속 송아를 바라봤다. 왜 그런가 싶어 송아가 흘깃 보니 현승이 기다렸다는 듯 말문을 열었다.

"그래서."

"……"

"키스해도 돼요?"

"……!"

댕그란 눈으로 현승을 보던 송아는 일순 옆으로 고개를 홱 돌렸다. 그리고 이내 입술을 살짝 깨물었다. 싫어서 그런 것이 아닌데 현승이 상처 받을까 걱정됐다.

어떻게 할지 고민하고 있는 송아의 눈이 다시 한번 커다래졌다. 현승이 살며시 그녀의 턱을 그러쥐어 그녀의 얼굴을 그의 앞으로 가져갔다.

놀라는 바람에 살짝 벌어진 그녀의 입술을 지그시 내려다보던 현승과의 거리가 조금씩 좁혀졌다. 그녀에게 닿는 현승의 더운 숨의 농도가 조금씩 더 짙게 다가왔다.

이러지도 저러지도 못하는 송아의 머릿속이 감당하기 벅찰 정도로 복잡했다. 지금 그를 받아들인다면 더는 아닌 척을 할 수 없었다. 천천히 시작해 보려고 했던 계획은 틀어지고 마는 것이었다.

그러나 현승의 입술이 포개지는 순간, 그 복잡했던 머릿속이 한순간에 잠잠해졌다. 처음에 그랬듯 그에게 흠뻑 빠져 그를 느끼는 것 말고는 아무것도 할 수 없었다. 모든 감각이, 온 마음과 몸이 그를 향해 활짝 열렸다.

잔잔하게 이는 파도 같던 키스를 나눴던 둘의 시선이 다시 서로를 바라봤다. 살짝 흥분에 깃든 숨을 내쉬고 있는 둘의 눈빛에서는 서로를 간절히 원하는 마음이 여실히 드러났다. 그가 정성스럽게 발라 놓은 핑크색 립스틱은 이미 그에 의해서 어지러이 흩어져 있었다.

어느 쪽이 먼저 시작이었는지 알 수 없었다.

송아의 허리를 휘어 감아 그녀를 일으켜 세운 현승이 먼저였는지, 현승의 목을 두 팔로 감으며 안겨 든 송아가 먼저였는지.

처음과 다르게 뜨겁고 격정적으로 맞부딪힌 입술은 서로를 정신없이 탐해 갔다. 이미 마음은 숨길 수 없는 것이 됐고, 서로를 향한 욕심은 그들의 흥분에 고스란히 드러났다. 침대 위로 몸이 포개지며 입술이 다시 한번 떨어졌다. 이미 현승의 눈빛은 송아가 기대감과 약간의 두려움을 품을 정도로 한없이 깊어져 있었다.

지금 눈앞의 그는 그 어느 때보다도 '남자'였다.

"나……."

거친 숨을 몰아쉬는 현승의 입에서 한껏 잠긴 목소리가 흘러나왔다.

"집에 안 갈 거예요."

송아는 이미 예상을 했음에도 그의 선언에 순간 가슴이 크게 요동쳤다. 날뛰는 심장의 뜀박질이 벅차다 못해 걱정될 정도였다.

과연 그를 감당해 낼 수 있을까. 그런데 언제부터 이렇게 욕심이 많았는지 송아는 도망치고 싶은 마음이 하나도 들지 않았다. 그럴 수만 있다면 그의 모든 것을 다 감당해 보고 싶었다.

대답은 필요치 않았다. 아니, 한시도 떨어지지 않는 현승을 향한 송아의 갈망의 눈빛이 이미 답이었다.

둘의 입술이 다시 뜨겁게 맞부딪쳤다. 송아의 목 안에서 나오는 가는 신음이 현승의 모든 감각을 사로잡고 그녀의 달아오른 몸이 그의 모든 세포를 날뛰게 만들었다.

더는 망설일 이유가 없기에 거침없었고, 같은 온도이기에 두려워할 것도 없었다.

하얀 나신 위에 닿는 촉촉한 입술과 섬세한 손길 아래에서 그녀의 탄성이 환희에 젖어 들어가고, 그토록 원했던 그녀를 품는 그의 온몸은 땀에 흠뻑 적셔졌다. 산산이 부서지는 눈앞에서 서로를 향한 마음은 더 그 형체를 또렷이 하며 단단한 것이 되어 갔다.

그리고 이윽고 둘의 마음이 하나가 되어 폭발했다.

모두에게 축복이 함께할 크리스마스이브. 그들의 시간에도 그렇게 축복이 내려오고 있었다.

어느새 자정이 넘어가고. 재신의 손이 식탁 위에 얹어 둔 작은 상자를 으스러지도록 움켜쥐었다. 그리고 머지않아 그것은 바닥으로 내동댕이쳐지며 안에 들어 있던 동그란 것이 튀어나와 바닥을 굴렀다.

송아를 기다렸다.

그녀가 자신을 찾아올 이유가 애송이 때문이라는 걸 알면서도 그녀를 위한 반지를 사고, 그녀를 위한 저녁 테이블을 마련했다.

이제껏 누구에게도 기울여 본 적 없는 정성이었다. 원하는 여자를 얻기 위해서라면 노력을 아끼지 않았지만, 그것에 진짜 정성은 없었다. 처음으로 진심을 다해 그녀를 기다리고, 그녀와 함께할 시간을 준비한 것이었다.

와인 잔을 움켜쥔 재신의 손에 푸른 힘줄이 불거졌다. 가는 목이 금방이라도 부러져 버릴 것만 같았다. 그리고 재신은 정말 그렇게 할 것인지 보이지 않는 누군가를 향한 그의 눈빛이 형형하게 번뜩였다.

'그래. 너희들이 이렇게 나온다는 거지?'

분노에 찬 눈빛이 서늘하게 가라앉았다. 절대로 이대로 송아를 포기하지 않겠다는 마음이 더 확고히 자리했다. 재신에겐 그게 자신의 자존심을 지키는 방법이었다.

잔에 담긴 붉은 액체가 재신의 목구멍으로 단숨에 넘어갔다. 챙, 하는 소리와 함께 하얀 벽에 붉은빛이 어지러이 흩뿌려지며 이리저리 유리 파편이 뿌려졌다.

와인 잔의 가는 목이 기어이 부러지고 말았다.

수건으로 젖은 머리를 털며 욕실을 나오던 현승은 먼저 나와 화장대 앞에 앉아 있는 송아를 잠시 가만히 쳐다봤다.

　그의 기척도 모른 채 골똘히 생각에 빠져 있는 어두운 옆모습을 보니 그녀가 대충 무슨 생각을 하는지 알 것도 같았다. 그의 발령 문제를 걱정하며 재신을 어떻게 해야 할지 고민하고 있을 것이었다. 작게 고개를 내저은 현승이 조용히 다가가 뒤에서 그런 그녀의 어깨를 끌어안았다.

　"나 질투 많은 거 알죠? 머릿속에 들어 있는 다른 놈은 당장 밀어내요, 빨리."

　현승이 제 것이라는 듯 송아의 몸을 꽉 끌어안았다. 갑작스러운 스킨십에 놀랐던 송아는 그의 온몸에서 느껴지는 진심에 피식 웃음을 흘렸다. 앞으로 얼마나 질투를 해 대려고 이러는 건지. 벌써부터 골치가 아픈데 그게 싫지는 않았다.

　현승에게서 풍기는 달콤한 바디 워시 향을 즐기며 송아가 그를 돌아봤다. 고스란히 드러난 그의 상체에 송아의 얼굴이 살짝 붉어졌다. 입고 있는 거라곤 허리에 두른 수건이 전부였다.

　살며시 시선을 피한 송아가 현승을 나무랐다.

　"옷 입어, 얼른."

　"뭐 하려요? 어차피 우리 엉큼한 선배가 또 벗길 건데. 역시 선배는 달라. 옷도 잘 벗겨."

"야!"

송아가 그의 팔을 찰싹 때리며 째려봤지만 현승은 짓궂음과 음흉함이 섞인 눈빛으로 보란 듯이 되받아쳤다. 입에선 웃음이 떠날 줄을 몰랐다.

"졸려요?"

기대하는 눈빛을 숨기지 않은 채 현승이 송아를 향해 은근한 눈길을 보냈다.

"응. 졸려."

어이없이 웃은 송아는 그리 말하곤 침대로 가려는데 발을 떼기 무섭게 현승의 손이 그녀의 허리를 낚아채 버렸다.

"깜짝 놀랐잖아!"

현승은 아랑곳없이 그녀의 허리를 더 바짝 끌어당겼다. 대놓고 유혹하는 눈빛을 보내면서.

"정말 졸려요?"

"응. 정말."

"정말?"

"정말!"

송아가 진심이라는 듯 현승을 빤히 쳐다봤다. 속을 알 수 없는 눈으로 가만히 그 시선을 받던 현승이 불현듯 씩 웃었다.

"그럼 잠 깨게 하면 되지."

그 말이 떨어짐과 동시였다.

현승의 입술이 송아의 목덜미를 파고드는가 싶더니 그녀의 티셔츠 안으로는 그의 손이 불쑥 들어왔다. 목덜미를 지분거리는 촉촉하고 매끄러운 입술과 허리를 쓰다듬다 가슴을 움켜쥐는 현승의 손이 만들어 내는 하모니에 송아는 정신이 없었다.

"잠 다 깼죠?"

현승의 능글맞은 미소에 어느새 가쁜 숨을 몰아쉬고 있던 송아가 그를 앙칼지게 쏘아봤다. 반사적으로 그의 목을 끌어안고 있던 손으로 아직도 그녀의 한쪽 가슴을 움켜쥐고 있는 그의 손을 찰싹 때렸다.

"안 치울래?"

"맞았으니까 더 안 치울 건데요?"

말 안 듣는 아이가 따로 없었다. 현승은 뻔뻔하게 그녀와 눈을 맞추며 가슴을 움켜쥔 손에 힘을 줬다. 그러나 송아가 입을 앙다문 채 계속 무섭게 쏘아보자 그제야 못 당하겠다는 듯 소리 없는 웃음과 함께 얌전히 손을 내렸다.

이윽고 송아의 티셔츠 안에서 손을 빼낸 현승이 부드럽게 그녀의 허리를 붙잡곤 지그시 눈을 맞췄다. 어느새 눈빛은 흑심 없이 잔잔하게 가라앉아 있었다.

"그렇게 걱정 안 해도 돼요."

못마땅하게 현승을 보던 송아는 그의 말뜻을 알아듣고는 더 뾰로통해졌다. 현승은 지금 그의 발령 얘기를 하고 있었다.

"넌 걱정 좀 하지 그래? 그냥 협박하는 게 아닐 거라고."

"그래서 그렇게 걱정돼 죽겠어요? 매일 봐도 모자란데 나랑 멀리 떨어질 생각하니까."

현승은 그녀가 걱정하는 게 마냥 좋다는 얼굴이었지만, 송아는 그 얼굴이 썩 마음에 드는 건 아니었다.

"넌 아닌 것 같다?"

생각할수록 송아는 현승이 그런 것 같아서 섭섭함이 커져 갔다. 어느 정도는 현승이 그녀를 놀리려고 그런다는 걸 알면서도 달라지지 않는 마음이었다.

"됐어. 저리 가."

송아는 현승의 손을 떼어 내고는 그대로 침대로 가 등을 보이고 누웠다.

웃음기를 머금은 채 그 모습을 보던 현승이 그녀의 허리를 끌어안으며 곁으로 누워 송아의 얼굴을 살폈다.

"서운했어요?"

"잘 거야, 나. 건들지 마."

송아는 아예 이불에 얼굴을 묻는 것도 모자라 손으로 얼굴을 가렸다. 조용히 그 모습을 보던 현승의 입에서 끝내 쿡쿡 웃음이 새어나왔다.

"어쩜 이렇게 예뻐요? 우리 딸도 나중에 이러려나?"

송아의 귓가에 입을 맞추는 현승의 입에선 웃음이 떠날 줄을 몰랐다. 귀찮다는 듯 어깨로 그를 밀어내던 송아가 참다못해 그를 홱 째려봤다.

"딸 같은 소리 하네. 넌 지금 당장 내일도 위태롭거든? 하룻밤 자고 바이바이. 내가 그런 거 못 할 거 같아?"

"네."

"네?"

일말의 망설임도 없는 대답에 송아의 코에서 콧김이 팍팍 뿜어져 나왔다.

더 놔두면 송아가 정말 화가 날 것 같아 현승은 늦지 않게 뒷말을 덧붙였다.

"내가 그렇게 하게 놔둘 것 같아요? 어떻게 잡았는데. 그러니까 그런 건 꿈도 꾸지 마요. 이제 윤송아 인생에 딴 남자는 없어요."

그걸 확인시켜 주듯 현승은 바로 송아의 입술을 삼켰다. 여전히 그가 미운지 송아는 순순히 그를 받아들여 주지 않았지만 이내 그와 호흡을 맞춰 왔다. 아무리 취하고 또 취해도 절대 질릴 것 같지 않은 달콤함에 현승은 그녀와 입을 맞추면서도 올라가는 입꼬리를 주체하기 힘들었다.

떨어진 입술에 한 번 더 가벼이 입을 맞춘 현승은 옆으로 떨어져 나와 송아의 호흡이 가라앉길 기다렸다.

"선배."

한 손으로 머리를 괸 채 그녀의 달아오른 뺨을 쓰다듬어 주던 현승의 부름에 송아의 시선이 그를 향했다. 아직 여운이 남은 몽롱한 눈빛조차 예뻐 현승의 입가에 다시 미소가 맺혔다.

초점이 돌아온 송아의 눈에 의문이 깃들자 현승은 하려던 말을 꺼냈다.

"내가 그냥 회사 그만둘게요."

"……뭐?"

놀란 송아가 몸을 일으켜 앉았다.

현승도 천천히 몸을 일으켜 앉아 침대 헤드에 등을 기댔다. 송아가 놀랄 거라는 건 이미 예상했기에 현승은 차분하게 말을 이었다.

"원래 처음부터 오래 다닐 회사 아니었어요. 3년 정도? 그 정도만 다니고 그만둘 거였어요."

"왜? 그 후엔 어떻게 하려고? 이직할 생각이었어?"

현승은 고개를 내저었다.

"누나 웨딩숍 맡을 거예요. '하라'."

"'하라'?"

큰 기업에 비하면 일개 웨딩숍이라고 할 수 있지만, 현재 '하라'가 가진 브랜드의 잠재력은 무시할 수 없는 것이었다. 그리고 현승의 큰누나 지승은 '하라'를 국내 무대에 한정해 생각하지 않았다. 지금은 정·재계 인사 등 국내 셀럽들만 휘어잡고 있지만, 그 일이 세계 시장에서도 이뤄지길 바라고 있다.

"누나는 디자인에만 집중하고 싶어 해요. 그리고 대신 제가 '하라'를 세계적인 브랜드로 키워 주길 바라고요. 지금 다니는 회사는 경험 없는 제가 노하우를 배우기 위해서 들어온 거였어요."

송아는 현승의 미래 계획 같은 건 모르고 있던 것이기에 여전히 어안이 벙벙했다. 그래도 그의 말을 다 알아듣기는 했다.

"어쨌든 3년은 있을 생각이었다며? 네 말대로 아직은 더 배워야 하는 거잖아."

"그건 계획이었던 거지, 꼭 그렇게 해야 하는 건 아니니까요. 계획이야 상황에 따라 바뀌는 거죠."

"그렇지만……. 결국엔 나 때문에 네가 희생하는 거잖아."

송아는 너무 미안해 현승의 눈을 제대로 보는 것도 힘들었다. 그녀의 예쁘지 못했던 사랑이 만들어 낸 지저분한 결과를 현승 혼자 떠안게 되어 버렸다.

"일단 인사팀에 얘기해 보자. 내가 자초지종 설명하고 네 지방 발령은 불합리한 거라고 얘기해 볼게. 이렇게 나가는 게 너한테 좋은 건 아니잖아."

"아뇨. 저한테는 안 좋을 거 없어요. 이 회사에 목숨 걸고 있는 것도 아니고, 내가 퇴사한다고 해서 이재신한테 졌다는 생각을 하는 것도 아니고. 지금 선택에 어떤 아쉬움도 불만도 없어요."

그래도 송아는 어떻게든 설득해 보려는 의지를 드러냈지만, 고개를 내젓는 현승의 뜻은 단호했다.

"그런 생각은 했어요. 회사 그만두는 거랑 별개로 이재신이 얼마나 치졸한 인간인지 다 밝혀 볼까. 그런데, 안 그러려고요."

"왜? 네가 성인군자도 아니고 왜 그런 걸 덮어?"

송아는 억울하고 답답한 얼굴이었으나 정작 현승의 얼굴엔 잔잔한 미소가 떠 있었다. 그 미소로 송아를 가만히 보던 현승이 불쑥 말을 꺼냈다.

"나한텐 선배가 아주 소중하거든요."

송아가 알아들을 수 없다는 듯 쳐다보자 현승이 부드러운 미소로 말을 보탰다.

"결국엔 선배 얘기도 해야 하는 거잖아요. 난 선배가 사람들 입에 오르내리게 만들고 싶지 않아요."

송아는 그제야 현승이 반발하게 되면 그녀와 재신의 관계까지 만천하에 드러나게 될 거라는 걸 상기하고는 말문이 막혔다. 그러나 생각이 바뀌는 건 아니었다. 진실보다 몇 배는 과장된 말들이, 심지어는 거짓들이 진실로 둔갑해 그녀 주변을 떠돌며 상처를 주게 될 걸 알지만 그걸 두려워하고 싶지는 않았다.

어차피 그녀의 선택들이 만들어 낸 결과였고, 그 책임을 회피하고 싶지 않았다. 결과야 어쨌든 그녀는 부끄럽지 않은 사랑을 했고, 사랑은 결과까지 다 책임지는 것이었으니까.

"난 괜찮아. 어차피 사람들 흥미는 금방 떨어질 거고. 나야말로 이 정도 연차면 이직할 수도 있어."

"아뇨. 내가 안 괜찮아요. 난 선배가 상처 받게 만들려고 선배한테 마음 달라고 한 거 아니거든요. 약속했잖아요. 내가 예쁜 사랑만 시켜 주겠다고."

"그렇지만……."

살며시 손을 잡아 오는 현승의 손길에 송아의 말이 끊겼다. 잔뜩 속상한 얼굴의 그녀와 달리 현승은 여전히 잔잔한 미소를 머금고 있었다.

"아까 내가 하는 걸 희생이라고 그랬죠?"

답을 바란 물음은 아니었기에 현승은 짧은 간격을 둔 후 말을 이어 갔다.

"그런데 그 생각은 틀렸어요. 난, 선배 사랑하는 거예요. 난 선배 이렇게 사랑할 거예요. 나한테 너무나 귀한 존재, 다른 사람들도 함부로 여기지 못하게."

그의 의지가 얼마나 강한지 드러내 보려는 듯 송아를 향한 현승의 눈에 강한 힘이 들어갔다. 차츰 눈앞이 흐려지는 송아도 느낄 수 있을 정도로 굳건한 의지, 아니 사랑이었다.

"난 내가 선배를 지키고 아껴 줄 수 있는 방법이 있다는 것에 대해 감사할 뿐이에요. 내가 능력 없어서 회사에 꼭 붙어 있어야만 하는 바람에 선배가 상처가 될 말을 듣거나 원치 않는 시선을 받게 하지 않아서 얼마나 다행이라고 생각하는지 모르죠?"

정말 자신이 그런 존재라는 게 마음에 들어 현승의 미소가 더 짙어졌다. 제가 가진 환경은 송아를 부족함 없이 사랑해 주기 위한 것이라는 생각마저 들었다.

"선배한테 내 마음 드러낼 때부터, 난 이런 일 생길 줄 알았어요. 감정적으로 얽힌 세 사람이 한 팀에 계속 있는 게 가능한 일은 아니잖아요."

그러니 현승은 그의 인생 계획이 틀어질 것까지 감안하면서 그녀를 사랑했다는 말이었다.

그의 말을 하나씩 이해해 가고 있는 송아의 가슴이 벅차다 못해 겨우 내쉬는 숨마저 떨려 왔다. 새삼 그의 사랑이 여실히 느껴지면서, 제가 얼마나 커다란 사랑을 받고 있는 것인지 온 마음으로 느낄수 있었다.

송아는 금방이라도 터질 것 같은 울음을 꾹 참으며 울먹이는 목소리로 말을 꺼냈다.

"미안해. 네가 이런 사람인 줄도 모르고 그간 애 취급 해 왔던 거. 더 자라고 더 배워야 하는 건 오히려 나 같은데."

고맙고 미안하고. 송아는 면목이 없어 두 손으로 얼굴을 가린 채 고개를 숙였다.

그러길 한참.

"근데, 선배."

현승의 부름에 송아가 조금은 진정된 얼굴을 들었다. 왜 그러는 건지 현승의 눈빛이 의뭉스럽다 못해 초롱초롱하게 빛나고 있었다.

"딸 낳아 주는 거예요?"

"……!"

"왠지 크리스마스 베이비면 더 예쁠 것 같지 않아요?"

"뭐?"

기함하던 송아가 현승의 품에 안겨 침대 위로 쓰러진 건 순식간이었다. 으스대는 듯한 음흉한 미소에 송아는 어이없는 헛웃음만 뱉었다.

"사랑해요."

"……몰라."

"괜찮아요. 내가 잘 알려 줄 테니까 아무 걱정 말아요."

대체 뭘 알려 주고, 뭘 걱정 말라는 것인지.

따져 물으려 했으나 그 전에 이미 송아의 입술을 현승의 입술이 가로막아 버렸다. 그녀의 안으로 파고 들어오는 그를 받아들이는 송아의 입가엔 숨길 수 없는 행복한 미소가 떠 있었다.

눈 깜짝할 새에 지나가 버린 것 같은 휴일 후 맞는 출근길. 차가 신호에 걸리자 현승은 자연스럽게 조수석 송아에게 시선이 갔다. 잠잠하다 했더니 혼자 생각에 빠져 있었다.

이번엔 또 왜 저러나 싶어 현승의 고개가 살짝 갸웃했다.

"꼭 우리 조카가 사고 치기 직전에 그런 얼굴이던데."

그의 말에 송아가 생각에서 깨어나 그를 바라봤다.

"응? 나한테 무슨 말 했어?"

"이번엔 또 무슨 사고를 치려고 그렇게 머리 싸매고 궁리 중이에요? 우리 사고뭉치 애인께서는."

"사고뭉치?"

또다시 듣는 소리에 송아의 얼굴이 한껏 불만스러워졌다.

"너 자꾸 나한테 사고뭉치라고 할래? 너만 나한테 그러는 거거든?"

"에이. 그럴 리가."

정말 그렇게 생각하는 것 같은 얼굴에 급기야 송아의 입에서 씩씩대는 소리가 나왔다. 그러나 아무리 그녀가 험악하게 인상을 구겨도 현승의 눈에는 마냥 귀엽고 사랑스럽다는 게 함정이었다.

현승은 그가 사 준 핑크 립스틱을 바른 송아의 입술에 가볍게 입을 맞춘 후 다시 차를 출발시켰다. 한 손은 송아의 한 손을 살며시 깍지 껴 잡은 채였다.

"무슨 생각을 그렇게 한 건데요? 말해 줄 수 있어요?"

공유 못 할 얘기는 아니기에 송아는 망설임 없이 말을 꺼냈다.

"고효주 씨 생각했어."

"그 여자는 왜요?"

떠올려서 좋을 게 없는 사람이기에 현승이 설핏 인상을 쓴 채 송아를 흘깃 쳐다봤다. 살짝 시선을 내리고 있는 송아는 제 생각에 빠진 채 계속 말을 이어 갔다.

"그 여자한테도 진실을 알려 줘야 하지 않을까 싶어서. 분명히 아무것도 모른 채 이 상황 속에서 허우적대고 있을 거니까."

재신은 절대 자신에게는 불리한 얘기는 하지 않는 남자였다. 숨기고, 거짓으로 둘러대는 것도 거리낌 없는 그라면 틀림없이 효주에게도 모든 진실을 숨기고 있을 것이었다. 그러니 송아는 같은 여자로서, 아니 인간으로서 연민이 느껴지는 그녀에게 모든 걸 알고 있는 자신이 침묵하는 게 바람직한 것인지 자꾸 고민이 됐다.

나직한 한숨과 함께 송아가 현승을 바라봤다.

"오지랖인 걸까?"

"아마도요?"

"그럼 그냥 가만히 있는 게 나을까? 내가 나서는 게 그 여자한테는 불쾌한 걸 수도 있고."

모르는 척하고 있기도, 그렇다고 적극적으로 나설 수도 없는 문제기에 송아는 좀처럼 결단을 내릴 수 없었다. 그건 현승도 마찬가지인지 그도 섣불리 아무 말도 꺼내지 않았다.

"일단은 좀 더 생각해 볼게."

"그래요. 나도 같이 생각해 볼게요. 어떤 선택을 하든 난 지지해 줄 거라는 거 잊지 말고요."

잡고 있는 손을 더 단단히 쥐며 싱긋 웃는 현승의 모습에 송아의 얼굴에도 옅게 미소가 떠올랐다. 선택은 여전히 힘들지만 현승이 자신의 편이라는 것만으로도 마음이 한결 편안해졌다.

길게 시간 끌 필요가 없었다. 상대가 먼저 공격해 오기를 기다릴 필요도. 그에 현승은 출근하자마자 재신 앞에 사직서를 내밀었다.

"뭐야?"

"보시다시피요."

현승의 말에 재신의 시선이 다시 책상 위 하얀 봉투에 닿았다. 불쾌하게 구겨졌던 얼굴에서 피식 비웃음이 터져 나왔다. 그의 앞에 서 있는 현승은 재신이 어떤 표정이든 담담한 얼굴이었다.

"따라와."

비웃음마저 지운 재신이 낮게 뇌까린 채 먼저 자리를 떠났다. 현승은 걱정스럽게 보는 송아를 향해 눈짓으로 괜찮다는 뜻을 전한 후 그의 뒤를 따랐다.

회의실로 따라 들어선 현승을 보는 재신의 얼굴에 다시 비웃음이 떠올랐다.

"도망을 치겠다? 기껏 둘이 내린 결론이 이건가? 도망치면 너희 둘이 마음껏 활개 칠 수 있을 것 같아?"

"제가 그만둘 거라는 거 알지 않았습니까? 이러길 바라고 발령 내려던 거 아니었습니까?"

"입사해서 1년도 못 버틴 신입 사원. 게다가 업무 역량은 현저히 떨어져서 능력은 부족하고 여자들한테는 치근덕거려서 회사에선 골칫덩어리인 존재. 과연 이런 평판을 갖고 있는 사람이 갈 수 있는 회사는 어디일까?"

어서 대답해 보라는 듯한 눈짓 후 재신은 창가로 가서 걸터앉았다. 확실히 현승보다 우위에 서 있다고 생각하는지 얼굴은 한결 더 여유로워져 있었다.

"분명히 얘기하지. 너, 여기서 나가면 아무 데도 못 가. 내가 그렇게 만들 거거든."

제 힘을 과시하듯 재신의 눈빛과 표정이 한껏 거만해졌다. 그 모든 걸 피하지 않고 눈에 담고 있는 현승의 얼굴은 시종일관 평온하기만 했다.

"객기 그만 부리고 조용히 지방으로 내려가. 나랑 송아, 미국으로 가고 나면 기회 봐서 내가 다시 서울로 올려 줄 테니까. 여자 하나 때문에 인생 망칠 수는 없잖아? 설마 송아가 네 구질구질한 인생을 언제까지든 참아 줄 수 있을 거라고 착각하는 건 아니겠지?"

벙어리가 된 현승이 가소롭다는 듯 재신이 피식 웃으며 몸을 바로 세웠다. 현승이 아무리 덤덤한 척해 봤자 속으로는 겁을 먹었을 거라는 생각이었다.

이쯤 됐다 싶어 재신이 막 한 걸음을 떼려던 때였다.

"말씀 다 끝나셨습니까?"

이윽고 열린 말문에 재신이 다시 현승을 똑바로 쳐다봤다. 덤덤하던 얼굴에 어느새 언뜻 미소가 걸려 있었다. 겁을 먹었다는 재신의 생각이 착각임을 똑똑히 알려 주듯 현승의 얼굴에선 자신감이 넘쳐 나고 있었다.

"송아랑 저. 저희 두 사람 인생이지만 팀장님의 걱정은 진심으로 고맙게 받겠습니다. 그 걱정 덕분에 더 잘 살 것 같네요."

정중하지도 그렇다고 무례하지도 않을 정도로 현승이 반쯤 고개를 숙였다. 그리고 썩은 얼굴이 되어 있는 재신을 향해 문득 생각났다는 듯 다시 말을 꺼냈다.

"아. 제가 너무 티를 안 냈나 봐요. 있는 집 자식인 걸. 아니, 팀장님이 보는 눈이 없는 건가? 제가 가만히 있어도 귀티가 줄줄 흐르는 놈이거든요. 하긴, 송아 놓친 거 보면 눈이 동태눈깔이라는 쪽이 더 맞는 것 같네요."

"뭐, 이 새끼야?"

그의 어떤 도발에도 꿈쩍 않던 현승과 달리 재신은 곧장 발끈하고 나섰다. 한껏 거만을 떨던 모습과 비교되는 모습이 우스워 현승은 웃음을 삼키며 두 음절의 단어를 뱉었다.

"'하라'."

재신이 기억하지 못하는 것 같아 현승은 더 친절하게 설명해쳤다.

"당신 웨딩드레스, 내가 깠어."

"⋯⋯!"

"원한다면 네 인생에 계속 태클 걸어 줄 수도 있는데. 네 수준에
맞춰서 나도 한번 지저분하고 비열하게 놀아 볼까?"

"⋯⋯네가 한 짓이라고?"

믿을 수 없는지 재신의 얼굴이 혼란스러워 보였다. 이제껏 무시
해 왔던 현승이 그에게 태클을 걸 수 있다는 것을 받아들이기 쉽지
않아 그럴 것이다. 누군가를 방해하려면 더 큰 힘이 있어야 함을 알
기에 더욱 더 큰 충격일지도.

"어차피 팀에서 쓸모도 없는 놈. 빨리 사표 수리나 해 주시죠? 송
아, 저한테 귀하게 데려오려면 제가 할 일이 꽤 많거든요."

마지막으로 재신을 똑바로 응시해 준 후 현승이 먼저 돌아섰다.
굳이 재신이 그랬듯 비웃음이나 거만한 태도 같은 건 필요 없었
다. 그런 것들이 없어도 현승은 이미 재신을 충분히 눌러 내리고 있
었다.

재신을 버려둔 채 홀로 회의실을 나서는 현승의 얼굴엔 그저 홀
가분한 미소가 떠올랐다.

업무 차 다른 층에 갔다 계단을 통해 사무실로 가려던 송아의 걸음이 뚝 멈춰 섰다. 재신이 출입문을 막은 채 그 앞을 서 있는 탓이었다.

왠지 그녀를 기다리고 있다는 생각이 들긴 했지만, 송아는 곧 모르는 척 목례 후 문으로 향했다. 아니나 다를까. 재신이 움직이지 않고 계속 그 자리를 지켰다.

송아는 당황하지 않고 당당히 고개 들어 재신을 똑바로 쳐다봤다.

"하실 말씀이라도 있으신가요, 팀장님?"

"그래서 그런 거였어?"

대뜸 나온 소리를 이해할 수 없어 송아의 눈살이 살짝 찌푸려졌다. 재신은 뭐가 그리도 기가 막히고 어이가 없는지 연신 헛웃음만 뱉었다.

"업무 시간이라 바쁘거든요. 하실 말씀 없으시면 비켜 주시죠."

"순진하지 않다더니, 아예 속물이었던 거네. 나한텐 온갖 피해자인 척해놓고서는 결국엔 채현승이 나보다 더 많이 가져서 돌아섰던 건가?"

송아는 현승이 재신과 회의실에서 무슨 얘기를 나눴는지는 아직 듣지 못했다. 그렇기에 갑자기 재신이 왜 그런 소리를 하는지는 정확히 알 수 없었다. 그러나 재신이 지금 현승에게 강한 열등감을 드러내고 있다는 건 알 수 있었다. 더불어 그는 여전히 이 상황을 현승과의 자존심 싸움으로 생각하고 있다는 것도.

새삼스러울 것도 없이 재신은 참 못난 남자였다. 물론 재신의 그런 태도에 송아는 더는 일말의 섭섭함 같은 것도 없었다. 그녀를 진정으로 원하지 않아 어떤 흔들림도 없게 만들어 주는 게 고맙게 느껴지긴 했다.

"우선 전 팀장님한테 피해자인 척 굴었던 적 없었습니다. 처음부터 얘기하지 않았나요? 다른 사람 생겨서 제가 먼저 팀장님 버리는 거라고요. 피해자의 뜻을 몰라서 그러는 거라면 검색해 보시고요."

무시하는 발언에 재신의 눈빛이 사나워졌다. 그러나 아직 송아의 말은 끝나지 않았기에 그녀는 굴하지 않고 말을 이었다.

"그런데 그건 맞네요. 팀장님보다 현승이가 더 많이 가지고 있어서 현승이 택한 거요."

"허. 아주 뻔뻔한데?"

"사람 귀한 줄 아는 마음. 사랑이 뭔지 아는 태도. 위선과 가식 따위는 없는 진심 어린 말들. 팀장님은 죽었다 깨어나도 못 가질 거거든요."

송아의 말이 하나하나 이어질수록 그녀를 뻔뻔하다 비웃던 재신의 얼굴이 섬뜩하리만큼 험악해졌다. 당장이라도 폭발할 것 같은 위험한 불길이 그의 온몸에서 뿜어져 나오는 것 같은 착각이 일었다.

"너……."

이를 악문 채 으르렁대는 재신이 거의 한계에 다다른 것 같았다. 그러나 송아는 어떠한 위축됨도 없이 차분히 그를 바라봤다. 위험한 상황이었지만 믿는 구석이 있기 때문이었다.

"어? 송아 씨. 왜 아직 거기에……. 어? 안녕하세요, 팀장님."

예상대로 그쯤 위층 계단에서 내려온 '벨라' 팀 강 과장의 등장에 위태롭던 순간은 끝이 났다. 필요한 자료가 있어 송아의 자리로 옮겨 다시 얘기를 하기로 되어 있었던 것이다.

의아해진 강 과장이 얼굴을 붉힌 채 거친 숨을 몰아쉬는 재신과 냉랭함이 느껴질 정도로 침착한 송아를 보며 눈치를 살피는 사이 재신이 먼저 옆으로 비켜섰다. 그대로 아래로 향하는 계단을 내려가는 것으로 그는 두 여자의 시야에서 사라졌다.

"들어가요, 과장님."

"어? 어. 어. 그래."

얼떨떨해하는 강 과장을 앞장세운 후 송아도 사무실 안으로 들어갔다. 그리고 결심했다. 아직까지 자신의 잘못이 무엇인지도 모르는 재신에게 효주가 바보같이 당하게 내버려 두지 않겠다고.

심란한 효주는 쇼핑이나 할 생각으로 백화점을 찾았다. 재신이 남기고 간 충격은 아직 가시지 않았고, 어떤 결정도 내리지 못한 상태였다.

　자존심이 몹시 상해 당장 때려치우고 싶다가도, 아무것도 얻은 것 없이 파혼녀 딱지만 달고 끝내기엔 억울해 끝까지 버티고 싶은 마음이 하루에도 수십 번을 왔다 갔다 했다. 무엇보다 자신이 뒤통수를 맞았다는 걸 견딜 수가 없었다.

　"고객님. 도와 드릴까요?"

　"아뇨, 됐어요."

　명품 매장을 계속 돌고 있지만 물건조차 제대로 눈에 들어오지 않았다. 그 탓에 들어가는 매장마다 도움을 거절하고 나오기를 몇 차례. 효주는 그냥 집으로 돌아가자 싶은데 어디선가 들려온 그녀의 이름이 발목을 잡아챘다.

　"고효주?"

　반사적으로 고개를 돌린 효주는 그와 동시에 짜증이 확 치밀어 올라왔다. 하필이면 마주쳐도 왜 그녀를 마주친 것인지.

　이미 눈이 마주쳐 무시할 수 없어 효주가 표정을 가다듬고 있는 사이 그녀를 불렀던 윤진이 효주의 앞으로 다가왔다.

　"오랜만이다. 쇼핑 나왔어?"

"어. 스케줄 없는 날이라. 너도 쇼핑 나왔나 보네."

"우리 연말에 모임 있잖아. 입고 갈 만한 옷 좀 사러. 너도 그래서 나온 거 아냐?"

그저 오랜만에 만나는 지인을 반가워하는 것 같은 눈빛이었지만 효주는 윤진의 눈이 기회만 노리고 있다는 걸 알 수 있었다. 바로 무시하고 깔아 내릴 수 있는 기회.

윤진과는 슈퍼 모델 대회 동기였다. 그녀는 본선에 올랐지만 입상한 효주와 달리 거기까지만이었다. 당연히 모델로서 이렇다 할 성과가 없었고, 효주로서는 관심도 줄 필요가 없는 사람이었다.

그렇지만 윤진은 아니었다. 동갑에 모델치고는 키가 작고 외모가 화려하다는 공통점이 있어서 그런지 그녀는 효주에게 라이벌 의식이 있었다. 그리고 모델로서는 효주를 한 번도 이겨 보지 못했던 그녀는 중소기업 아들과의 결혼에 성공한 후 효주의 위에 선 것처럼 기세등등하게 굴었다. 그런데 효주가 재신과의 결혼 얘기가 돌자 그 기세가 꺾인 것처럼 굴더니, 그새 또 한껏 도도하고 거만한 기세로 돌아왔다. 왜 그런가 싶은데 그녀가 변한 이유는 곧 알 수 있었다.

"결혼 준비는 잘돼 가? 얼마 안 남지 않았어?"

대뜸 나온 결혼 얘기에 효주의 표정이 살짝 흐트러졌다.

'혹시 문제가 생긴 걸 알고 그러는 건가?'

아직 알 수 있을 리가 없다는 생각에 효주는 곧 표정을 가다듬었다. 얼마나 대단한 결혼을 하는지 벼르고 있을 것이기에 윤진이 바로 결혼에 관심을 보이는 게 특별할 건 아니라는 생각이었다.

"어. 잘돼 가."

"정말?"

되묻는 윤진의 말에서 절대 그럴 리 없다는 듯한 뉘앙스가 풍겼다. 평소의 효주라면 가볍게 받아쳤겠지만 지금은 한창 예민해져 있었다. 그 탓에 까칠한 내색을 그대로 내보이고 말았다.

"왜? 잘 안 되어 가면 좋겠니?"

"어머, 얘는. 왜 그렇게 발끈해? 친구끼리 걱정돼서 그럴 수도 있는 거지."

'친구? 어이가 없어서.'

효주가 속으로 어이없이 중얼대는 사이 가식적으로 무안한 척 웃던 윤진이 조심스럽다는 듯 말을 꺼냈다.

"실은, 내가 좀 들은 얘기가 있어서. 결혼에 문제가 좀 있다면서? 어떡하니. 파혼녀 딱지 그거 가볍게 볼 거 아닌데."

"파혼녀?"

"벌써 소문 다 났어, 얘. '하라' 드레스도 취소됐다며? 그러게 성질 좀 죽이고 고분고분하게 굴지 그랬어? 화영이가 네가 불쌍해서 많이 안타까웠다더라. 얼마나 상심이 컸겠니?"

"……허."

이제야 효주는 돌아가는 상황이 다 이해됐다. 같이 '하라'에 가서 계약 파기를 들었던 화영. 그리고 그녀의 입에서 시작된 얘기의 얘기들. 드레스 계약 파기는 어느새 파혼으로 둔갑했고, 평소 그녀를 시기하거나 아니꼽게 생각했던 이들은 그녀를 실컷 비웃어 주고 있던 것이었다.

"그나저나 요새 일은 어때? 잡지 같은 데에서도 네 얼굴 본 지 오래된 것 같은데. 어떡하니? 밥줄이라도 탄탄해야 할 텐데."

윤진은 더는 가식적으로라도 걱정하는 척을 하지 않으며 효주를 조롱했다. 이런 날을 고대해 왔다는 듯 생글거리는 얼굴에서 미소가 떠나지 않았다.

"괜찮은 성형외과 있는데 소개시켜 줄까? 근데 VIP들만 상대하는 데라서 비용이 좀 비싼데. 가능할지 모르겠다."

비용이 억 단위라며, 들으라는 듯 중얼거리는 윤진을 보며 효주는 크게 호흡을 가다듬었다. 파르르 떨며 흥분해서 아무 말도 못한 채 놀아나 줄 생각이 없었다. 확실히 도발을 받았으니 톡톡히 갚아 주고 갈 것이다.

"그래? 거기가 어딘데? 좀 알려 줘 봐."

"정말? 너도 걱정이 되긴 하나 보구나."

"거기 형편없다고 소문내 주게. 내가 거기 망하면 너 때문에 망했다고 원장한테 꼭 알려 줄게."

여유롭게 던지는 공격에 생글거리던 윤진의 미소가 순간 경직됐다. 곧 아닌 척 기가 막힌다는 듯 웃는 그녀지만 이미 얼굴은 빨갛게 달아올라 있었다. 원래 효주보다 한참이나 단수가 낮은 여자였다.

"나야말로 친구로서 걱정돼서 한마디 할게. 너야말로 정신 바짝 차리고 노력 좀 해. 가진 건 그 몸뚱이뿐인데 노력 좀 해야지. 그 몰골로는 버림받으면 붙잡고 매달릴 밥줄도 없을 텐데."

효주는 노골적으로 윤진의 위아래를 훑어본 후 한심하다는 듯이 코웃음을 치고는 돌아섰다. 그런데 오늘은 그것만으로 끝내고 싶지가 않아졌다.

한 걸음 뗀 효주가 돌아서 다시 윤진을 쳐다봤다.

"아. 이제 와 하는 말인데, 네가 있는 자리 내가 깐 자리야."

"뭐, 뭐라고?"

"나 아니었으면 너 지금 그 자리에 못 있어. 그러니까 은인으로 알고 내 앞에서 함부로 까불지 마. 네 남편, 여전히 나 보는 눈빛이 심상치 않거든."

가소롭다는 듯 한 번 더 코웃음을 친 후 효주는 당당히 걸음을 옮겼다. 뒤에서 윤진이 창피한 줄도 모르고 거기 서라느니, 다시 말해 보라느니 고래고래 소리를 쳤지만 효주는 모르는 일이었다.

그러나 그녀의 침착함과 당당함도 백화점 바깥으로 나오자 급격히 무너지고 말았다. 제가 이런 꼴을 당하게 만든 재신에 대한 원망이 폭발하며 속에서 천불이 났다. 다시금 시장 바닥에 굴러다니는 싸구려가 된 느낌에 얼굴이 화끈거리다 못해 터질 것만 같았다.

당장 이런 비참함을 안겨 준 재신에게 달려가 받은 것보다 더한 끔찍함을 안겨 주고 싶었다.

'하지만…….'

막상 발을 떼려고 하면 선뜻 떨어지지 않았다. 이대로 재신과 끝낸 후 모델 일은 갈수록 줄어들고, 파혼녀 딱지 탓에 결혼 시장에서도 값이 떨어지는 모습이 눈앞에 선연히 그려지자 숨이 턱 막혀왔다. 이대로 재신을 놓치면 그녀 인생은 '실패'라는 낙인을 달고 살게 될 것 같았다.

'그래. 절대 이렇게 놓칠 수는 없어.'

절대 재신보다 더 좋은 조건의 남자를 만날 수 없을 거라는 생각이 들자 효주의 마음이 한 곳으로 굳었다. 설사 그와 결혼을 해도 아무것도 얻지 못할 거라는 재신의 경고가 마음에 걸리긴 했지만, 그건 자신이 그렇게 만들지 않으면 될 일이었다.

자존심을 지키기 위해 깔끔히 물러서서 지금 세상에 머무느니, 아무리 껍데기일지언정 재신을 붙들고 더 높은 세상으로 가기를 원했다. 더는 일거리가 떨어질지 모른다고 전전긍긍하면서 살고 싶지 않았다.

마음속 어지러움이 걷히자 벽을 짚고 서 있는 효주는 그나마 좀 편하게 숨을 내쉬며 머리카락을 쓸어 넘겼다.

어떻게 해야 재신과의 결혼을 예정대로 진행할 수 있을까.

재신이 눈길을 주던 그 여자를 찾아가는 것, 가짜로 임신을 했다고 속이는 것, 혹은 정말 임신을 해 버리는 것 등. 생각을 하는 것만 으로도 자괴감이 느껴지는 생각들이 역겨웠지만 머리를 굴리는 걸 포기할 수 없었다. 고상하게 굴어서는 절대 원하는 걸 얻을 수 없을 테니까.

힘겹게 역겨움과 싸우며 생각을 이어 가던 중 가방 속 휴대폰이 진동하는 게 느껴졌다. 효주는 무시할 생각이었지만 어쩐지 끈질 기게 느껴졌다.

저장되어 있지 않은 번호.

잠시 그 번호를 가늘게 뜬 눈으로 내려다보던 효주는 귀찮은 내 색을 털어 내며 전화를 받았다.

"네."

— ……고효주 씨 연락처인가요?

조심스럽게 묻는 낯선 여자의 목소리가 이상해 효주는 살짝 고 개를 갸웃했으나 일단 대답부터 했다.

"네. 그런데요."

— 전, '벨라' 광고 담당자 윤송아라고 해요.

'벨라 광고 담당자?'

효주는 재신이 눈길을 준 여자가 회사 관계자라는 것만 알 뿐. 그 녀의 이름까지는 몰랐다. 그래서 그저 의아하기만 했다.

"일 관련해서는 제 에이전트한테 얘기하시면 될 텐데요."

— 일과 관련된 게 아니라서요.

그 말이 끝나는 순간 본능적으로 효주의 눈이 커지며 재신이 눈길을 주던 여자의 얼굴이 떠올랐다. 그리고 머지않아 그 직감은 현실이 되어 돌아왔다.

– 사적인 일이에요.

"……."

– 이재신 팀장에 관한 일.

주차를 마친 현승은 불안한 얼굴로 조수석의 송아를 바라봤다. 그녀는 안전벨트를 풀고는 차분한 얼굴로 내릴 채비를 하고 있었다.

"정말 괜찮겠어요? 그냥 내가 만날까요?"

현승의 불안한 시선이 흘깃 앞에 보이는 카페를 쳐다봤다. 송아가 효주에게 만나자고 한 곳이었다. 재신을 상대하라고 혼자 송아를 보낼 때보다도 현승은 지금이 더 걱정됐다. 한때 사랑했던 남자가 양다리를 걸쳤던 여자와 마주 앉는 것만으로도 힘들 텐데 송아는 그녀 앞에서 자신의 상처를 드러내 보여야 하기 때문이었다. 모든 사실을 알리려면 그럴 수밖에 없을 테니 말이다.

"걱정하지 마. 이미 팀장님과의 일로 힘겨워할 시기는 다 지났으니까. 그럴 수 있게 그 사람이 확실히 남은 정마저 떼 줬잖아."

싱긋 웃는 송아의 얼굴엔 어떤 꾸밈도 없었지만 현승은 여전히 그녀가 물가에 내놓는 아이 같기만 했다.

"만약 그 여자가 선배 호의를 호의로 받아들이지 않으면 길게 상대하지 마요. 정신 못 차리는 여자를 선배가 굳이 정신 차리게 해 줄 것까지는 없으니까. 그런 여자가 하는 말들에 상처받지도 말고요."

"응. 그럴게."

그녀의 시원시원한 대답에도 마음을 놓지 못하는 현승에게 한 번 더 웃어 준 후 송아는 차에서 내렸다. 떨리고 걱정되긴 했지만, 효주와의 만남을 택한 것에 후회는 없었다. 막상 그녀를 만나고 나서는 어떨지 모르겠지만 말이다.

'…….'

'…….'

약속 시간까지는 아직 10분의 여유가 있었지만 앉을 곳을 찾던 송아는 바로 효주와 눈이 마주쳤다. 송아는 순간 당황했지만 찰나였다.

잠시 호흡을 가다듬은 후 그녀에게 다가가는 송아와 그런 송아에게 시선을 떼지 않고 무표정으로 기다리는 효주 사이에 그들만이 아는 묘한 공기가 흘렀다.

효주의 앞에 앉아 마찬가지로 차분한 시선으로 그녀와 마주 보고 있던 송아가 먼저 말문을 열었다.

"시간 내 주셔서 감사드려요."

"바로 본론만 들었으면 좋겠는데."

송아도 그럴 생각이었기에 작게 고개를 끄덕이곤 바로 말을 시작했다.

"이재신 팀장님이랑 저, 만난 지 3년 좀 안 됐어요."

"3년…… 이요?"

대체 송아의 볼일이란 무엇일까. 만남을 허락했던 효주는 이런저런 생각을 했었다. 재신과 만나고 있으니 떨어지라는 소리를 하려는 걸까. 아님 정말 끝난 건지 확인을 하려는 걸까. 그것도 아님 재신을 떼어내 달라고 하려는 건가 등등. 그런데 그 많은 생각들 중 송아가 지금 한 얘기는 없었다. 먼저 만나고 있던 다른 여자가 있다는 건 상상도 못 했던 것이니까.

효주는 얼이 빠진 것 같은 얼굴을 수습할 생각도 못 한 채 그대로 물었다.

"3년 전에 끝났다는 게 아니라, 3년 동안 만났다는 건가요?"

"네. 중간에 한 번도 헤어진 적 없어요. 하지만 이젠 헤어졌어요. 헤어진 시기는 팀장님이 고효주 씨하고 결혼 준비를 하고 있다는 걸 알고 나서고요. 이제 한 달 좀 넘었네요."

"……하."

한참 후 헛웃음을 토해 낸 효주는 도저히 믿을 수 없다는 얼굴로 송아를 바라봤다. 그러나 돌아오는 건 이건 틀림없이 '현실'이 맞다고 일깨워 주는 송아의 담담하면서도 단호한 눈빛뿐이었다.

벌어진 입을 다물지 못하는 효주의 입에서 다시 헛웃음이 토해져 나왔다. 그리고 그건 쉽게 그치지 못하고 계속 이어졌다. 그녀가 이 상황을 받아들이지 못하는 만큼.

적지 않은 시간이 지난 후. 겨우 침착함을 찾은 효주가 다시 똑바로 송아를 쳐다봤다. 낮게 가라앉은 눈빛에서 싸늘한 분노가 소리 없이 불타오르고 있었다.

"제가 들어야 할 얘기가 더 있는 것 같은데. 짧게 얘기 좀 해 주시겠어요?"

효주의 요구에 송아는 이번에도 차분하게 고개를 끄덕이기부터 했다. 그리고 군더더기 없는 말들로 효주가 알아야 할 것들을 꺼내 놓았다.

재신이 한 달 전까지도 헤어지자는 얘기를 하지 않았다는 얘기. 송아조차도 그에게 효주가 있다는 걸 몰랐다는 얘기. 그리고 자신에게 다른 남자가 생기자 재신이 자존심이 상해 매달리고 있다는 얘기까지.

분노와 상관없이 객관적으로 상황을 판단하려는 효주가 느껴져 송아 또한 최대한 객관성을 유지했다. 그리고 그 얘기가 이어지는 동안 효주는 치밀어 오르는 화가 감당하기 힘든지 몇 번이나 눈을 감고 가늘게 떨리는 숨을 내쉬었다. 그 외에는 어떤 반응도 어떤 말도 없었다.

송아의 마지막 말이 끝나자 한 번 더 눈을 감은 채 호흡을 가다듬던 효주가 눈을 떴다. 침착한 얼굴과 달리 가늘게 떨리는 손으로 찻잔을 든 그녀가 힘겹게 찻물을 넘기곤 이윽고 말문을 열었다. 그녀의 목소리에는 언뜻 짜증이 섞여 있긴 했지만, 송아가 불쾌할 정도는 아니었다.

"저한테 이런 얘기들을 해 주시는 이유는요?"

"지금처럼 아무것도 모르고 있을 것 같아서요. 처음부터 그럴 것 같았는데 광고 촬영장에서 제 얼굴 보고도 아무렇지 않은 거 보고 확신했어요."

"그래서, 제가 이제 어떻게 하기를 바라시나요? 복수?"

썩 달갑지 않은 어감에 송아는 설핏 인상을 쓴 채 고개를 내저었다.

"전 그저 고효주 씨가 방패를 꺼내 들기를 바라요."

"방패요?"

"지금 어떻게 하고 있는지 모르겠지만, 고효주 씨가 자신을 지키는 선택을 했으면 좋겠어요. 팀장님. 아니, 이재신이라는 남자는 우리 자신까지 포기해 가면서 붙잡아야 할 정도로 괜찮은 사람이 아니거든요. 고효주 씨라면 그 사람 곁이 아니어도 충분히 예쁘고 근사할 거예요."

송아의 말을 알아들었는지 효주는 더는 묻지 않았다. 숨죽인 분노를 품었던 눈빛은 이번엔 많은 생각을 품은 채 깊이 가라앉아 있었다.

송아는 이제 더는 그녀에게 해 줄 말이 없었다. 오지랖이라 여겨 주지 않고 얘기를 들어 준 효주에게는 내심 감사한 마음이 들었다.

그래서일 것이다. 자리에서 일어선 그녀가 그냥 떠나지 않고 효주에게 마지막 말을 보탠 것은.

"누구한테 들은 얘긴데, 고효주 씨도 다음에는 꼭 방패가 필요 없는 사랑을 할 수 있길 바랄게요."

말없이 그녀를 바라보는 효주를 향해 천천히 고개를 숙여 보인 후 송아는 카페 밖으로 걸음을 뗐다.

그곳엔 추운데도 불구하고 차에서 나와 불안하게 서성이고 있는 현승이 있었다.

"선배!"

계단에 서서는 절로 피어오르는 미소를 살며시 머금은 채 그를 보고 있던 그녀를 발견한 현승이 재깍 앞으로 달려왔다.

"괜찮아요? 안에서 무슨 일 없었어요?"

행여 어디 하나 상하기나 했을까, 현승이 정신없이 그녀의 얼굴과 몸을 살폈다. 그녀보다 살짝 아래에 있는 그의 시선이 그녀의 눈에 닿자 기분 좋게 웃고 있던 송아가 웃음기를 거두며 진지하게 물었다.

"너 진짜 내가 방패가 필요 없는 사랑하게 해 줄 수 있어?"

순간 송아의 말이 무슨 말인가 했던 현승은 말뜻을 알아듣고는 짧게 웃음을 뱉었다. 다정한 미소를 머금은 현승이 고개를 들어 지그시 송아와 눈을 맞췄다.

"사랑만 해요. 반드시 그런 사랑 돌려줄 테니까."

현승의 자신감에 찬 말이 송아에게 다가와 정말 그럴 거라는 확신이 됐다. 언젠가 그의 말을 믿은 게 후회할 날이 오더라도 송아는 지금만큼은 그의 말을 전적으로 믿고 싶었다. 절대 실망시키지 않을 사람이라는 생각이 군건하긴 했지만.

"응. 사랑할게. 그러니까 그 약속 꼭 지켜."

망설임 없는 대답이 행복한 듯 현승이 활짝 웃었다. 그리고 그 미소는 차가움이라고는 전혀 모르겠는 겨울바람을 타고 송아에게로 흘러들었다.

"사랑해요."

그보다 더 환하게 웃는 송아를 향해 현승이 두 팔을 넓게 벌렸다. 송아는 바로 두 팔로 그의 목을 끌어안으며 달려들듯 안겨 들었다.

노력과 상관없이 그녀의 마음 역시 이미 사랑이라는 색깔로 짙게 물들어 있을지도 몰랐다.

혼자가 된 효주는 떨리는 손을 찻잔을 향해 뻗었다. 그러나 채 집어 들지 못하고 손을 거둬들였다. 이전보다 더 떨리는 손은 그리 무겁지도 않은 찻잔을 집는 것조차 어려웠다.

겨우 한 모금을 마신 게 전부인 찻물 위로 효주의 시선이 닿았다. 애써 차분함을 유지하고 있던 눈동자가 일순 크게 일렁거렸다. 그리고 그게 시발점이 된 듯 거친 파도를 타는 것 같은 눈동자는 쉽사리 제 자리를 찾지 못했다.

그런 일이 있을 것이라고 상상도 못 했던 재신이 벌인 파렴치한 행동들은 당연히 충격이었다. 이미 그에게 숱한 충격을 받았음에도 전혀 무디게 다가오지 않을 정도로 그녀의 머리를 강하게 내려쳤다. 그러나 지금 효주가 넋이 나가 있는 건 그것 때문이 아니었다. 알게 된 진실과는 비교도 되지 않는 다른 충격이 그녀의 온몸을 산산이 부서뜨리고 있었다.

모델로서 1등이 되어 본 적 없었다. 아름다움을 무기로 신분 상승에 더 혈안이 됐었다. 그러나 효주는 아무리 자신이 그런 B급에 속물이더라도 누구도 자신을 함부로 여기지 못할 거라는 확신을 갖고 있었다. 언제나 도도함과 고고함을 유지하며 누구 앞에서든 섣불리 자존심을 굽히지 않는 여자이기 때문이었다.

어차피 남자들은 그녀의 미모에 무릎 꿇게 되어 있었으며, B급 취급 받는 모델 일 따위야 그녀가 먼저 버려 버리면 그만이었다. 그런데, 아니었다.

환상이 부서지고 깨닫게 된 자신은 재신이 그런 것처럼 쉽게 기만해도 됐으며, 필요 없어지면 망설임 없이 버릴 수 있는 존재였다.

넘치던 자신감은 오만일 뿐이었고, 그녀가 발을 딛고 있다고 생각했던 세상은 착각일 뿐이었다. 지금처럼 언제든 흔적도 없이 무너져 내릴 수 있는 허상에 불과했다.

효주의 호흡이 가팔라져 오고 머리카락을 쓸어 넘기는 손이 티가 날 정도로 떨렸다.

'내가 어쩌다⋯⋯.'

재신에게 확실히 파혼 통보를 받던 날 들었던 생각이 다시금 들었다.

그때와 다른 게 있다면 지금은 자신이 왜 이런 한심한 꼴이 된 건지 그 이유를 알 것 같다는 것이었다.

성공한 모델이 되고 싶었다. 모델로서 작은 키는 가볍게 무시해주며 보란 듯이 성공해 자신을 아주 높은 곳에 올려놓고 싶었다. 물론 그 저변에는 어릴 때부터 꿈꿨던 모델 일을 아주 사랑하는 마음이 깔려 있었다. 그러나 그렇지 못할 거라는 현실을 알게 되자, 효주는 더 큰 노력을 기울이는 대신 머리를 굴렸다.

모델이 되고자 했던 열정과 제 일에 대한 애정은 모두 잊어버린 채 자존심을 지키는 데 급급하며 '실패자'로 남지 않기 위해 다른 것으로 부족한 자신을 채우려고만 했다. 스스로에게 값을 매겨 상품으로 취급하면서.

그러니 다른 누구의 탓도 아니었다.

한 인간으로서 존중받지 못하도록 스스로의 가치를 떨어뜨린 건 다른 누구도 아닌 바로 자신이었다. 도도하게 콧대만 높이고 산다고 해서 자존심이 지켜지는 것도 아주 가치 있는 사람이 되는 것도 아닌데 그걸 망각했다.

그리고 그 결과 다른 사람 역시 그녀를 하찮게 여기는 게 당연한 것처럼 만들어 버렸다.

'하. 진짜 이렇게 한심할 수가……'

모든 걸 깨닫고 나자 효주에겐 허탈함이 찾아왔다. 스스로를 우습게 만들기 위해서 기를 쓰고 살아왔다는 게 우스워 헛웃음이 그치지 않았다.

그렇지만 더는 눈빛이 흔들리지도 손이 떨리지도 않았다. 허무한데 이상하게 가슴속은 개운했다. 그간 자신이 아슬아슬한 살얼음판 위에 있다는 것조차 모르고 살았었는데 비로소 땅에 제대로 발을 디딘 느낌이었다.

그리고 그건 끔찍할 거라는 예상과 달리 놀라울 만큼 평온했다. 아무리 신고 또 신어도 계속해서 뒤꿈치가 까지는 하이힐을 꾸역꾸역 신고 있다 그것을 벗어던지곤 바닥으로 내려섰을 때의 해방감 같은 것이 느껴졌다. 고통으로 온 신경을 앗아 가던 하이힐이 없으니 도리어 더 어깨는 쫙 펼쳐지며 고개는 더 자신감 있게 위로 들렸다.

"부디 현명한 판단을 하길."

재신이 남겼던 마지막 말이 차분히 눈을 감은 효주의 귓가를 맴돌았다.

비로소 그가 말했던 현명한 판단이 섰다. 오랜 시간 고민했던 것이 허무할 만큼 빠르게 앞으로 가야 할 길이 보였다.

천천히 눈을 뜬 효주는 다시 찻잔으로 손을 뻗었다. 더는 떨리지 않는 손은 가볍게 찻잔을 집어 들었다.

이미 식어 버린 찻물이었지만 효주는 그녀가 마셨던 어떤 차보다도 지금의 차 맛이 가장 만족스러웠다. 천천히 찻잔을 비워 가는 그녀의 입가에 살며시 미소가 피어올랐다.

정식으로 사표 수리가 된 게 아니었으니 현승은 일단 월요일 아침에 출근을 했다. 인사 발령은 뜨지 않았고 재신은 오후가 되도록 사표와 관련해서 현승을 찾지도 않았다.

현승과 송아는 그가 무슨 꿍꿍이인가 싶었지만 크게 신경 쓰지는 않았다. 어차피 회사를 떠나기로 한 이상 그가 가진 권력은 더는 소용없는 것이었다. 재신과 한 회사에 있을 수 없어 송아 또한 이직을 하기로 결정했다.

"네. 오늘 저녁도 괜찮아요. 그럼 거기에서 뵐게요."

탕비실에서 통화 중이던 송아가 헤드헌터와의 전화를 끊자 현승이 바로 말을 꺼냈다.

"오늘 바로 보재요?"

"응. 나쯤 되는 경력이 이직하기 쉽다고 하더니 정말 그런가 봐. 바로 추천할 곳 있다고 최대한 빨리 보재."

"그게 아니라 우리 애인이 능력이 좋아서 그런 거 아닌가? 역시 멋있어. 믿고 기댈 수 있겠어요."

송아에게 팔짱을 낀 현승이 한껏 목을 꺾어서는 그녀의 어깨에 머리를 기댔다. 그러자 그 우스꽝스러운 모습에 웃던 송아가 일순 근엄한 얼굴을 하고는 그의 머리를 쓰다듬었다.

"그래. 이 누나만 믿어. 굶지는 않게 해 줄게."

"어떡하죠? 나 또 반했는데."

고개를 든 현승이 정말 그랬음을 확인시켜 주듯 반짝이는 눈으로 송아를 바라봤다. 심하게 반짝이는 눈빛이 불안해서 송아가 뒤로 고개를 빼는데 아니나 다를까 그가 재빨리 그녀의 입술을 훔쳐가 버렸다.

화들짝 놀란 송아가 반사적으로 닫힌 문 쪽을 보고는 현승의 팔을 때렸다.

"회사에선 이러지 말라니까."

"그러니까 자꾸 반하게 하지 좀 마요. 예쁜 게 그렇게 조절이 안 돼요?"

"뭐라는 거야? 저리 가기나 해."

410

"에이. 별로 바쁘지도 않은데 좀만 더 땡땡이치고 가요. 사내 연애할 기회도 얼마 안 남았는데."

현승이 발동이 걸렸는지 아예 송아를 끌어안고는 덤벼들려고 했다. 그때 진동하는 송아의 휴대폰이 방해꾼으로 등장했다.

"어? 전화 온다, 전화!"

전화를 핑계로 현승을 밀어내던 송아는 액정에 뜬 이름을 확인하고는 순간 정신이 멍해졌다.

효주에게 전화가 걸려 올 거라고는 생각하지 못한 탓이었다.

"누군데 그래요?"

"고효주 씨."

"고효주 씨요?"

그녀만큼이나 놀라는 현승을 보던 송아는 다시 휴대폰으로 시선을 돌렸다. 이유는 몰라도 피할 전화는 아니었으니 한 번 크게 호흡을 가다듬은 후 전화를 받았다.

"네. 윤송아입니다."

- 고효주예요. 사무실에 계시나요?

"네. 지금 있어요."

- 그럼, 사무실 출입문 좀 열어 주실래요? 지금요.

"문이요?"

바로 되물었던 송아는 뒤늦게 든 생각에 눈이 커졌다.

'설마 지금 회사에 온 건가?'

효주는 통화 중인 그대로 바로 탕비실에서 나가 출입문으로 향했다. 단숨에 투명한 유리문 앞에 다다르자 밖에 서 있는 사람이 보였다.

'……어?'

예상과 달리 효주는 아니었다. 대신 다른 여자, 아니 '여자들'이 있었다. 귀에서 다시 효주의 목소리가 들려왔다.

– 그 여자들한테 문 좀 열어 주세요.

한 명. 두 명. 세 명.

여자 셋이 차례로 사무실 안으로 들어왔다. 연예인 같은 화려한 미모의 여자. 귀여운 인상의 여자. 그리고 청순미가 물씬 풍기는 여자까지.

느낌이 전혀 다른 세 미녀의 등장에 직원들의 시선이 하나둘씩 그들에게 향하며 사무실이 술렁이기 시작했다. 정작 세 명의 여자는 어떤 동요도 없었다. 그중 맨 앞의 화려한 여자가 어리둥절하게 그들을 보고 서 있던 송아에게 말을 걸었다.

"이재신 씨 자리가 어디죠?"

"어…… 이쪽으로 오세요."

여전히 그녀들이 왜 나타난 것인지, 효주와는 무슨 관계가 있는 건지 전혀 갈피를 잡지 못한 채 송아는 일단 그들을 재신에게 안내했다. 마침 재신은 주 과장과 뭔가 얘기를 나눌 게 있었는지 그녀의 옆에 서 있었다.

"저, 팀장……."

무슨 일이냐는 듯 보는 재신을 향해 송아가 말을 꺼내던 때였다.

짝!

세차게 재신의 뺨을 스치고 지나간 소리에 모든 소음이 멈췄다. 대신 더 먼 곳에 있던 사람들의 시선까지 재신에게로 닿았다.

누구도 섣불리 숨소리조차 내뱉지 못하는 사이 재신의 뺨을 때렸던, 화려한 여자의 앙칼진 목소리가 냉랭하게 얼어붙은 공기를 뚫고 나왔다.

"나, 데리고 놀아서 좋았니? 내가 끝까지 모를 줄 알았어?"

여자가 분이 풀리지 않는다는 듯 다시 손을 높이 치켜들었다. 그러나 이번엔 재신이 잽싸게 그녀의 손목을 낚아채 버렸다.

"지금 이게 뭐 하는 짓입니까? 당신, 나 알아?"

"허. 모르는 척하겠다?"

그때였다. 그녀의 뒤편에 서 있던 귀여운 여자가 앞으로 뛰쳐나가며 재신의 머리카락을 움켜쥐었다.

"이 나쁜 놈! 네가 나한테 어떻게 이럴 수가 있어? 내 돈이며 뭐며 다 가져가더니 결혼은 딴 년이랑 해?"

귀여운 인상과 달리 거친 말들을 쏟아 내는 그녀가 우악스럽게 재신의 머리카락을 쥐고 흔들었다. 그 사이 맨 뒤에 서 있던 청순한 여자는 갑자기 배를 움켜쥐며 바닥에 주저앉았다.

"아아앙. 어떡해. 우리 애기. 우리 애기 어떡해!"

여자의 입에서 나온 '우리 애기' 소리에 사무실이 다시 술렁이기 시작했다. 앞의 두 여자가 벌인 상황에는 그저 놀라는 것이었다면, 지금은 충격으로 사람들의 눈빛이 물들어 가고 있었다. 특히 여직 원들의 눈에서는 노골적으로 경멸의 빛이 드러나고 있었다.

다른 사람들과는 다르지만 놀란 건 마찬가지인 송아의 시선이 재신에게 향했다. 그는 여전히 머리카락을 쥐고 흔드는 여자에게 당하고 있었다. 몇 번이나 뿌리치려고 해 보지만 이겨 내지 못하고 있었다. 그러던 중 곁에 서서 그 모습을 지켜보고 있던 화려한 여자가 지켜보는 사람들을 향해 말을 꺼냈다.

"혹시 이 인간이랑 연애하고 있는 여자 있으면 주저 말고 나와 봐요. 자신은 다를 거라는 착각 같은 건 빨리 내던져 버리고."

여자가 주위를 두리번거리며 "없어요?"라고 물었으나 아무도 반응이 없었다. 재신이 그의 머리채를 잡고 흔들던 귀여운 여자의 손을 뿌리친 건 그때였다.

"아이 씨! 놓으라고!"

"아악!"

바닥으로 쓰러진 여자의 비명에 다시 사람들이 크게 술렁였다. 그딴 건 눈에 들어오지 않는 재신은 거칠게 넥타이를 풀며 여자들을 향해 소리쳤다.

"너희들 다 뭐야, 지금! 시큐리티든 경찰이든 부르지 않고 뭐하고 있어!"

씩씩대던 재신이 팀원들을 향해 소리쳤지만 누구도 그의 지시에 응하지 않았다. 그중 송아는 재빨리 쓰러진 여자에게 다가가 몸을 부축했다. 그러나 여자는 개의치 않고 바닥에 철퍼덕 주저앉아 아이 같은 울음을 크게 터트렸다. 재신을 향한 사람들의 경멸의 눈빛이 더 짙어지는 건 당연한 일이었다.

"내가 너희들 절대 그냥 두지 않을 줄 알아."

그의 말을 듣는 사람이 아무도 없자 재신은 씩씩대며 자리로 향했다. 직접 신고를 하기 위해 휴대폰을 드는데 기다렸다는 듯 휴대폰이 진동하며 효주의 이름이 떴다.

'앤 또 뭐야?'

재신은 무시하고 바로 전화를 끊어 버리려고 했지만, 순간 든 생각에 사무실을 난장판으로 만들고 있는 세 여자를 쳐다봤다. 그중 화려한 미모의 여자가 전화를 받으라는 듯 고갯짓을 했다. 재신은 바로 거친 욕설을 내뱉으며 전화를 받았다.

"너……!"

바로 쏘아붙이려는데 그와 동시에 나온 효주의 말에 의해 가로막히고 말았다.

– 나한테 현명한 선택하라고 했지?

"······."

─ 이게 내 선택이야.

빗나가지 않은 예상에 재신이 파르르 떨리는 숨을 허공에 흩뿌렸다. 그러던 중 문득 생각 하나가 치고 들어왔다.

'어떻게 안 거지?'

반사적으로 송아와 현승을 향해 고개가 돌아갔다. 개중 현승에게 당장이라도 목을 물어뜯으러 달려들 것 같은 시선이 꽂히는 동안 휴대폰에선 다시 효주의 목소리가 들려왔다.

─ 내가 되돌아보니까 되게 한심하게 살았더라고. 그래서 너 같은 쓰레기를 만났었나 봐.

"쓰레기?"

─ 그래도 고마워. 네 덕분에 내가 얼마나 한심했는지 깨달았으니까. 넌 돈이 많아서 돈 대신 다른 걸로 위자료 준비했는데. 어땠어? 마음에 들었는지 모르겠네.

"너, 이게······."

─ 아. 결혼 준비에 들어간 돈도 보상받고 싶으면 얘기해. 그땐 내가 더 좋은 걸로 더 정성 들여서 준비해 줄 테니까. 그럼 생각 있으면 연락 줘.

뚝 끊겨 버린 휴대폰을 꽉 움켜쥔 채 바들바들 떨던 재신은 제 분을 이기지 못하고 그대로 휴대폰을 벽으로 내던져 버렸다.

켜켜이 쌓아 왔던 고귀한 자존심을 단숨에 짓밟아 버리는 치욕에 당장이라도 머리가 돌아 버릴 것 같았다.

짐승 같은 신음을 내뱉으며 자리에서 거칠게 발을 구르던 재신의 번뜩이는 눈이 다시 현승을 향했다. 마치 받아야 할 벌을 받고 있을 뿐이라고 생각하는 듯한 태연한 눈빛에 재신의 분노가 더 화르륵 불타올랐다.

"저런 애송이 따위가……."

힘줄이 튀어나올 정도로 꽉 주먹을 움켜쥔 재신은 그대로 현승을 향해 걸음을 뗐다. 소위 말하는 대로 눈이 돌아 버린 그는 이곳이 사무실인 것 따위는 잊은 지 오래였다. 당장이라도 현승에게 제가 받은 치욕을 고스란히, 아니 몇 배로 갚아 돌려줘야만 끔찍함에서 벗어날 수 있었다.

"너 이 새끼!"

그러나 이곳이 사무실임을 잊은 건 그뿐이었다.

한 손으로 현승의 멱살을 움켜쥐었던 그의 주먹이 위로 올라가려던 순간, 노기가 서린 연륜 있는 목소리가 그의 귓가로 날아와 꽂혔다.

"이 팀장! 대체 이게 다 뭐야?"

재신을 비롯한 모두의 시선이 일제히 한곳을 향했다. 그가 전무라는 걸 알아본 사람들이 길을 터 주듯 뒤로 걸음을 물렀다. 전무의 두 눈에 고스란히 노출된 재신의 얼굴 위로 낭패감이 어리는 모습이 실시간으로 사람들에게 중계됐다.

"나 좀 보지."

마지막 말을 남긴 채 돌아선 전무가 멀어지는 사이 사람들의 시선은 다시 재신을 향했다. 경멸과 조롱, 실망감이 섞인 시선 속 재신의 얼굴에 더는 핏기라고는 찾아볼 수 없었다.

현승에게서 힘없이 떨어지는 그의 손처럼 재신의 고개는 결국 바닥을 향해 꺾이고 말았다.

재신이 사라지고, 송아는 팀원들의 도움을 받아 여자들을 데리고 사무실 밖으로 나갔다. 화려한 미모의 여자가 괜찮다며 송아만 남긴 채 팀원들을 보내고 나자 송아는 조금 당황할 수밖에 없었다.

"나 괜찮았니? 어우. 너무 울었더니 머리가 다 아프네. 근데 나 뱃살 좀 빼야겠어. 아까 배 움켜쥐고 우는데 뭐가 그렇게 많이 잡혀? 난 내가 진짜 임신한 줄 알았네."

"그래. 너 좀 빼라. 특히 옆구리 살 너 장난 아니야. 그나저나 머리카락은 왜 이렇게 안 떨어져? 머리카락까지 주인 닮아서 재수가 없네."

'우리 애기' 타령을 했던 청순한 여자는 연신 뱃살과 옆구리 살을 움켜쥐며 다이어트 타령을 했고, 머리카락을 털던 귀여운 여자는 어느새 거울을 꺼내 화장을 수정하고 있었다.

송아야 물론 그들이 다 연기인 줄은 알고 있었지만, 연극이 끝나고 난 후의 무대 뒤 모습을 보고 있으려니 조금 멋쩍었다.

"효주 언니가 잠깐 봤으면 좋겠다는데. 괜찮으세요?"

화려한 여자의 말에 송아는 저도 모르게 구경하듯 쳐다보고 있던 여자들에게서 시선을 떼어 냈다.

"같이 오셨어요?"

"지하 주차장에 있어요."

효주가 무슨 말을 할지는 모르겠지만 송아도 한 번 봤으면 싶어 고개를 끄덕였다. 지하로 내려가자 바로 앞에 차를 세워 둔 채 조수석에 타고 있던 효주가 차에서 내렸다. 효주와 송아가 마주 서자 그녀가 데리고 왔던 세 명의 여자는 운전석과 뒷좌석에 올라타 저만치 멀어졌다.

"어땠어요? 우리 애들 잘하던가요? 속에 화가 좀 있는 애들로 특별히 엄선했는데."

대뜸 나온 질문에 송아는 당황했지만, 곧 멋쩍게 웃음을 보였다.

"잘하셨어요. 아무도 연기라고 생각 안 했을 거예요."

"속은 좀 뚫렸고요?"

"설마, 저 때문에 이런 일을……."

송아의 말이 끝나기도 전에 효주가 고개를 내저었다.

"저 그렇게 이타적인 사람 아니에요. 저랑 이재신 사이에서도 청산해야 할 게 있어서 그렇게 한 것뿐이에요. 윤송아 씨한테 고마운 게 있으니 사이다 한 모금 정도 나눠 주자 싶은 마음이 있긴 했었지만."

효주의 솔직한 말에 설핏 웃던 송아는 잠시 후 그녀를 똑바로 쳐다보며 고개를 끄덕였다. 아까는 정신이 없어서 몰랐는데 재신이 당하는 모습을 보니 내심 통쾌함이 느껴졌다. 그간 무시하자고 하면서도 재신 때문에 스트레스를 받아 온 건 사실이었다.

전무까지 그 상황을 봤으니 어쩜 자신들이 회사를 떠나지 않아도 될지 모르기도 했다. 자존심 강한 재신의 성격상 그 망신을 당하고 계속 회사에 붙어 있을 것 같지도 않았다.

"한 모금이 꽤 시원했나 보네."

송아의 미소가 차츰 더 진해지는 걸 보던 효주의 혼잣말에 송아가 다시 시선을 맞추자 효주가 기다렸다는 듯 말을 꺼냈다.

"지난번 만남 때 제가 빠트린 말이 있더라고요."

"어떤 말이요?"

"고맙다는 말은 좀 전에 했으니까 됐고요, 그보다는 미안해요. 몰랐지만, 어쨌든 그쪽이 받는 상처에 저도 원인이었어요."

"고효주 씨 말대로 몰랐던 거잖아요."

"그 말, 확신해요?"

"……네?"

갑자기 떨어진 질문에 송아의 눈이 동그래졌다. 혼란스러움에 놀란 그대로 가만히 있는 그녀를 보던 효주가 피식 웃음을 뱉었다.

"꽤 야무진 줄 알았는데, 꼭 그런 것만은 아닌가 봐요. 저, 생긴 건 이래도 그렇게 뻔뻔한 여자는 아니거든요. 그러니까 나 밉다고 모델 리스트에서 빼지 말아요."

"아……. 고효주 씨 보는 거 전 안 불편해요."

"그럼 다행이고요. 그건 저도 마찬가지거든요."

싱긋 웃은 효주가 웃음기를 지우고는 다시금 송아와 시선을 맞췄다. 지금 눈앞의 그녀는 '모델 고효주'임을 송아는 바로 알아챌 수 있었다.

"앞으로 더 열심히 할게요. 그러니까 객관적으로 저 인정하면, 꼭 다시 써 줘요. 나 혼자서도 예쁘고 근사한 모습으로 그땐 날 서브가 아닌 메인 모델로 세우고 싶은 생각이 들 만큼 더 잘해 보일 테니까."

효주가 앞으로 손을 내밀자 잠시 그것을 내려다보던 송아도 손을 뻗었다. 가볍게 맞잡은 손이 두어 번 위아래로 움직이고 나자 효주가 다시 입가에 웃음기를 머금었다.

7

평생 예쁜 사랑 하게 해 줄게

◇
◇
◇

"우리 앞으로는 바보같이 살지 말아요. 아니, 저만 바보같이 안 살면 되겠네요. 이미 윤송아 씨는 그렇게 살고 있는 것 같으니까."

효주의 시선이 뒤편으로 향하자 송아도 왜 그러나 싶어 뒤돌아봤다. 언제 온 것인지 현승이 조금 떨어져 서 있었다. 그는 무안한지 이마를 긁적이며 어색하게 웃었다.

"축하해요. 이번엔 좋은 사람 만난 것 같아서요. 부럽네요. 그쪽 말대로 저도 앞으로 방패가 필요 없는 사랑 꼭 해 볼게요."

한 번 더 송아의 손을 살며시 잡았다 놓은 후 효주는 기다리고 있던 차로 향했다. 당당히 걸어가는 뒷모습이 부러울 정도로 멋있었다.

그녀가 탄 차가 더는 눈에 보이지 않을 때쯤 옆에선 현승의 목소리가 들려왔다.

"멋있는 여잔데요?"

조금 전까지 송아도 했던 생각이었지만 현승의 입을 통해 듣는 건 그리 달갑지 않았다. 송아는 굳이 그 마음을 숨기지 않고 샐쭉하게 눈을 치켜뜨며 비스듬하게 현승을 올려다봤다.

"그래서. 반했다고?"

"그러니까요."

"너……."

"이 여잔 대체 하루에 몇 번을 반하게 하는 거야?"

송아와 마찬가지로 옆으로 고개를 기울이고는 그녀를 보는 현승이 씩 웃었다. 한껏 불만스러운 얼굴의 송아가 도저히 웃지 않을 수 없는 능청스러움이었다.

문득 억울한 마음이 들자 송아가 다시 그를 흘겨봤다.

"정말 선수야, 너."

"걱정 말아요. 윤송아 한정이니까. 채현승 자체가 윤송아만을 위한 한정판이죠."

현승의 능숙한 윙크에 송아는 결국 크게 웃음을 터트리고 말았다. 한정판 같은 것에 별 욕심이 없는 그녀라도 채현승이라는 한정판은 꼭 갖고 싶었다. 벌써 갖고 있기는 하지만.

"아까 팀장님한테 잡힌 데는 괜찮아? 피할 줄 알았더니 왜 안 피했어?"

한결 표정이 부드럽게 변한 송아가 구겨진 흔적이 남은 현승의 앞섶을 정돈해 줬다. 얌전히 그녀의 손길을 받고 있는 현승의 입가에 은은하게 미소가 피어올랐다. 진심으로 어서 빨리 그녀 또한 그만의 한정판이 되어 함께 살고 싶었다.

"일부러 안 피했어요."

"응? 일부러?"

움직이던 작은 손을 멈춘 송아가 의아하다는 듯 그를 올려다봤다.

충동을 이기지 못한, 아니 굳이 충동을 억누르고 싶지 않았던 현승의 입술이 그녀의 입술에 맑은 소리를 내며 닿았다 떨어졌다. 재빨리 주변부터 살핀 송아가 그의 가슴을 툭 때렸지만 그 이상 나무라지는 않았다.

현승은 기분 좋게 웃으며 그녀가 궁금할 이야기의 답부터 풀어놓았다.

"피할까 하는데 전무님이 이쪽으로 오시는 게 딱 보이더라고요. 내가 이렇게 기회를 잘 살리는 남자라니까."

언젠가 들었던 그 말이 다시 현승의 입에서 나오자 송아가 기가 막힌 듯 웃었다. 한껏 으스대는 현승의 모습이 하나 밉지 않았다. 솔직히 통쾌했다. 재신은 지나간 사랑에 대한 안타까운 마음마저 들지 못하도록 만들어 버렸다.

"근데, 선배."

"응?"

불쑥 나온 부름에 그만 엘리베이터로 가려던 송아가 걸음을 멈췄다. 그녀의 시선이 닿은 현승은 한껏 괴로운 얼굴로 손바닥으로 앞섶이 잡혔던 곳을 문지르고 있었다.

"나, 여기가 좀 아픈 것 같아요. 움켜쥘 때 어딜 잘못 건드렸나?"

딱 봐도 머리를 굴리는 티가 났기에 송아는 웃음이 나오려는 걸 꾹 참았다. 대충 그가 바라는 게 뭔지 알 것 같았지만 송아는 적당히 장단을 맞춰 줬다.

"많이 아파? 병원 갈래?"

"그 정도는 아닌 것 같고요. 그래도 혹시 모르니까 선배가 밤새 간호 좀 해 주죠?"

역시 그녀의 예상과 다르지 않았다. 송아는 다시 한번 웃음을 꾹 삼키고는 대수롭지 않게 대답했다.

"그래. 그러지, 뭐."

"정말?"

현승이 믿지 못하겠다는 듯 반문했다.

"난 다른 거 해 주려고 했는데, 네가 간호를 원한다면 그렇게 해 주지, 뭐. 밤새 지극정성으로 간호만 해 줄게."

"다른 거?"

설마 하는 눈으로 현승이 빤히 쳐다보자 송아는 그게 맞다는 듯 장난기 어린 얼굴로 싱긋 웃었다. 은근히 유혹하는 듯한 야릇한 눈빛으로.

현승이 재빨리 손을 떼며 소리쳤다.

"다 나았어요! 다른 거 해 줘요, 선배."

"아냐. 혹시 모를 후유증이 있을 수 있잖아. 그러니까 꼭 오늘 밤은 지극정성으로 간호만 해 줄게."

한쪽 눈으로 찡긋 윙크한 송아가 새침하게 돌아서서 먼저 엘리베이터로 향했다. 바로 쫓아가 투정 부릴까 했던 현승은 마음을 바꿔 멀어지는 그녀의 모습을 지켜봤다.

"뭐 저렇게 예뻐."

소리가 절로 입에서 튀어 나왔다.

그녀가 하는 말, 그녀의 모든 행동, 심지어 내딛는 발걸음까지 모두 다 사랑스러웠다.

현승은 만면에 웃음을 품은 채 송아를 향해 소리쳤다.

"같이 가, 송아야!"

"뭐? 송아야?"

도도하게 걸어가던 송아가 바로 뒤돌아 발끈했다. 현승은 가벼이 어깨만 으쓱해 보이고는 단숨에 그녀에게 달려가 손을 붙잡았다.

"아님? 자기? 허니? 베이비?"

"야!"

닭살이 돋는다고 난리인 송아를 향해 태연하게 방긋 웃은 현승은 다섯 손가락을 그녀의 손가락 틈 사이로 부드럽게 밀어 넣으며 송아의 걸음을 이끌었다.

그리고 속으로 음흉하게 결심했다.

오늘 밤 그녀의 지극정성을 꼭 '다른 거'에서 받겠노라고.

기필코! 결단코! 꼭!

어느새 두 달이라는 시간이 흘렀다.

그 사이 새해가 다가왔고 계절은 아직 꽃샘추위가 한창이긴 해도 봄을 맞이했다.

적지 않은 변화가 있었다.

우선 재신은 효주가 꾸민 복수극 이후 쫓겨나듯 미국으로 발령이 났다. 그러나 그곳에서도 얼마 버티지 못했다.

자존심 상한 남자가 그곳까지 퍼진 소문을 감당하기 힘들었을 터. 게다가 아버지가 수장으로 있는 곳이었으니. 채 일주일도 되지 않아 재신은 스스로 사표를 내고 회사를 떠났다.

재신이 쫓겨난 후 광고홍보팀은 주 과장이 팀장 대행을 수행하다 1월 중순부터 정식으로 팀장 발령이 났다. 재신만 없었다면 입사 선배인 그녀가 팀장직을 맡았을 것이니 모두가 예상한 인사였다.

그녀가 임시 팀장을 맡으면서 가장 먼저 한 일은 송아와 현승의 퇴사를 막는 일이었다.

처음부터 재신 때문에 그만두려는 회사였으니 그가 없는 상황에서 군이 회사를 그만둘 필요가 없었다.

그럼에도 현승은 퇴사를 두고 진지하게 고민했지만, 송아와 상의 끝에 처음 계획대로 좀 더 실무 경험을 쌓기로 했다. 그에 대한 인사팀의 오해는 주 과장, 아니 주 팀장이 깔끔하게 해결했다. 사내 연애를 못마땅하게 여긴 재신의 사적인 감정이었다고.

현승과 송아, 그리고 재신과 얽힌 관계는 주 팀장이 끝까지 함구해 줘서 누구도 알지 못했다.

"그럼 전 나가 볼게요, 팀장님."

"응, 그래. 윤 대리. 나도 이따가 상무님 모시고 들를 테니까 진행 잘 하고 있어."

"네. 그럼 이따 뵐게요."

외근 보고를 마친 송아는 자리로 돌아와 가방을 챙겨 들었다. 담당 브랜드의 홍보 행사가 있어서 나가는 길이었다.

'별일 없는 거 맞겠지?'

송아는 비어 있는 현승의 자리를 한 번 보고는 팀원들에게도 인사를 한 후 사무실을 나섰다.

엘리베이터가 오는 사이 현승에게 문자 메시지를 보냈다.

누나는 괜찮으셔? 난 지금 외근 나가.

현승은 오후에 개인적인 일이 있다며 반차를 냈다. 구체적으로는 큰누나의 건강 문제 때문이라는 건 송아만 알고 있었다. 현승은 세미나에 간 매형 대신 같이 병원에 진찰받으러 가는 것뿐이니 크게 걱정할 일은 아니라고 했지만, 송아 입장에서는 마음이 놓일 리가 없었다.

막 엘리베이터에 올라타는데 현승의 답문도 도착했다.

어. 괜찮아. 끝나는 시간에 맞춰서 행사장으로 데리러 갈게.

오늘은 그냥 누나 곁에 있어.

그럴 정도는 아니라니까? 너 보고 싶어서 안 돼. 이따 봐.

한 번 온다고 했으면 꼭 오고 말 고집을 알기에 송아도 더는 그를 말리지 않았다. 물론 그와 함께 시간을 보내고 싶은 마음에 못 이긴다는 듯 받아들인 것도 있었다.

시간이 흐르는 동안 시간보다 훨씬 더 빠르게 그들의 사랑도 무르익어 갔다.

아직은 좋은 것만 보일 시기라고 하더라도, 현승은 예쁜 사랑만 하게 해 주겠다던 약속을 철저히 지키고 있었다.

사실 내심 송아는 재신이 준 상처가 제게 트라우마를 남기지 않앉을까 걱정됐었다.

현승이 그녀에게 소홀한 내색이 조금만 보여도 불안에 떨며 신뢰를 동반한 사랑을 못하지 않을까 두려웠던 것이다. 그런데 그녀가 어떤 불안함도 느낄 새를 주지 않고 아낌없이, 숨김없이 사랑해 주는 현승 때문일까. 어느덧 그녀가 했던 걱정들은 차츰 그 존재감이 옅어져 가고 있었다.

사랑이란 늘 뜨거울 수만은 없기에 좀 더 시간이 흘러 현승의 사랑의 온도가 지금보다는 낮아지더라도 많이 힘겹지 않을 것 같았다.

그땐 하루하루 현승의 사랑이 만들어 주고 있는 신뢰의 두께가 그 무엇보다도 두꺼워서 아무리 불안해도 신뢰의 장벽을 선뜻 무너뜨리지 못할 테니 말이다.

"기다리게 해서 미안. 얼른 가자, 윤 대리."

뒤늦게 로비로 내려온 강 과장이 다가오자 송아는 방금 막 현승에게 답문을 보낸 휴대폰을 내렸다.

"괜찮아요. 얼마 안 기다렸어요."

"근데 왜 그렇게 기분이 좋아? 뭐 좋은 일 있어?"

"그러게요. 왜 이렇게 좋은지 모르겠네요."

마냥 행복하게 웃는 송아를 보며 강 과장이 뻔히 알겠다는 눈빛으로 고개를 내저었다.

"가자, 그만."

"네."

계절을 잊은 추위에 뺨에 닿은 바람이 차가웠지만 송아만은 예외였다.

나도 보고 싶어.

그녀의 화답에 그녀처럼 활짝 웃고 있을 현승을 상상하는 것만으로도 두근거리는 가슴이 뜨거웠다.

그들이 사는 세상은 이미 향긋한 꽃내음이 진동하는 봄이 흠씬 무르익어 있었다.

행사장을 나오자마자 보이는 현승의 차에 송아는 바로 그곳으로 달려갔다.

"오래 기다렸어?"

"좀 전에 왔어."

대답과 함께 현승은 바로 송아의 얼굴을 잡아 입을 맞췄다. 인사와 같은 것이기에 송아는 웃고만 말았다.

"행사는?"

"잘 끝났어. 반응도 좋고."

"아유. 잘했네. 우리 송아."

그 핑계로 다시 입을 맞추려던 현승은 이번엔 손으로 그의 입술을 막은 송아의 저지에 실패하고 말았다. 그러나 안전벨트를 매 준다는 핑계로 기어코 그녀의 입술을 가져가 버렸다. 가벼운 입맞춤이 아니라 깊은 키스로.

속절없이 당한 송아가 마지막으로 짧게 입을 맞춘 후 떨어져 나간 그를 노려보지만 뻔뻔한 현승은 어깨만 으쓱해 보일 뿐이었다.

"배 많이 고파?"

"아니. 행사장에서 준비한 음식 좀 먹었더니 괜찮아. 넌?"

"나도 괜찮아. 그럼 잘됐다. 거기부터 가자."

"거기?"

송아가 거기에 어디냐는 듯 쳐다봤지만 현승은 의뭉스러운 미소만 지을 뿐 아무 말도 하지 않았다. 송아가 가는 내내 물어봐도 마찬가지라 송아도 그냥 포기해 버렸다.

"뭐, 설마 날 갖다 팔지는 않겠지."

"그거보단 그게 어디든 나랑 가면 좋은 거 아니고?"

"응. 아닌데?"

송아의 단호한 대답에 현승의 얼굴이 바로 뽀로통해지자 곧 그녀의 즐거운 웃음소리가 차 안을 울렸다. 어느덧 그와 이렇게 티격태격하는 걸 그녀가 더 즐기고 있었다.

"다 왔어요."

퇴근 길 교통 체증도 모른 채 웃고 떠들다 보니 어느새 현승이 그 소리를 꺼냈다. 그의 팔짱을 낀 채 어깨에 기대고 있던 송아는 내릴 생각에 몸을 바로 세웠다. 그리고 그제야 밖을 보던 그녀의 눈이 휘둥그레졌다.

"어? 여긴!"

바깥의 '하라'와 현승의 얼굴을 번갈아 보던 송아가 의아하다는 듯 말문을 열었다.

"여긴 왜 온 거야?

그가 말없이 데려온 곳이 이곳일 줄은 몰랐기에 송아의 의문은 좀처럼 해결되지 않았다.

"왜긴요? 볼일 있어서 왔지."

그리고 현승도 딱히 그녀의 궁금증을 해소해 줄 생각이 없는지 속 모를 얼굴로 차에서 내렸다. 조수석으로 온 그가 차 문을 열고 기다려 줄 때까지 송아의 시선이 계속 현승에게서 떨어지지 않았다.

"설마, 오늘 큰누나한테 나 소개시키려는 거 아니지?"

겨우 든 생각에 송아는 놀란 마음을 진정할 수가 없었다. 현승의 큰누나와의 첫 대면은 정말 최악이었다. 남자 친구가 바람피우는 현장을 보는 흑역사를 들킨 것도 모자라 기절까지 했으니 최악이라는 말 말고는 설명할 말이 없었다. 그럼 당연히 두 번째 만남에서 만회해야 할 텐데 이렇게 준비도 없이 마주치게 되다니.

송아는 절대 그런 일이 벌어지게 만들 수는 없었다.

"넌 말도 없이 이런 일을 만들면 어떻게 해? 나하고 미리 상의를 했어야지."

송아가 바로 뒤돌아 가려고 하자 현승이 바로 그녀의 팔을 잡았다.

"누나 없어요. 오늘은 병원 갔다가 집에서 쉬고 있어요."

"아, 맞다."

그제야 깨달은 사실에 송아는 잠시 주춤했다. 그럼 다행이다 싶지만 그래도 확인은 필요했다.

"정말 없는 거 맞아?"

현승은 담백하게 고개만 한 번 끄덕였다.

거짓이라곤 한 점도 없는 얼굴이라 송아는 그의 얼굴을 보다 '하라'로 시선을 돌렸다.

오늘따라 유달리 더 고급스러운 빛을 발하는 것 같은데 현승이 자신을 왜 이곳으로 데려왔는지는 오리무중이었다.

'내가 여기 드레스 좋다고 그래서 누나 없을 때 구경시켜 주려고 데리고 왔나?'

송아가 그런 생각을 하고 있는 사이 현승이 그녀의 손을 잡아 왔다.

"그럼 들어가도 되는 거죠?"

누나가 없다면 한번 구경해 보고 싶었으니 송아는 더는 고민하지 않고 고개를 끄덕였다.

기뻐하는 그를 따라 숍으로 들어가니 송아는 이곳에 처음 왔을 때처럼 바로 웨딩드레스에 시선을 빼앗겨 버렸다. 여전히 이곳은, 또 이곳에 있는 드레스들은 모두 다 아름답다는 말로밖에 표현할 수 없었다.

"이쪽으로 오시겠어요?"

"……네?"

가운데에 진열된 웨딩드레스에 넋을 놓고 있는 사이 매니저가 송아의 곁으로 다가왔다.

어리둥절하는 송아가 귀엽다는 듯 보던 현승은 손을 놓고는 옆으로 한 발짝 떨어졌다.

"가 봐요."

"나 혼자?"

현승이 고개를 한 번 끄덕였다.

"왜?"

이번엔 어깨만 으쓱해 보였다. 더 물어도 그 이상의 답은 줄 것 같지 않았다.

"이쪽으로."

"……네."

친절한 미소와 함께 차분한 걸음으로 앞장서는 매니저를 따라 송아도 아치형 계단을 올랐다.

계단을 오르다 보니 이상하게 가슴이 두근거리며 설레서 언젠가
부터는 뒤에 선 현승을 돌아보지 않게 됐다.

"우와……."

2층, 피팅을 마친 신부가 드레스를 입고 서는 곳에 도착한 순간
이었다.

눈앞에 보이는 눈부신 하얀 웨딩드레스를 보는 순간 송아의 입
에서 크게 감탄이 터져 나왔다.

그간 많은 웨딩드레스를 본 건 아니었어도, 세상에서 이렇게까
지 아름다운 드레스는 처음이었다.

시스루 원단에 보석을 박아 홀터넥으로 디자인한 드레스는 전체
적으로 이른 아침의 햇빛을 받아 반사되는 투명한 물결 같은 은은
한 빛이 흘렀다. 폭이 좁은 A라인을 타고 흐르는 선이 그저 웨딩드
레스를 입는 것만으로도 세상에서 가장 사랑스럽고 예쁜 신부를
만들어 줄 것 같은 착각을 불러일으켰다.

'부럽다, 정말.'

"어때요? 마음에 들어요?"

대체 누가 이걸 입게 될까, 부러움이 한껏 부풀어 오르던 찰나
였다.

낯설지만 다정함이 밴 목소리에 돌아보니 세련된 미모의 여자가
곁에 서 있었다. 그녀가 현승의 큰누나이자 이 숍의 주인인 지승이
라는 걸 아는 데에는 그리 오래 걸리지 않았다.

"어, 어……. 안녕하세요."

당황해 어버버거리던 송아는 일단 고개부터 숙였다.

송아와 달리 그녀는 만남을 예상하고 있었는지 편안한 미소로 맞이했다.

"오랜만이에요."

"그땐 실례가 많았습니다."

"난 다 잊었으니까 걱정 말아요. 오늘이 우리 첫 만남이에요."

우아한 윙크로 지승이 눈짓을 보냈다. 그녀와 닮은 현승을 떠오르게 하는 행동에 바짝 얼어 있던 송아의 긴장이 살짝 풀어졌다.

"건강은 괜찮으세요? 병원 다녀오셨다고 들었어요."

"우리 현승이가 그렇게 거짓말을 했다고 하더라고요."

"……거짓말이요?"

"혼내는 건 나중에 하고."

말을 멈춘 지승의 시선이 웨딩드레스로 향했다. 송아도 일단 의문은 뒤로 제쳐 놓고는 그녀를 따라 웨딩드레스로 관심을 돌렸다.

"현승이가 내 인생 최고의 역작을 만들어 내라고 어찌나 닦달하던지."

"현승이, 아니 현승 씨가요?"

작게 웃은 지승이 그냥 편히 말해도 된다고 말하고는 다음 말을 이었다.

"이렇게 나 고생시켰던 클라이언트는 처음이었어요. 우리 현승이, 송아 씨한테도 그렇게 까다롭게 굴어요? 보석 위치 지정하는 것부터 시작해서 직접 쓰일 다이아몬드 고르는 것까지 다 현승이가 일일이 관여했어요. 내 막냇동생이 장가는 꼭 한 번만 가게 해 달라면서 내가 얼마나 빌었는지 모르죠?"

힘들기는커녕 즐거운 작업이었다는 듯 기쁘게 웃는 지승이 계속 얘기했지만, 사실 송아는 아무것도 귀에 들어오지 않았다.

저 웨딩드레스가 자신을 위해 준비됐다는 생각이 드는 순간 그녀의 신경은 오롯이 웨딩드레스에만 쏠려 있었다.

기절하지 않은 게 천만다행이었다.

"내가 너무 수다스러웠네. 밑에서 애타게 기다리는 녀석은 잊어버리고는."

정말 잔뜩 초조하게 1층을 서성이고 있을 현승이 떠올라 지승이 살며시 웃고는 다시 송아에게 시선을 뒀다.

"입어 봐요, 송아 씨. 내 인생 최고의 역작이 나도 궁금하니까."

그녀의 부름에 뒤에 서 있던 매니저가 곁으로 다가왔다.

여전히 얼떨떨한 얼굴의 송아는 자신이 어떻게 피팅룸으로 들어가는지도 모른 채 그곳으로 발을 디뎠다.

"정말 사랑스럽네."

굳이 눈으로 보지 않아도 세상 그 누구보다 자신의 역작을 잘 소화할 것 같은 송아의 모습에 지승의 입가에 흐뭇한 미소가 걸렸다.

"신부님 나오십니다."

그 말에 이젠 1층이 아닌 2층에서, 턱시도를 차려입은 채 초조하게 서성이고 있던 현승이 바로 뒤돌아봤다. 자동 시스템으로 천천히 양옆으로 움직이는 커튼 사이의 간격이 벌어질수록 현승의 입안은 더 바싹바싹 말라 갔다.

"아……."

예쁠 것이라는 건 알고 있었다.

드레스에 박힌 수백 개의 보석보다도 더 반짝일 것도 당연한 것이었다. 그런데, 저렇게까지 아름다울 줄은 몰랐다.

격한 감동에 말문이 막힌다는 게 무엇인지, 왜 눈부신 아름다움에 눈이 멀어 버릴 것 같다는 표현을 쓰는 것인지 지금 이 자리에서 여실히 깨우치고 있었다.

수줍음 가득한 송아의 시선이 느껴지자 현승은 서둘러 정신을 차리고는 그녀에게 다가갔다.

"이 세상 사람이 맞는 거지? 와……. 와……."

가까이 와서도 연신 감탄사만 내뱉는 현승의 모습에 송아가 즐거운 웃음을 터트렸다. 그런데 감탄사를 터트리고 싶은 건 그뿐만이 아니었다.

턱시도 차림의 그 또한 평소보다 몇 배는 더 멋있고 근사했다.

"드레스는 마음에 들어?"

"응."

"나도 진짜 마음에 든다. 역시 내가 여자 보는 눈 하나는 끝내준 다니까?"

현승이 엄지손가락을 치켜들자 송아는 환하게 웃었다. 드레스의 마법인지 송아도 지금은 자신이 정말 세상에서 가장 아름답게 느껴졌다.

"내 사이즈는 어떻게 알고?"

"내 걸 내가 모르는 게 이상하지. 그렇게 만져 댔는데."

"못 살아."

모두 다 자리를 비켜 줬기에 둘뿐이었지만 그래도 창피하기는 해 송아가 살짝 눈을 흘겼다. 정작 현승은 그녀의 아름다움에 빠져 눈을 흘기는지 어쩌는지 전혀 모르고 있지만.

"근데 누나 병원 가신 거 거짓말이라며? 왜 그랬어?"

"약속했잖아. 네 드레스는 내가 직접 만들어 준다고."

현승의 말에 송아는 흘려들었던 그가 했던 말이 떠올랐다.

"선배 드레스는 내가 직접 만들어 줄게요. 내 옆에서 세상에서 가장 예쁜 신부 될 수 있게."

그냥 그녀를 꼬시기 위해 한 말인 줄 알았는데 정말이었던 것일까.

"디자인만 빼고 내가 바느질은 다 해 보려고 했는데 그러면 한 10년 뒤에나 완성할 것 같더라고. 그래서 마지막 한 땀만 오늘 내가 했어. 약속 지킨 걸로 해 줄 거지?"

설사 한 땀조차 그가 손대지 않았더라도 송아는 절대 어떤 아쉬움도 드러내지 않았을 것이다. 이미 이 드레스에는 그의 사랑이 듬뿍 들어 있었으니 말이다.

이게 현승이 사랑으로 만든 드레스라는 걸 본능이 먼저 알아채 드레스의 주인이 그렇게 부러웠던 모양이었다.

고개를 끄덕이는 송아를 흐뭇하게 보던 현승이 돌연 진지한 얼굴이 됐다.

"근데 지금 우리가 이런 얘기를 할 때가 아니야."

"그럼?"

갑자기 돌변한 분위기에 의아한 송아를 둔 채 현승이 뒤로 한 걸음 물러섰다. 한쪽 무릎을 꿇은 채 그녀를 올려다보는 현승의 행동에 송아의 입에서 작게 탄성이 터졌다.

"선배."

오랜만에 들어 보는 부름에 송아의 심장이 조금씩 빨리 뛰기 시작했다.

"어쩜 선배는 이르다고 생각할 수도 있어요."

두 사람이 연인이 된 지는 이제 겨우 두 달 남짓.

"근데 내 마음은 안 이르거든요."

하지만 그 시간들이 그들의 사랑의 크기를 말해 주는 건 아니었다.

"나 진짜 세상에서 이렇게 간절히 원해 본 건 선배가 처음이에요. 하루라도 빨리 내 곁으로 왔으면 좋겠어요."

제 온 마음을 다 드러낸 현승의 깊은 눈빛이 지그시 송아를 올려다봤다. 아직 그의 청이 다 끝난 것도 아닌데 송아는 그 눈빛만으로도 고개를 끄덕이고 싶었다.

"선배."

'응.'

"송아야."

'응.'

"사랑해."

기쁨의 눈물을 머금은 송아의 얼굴에 환한 미소가 눈부시게 피어났다.

그녀의 안에서도 사랑한다는 말이 아낌없이 튀어나오고 있었다.

"평생 예쁜 사랑 하게 해 줄게."

"……."

"지금 이 순간처럼. 영원히."

지그시 눈을 맞추던 현승이 재킷 안쪽에서 꺼낸 상자를 열어 송아에게 내밀었다.

아름다운 그녀만큼이나 눈부신 다이아몬드 반지가 그 안에서 빛을 발했다.

"선배. 그 드레스 입고, 나한테 올래요?"

"응. 갈게. 빨리 갈게."

어서 이 순간이 오기를 기다렸다는 것처럼 바로 송아의 고운 왼손이 현승의 앞에 나왔다. 이내 그녀의 약지에 자리 잡은 반지가 훨씬 더 영롱한 빛을 발하며 그들 주변을 눈부시게 밝혔다.

이제부터 더는 말이 필요 없는 시간이었다.

서로를 꼭 안은 채 포갠 입술이 애타게 서로를 원했다. 그 어느 때보다도 뜨겁게. 그리고 간절히. 행복하게. 세상의 모든 환희와 축복이 그들을 위해 존재하는 것만 같았다.

서로를 보며 환하게 마주 웃고 있는 두 사람의 모습이 서서히 거리를 좁혀 가는 커튼 사이로 조금씩 사라졌다.

그들만의 시간은 이제부터 진짜 시작이었다.

〈끝〉

작가 후기

현승이가 송아의 입술을 손으로 뭉개며 "선배, 그 립스틱 바르지 마요"라 말하는 순간의 아이디어가 이 작품의 시작입니다.

많이 설레고, 기쁘게 떨리고, 원 없이 행복했는데, 그 순간을 공유하고 싶었던 독자분들은 어떠셨는지 모르겠습니다. 마지막 장을 덮은 후 입가에 흐뭇한 미소 한 자락 걸렸다면 더 바랄 게 없습니다.

두려워서, 못 믿겠어서, 힘들어서. 사랑하기 힘든 시대입니다. 그래도 사람들이 아낌없이 사랑하고 살았으면 좋겠습니다. 그 사랑이 조금이라도 더 예뻤으면 좋겠고요. 우리의 삶 역시 조금이라도 더 예뻐질 수 있게…….

이 작품은 무엇보다 제게 특별한 인연을 만들어줘 더 뜻깊습니

444

다. 행운을 넘어 꿈같은 순간들이었고, 여전히 제겐 행복입니다.

이 작품이 조금이라도 더 예쁘게 세상에 나올 수 있게 애써주신 많은 관계자분들과 제 작품을 예뻐해 주신 독자분들께 감사드리며, 이 작품으로 사랑받던 순간을 영원히 잊지 않겠습니다.

2018년 봄
엘리즈

국립중앙도서관 출판시도서목록(CIP)

선배, 그 립스틱 바르지 마요 / 지은이: 엘리즈. ― 고양
: 위즈덤하우스미디어그룹: 겷, 2018
　　p. ;　cm

ISBN 979-11-88895-35-9 03810 : ₩13000

한국 현대 소설[韓國現代小說]
애정 소설[愛情小說]

813.7-KDC6
895.735-DDC23　　　　　　　　CIP2018006440

선배, 그 립스틱 바르지 마요

초판 1쇄 인쇄 2018년 3월 16일　**초판 1쇄 발행** 2018년 3월 23일

지은이 엘리즈
펴낸이 연준혁

멀티콘텐츠사업본부 이사 정은선
책임편집 오가진

펴낸곳 (주)위즈덤하우스 미디어그룹
출판등록 2000년 5월 23일 제13-1071호
주소 경기도 고양시 일산동구 정발산로 43-20 센트럴프라자 6층
전화 031-936-4000 **팩스** 031)903-3893
홈페이지 www.wisdomhouse.co.kr

값 13,000원
ISBN 979-11-88895-35-9 03810